Sisyphe

François Rachline

Sisyphe

ROMAN

Albin Michel

© Éditions Albin Michel S.A., 2002
22, rue Huyghens, 75014 Paris

www.albin-michel.fr

ISBN 2-226-13185-X

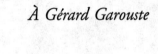

À Gérard Garouste

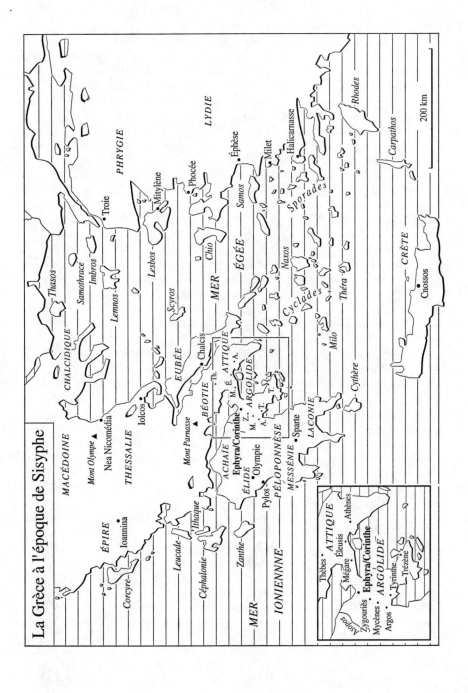

La Grèce à l'époque de Sisyphe

Note de l'auteur

Sisyphe est tout à la fois l'un des personnages les plus célèbres de la mythologie grecque et l'un des plus méconnus.

La littérature antique nous dit fort peu de chose à son propos : quelques lignes dans l'*Iliade* et dans l'*Odyssée*, à peine autant chez Hésiode, des allusions chez Apollodore, Pausanias, Hygin, Virgile, Platon ou Strabon, et c'est à peu près tout.

De lui, on retient surtout qu'il dut après sa mort, et pour l'éternité, faire gravir une colline à un rocher qui, au moment d'atteindre le sommet, retombait inexorablement. Cet interminable labeur, toujours recommencé, jamais achevé, marqua l'entrée du personnage dans l'histoire. Son mythe, aussi fameux que celui d'Œdipe, allait propulser Sisyphe au rang de héros universel.

Roi de Corinthe (initialement Ephyra), à peu près contemporain de Moïse (entre XIVᵉ et XIIIᵉ siècle avant Jésus-Christ), on dit de Sisyphe qu'il fut le plus rusé de tous les hommes. Il démasqua un voleur jusque-là introuvable, se joua de Zeus, trompa le maître des Enfers, Hadès, et réussit même à vaincre la Mort – certes pour un temps. Il est aussi très probablement le père du fameux Ulysse (Odysseus).

Dans le respect des évocations parvenues jusqu'à nous

9

Sisyphe

depuis Homère, ce livre imagine et met en scène la vie agitée, nourrie de stratagèmes, de rébellions et d'amours interdites d'un personnage qui emprunte au mythe, à la légende, et à l'Histoire.

1.

L'homme dévala en trombe la colline qui plongeait vers la mer. Des herbes basses et des touffes de thym dissimulaient par endroits les souches à fleur de pente. Sur le sol rendu glissant par une récente averse, il faillit se rompre les os plus d'une fois. Au terme de son déboulé, emporté par son élan, il franchit d'un bond le sentier parallèle au rivage. Il se récupéra tant bien que mal, reprit son souffle en quelques pas, et repartit de plus belle, mû par l'impatience de rendre compte. Parvenu à un petit promontoire, il obliqua vers le nord pour rejoindre la cité sans doute endormie. Encore deux, peut-être trois stades [1], et les premières maisons d'Ephyra se découperaient dans le ciel incertain. Les faibles lueurs de l'aube ne teintaient pas encore d'ocre les reflets bleus et noirs de la mer immobile. L'homme ne s'attendait certes pas à rencontrer son maître, seul en pleine campagne. Plus agité par l'émotion que par sa course, il débita son message au rythme d'un athlète :

— Seigneur, seigneur... cette nuit de nouveau... je n'y comprends rien, je ne les ai pourtant pas lâchées des yeux...

---

1. Un *stade* mesurait environ 180 mètres.

Ah ! honte sur ma vie... fais de moi ce que tu voudras, je ne mérite plus de te servir...

Une voix ferme et posée tempéra la surexcitation du serviteur :

— Eh bien, Poïphile ! Tu ne m'as pas même salué.

— Pardon mon maître... Salut à toi seigneur, noble Sisyphe... pardon, pardon...

— Retrouve tes esprits, et dis-moi combien de bêtes ont disparu.

— Le maître a deviné... Douze, maître, douze ! Et parmi les plus belles. Douze génisses... C'est un habile homme, celui qui a su tromper ma vigilance plusieurs fois. Cette nuit encore, j'ai guetté à chaque instant, épiant le moindre bruit. Rien. Absolument rien. Et encore n'ai-je dormi que deux heures !

— Les bêtes étaient marquées ?

— Oui, seigneur, toutes. À la craie. J'avais même attaché deux petites pierres à leurs colliers. L'entrechoquement des cailloux devait m'alerter aussitôt. Ce voleur est doué de dons divins.

— Il a pu facilement effacer tes marques et détacher les pierres. As-tu relevé des empreintes de sabots qui nous renseigneraient un peu ? Autant de bêtes ne se volatilisent tout de même pas sans laisser de traces !

— Évaporées, seigneur ! Hier soir encore, les douze en question me serraient de près quand Zeus a jeté ses éclairs sur la colline et jusque dans les profondeurs de l'espace.

— Poïphile, tu vas retourner aux pacages et en scruter chaque recoin. Le voleur est adroit, il va falloir rivaliser d'astuce avec lui. Dis-moi surtout si tu remarques des traces qu'on aurait voulu effacer.

— Quelle est ton idée, seigneur ?

12

– Hermès, à peine sorti du ventre de sa mère, encore au berceau, vola toutes les génisses de son frère Apollon dans le lointain nord des montagnes ombreuses de Piérie. Il était à ce point rusé, lui aussi, qu'il prit soin d'assembler des rameaux de tamaris et de myrte pour s'en confectionner des sandales, effaçant ainsi toute trace tandis qu'il s'acheminait avec son larcin vers une caverne de Pylos, repère introuvable à l'extrême sud du beau Péloponnèse. Si notre voleur l'imite, nous aurons bien du mal à le découvrir.

– Il me faudra peu de temps, je connais tous les reliefs de ces coteaux.

– Oui, va voir... Regarde bien si des branchages ont balayé la terre et brouillé toute piste.

Poïphile courait déjà et entendit à peine la dernière injonction :

– Prends garde ! Ne te casse pas le cou. J'ai besoin de toi.

Sisyphe s'assit face à la mer sur un rocher plat en surplomb. L'interminable horizon coupait la vue à l'infini. À cette heure, le soleil ébauchait déjà la longue avenue dorée au bout de quoi il semblait s'élever dans le ciel. Quelques mouettes passèrent en lançant des hurlements étouffés, comme pour se plaindre d'un manque de nourriture. Sisyphe inspira profondément. Les parfums exhalés par la terre après la pluie matinale se mélangeaient suavement dans ses narines à l'air frais du large. Ses yeux se fermèrent.

Celle dont il avait ordonné qu'on la brûlât et qu'on dispersât ses cendres après sa mort dans le royaume de Poséidon se tenait soudain devant lui. Elle était revêtue de sa robe de lin blanc, celle-là même qu'elle portait le jour où Hadès l'accueillit pour son éternel séjour. Cette voix, pourtant éteinte, lui parla distinctement : « Mon fils,

13

écoute, écoute ta mère. Il y a bien longtemps que je ne me suis adressée à toi. Tu devrais plus souvent m'ouvrir tes pensées... Je sais, moi, qui te pille. Tu le connais fort bien. Crois-en ta mère Enarétè, Sisyphe : il se nomme Autolycos, le rejeton de ce fieffé voleur d'Hermès. Tel père, tel fils ! Noir la nuit, il se glisse dans l'obscurité sans jamais être reconnu. Le reste du temps, il épouse les couleurs de la terre et se soustrait ainsi à la vue. Quant aux animaux qu'il dérobe, il n'hésite pas à teindre leur pelage pour se les approprier. Il a déjà en Eubée subtilisé ses bêtes à Eurytos, et personne ne les a jamais retrouvées. »

Sisyphe ouvrit les yeux. La mer se taisait. C'était là que jadis il avait procédé à la cérémonie de dispersion des cendres d'Enarétè. Le coquillage qui faisait office de spatule s'était empli des restes de sa mère, et il en avait versé le contenu par-dessus le rocher. Une fine poussière s'était envolée vers le ciel, tandis que des petits fragments compacts heurtaient la surface de l'eau, et s'abîmaient dans les profondeurs en éclatant comme des gerbes d'étoiles filantes. Il avait demandé qu'on le laissât seul pour accomplir ces gestes. C'était contraire aux rites que sa lignée respectait depuis des temps immémoriaux. Les êtres nés de la terre nourricière devaient y retourner. Ensevelir les morts relevait de l'hommage ultime dû à leur âme. Revenus au sein de Gaïa, la Terre mère dont ils étaient issus, ils emportaient avec eux la vie qui leur avait été confiée par la déesse suprême, et la lui rendaient tout naturellement. Rebelle à ces croyances, Sisyphe avait voulu que sa mère reposât auprès de Poséidon, afin que celui-ci la berce comme une enfant. Là où elle se trouvait maintenant, elle goûtait les saveurs salées que de son vivant elle avait tant aimées.

Sisyphe laissa choir sa tunique beige, défit l'étui de corne qui protégeait son sexe et ôta ses sandales de corde tressée. Il garda au doigt sa bague de cornaline et plongea dans le flot impassible. La mer l'enveloppa et le caressa de son léger clapotis. L'eau le portait comme une femme presse amoureusement un bébé sur sa poitrine. Au-dessous de lui, dans quelque anfractuosité de rocher, s'étaient enfoncées les cendres d'Enarétè. Il nagea ainsi quelques instants à proximité de sa mère jadis engloutie, puis s'éloigna en évoluant le long d'un cercle imaginaire qui le ramena peu à peu vers son lieu de plongée. Il remonta d'un bond sur la berge, s'ébroua comme un animal et se rhabilla sans laisser à son corps le temps de sécher. Il s'assit à nouveau et resta un long moment devant l'immensité où se perdait son regard.

Sur sa droite, il distinguait clairement les découpes d'Ephyra, dont les petites maisons de briques séchées ou de bois peint s'enchâssaient les unes dans les autres comme un assemblage d'enfant. Elles s'aggloméraient en étages successifs sur des lignes de niveau sinueuses. Certaines se détachaient légèrement de l'ensemble par l'association de la pierre, du bois et du mortier. Des appentis brisaient la ligne continue des toits épousant les contours des murs. Les étagements correspondaient à des implantations repoussant toujours davantage les zones d'habitation vers le bord de mer. Les premiers habitants s'étaient installés sur les hauteurs, dans le but de dominer la plaine et de se protéger d'éventuelles agressions. La croissance de la population avait conduit à ce mouvement qui se poursuivait en étalement côtier.

La brume légère du matin altérait les formes, mais ne modifiait pas l'aspect compact de la cité. Sisyphe rêvait souvent d'une grande ville, puissante et respectée. Ne s'étalait pour l'instant sous ses yeux qu'une modeste localité aux ruelles étroites, forte pourtant d'un monde grouillant la plus grande partie de la journée. De là où il se trouvait, il englobait du regard l'anse au fond de laquelle Ephyra et son port s'abritaient. La baie ressemblait à une bouche ouverte, prête à absorber les nourritures destinées à sa croissance. Tout juste derrière s'élevaient les formes imposantes de l'Acrocorinthe. La masse rocheuse plantée presque droit sur la colline laissait croire à une présence divine, une sentinelle postée au-dessus de la ville pour la préserver de ses ennemis et du temps. D'ouest en est, une courbe douce menait les yeux jusqu'au sommet, où ils se reposaient avant que les falaises tombant dru dans la mer ne provoquent un semblant de vertige. Le soleil venait heurter de front ces murs calcaires aux couleurs tournantes, d'abord pâles et presque fades, mais éclatantes de lumière quand le jour atteindrait sa plénitude.

Le regard de Sisyphe s'immobilisa sur cette zone incertaine, le haut plateau de l'Acrocorinthe. Il songea que de celui-ci, il ne parviendrait certainement pas à repérer le lieu d'où il l'observait. La résolution de déjouer les manœuvres de cet inventeur de mensonges qu'était Autolycos le disputait dans son esprit à l'attrait du paysage. Sisyphe en pensée demeura sur cet arrière-plan des terres où sa souveraineté s'exerçait, mais il ne vit plus soudain que sa vengeance. Autolycos devrait subir une humiliation, une tache indélébile, une marque d'infamie que rien ne pourrait faire oublier. Il fallait donc des témoins. Mais comment réunir la foule nécessaire à l'accomplissement de la punition qu'il entendait infliger à son voleur ?

Une voile tangente à l'horizon le ramena en des lieux que son imagination avait momentanément abolis. À n'en

16

pas douter, elle se dirigeait vers Ephyra. Il s'agissait possiblement d'un de ces nombreux marchands que le développement de la ville attirait chaque jour davantage, ce dont il se félicitait par ailleurs. Il crut que la voile n'avançait que s'il ne l'observait pas. La suivre un moment lui donna l'impression qu'elle faisait du surplace.

L'image d'Autolycos en profita pour se présenter à lui une fois de plus. Il recommença de réfléchir à un plan. Il délibérait encore quand un souffle saccadé l'avertit du retour de Poïphile.

– Eh bien ?

– Maître, ne cherche pas plus longtemps. L'examen du sol ne laisse aucun doute, il s'agit d'Hermès en personne. La technique de ton ravisseur s'est encore améliorée ! Les bêtes ont derrière elles tiré les branchages effaceurs de traces.

– Non Poïphile, Hermès n'est pour rien dans cette histoire.

– Mais, seigneur, tu m'as pourtant expliqué comment il pratiquait. La même ruse, la même méthode sont employées ici.

– Mon bon Poïphile, ce voleur est plus astucieux encore que je ne l'imaginais. Il tente de nous faire croire qu'Hermès est coupable pour se disculper lui-même, comprends-tu ? Il double son escroquerie d'un affront au dieu. Nous le débusquerons, mais pour l'instant, repose-toi un peu. Prends place à mes côtés.

Le serviteur s'assit à distance respectueuse et attendit que son maître relance la conversation. Il savait que Sisyphe aimait s'entretenir avec les gens de sa maison pour apprendre d'eux. Il ne comprenait pas pourquoi un homme issu d'immortels en ligne directe pouvait l'estimer, lui, un misérable. Mais justement parce qu'il était un homme de peu d'importance, il jugea naturel de ne pas saisir les visées de ce seigneur tout-puissant.

– Poïphile, tu es à mon service depuis longtemps, n'est-ce pas ?

– Oui, seigneur, depuis que ton père, Éolos, m'a un jour acheté à un Crétois qui m'avait lui-même capturé.

– Tu étais jadis un homme libre ?

– Oui, noble souverain... mais cette liberté de naguère me pesait plus que ma servitude actuelle. J'étais pauvre et miséreux. Le combat ne m'avait pas apporté la gloire tant recherchée par les hommes. Chez toi, je suis considéré. On sait que tu me protèges. Et puis il y a les bêtes. Je suis plus aimé d'elles que de tout être vivant.

– Tu n'as pas de femme ?

– Non, maître.

– N'en cherches-tu point ?

– J'ai trop à faire, seigneur, pour ton service. Les jeunes filles croient que je paresse à côté de tes troupeaux et se moquent parfois de moi ! Je les laisse rire... Elles ne réalisent pas qu'on ne peut se détourner des bêtes un seul instant ! Quand il vente et que la pluie alourdit la toison des brebis et des moutons, risquant de les coucher, il faut les conduire en quelque lieu abrité ou du moins à l'écart des plus violentes intempéries. Et puis, seigneur, les bêtes ressemblent en tout point aux hommes ! Certaines braveraient tous les dangers, tandis que d'autres craignent le moindre moucheron. Il faut leur parler, les rassurer, aider les peureuses, calmer l'ardeur des audacieuses. Quand elles tombent malades, on doit s'occuper d'elles comme un médecin des êtres humains. Sais-tu, seigneur, le danger que présente le cresson pour le foie des génisses ? Et celui du serpolet qui fait tarir le lait des brebis ? Si un animal commence à dodeliner de la tête, il faut sans tarder le pousser à vomir, ou lui faire cracher la mauvaise herbe qu'il a dû ingurgiter. Il faut aussi veiller à séparer les bêtes bien portantes des malades, car si on ne s'y emploie pas rapidement, une épidémie peut décimer tout un troupeau. Et si des imprudentes échappent aux avertissements ou au contrôle des chiens, on doit les défendre contre les loups et les hyènes qui rôdent sans cesse dans les parages, à la recherche de chair tendre et fraîche ! Tes bergers, seigneur, et moi-même avons ainsi appris à manier l'arc et à tirer des flèches, aussi bien que certains de tes archers ! Et comme par surcroît les attaques se déroulent bien souvent la nuit, on ne dort jamais que d'un œil ! Mais ce n'est pas tout ! Les chèvres et les brebis, il faut les traire matin et soir au bercail, filtrer leur lait, le chauffer dans des jattes de bois, le coaguler avec du jus de figue, verser le caillé dans ces belles faisselles d'osier fabriquées par les servantes de ton palais, s'assurer du séchage, protéger contre les insectes les fromages obtenus... Et encore, noble Sisyphe, je ne te parle pas des bêtes qu'il faut châtrer, des accouplements contre nature, des taureaux à surveiller en permanence, des bœufs que les prairies trop herbues nourrissent à l'excès, ni de celles qui se mettent à grelotter ou à grincer des dents, atteintes par quelque mal incurable, et qu'il faut abattre parce qu'elles risqueraient de contaminer le reste des animaux ! Rien n'est alors plus déchirant pour moi. Tu comprends, ce sont des amies, des compagnes de mes jours et de mes nuits. Et tu voudrais que j'aie du temps pour m'occuper des filles ! D'ailleurs j'ai passé l'âge.

Sisyphe avait écouté son pâtre avec un certain attendrissement. Ni la vieillesse ni la jeunesse ne se lisaient sur ce visage buriné. Il souriait presque toujours et semblait en connaître plus que tous les devins sur la nature et sur les signes annonciateurs des orages ou des incendies. D'ailleurs, tous les bergers et les gardiens de troupeaux lui reconnaissaient la science des onguents, le savoir des étoiles et la maîtrise du dialogue avec les bêtes.

– Quel âge peut avoir notre voleur, crois-tu, Poïphile ?

– C'est, assurément, un homme expérimenté.

– Très. Je connais son nom.

– Tu sais son nom ! Mais alors, allons immédiatement lui réclamer tes génisses.

– Non. Il refusera d'avouer son crime. Il lui sera facile de soutenir que je l'accuse à tort.

– Je le connais ?

– C'est Autolycos.

– Autolycos ? Le fils d'Hermès ! Je comprends maintenant pourquoi tu m'as demandé de vérifier si les traces avaient été brouillées par des branchages ! Autolycos ! C'est un méchant seigneur, toujours prompt à punir et à battre.

– Je le sais, Poïphile, mais cette fois, il perdra la face. Je jetterai sa superbe au sol, et je la piétinerai jusqu'à ce qu'il n'en reste plus rien.

– Postons-nous devant chez lui, et voyons quelles génisses il fait paître.

– Elles se ressemblent comme des sœurs jumelles. On ne confondra pas Autolycos ainsi.

– Mais je les connais, moi, nos bêtes, et il me sera facile de les identifier, même parmi des milliers.

– Tu oublies, Poïphile, que ta parole contre celle d'Autolycos aurait la force d'un vagissement face aux grondements de Zeus. Et puis, il aura sans doute passé mes bêtes à la teinture, selon son habitude. Non, ce qu'il nous faut, vois-tu, c'est un moyen tel qu'Autolycos ne puisse rien pour s'innocenter.

Sisyphe et Poïphile se dirigèrent vers la colline maintenant caressée par le soleil. Les chiens vinrent à leur rencontre, battant de la queue, joyeux, aboyant, les babines retroussées en guise de sourire. Sisyphe s'accroupit pour offrir son visage à leurs langues, comme il aimait à le faire avec Ipsos, son limier resté au palais. Il se laissa même lécher par le plus vigoureux, un berger au poil touffu, aux yeux d'un brun vif et dont le poitrail évoquait presque celui d'un guerrier.

– Les chiens, Poïphile, les chiens ! Ils ont dû aboyer quand notre homme agissait dans l'ombre ?

– Oui, seigneur, j'y ai pensé moi aussi, mais ni cette nuit ni les fois précédentes je ne les ai entendus gémir ou grogner.

Éparpillées sur la colline, occupées à brouter ou à ruminer, les bêtes paissaient tranquillement, nullement dérangées par le chahut qu'avait chez les chiens provoqué l'arrivée des deux hommes. Quelques-unes avaient momentanément tourné leur tête, mais la présence de Poïphile les rassura. Sisyphe les inspecta en compagnie du pâtre. Il ausculta des jarrets, tâta les cornes d'un bœuf, caressa le poil dru des vaches. Rien d'inhabituel. Poïphile souleva l'une des pattes antérieures d'une puissante bête aux reflets roux, un bœuf splendide.

– Celui-là n'a pas beaucoup bougé cette nuit, seigneur.

– Comment sais-tu cela ?

– Vois ! Il n'y a pas même un petit fragment d'herbe collé à son sabot.

Sisyphe regarda fixement les deux onglons et sourit.

– Poïphile, tu viens de me donner une idée.

Laissant derrière eux le troupeau toujours indifférent, et les chiens, surpris ou déçus de les voir déjà s'éloigner, les deux hommes reprirent le chemin du bord de mer et se dirigèrent vers Ephyra. Au loin, la voile faisait route vers le port. Sisyphe expliqua son stratagème à Poïphile. Celui-ci apprécia l'ingéniosité de son maître par un hochement de tête. Le plan semblait imparable. Il fallait encore s'assurer de sa bonne exécution.

– Je veux que tu opères quand nous aurons la garantie de l'absence d'Autolycos. Je veux aussi que tu te fasses aider, pour que tout soit achevé rapidement. Le moindre retard risquerait de faire tout capoter. Il faut que tu sois précis, et tes coups réguliers.

– Mais si Autolycos a vent de ton projet ?

– Cela, il faut l'éviter absolument. J'espère bien qu'il me volera encore cette nuit, précisément, génisses, taureaux ou brebis, qu'importe. Il est très important qu'il s'en empare, qu'il les teigne d'une manière ou d'une autre et qu'il fasse croire à tous que ces bêtes sont à lui.

– Mais je n'aurai pas eu encore le temps d'agir, moi.

– Si, car tu devras accomplir ta mission aujourd'hui même, avant que l'ombre n'atteigne le mamelon de la colline. Le mieux serait que tu retournes immédiatement auprès du troupeau avec des esclaves choisis pour t'accompagner.

Le rire édenté de Poïphile répondit largement au regard malicieux de son maître. Ils entraient à ce moment dans Ephyra. Les galets pavant le sol reflétaient la lumière que le jour grandissant déployait sur la cité. Le soleil chauffait déjà les murs des maisons roses et bleues. Nœmias, le captif responsable du service personnel du maître, franchissait la lourde porte aux vantaux de bois qui gardait à l'orient l'entrée de la ville quand il aperçut les deux hommes. Il s'arrêta net, comme surpris de tomber si vite sur l'objet de ses recherches.

– Seigneur Sisyphe, salut à toi. Je suis heureux de te voir !

– Eh bien, Nœmias, quelles nouvelles ?

– Seigneur, au moment de te remettre ton habit, je t'ai vainement cherché. D'ordinaire, tu aimes observer le jour qui se lève depuis ta terrasse.

– Ton application à me servir est ardente, Nœmias, et ton inquiétude ne me surprend pas. Mais je sais ce que je fais, même quand je me glisse discrètement dans les rues d'Ephyra pour aller me promener dans la campagne avant l'aurore ! Tu arrives pourtant bien à propos. J'ai besoin que tu apportes ton aide à Poïphile. Avec lui, va sélectionner trois ou quatre hommes que tu choisiras pour leur agilité. Il t'expliquera de quoi il s'agit. Je veux qu'il reparte avec eux aussi vite que possible.

– Compte sur moi, seigneur. J'enverrai les meilleurs des hommes.

– Assure-toi surtout de leur discrétion.

Sisyphe laissa les deux serviteurs se diriger vers les maisons de contrebas où logeaient ses gens. À peine venait-il de passer le petit portail menant à ses appartements qu'Ipsos courut à sa rencontre. D'un coup de reins, le chien posa des pattes autoritaires sur la poitrine de son maître. Les battements de queue accélérés de l'animal témoignaient de sa joie et trahissaient une grande émotion. Sisyphe le garda contre lui quelques instants, le tenant par les antérieurs en tapotant du plat de la main le poil épais de son dos. Puis, accompagné du limier encore frétillant, il traversa d'un pas décidé la cour bordée d'un côté par les apparte-

23

ments de ses fils, Glaucos, Ornytion et Thersandros, et de l'autre par les magasins où s'alignaient des jarres d'huile d'olive, des claies de raisins secs et les vins de Phrygie qu'il faisait vieillir à côté des productions de ses propres vignobles. Il coupa directement par une cour intérieure qui jouxtait le gynécée, et emprunta le corridor aux murs recouverts de plaques de gypse conduisant à un petit escalier de pierres. Il monta jusqu'à la chambre de sa femme. Assise au bord du lit, celle-ci peignait de longs cheveux noirs coulant sur ses épaules.

– Sisyphe ! Te voilà donc, cher époux. Nœmias est par deux fois déjà venu me demander où tu pouvais bien te trouver. Il ne savait que faire. Je l'ai rassuré, mais moi-même je t'ai cherché des yeux depuis la terrasse.

– Chère Méropé, laisse-moi t'embrasser d'abord. Depuis combien de temps le sommeil t'a-t-il abandonnée ?

– Depuis que tu t'en es allé, silencieusement.

Sisyphe s'enquit de la santé de sa femme, dont le ventre rebondi s'agitait parfois sous les coups de l'enfant qu'elle portait. Méropé posa la main à plat sur son bas-ventre et sourit.

– Ton quatrième fils sera robuste.

– Es-tu sûre qu'il s'agit d'un garçon ?

– Oui, Sisyphe, certaine. Nous l'avons conçu le dix du mois, jour le plus favorable pour enfanter un mâle.

– Auras-tu assez de lait cette fois ?

Méropé découvrit son buste. Une pierre d'albâtre, ronde et polie, pendait à un lacet de cuir et flottait entre ses seins. L'éclat blanchâtre du pendentif contrastait avec le bronze de la peau et le bistre des tétons. Sisyphe souleva la pierre de lait et la palpa au creux de sa main.

– Ta poitrine est aussi belle que celle d'Aphrodite,

Méropé. Mon futur fils aura bientôt de la chance, si cette pierre veut bien jouer son rôle !

Sisyphe embrassa les seins parfumés de Méropé avant de rajuster lui-même la tunique de sa femme.

– Et où donc se trouve mon petit-fils ?

– Hipponoos ! Au gynécée sans doute, avec Atropoïa, ou plus probablement sur sa balançoire. Depuis que tu as eu l'idée de suspendre par deux cordes une planche de sapin au vieil olivier, il s'y précipite dès le réveil, et la pauvre servante doit le pousser sans interruption. Il t'a demandé peu de temps avant ton retour.

Sisyphe ordonna qu'on se tienne prêt à servir le premier repas du jour. Avant d'y sacrifier, il demanda qu'on lui verse de l'eau fraîche, afin de se laver du sel que son bain dans la mer avait déposé sur son corps. On alla chercher dans un coffre à vêtements le chiton de lin couleur safran que des femmes avaient filé en assemblant des rectangles de tissu. Il en couvrit la nudité de son maître. Après quoi ce dernier s'enduisit les bras d'huile et se dirigea vers le mégaron, situé du côté ouest du palais.

Un long portique à colonnes décorées de scènes anima-lières y menait. Du foyer central s'élevait une fumée légère qui s'échappait par l'orifice servant aussi de puits de lumière. Sisyphe s'assit sur un fauteuil à dossier en chêne aux accoudoirs sculptés en bois d'olivier. Une esclave pré-senta le petit banc où il avait coutume d'appuyer les pieds. Méropé s'assit en face de lui. Des serviteurs disposèrent des guéridons devant le maître et son épouse, puis posèrent sur chacun une corbeille emplie de pain. Une servante versa de l'eau sur les mains de Méropé. Des figues, des raisins secs, du fromage de chèvre, du miel garnirent les tables. Une fois le lait versé dans les bols en terre cuite des convives, les serviteurs se retirèrent et se placèrent de part et d'autre de la porte pour attendre les ordres.

– Qu'y a-t-il donc Sisyphe ? Quelle affaire te préoccupe à ce point que tu me délaisses au matin ?

D'un geste, le maître fit signe aux serviteurs de sortir, et la porte se referma derrière eux.

– On se joue de moi.

– Qui ose braver ta puissance ?

– Un mortel, fils d'immortel. Il se nomme Autolycos.

– Le père de la jeune et jolie Anticleia ?

– Lui-même. Je ne sais comment il s'y prend mais il s'empare de mes bêtes à la barbe du meilleur de mes bergers.

– Sais-tu qu'Anticleia, justement, est promise au séduisant Laërte ?

– Je m'en doutais... Près d'une quarantaine en tout de mes plus belles génisses ont disparu. Douze encore ce matin.

– Les noces auront lieu dans peu de jours.

– Un rêve, cette nuit, ne m'a pas laissé en repos. Je voyais mes bêtes entraînées loin de nos pacages, et j'entendais le rire du voleur. Le soleil s'est plusieurs fois levé et couché depuis les premiers vols, mais avant peu, le fourbe ne rira plus.

– On dit que les noces seront fastueuses. Je fais plisser à l'ongle des tuniques, pour toi et pour moi. Elles sont déjà prêtes, m'a-t-on dit. Nous devrions les essayer.

– Enarétè m'a rendu visite ce matin, au bord de la mer. C'est d'elle que je tiens le nom du ravisseur.

– Sisyphe, noble époux, tu ne m'écoutes pas !

– Si, Méropé, j'entends tes paroles. Et les noces dont tu me parles vont d'ailleurs servir mes desseins.

26

– Tes desseins ?

– Oui.

– Le jour des noces ?

– Oui.

– Mais pourquoi ne pas régler cette question avec Autolycos tout de suite, et directement ?

– Laisse-moi, chère Méropé, traiter cette affaire à ma façon.

Sisyphe huma un bouquet de branchages dont il n'avait pas remarqué tout de suite la présence sur le guéridon.

– Quel est ce parfum ?

– De l'eucalyptus. Un marchand phénicien sur la place haute en distribue depuis peu. Il prétend que cette plante est dotée de vertus médicinales. Tu devrais demander à ton médecin, Iométèle, ce qu'il en pense. J'ignore d'où elle provient. De Crète, peut-être. L'apprécies-tu ?

– Je t'approuve dans ton choix, Méropé, la plante est agréable.

2.

La porte s'ouvrit subitement. L'un des deux serviteurs qui en surveillaient l'accès vint jusqu'à Sisyphe et l'informa qu'un des gardiens du grand portail désirait ardemment lui parler. Sur ordre, l'homme entra. Agité, impatient de s'exprimer, il bafouilla :

— Seigneur, seigneur, honneur à toi... le tonnerre... Zeus... des flammes... des éclairs... c'est épouvantable...

— Veux-tu bien reprendre tes esprits et me dire ce qui te conduit à me déranger au milieu de l'ariston ?

— Pardon, seigneur, pardon, mais le ciel s'abat sur Ephyra, et menace la ville...

— Tu dis des bêtises, voyons ! Le soleil monte sur l'horizon et chauffe notre cité. Tout est calme.

— Viens, seigneur, viens, je te supplie de venir avec moi... Ne tarde pas, sinon il sera trop tard et Zeus dans sa colère aura détruit Ephyra.

Sisyphe se leva, suivi de Méropé. Ils allèrent à la terrasse et regardèrent en direction de la ville. L'atmosphère douce, le bleu du ciel et la douceur de l'air contrastaient avec un bruit sourd qu'ils purent discerner en tendant l'oreille. Sisyphe secoua le messager par les épaules.

28

– As-tu perdu la raison pour me parler du déchaînement de Zeus ? Vois toi-même ! C'est quelque forgeron qui frappe sur son enclume.

– Je t'assure, maître, je n'ai pas rêvé... des éclairs zébraient l'espace...

– Tu les as vus de tes yeux ?

– Oui, seigneur, et j'ai couru jusqu'à toi les oreilles pleines encore de ce tonnerre qui gronde sur Ephyra.

Le bruit se fit plus distinct. Cela ressemblait à un roulement rauque et irrégulier. Sisyphe, bientôt rejoint par Méropé, traversa de part en part le palais pour aller se poster sur le renfort du côté est, d'où l'on pouvait d'un seul regard englober le serpentement de la route d'Ephyra. Des éclairs jaillissaient par intermittence, de part et d'autre d'un nuage de poussière. Le roi comprit que des esprits simples pussent être effrayés par ce phénomène à quoi rien ne ressemblait, et qui évoquait à s'y méprendre une fureur divine. Au détour du dernier virage, juste avant l'aire d'accès au palais, le prodige livra son secret.

Un char soulevait des colonnes de fumée qui tourbillonnaient autour de lui. L'homme qui le cochait serrait d'une main ferme les rênes de deux chevaux blancs maculés de sueur. À côté de lui, droit et fier, se tenait une sorte de dieu. Fixés à l'arrière du char par de longues lanières de cuir rouge, des boucliers d'airain heurtaient le sol avec fracas et jetaient des grondements sourds et terrifiants. Les chocs du métal éclaboussaient l'air d'étincelles et de fulgurations.

La crainte avait repoussé les serviteurs derrière le grenier voué à l'orge. Sisyphe cria dans leur direction :

– Voyez donc votre dieu en colère ! Admirez le mortel qui nous rend ainsi visite ! Et au lieu de trembler comme des feuilles sous le vent, allez donc ouvrir à mon frère, Salmonée, et à son compagnon.

Les lourds battants de chêne s'écartèrent vivement et vinrent se plaquer contre les épaisses touffes de genêts encadrant le portail, que les chevaux franchirent au pas. Le bruit de ferraille diminua, pour cesser complètement quand l'étrange appareil fut rangé dans la cour des attelages. Les deux hommes descendirent pour saluer leurs hôtes. Salmonée portait une armure et un casque surmonté d'une longue houppe de crin mélangé à des plumes de héron, ce qui lui donnait les allures d'une apparition. Quant à son compagnon, la rigidité de son corps comme de son visage frappait immédiatement. On aurait dit une statue. Salmonée seul parla.

– Salut à toi, Sisyphe, et à toi Mérope, salut ! Voici mon ami le plus cher, Erméthion.

– Salut, Salmonée. Salut aussi à toi, Erméthion.

Ce dernier s'inclina, mais garda le silence.

– Nous sommes venus pour la fête à laquelle nous convie Autolycos. Faire halte en ta maison nous a semblé un honneur, pour toi comme pour nous. Que dis-tu de mon char ainsi équipé ?

– Nous parlerons plus tard. Venez d'abord vous restaurer. Toi et ton ami devez être fatigués par le voyage. Reposez-vous, puis demandez ce que vous voudrez.

Les visiteurs gagnèrent leurs appartements, guidés par deux esclaves convaincus de conduire des demi-dieux à leur résidence terrestre. On s'occupa des chevaux, sans toucher au char, par crainte de déclencher des cataclysmes. Erméthion ne reparut pas, mais Salmonée rejoignit ensuite au mégaron Sisyphe et Mérope, qui avaient repris leurs places. On mit devant lui un trépied en bronze dont le plateau de céramique bleutée représentait un lion dévorant un ibex. Il apprécia le travail de l'artiste. D'une patte enfoncée dans le bouquetin trapu au pelage fauve rayé de noir, le félin maintenait fermement sa proie, agonisante ou déjà morte.

– Les hommes ressemblent à cet ibex, Sisyphe. Et les dieux sont des lions. Dans quel camp te trouves-tu ?

– On ne choisit pas, Salmonée... Anticleia, la fille d'Autolycos, se marie. Il s'agit d'une noce, pas d'une expédition guerrière. Pourquoi t'être vêtu ainsi que pour aller au combat ?

– Si tu avais été là quand nous sommes entrés dans ta ville, tu aurais vu combien ton propre peuple me craint. Je tonne, je jette des feux, je gronde, tel Zeus ! Les pauvres hères me regardaient fendre leur foule avec des yeux exorbités, redoutant pour leur vie si j'avais décidé d'y mettre fin. Les habitants d'Ephyra ne se distinguent pas des autres mortels, ils aiment qu'on les domine ! À Elida, j'ai fait spécialement construire une route en bronze. Quand je l'emprunte, monté sur mon char, je suis un dieu pour mon peuple, Sisyphe. Il tremble d'effroi quand mes chevaux cavalent et font résonner le métal d'un assourdissant fracas. J'ai vu des femmes s'agenouiller sur mon passage, des enfants cacher leur visage pour ne pas devenir aveugles, des vieillards me fixer, ahuris, persuadés de parcourir déjà leurs premiers pas aux Enfers. Les chiens hurlent à la mort quand j'approche, et les troupeaux fuient pour ne pas périr de ma seule vue. Tous m'adorent à l'égal de la plus puissante des divinités.

– Ils ont surtout peur d'être brûlés par une de ces torches que tu lances à droite et à gauche ! Ton peu de souci des âmes simples pourrait bien un jour te coûter cher, Salmonée. Sans compter que les flammes que tu distribues aux

31

autres risquent de t'atteindre et de te détruire, tout puissant que tu te croies.

– Un dieu ne meurt pas, l'aurais-tu oublié, Sisyphe ?

– Les dieux commandent aux hommes, avec les destins de qui, bien souvent, ils s'amusent.

– Certes oui, mais leur tenir tête et savoir déjouer leurs plans est un délice. Il faut affronter les dieux de face, Sisyphe, et le plus grand d'entre eux, Zeus le père, en premier. Moi, j'ai le courage de l'égaler. Je ne baisse pas les yeux quand il tourne les siens vers moi.

– Si tu n'étais pas, comme moi, le fils d'Éolos et d'Enarétè, je te reconduirais aux portes d'Ephyra, dont par tes excentricités tu troubles la quiétude.

– En attendant, je visiterais volontiers ta ville.

– Ne t'en prive pas. Elle ressemble à un enfant et grandit jour après jour. Ce sera bientôt une riche cité. Désires-tu un guide ?

– Donne-moi plutôt une captive. Je préfère en ce moment le corps des femmes.

– Toutes les femmes ici ont leur emploi, et aucune ne t'accompagnera en ville à cette heure.

– À Elida, je choisis pour mon plaisir des esclaves quand il me plaît.

– Pas à Ephyra.

– Alors j'irai seul.

– À ta guise.

Salmonée parti, Sisyphe se retira dans la pièce où il aimait s'isoler pour réfléchir et travailler à ses projets. Un gros cube de calcaire servait de support à une grande planche de pin, sur laquelle se disséminaient une lampe à deux becs et à double cuvette pour recevoir l'huile, un poids de plomb, un vase aux allures de taureau et un pain d'argile. À côté de la fenêtre, sur une avancée du mur en forme de tablette, était posé un récipient de pierre contenant des fruits séchés. Sisyphe roula sur son axe horizontal le parchemin huilé qui tamisait la lumière en provenance de la grande baie. L'ouverture donnait au sud, et la pièce, agréable les mois d'hiver, souffrait l'été d'un excès de chaleur. Mais, éloignée des entrepôts, de la cuisine et des celliers, dont l'agitation permanente interdisait toute tranquillité, il en goûtait la paix. Il jeta un regard au bassin d'Ephyra et admira les volutes maritimes que les sillages éphémères des navires en mouvement dessinaient dans le port. Le moment était venu de se consacrer aux tâches administratives.

Il appela son scribe. Un homme âgé, courbé par les ans, se présenta, un pain d'argile dans une main et un calame dans l'autre. Au moment où la conversation allait s'entamer, un jeune garçon fit irruption dans la pièce et se pressa contre les genoux de Sisyphe. Ce dernier pria le scribe de patienter.

— Eh bien, Hipponoos, bonjour. As-tu bien dormi ?

— Très mal, seigneur Sisyphe.

— Très mal ? Qui donc a troublé le sommeil sacré de mon petit-fils ? Raconte-moi cela !

— J'ai rêvé qu'un loup m'attaquait au sortir d'une grotte où je m'étais réfugié. Je sentais son souffle si près de moi que je voulus m'enfoncer dans la caverne, mais la terrible obscurité m'effraya. L'animal m'interdisait toute fuite en barrant la sortie de son corps massif. Je ne pouvais ni reculer ni avancer.

— Et qu'arriva-t-il ?

— Je ne sais pas. Je crois bien que je pleurais dans mon sommeil, et quand je me suis réveillé, Atropoïa me caressait le front de sa main fraîche.

– Hipponoos, je vais te livrer un secret, d'homme à homme. La prochaine fois, si un animal te menace, fût-il des plus féroces, ne tente pas de fuir. Qu'il s'agisse d'un aigle, d'un lion ou d'un serpent venimeux, arme-toi de courage dans ton rêve, et affronte l'ennemi. Regarde-le dans les yeux et laisse la fureur t'envahir. C'est la bête qui prendra peur, et non toi. Saisis alors ton arc, poursuis-la et tue-la.

– Mais je n'ai ni arc ni flèches.

– Eh bien je vais t'en offrir un, et tu le garderas toujours près de toi, en cas de besoin. Maintenant laisse-moi, je dois travailler avec Archèlos.

Le vieil homme s'inclina sur le passage d'Hipponoos, qu'Atropoïa, venue l'attendre devant la porte, prit par la main et emmena vers le gynécée. Sisyphe fit asseoir le scribe à côté de lui.

– Archèlos, je veux que tu enregistres que cette nuit douze génisses encore ont disparu. Je veux aussi que tu notes le nom du voleur. Il s'agit d'Autolycos. Et je veux que tu me dises combien de bêtes exactement nous avons consignées sur tes tablettes depuis le premier forfait. Nous examinerons les comptes des céréales et des pithois d'huile plus tard.

Le scribe posa le petit parallélépipède devant lui et plaça la pointe ronde de son bout de roseau perpendiculairement à la face apparente du pain. Il y traça deux bâtons droits et laissa dans l'argile les empreintes d'un petit cercle juste à côté.

– Douze, seigneur, voilà !

– Fort bien. Et mes comptes ?

– Ils figurent sur un autre pain, seigneur. Les quatre faces étaient remplies, et c'est pourquoi j'ai dû commencer celui-ci. Permets-moi d'aller le chercher.

Sisyphe observa les signes tracés par la main habile d'Archèlos. La vue des bâtons provoqua chez lui un sourire. Il songea qu'Autolycos, lui, perdrait bientôt le sien.

— Voilà, seigneur.

Sisyphe prit le pain et en lut les quatre faces successivement. Il remarqua une zone encore vierge. Il la montra de l'index à Archèlos.

— Pourquoi n'as-tu pas écrit à la suite, ici ?

— Parce que, seigneur, j'ai réservé chaque face à des bêtes différentes. La première ne traite que des taureaux, la seconde uniquement des génisses, la troisième, incomplète, des bœufs et la quatrième des veaux.

— Et les chèvres, et les agneaux, et les brebis ?

Archèlos présenta un troisième pain, lui aussi largement couvert d'inscriptions.

— J'ai cru bon, seigneur, de réserver une tablette pour les ovins, et une pour les bovins.

— Tu as eu raison. Je n'aurais pas fait mieux. Dis-moi combien de bêtes manquent, exactement.

— Trois fois dix et six, deux fois dix et une, dix et cinq, et neuf. Huit fois dix et une, seigneur.

Sisyphe observa l'objet en argile avec satisfaction.

— Où ranges-tu toutes ces tablettes, Archèlos ?

— Là où tu l'as recommandé, près de l'autel de la grande cour, dans une chambre à laquelle moi seul ai accès – en dehors de toi, bien sûr.

— Est-elle assez vaste pour tenir tous mes comptes ?

— Je n'enregistre pas tout sur les tablettes, seigneur, mais aussi sur du cuir parcheminé, pour économiser l'espace. Et puis je détruis les tablettes régulièrement.

— Très bien, très bien... As-tu besoin de quelque chose, Archèlos ?

– Oui, seigneur, je manque d'encre de seiche. Mes apprentis en usent abondamment pour leurs exercices. Je suis presque au bout de nos réserves.

– Tu en auras. Puis-je autre chose pour toi ?

– Rien d'autre que me dire comment je peux te servir de mon mieux.

– Je suis content de toi. Tu peux te retirer, mais ne t'éloigne pas trop, j'aurai bientôt besoin de te revoir.

Archèlos s'inclina et disparut par le même vestibule qu'avaient emprunté Atropoïa et Hipponoos. Sisyphe déplia sur la table une feuille de papyrus dont il fixa les quatre coins avec des pierres. Il se pencha au-dessus du dessin que Ptolimein, son architecte, y avait tracé à la mine. Il s'agissait du plan d'Ephyra et de ses environs. Le majeur appuyé sur l'emplacement de l'Acrocorinthe, Sisyphe à cet endroit précis imprima une petite croix par la pression de son ongle. Il ouvrit la porte et demanda qu'on allât chercher Ptolimein. Celui-ci arriva quelques instants plus tard, comme s'il avait attendu à proximité que son maître l'appelât.

– Tu as souhaité me voir, seigneur ?

– Oui, Ptolimein, je voudrais t'entretenir à nouveau de mon projet.

– De ta tour ?

– Oui, de ma tour. Je sais que pour toi c'est insensé, mais j'y tiens. Je veux qu'elle surplombe Ephyra.

– Mais, seigneur, nous en avons parlé déjà plusieurs fois. Seuls des Titans ou des Géants parviendraient à hisser des blocs de pierre au haut de l'Acrocorinthe. Car c'est bien en son sommet que tu désires dresser la tour ?

– Oui, Ptolimein ! Et ce ne seront pas seulement des blocs de pierre que nous devrons acheminer, mais aussi des blocs de marbre. De marbre blanc.

– De marbre ? Mais c'est pire encore, seigneur mon maître.

– Pourquoi donc ?

– Le marbre est fragile, et le moindre heurt l'endommage.

– Il va pourtant falloir se mettre à l'ouvrage car j'en ai ainsi décidé. Je veux que tu me soumettes un plan de construction d'une tour en marbre blanc.

– Il en sera comme tu le désires, seigneur Sisyphe.

– Je veux aussi que cette tour ne soit pas isolée sur la colline, mais ceinturée de murs.

– Tu veux construire une citadelle ?

– Oui.

– Bien seigneur. Et puis-je humblement te demander à quoi tu destines cet ouvrage ?

– Ptolimein, as-tu déjà gravi l'Acrocorinthe ?

– Bien sûr seigneur. Ton défunt père, notre seigneur Éolos, m'en montra la beauté quand j'étais enfant, et je m'y suis promené souvent depuis. Avec ta permission, j'y ai même chassé la perdrix rouge et le sanglier.

– Avant de travailler à ton plan, retournes-y. Regarde aux quatre coins du monde, et tu comprendras l'intérêt stratégique de mon projet. Du sommet de l'Acrocorinthe, l'œil embrasse tout le pays et la vue porte à des centaines de stades. Imagine un observatoire à cet endroit : personne ne pourrait plus pénétrer en Arcadie à mon insu ! Nous contrôlerions ainsi aisément le Péloponnèse, du moins par la terre. Alors ma cité pourrait se développer, grandir, rayonner, attirer à elle les meilleurs des hommes et plaire aux dieux.

– Et la mer, seigneur ?

– Tu es un bon architecte, Ptolimein, mais un piètre stratège. On ne domine jamais la mer, synonyme de liberté.

D'elle surgit l'inconnu. L'ennemi en débarque pour s'emparer des biens d'autrui, et il saccage en premier la plaine, car les habitants de la montagne sont pour lui trop difficiles à déloger. As-tu songé à mes minerais, au cuivre et à la poudre d'émail si utiles à mes artisans ? Pour subsister, pour vivre et pour s'épanouir, pour répondre à mes ambitions, mon peuple a besoin de paix et de tranquillité. Travaillerais-tu toi-même sereinement à mes constructions, si tu t'inquiétais à chaque instant pour ta vie ? Ma tour sera une espèce de devin, Ptolimein, elle nous avertira des dangers sournois. Comprends-tu ?

– Oui, seigneur.

– Alors sache aussi que je veux, du haut de cette tour, deviner la présence de Thèbes, vers l'est, la ville sur laquelle règne mon frère Athamas, et celle de Mycènes, dont on m'a parlé de la splendeur, au sud.

– Mais, noble Sisyphe, la ville de Thèbes est à plus de trois cents stades d'Ephyra, et les montagnes obstruent la vue. Quant à celle de Mycènes, plus de cent stades nous en séparent. Et j'imagine ici un aigle volant sans détour, au contraire d'un homme obligé de subir les accidents du terrain, les ravins et les plaines.

– Eh bien, calcule toi-même à quelle hauteur doit culminer ma tour pour réaliser mon vœu. Informe-moi sans tarder de l'avancement de tes réflexions. Et maintenant laisse-moi.

Le soleil franchit le zénith. Sisyphe ordonna qu'on fît rôtir une viande et qu'on la servît accompagnée de blé tendre. Dans la cour attenante à la cuisine, sur la braise d'un foyer portatif, un écuyer tranchant découpa les quartiers d'un agneau avec un poignard à lame de bronze. Il en préleva la part que les dieux recevraient en sacrifice, et il assaisonna de sel et de thym les morceaux destinés à son maître. L'échanson alla chercher un vin d'Ephyra, celui dont Sisyphe surveillait personnellement l'élevage. L'étiquette d'argile était de la main d'Archèlos le scribe. Tandis que le maître s'attablait dans la cour même où la viande venait de cuire, Poïphile demanda s'il pouvait être reçu.

– Entre, Poïphile, et partage mon repas si tu le désires.

– Maître, c'est un trop grand honneur...

– Assieds-toi et prends de cet agneau. Si les dieux méritent leur part, pourquoi pas le plus fidèle de mes serviteurs ?

Le pâtre s'assit en face de son maître, se servit un morceau d'épaule et attendit d'être interrogé.

– Bois, Poïphile, et dis-moi si mon vin s'améliore. J'ai exigé que les vignes ne dépassent plus la hauteur d'un homme. Les pieds bas facilitent les vendanges. Il a vieilli dans ces jarres que tu vois derrière moi, toutes fermées de voiles de lin, obstruées par des bouchons cachetés de cire d'abeille. Bois, bois, et donne-moi ton avis.

Le serviteur prit le rython à double anse recouvert d'or et, sous l'œil attentif de son maître, but lentement le beau liquide grenat préalablement coupé d'eau dans un cratère.

– Qu'en dis-tu ?

– C'est une pure merveille, seigneur, tu m'offres un avant-goût du nectar interdit aux hommes de mon espèce. Les dieux pourraient te jalouser pour cela seulement !

– Cesse tes flatteries, Poïphile. Il est encore bien trop fort en sucre. Ce vin a trois ans. Quand on a coupé les raisins, on ne le laissait pas reposer suffisamment à l'air dans des corbeilles d'osier comme on le fait désormais. Depuis que j'ai allongé la durée d'exposition, et depuis qu'on le foule au pied méthodiquement dans des cuves d'argile, il a gagné en qualité, mais il reste beaucoup à faire... Alors, je suppose que tu as terminé ton travail ?

– Oui, maître. Toutes les bêtes seront désormais reconnaissables, et Hermès lui-même s'y laisserait prendre.

– Fort bien ! Mais entre toi et moi, il me suffira qu'Autolycos, son digne fils, soit berné ! Je savais que tu méritais ce repas. Écoute bien. Je veux que cette nuit tu ailles de nouveau sur la colline et fasses mine de surveiller le troupeau. Arrange-toi pour que nos bovins demeurent près d'un chemin ou d'une trouée par laquelle on pourrait aisément les entraîner. N'interviens surtout pas. Laisse agir le voleur. Et même, zélé Poïphile, je te recommande pour cette nuit de trouver un sommeil épais, abondamment nourri de rêves. Emporte donc une petite jarre avec toi, enivre-toi, honore le vin que je t'offre, laisse les douceurs de l'alcool envahir ton corps et Hypnos s'emparer de ton esprit. Plus on croira ta vigilance endormie, plus notre homme agira sans retenue. M'as-tu bien compris ?

– J'ai parfaitement saisi ton désir, noble Sisyphe, et je saurai m'abandonner à la torpeur que tu me prescris. Avec du foin bien sec d'iris, je me confectionnerai une couche moelleuse et Hypnos sera mon compagnon pour toute la nuit.

– Va, Poïphile, et viens me rendre compte ici même, demain à l'aube. Si tu parviens à te lever...

Sisyphe partit d'un grand éclat de rire, qui emplit la petite cour et résonna en écho tout autour. Poïphile sourit, lui aussi, sans savoir exactement si son maître l'invitait à partager sa joie soudaine, ou s'il devait le laisser à son plaisir. Il se retira pour rejoindre son poste.

Sisyphe resta dans la cour. Elle embaumait. Des plantes rangées en plates-bandes en bordaient les contours. Des massifs de romarin envahissaient les tapis d'origan et de sarriette ; des hysopes fleuries aux feuilles courtes rivalisaient de bleu avec des aulx penchés au-dessus d'elles ; des fenouils aux nuances de bronze lumineux s'épanouissaient au milieu des iris et des fleurs d'anis. Des roses illuminaient de rouge vif ces parterres odoriférants si utiles aux bouilleurs d'onguents.

Des voix de femmes tirèrent le roi de sa contemplation. Celle de Mérope se détachait au-dessus des autres. Elle entra précipitamment, suivie de deux servantes. L'une d'elles, soutenue par l'autre, pleurait.

– Quelle est cette agitation, Mérope ?

– Un viol, ici même, Sisyphe. Et voici la victime.

Des sanglots entrecoupés de respirations saccadées secouaient la jeune fille, plutôt menue, désignée par Mérope. Il se dégageait d'elle une douceur meurtrie. Elle s'agenouilla devant Sisyphe et le supplia.

– Seigneur tout-puissant, ne me chasse pas du palais.

Le maître voulut connaître l'auteur d'un forfait qui avait conduit dans une autre affaire le précédent coupable à la mort. Avant de prononcer un nom, Mérope prit des assurances.

– Sisyphe, rendras-tu justice en toute équité ?

– Pourquoi cette question, Mérope ? Suis-je à tes yeux suspect ?

– Non, noble époux, mais il s'agit d'un homme qui t'est proche.

– Dis son nom, immédiatement. Je ne veux pas croire qu'un de mes serviteurs trahirait ma confiance sous mon toit.

– Rassure-toi, il n'est pas question d'un serviteur, mais d'un visiteur, et son nom, tu l'as maintenant deviné...

– Salmonée ?

– Oui, ton propre frère.

Sisyphe s'éloigna du centre de la cour où la jeune servante restait agenouillée. Il appuya son coude sur le rebord d'une pierre saillante, médita un instant la tête posée sur son poing fermé, puis, revenu vers la victime, la fit relever.

– Quel est ton service ?

– Je suis chambrière de notre maîtresse, je m'occupe de l'eau pour elle et aussi de ses parfums, seigneur.

– Méropé dit que Salmonée t'a outragée. Est-ce bien le nom de ton agresseur ?

La jeune fille garda les yeux baissés, muette.

– Parle, tonna Sisyphe.

– Oui, seigneur, Salmonée est son nom.

– En es-tu certaine ?

– Oui, seigneur, j'en suis sûre comme je te vois en ce moment. Il portait un casque, surmonté d'une espèce de crinière, en tout point semblable à celui que ce matin même arborait le dieu jetant des éclairs devant ta porte.

– Salmonée est un mortel, l'ignores-tu ?

– Il m'a parlé tel un dieu, seigneur, et j'en tremble encore...

– Je ne te chasse pas d'ici, mais je t'ordonne de ne plus quitter le gynécée sans l'autorisation expresse de Méropé. Tu ne t'occuperas plus de sa baignoire. Je veux aussi qu'Apollon accueille tes libations purificatrices. Sacrifie chaque jour au dieu et accomplis seule tes lustrations.

La jeune fille enfouit sa tête dans la tunique de Sisyphe et, la tenant à pleine mains, l'embrassa. L'autre servante l'entraîna par les épaules hors de la cour. Méropé demeura auprès de son époux.

– Que comptes-tu faire, Sisyphe ?

– Je l'ignore. Je ne pensais pas que Salmonée oserait me braver ainsi. De tous mes frères, c'est le plus imprévisible et le plus faible. N'a-t-il pas affiché ici même, ce matin et aux yeux de tous, sa vanité ? Imiter Zeus et se prétendre son égal, cela lui a peut-être fait penser qu'il pouvait agir comme un dieu avec mon personnel.

– Le puniras-tu de mort par pendaison au pilier ?

– Je veux l'entendre d'abord.

Sisyphe décida de se rendre lui-même à Ephyra pour y chercher son frère. Sur son passage, les paysans se courbaient jusqu'à terre. Il n'était pas rare de croiser ainsi le roi, par les beaux jours, soit qu'il vînt inspecter les récoltes, soit qu'il aimât simplement observer les artisans dans leur travail, pour apprendre mais aussi pour soutenir les uns et les autres de sa seule présence. Redouté par son peuple, il en était aimé. Aucun des habitants d'Ephyra n'aurait accepté de croire Sisyphe mortel. Pour tous, un dieu à forme d'homme vivait parmi eux, et rien ni personne ne pourrait les convaincre du contraire. Leur roi les étonnait d'autant plus qu'il leur parlait, les côtoyait, leur ressemblait en tout point apparemment. On savait aussi à Ephyra que le souverain pouvait exécuter sommairement ceux qui le trahissaient ou le trompaient. Des pêcheurs avaient volé des produits en provenance de Naxos et destinés à sa maison. Il les avait fait rechercher, retrouver, arrêter, condamner, tuer. Certains avançaient qu'il avait tenu lui-même à pendre une servante qui avait menti sur son compte.

La chaleur enveloppait la ville et nappait l'atmosphère d'une brume diaphane. À mesure que Sisyphe se rapprochait de la cité, il entendait monter vers lui les échos de son effervescence. Quand il pénétra dans Ephyra, il n'eut pas à chercher longtemps Salmonée.

Celui-ci se trouvait devant une échoppe de céramiste. Sisyphe fit signe qu'on ne révélât pas sa présence à son frère, qui lui tournait le dos. Un enfant préparait pour le travail de son père deux espèces de terres, l'une argileuse, grasse, plastique, malléable à souhait, l'autre maigre pour dégraisser, elle-même amalgamée de poudre de pierre ponce crétoise. À côté, l'artisan utilisa une argile tamisée, lavée, décantée sans doute longuement au préalable, fort peu granuleuse, et pétrit avec ses mains une motte épaisse qu'il arrosa et recouvrit d'un sac de toile souple. Un autre enfant actionnait une tournette à la main. Sur un disque de marbre à rainures, fixé sur une girelle en bois de frêne et traversé par un axe vertical pour en permettre la rotation, l'homme posa une boule de glaise. Il la pressa latéralement, lui communiquant la forme d'un cylindre qu'il suivit des mains comme pour l'étirer jusqu'à faire naître le col de l'objet. Ses doigts s'enfonçaient dans la matière, modelant un galbe. De temps à autre, le potier plongeait une main dans un petit récipient rempli d'une pâte liquide, une espèce de boue qu'il projetait sur la jarre maintenant presque achevée. Le tour s'immobilisa. Ornée pour finir de deux anses, la pièce fut détachée de l'appareil avec un fil de cuir.

– Joli travail, n'est-ce pas ?

Surpris, Salmonée se retourna et approuva du menton. Sisyphe prit la jarre et la tendit à son frère. Avant de s'éloigner de l'échoppe, il félicita l'artisan.

– Tu viendras au palais te faire payer de ta peine. Demande Nœmias.

Le potier s'inclina respectueusement. Salmonée contempla l'objet sans dissimuler son admiration.

– Je te remercie de ton cadeau, il est splendide.

44

– Ne me remercie pas. Je voulais simplement m'entretenir avec toi, en privé.

– Que me veux-tu ?

– Nous serons mieux chez moi.

Parvenus au palais, les deux hommes s'enfermèrent dans le bureau de Sisyphe. Ordre fut donné qu'on ne les dérangeât plus. Salmonée prit tour à tour dans ses mains une coupelle de céramique peinte et une figurine de jaspe. Il les regarda machinalement, les reposa, les saisit à nouveau, sembla en analyser la matière ou en jauger l'usage. Sisyphe ne bougeait pas. La lumière ne déclinait pas encore, mais elle se modifiait imperceptiblement à mesure que la soirée approchait.

– Ta ville, cher frère, est industrieuse, et on y fait de beaux ouvrages, bien mieux qu'à Elida. Mais on s'y ennuie ! Je n'ai vu qu'ouvriers, artisans, pêcheurs, paysans derrière leurs mules, cordonniers, potiers... On dirait qu'Ephyra ne pense qu'au labeur ! Où se trouvent donc les plaisirs ?

– Cher frère, bien que ma cité n'atteigne pas encore l'éclat dont je veux la doter, elle ressemble à toutes les villes du monde. Les chercheurs d'aventure y croisent les bannis, les évadés y traitent avec les capitaines, les itinérants s'y arrêtent le temps d'une affaire, et les devins exploitent leurs dons auprès du peuple. On s'y amuse comme partout ailleurs, mais ton arrogance a semé ici l'effroi et la peur de paraître. Tu n'as vu d'Ephyra que ce qu'elle a daigné te montrer.

– Ta ville est bien pudique !

– Faudrait-il pour ton aise qu'on y puisse violer des filles ?

– J'ai horreur du viol. Rien n'est plus délicieux qu'une jeune fille qui s'abandonne. Je déteste les brutalités de l'amour, si j'apprécie celles de la guerre.

– Pourquoi mentir ?

– Cesse de me provoquer en permanence, Sisyphe! Tu me traites en ennemi, non en frère. Je te rends visite, tu m'accueilles fraîchement. Je te demande une fille pour assouvir un désir, tu m'éconduis comme un garçon. Maintenant, tu m'accuses de mensonge. Je devrais te défier.

– Tu m'as déjà nargué, sous mon propre toit...

– Tu te méprends sur mon compte!

– On a violé ce matin une de mes servantes, peu après que toi et ton Erméthion avez fait irruption ici.

– Je te le répète, je déteste les brutalités de l'amour. Je me suis retiré dans l'appartement que tu m'as réservé, puis je vous ai rejoints, toi et Méropé, au mégaron où nous avons partagé un repas. Après quoi je me suis rendu à Ephyra où j'ai passé la journée. J'allais revenir chez toi quand tu m'as trouvé.

Sisyphe tout d'un coup changea de pensée.

– Où est ton ami?

– Je l'ignore.

– L'as-tu aperçu depuis ce matin?

– Non. Dois-je surveiller cet homme?

– Il t'accompagnait sur le char.

– Oui, mais cela ne me rend pas responsable de ses actes.

– Parle-moi de lui, Salmonée.

– Il n'y a pas beaucoup à en dire. Il est taciturne et reste la plupart du temps silencieux. Il lui arrive parfois de chanter ou de danser. Il se prend pour une femme et, moi excepté, il n'aime guère les hommes. Auprès des filles s'écoule d'ailleurs le plus clair de son temps. Il a voulu m'accompagner pour la noce d'Anticleia. Pourquoi lui refuser cette distraction? C'est un ami très doux et très docile.

Sisyphe appela un écuyer et lui demanda une épée.

46

– Que comptes-tu faire, Sisyphe ?

– Justice.

– Tu ne tueras pas Erméthion de tes propres mains pour une simple esclave ?

– Je suis le prince d'Ephyra, Salmonée. Nul ne peut bafouer impunément ici mon autorité. Quand Macarée s'unit à Canacé, et que celle-ci voulut cacher l'enfant né de ce forfait, que décida Éolos, notre père, informé par les cris du bébé dissimulé sous une couverture ? Il jeta l'enfant aux chiens et ordonna sans appel à Canacé de mettre fin à sa vie en lui envoyant un bronze effilé. Macarée lui aussi se suicida.

– Ta comparaison, Sisyphe, ne vaut rien. Le viol d'une esclave, fût-elle ta servante, ne mérite pas le même châtiment que l'inceste dont notre frère et notre sœur, fils et fille d'immortels, se rendirent coupables. Et puis Erméthion n'est ni Canacé ni Macarée. Il te faudrait toi-même plonger l'arme dans sa chair et supporter ses râles. Je t'empêcherai de porter la main sur mon ami.

Sisyphe appela quatre hommes d'armes qui à l'extérieur gardaient l'accès de son bureau. Il ordonna qu'on s'emparât de Salmonée et qu'on le neutralisât sans brutalité, le temps de mettre à exécution son projet.

Il s'enquit alors d'Erméthion. Celui-ci se reposait dans une chaise-longue sur la grande terrasse. Il tenait un beau chardon bleu dans sa main qu'il faisait tourner sur lui-même comme une toupie, et auquel il semblait accorder une attention extrême. Percevant une présence, il regarda doucereusement Sisyphe. Ce dernier lui fit signe de le suivre. Les deux hommes sortirent par l'un des petits portails du nord, celui qui ouvrait directement sur la campagne. Le soleil avait la journée durant chauffé les pierres et

les arbustes de la colline en pente douce qu'ils empruntèrent. Ils longèrent une saillie du terrain qui se prolongeait
en une sorte d'arête jusqu'à un replat où ils stoppèrent.

– Erméthion, tu as violé une esclave dans ma maison.
Tu mérites la mort.

L'accusé leva un bras pour barrer l'accès de son visage,
comme un enfant pour se protéger d'un coup.

– Tu as revêtu le casque de Salmonée, son armure peut-
être, et tu as abusé de cette fille en lui faisant croire que
devant elle se tenait un dieu tonnant et puissant, n'est-ce
pas ?

– Non... Non, Sisyphe, ce n'est pas moi...

– Si, Erméthion ! Elle a ouvert son corps à tes coups de
boutoir dans la crainte de mourir si elle refusait... Ç'aura
été là ton ultime plaisir. Tu vas payer bien cher ces quelques
instants de jouissance accordés par les dieux.

– Non... Sisyphe tout-puissant, noble frère de mon si
cher Salmonée, non... je ne sais pas de quoi tu veux parler,
interroge plutôt Zeus... c'est lui le responsable de cet acte...
tu sais bien que Zeus enlève, course, aime, viole... il m'a
chevauché avant d'enfourner cette fille... il a jeté son dévolu
sur elle... c'est Zeus qui l'a pénétrée de son divin sexe... je
t'en supplie...

La défense d'Erméthion faiblissait, il reculait, il transpi-
rait. Quand il crut son bourreau sur le point de l'abattre
avec son épée à pommeau de cuir, il buta sur une pierre
et tomba à la renverse. L'ombre alors de Sisyphe le couvrit.
Mais au moment où l'arme s'élevait au-dessus de sa tête,
Erméthion poussa un cri bref. Il porta la main à son cou.
Un serpent se faufila entre les herbes desséchées. Une espèce
d'écume cerna les lèvres de la victime. Ses yeux fixaient

Sisyphe avec effroi. Trois soubresauts agitèrent son corps. Le regard se figea.

Hésitante au moment où le reptile agissait, l'épée était restée suspendue dans son mouvement. La lame retomba en sifflant. Sisyphe n'essuya pas le fil sanguinolent de son arme, et empoigna la tête de l'homme par sa chevelure frisée. En guise d'honneur funèbre, il souhaita bon voyage à cette âme sans aucun doute livrée à elle-même depuis longtemps. Il abandonna le reste du corps aux oiseaux nécrophages qui ne manqueraient pas de se repaître d'une telle proie.

De retour au palais, Sisyphe convoqua ses fils, sa femme, son frère, ses serviteurs personnels et brandit devant eux la tête d'Erméthion. Il l'attacha sur un pilier pour que chacun pût se convaincre de sa justice. Salmonée se mit à pleurer. Méropé ne savait pas si elle devait se réjouir de la punition infligée au violeur ou se lamenter du sort réservé à un hôte. Glaucos, le fils aîné de Sisyphe, semblait pétrifié. Thersandros, trop jeune encore pour mesurer la solennité du moment, montrait du doigt la tête ensanglantée aux lèvres bleues et aux yeux clos, tandis que Ornytion observait sans ciller le macabre spectacle. Les grognements d'Ipsos ne cessaient pas. L'incrédulité se lisait sur le visage des serviteurs, qui voyaient sans conteste possible dans ce meurtre un règlement de comptes entre dieux. Sisyphe interdit qu'on décrochât la tête. Il exigea aussi que Hipponoos, malgré son jeune âge, fut conduit pour son éducation devant ce tableau sinistre.

Le dernier repas du jour fut offert juste avant la tombée de la nuit. La Voie lactée formait déjà son bel arc-en-ciel tacheté quand Sisyphe et Méropé se retirèrent dans leurs appartements.

3.

Sisyphe se réveilla le premier, selon son habitude. Une pâle clarté enveloppait le palais. Le disque lunaire brillait comme une coupelle d'argent à travers le parchemin de la fenêtre. Il se glissa dans le vestibule et se rendit à la terrasse du sud. Une lumière bleutée baignait l'espace. La mer, à perte de vue, ressemblait au ciel, dont elle ne se détachait que par une ligne presque imperceptible. Le roi ne doutait pas que Poïphile serait au rendez-vous. Au milieu des stridulations inlassables des grillons, à voix basse, il l'appela par deux fois.

— Oui, maître, je suis là.
— Parle bas. Alors ?
— Tout va bien, seigneur.
— Explique-toi.
— J'ai bien dormi, ô mon maître, si bien que je ne me souviens de rien !
— Prends garde, Poïphile, de ne pas me mettre en colère dès cette heure. Je me moque de ton sommeil. Le voleur a-t-il agi cette nuit comme je l'espérais ?
— Ne m'en veux pas seigneur, de ma liberté de ton... Oui, rassure-toi, ton plan a parfaitement fonctionné.

– Combien de bêtes ont disparu ?

– Je n'ai pas compté, noble maître, mais Hypnos m'a informé pendant le sommeil qu'il me prêta. J'ai entendu des bruits, des meuglements, une agitation inhabituelle et ton coquin a même paru fugacement devant moi.

– Tu as rêvé, Poïphile, voilà tout.

– Seigneur, c'est possible, mais je ne le crois pas. Tout est maintenant redevenu calme, et tes troupeaux, avec le jour, attendent paisiblement aussi mon retour.

– C'est bien... Je te remercie.

Le pâtre s'évanouit dans la garrigue au moment où Sisyphe entendit les premiers serviteurs s'activer. Il leur fit part de sa décision de se rendre par la mer chez Autolycos pour le mariage d'Anticleia, et ils reçurent l'ordre de s'atteler aux préparatifs du voyage. Il en informa peu après les siens et son frère.

Le jour venu, précédé du char de Salmonée, l'équipage royal descendit vers Ephyra et se présenta devant le bateau qui devait emmener tout ce monde. L'activité portuaire s'organisa soudain autour du départ du roi et de sa suite. Ceux qui halaient leurs barques sur la rive abandonnèrent leur tâche pour venir rendre hommage à Sisyphe avant son embarquement. Des pêcheurs occupés à raccommoder leurs filets les posaient sur le sol et venaient prêter main-forte au pilote et à ses hommes pour maintenir le navire stable le long du quai. Plus haut de la poupe que de la proue, sur lesquelles étaient dessinés deux poulpes magnifiques, semblables à celui brodé sur l'oriflamme rouge, le vaisseau était équipé d'un large dais au-dessus d'une cabine pour passagers. Il fallut plusieurs hommes pour embarquer les deux chevaux et le char de Salmonée. On plaça les bêtes à l'avant, juste devant le char, sur lequel le frère de Sisyphe désira rester. D'une longueur inaccoutumée, spécialement conçu pour transporter des troupes ou des voyageurs, le vaisseau ressemblait à une demi-lune effilée. Muni d'un pont continu à double gaillard et à écoutilles, il permettait aux passagers de circuler au-dessus des cent rameurs, disposés pour moitié à bâbord et pour moitié à tribord. Le capitaine s'inclina devant Sisyphe.

– Maître, nous appareillerons sur ton ordre.

– Combien de temps nous faudra-t-il, Khorsès, pour atteindre notre destination ?

– Nous traverserons le golfe, seigneur, dans la direction de Delphes, au nord, puis nous dévierons vers l'est, en prenant pour repère le mont Parnasse. Il nous faudra naviguer tout un jour et cette nuit. Nous devrions arriver demain au début de la matinée. Il eût été préférable de mettre les voiles au soir, seigneur, car la brise de terre nous aurait favorisés. Nous allons devoir lutter contre un vent contraire au démarrage.

– Allons-y !

Sur ordre de Khorsès, un homme remonta les deux masses de plomb servant d'ancres, tandis que les pêcheurs restés à terre poussaient le bâtiment. Une fois la grève à distance, les rames plongèrent dans l'eau à travers les claires-voies encadrant les tolets de bronze. Il fallut souquer ferme pour atteindre le large. Là, le mât de sapin fut élevé, les étais raidis, et une grande voile carrée en drap de lin couleur safran et bordée de cuir fut carguée. La vergue trembla sous l'effet de la brise légère qui donna soudain de l'accélération au navire. Le sillage se refermait doucement derrière la majestueuse embarcation qui obliqua lentement à l'extrémité de la jetée, prenant le vent arrière. Tous les regards contemplaient, depuis Ephyra, les évolutions de la nef royale en partance pour le nord.

À bord, Salmonée se tenait debout sur son char, raide, non plus semblable à Zeus mais à son frère marin, Poséidon. Sisyphe semblait absorbé par une pensée impénétrable et regardait droit devant lui. Le soleil brillait déjà haut dans le ciel quand Ephyra s'évanouit dans le lointain. Dès la sortie du port, des dauphins accompagnèrent le navire. Ils donnaient l'impression de régler leurs mouvements sur le rythme régulier des rames. Ils sortaient de l'eau et y plongeaient comme un groupe de danseurs aux gestes synchronisés par un long travail. Ornytion avertissait Thersandros, qui tapait dans ses mains à chacun de leurs jaillissements, et les deux frères criaient de joie en cadence.

Le soir tombé, les dauphins depuis longtemps partis, les enfants s'endormirent aux côtés de Méropé, sous le dais. Profitant de la nuit douce et propice au dialogue, Sisyphe rejoignit Salmonée.

— Tu daignes monter sur mon char, Sisyphe ?

— Ton char ici n'est jamais qu'un siège, Salmonée.

— Tu devrais dire un trône.

— Sur mer comme sur terre, ton orgueil ne faiblit donc pas !

— Il n'égale pas le tien, Sisyphe ! Tu as arrêté la mort d'Erméthion tel un dieu tout-puissant, et tu l'as condamné au monde des âmes sans nom. Heureusement, j'étais là.

— Si tu as enfreint mes ordres, Salmonée...

— Tu me tueras aussi ? Non, la tête de mon doux ami gît toujours, atrocement suspendue à ce pilier où tu l'as toi-même fixée. Mais le reste de son corps jouit au moins du repos qu'il mérite.

— Qu'as-tu fait ?

– Ce que tu aurais dû accomplir à ma place ! Dans la nuit, je n'ai pas trouvé le sommeil. Je sentais la présence d'Erméthion, mais il demeurait impalpable. Sa belle figure semblait s'incliner au-dessus de moi pour m'empêcher de dormir. Sa bouche m'a parlé. Elle appelait au secours. Je me suis levé et j'ai cherché son corps. Je l'ai trouvé dans le maquis, tout recouvert déjà de mouches. Je l'ai enveloppé dans un linge et chargé sur mes épaules. Je l'ai pour finir enseveli non loin de ta porte.

– Où ?

– Je ne te le dirai pas, Sisyphe, même sous la menace. Chaque fois que tu sortiras et que tu rentreras chez toi, tu passeras peut-être au-dessus de cet homme. Et cela te rappellera ton injustice. Je souhaite que tes remords durent le temps qu'Erméthion séjournera chez Hadès.

– Tu n'aurais pas dû venir, Salmonée.

– Je te l'ai dit, Sisyphe, Autolycos m'a convié.

– Tu pouvais te rendre directement chez lui sans t'arrêter à Ephyra !

– Oui, mais Erméthion, lui, voulait connaître le grand Sisyphe. Le voilà édifié, maintenant ! Il aurait mieux fait de rester avec Tyro, ma chère fille.

– Laisse ton ami où il se trouve désormais, et sache qu'à mes yeux les lois que j'édicte s'imposent à tous, frères, amis ou ennemis. Quant à ma nièce, qui j'en suis sûr vaut bien mieux que son père, je l'accueillerai quand elle le souhaitera.

Sisyphe retourna vers l'arrière et s'assit en retrait de l'espalier, aux pieds du barreur, à l'endroit où le bordé de la poupe était rehaussé de deux fargues pour laisser passer les avirons faisant office de gouvernail. L'homme s'écarta pour permettre au roi de s'étendre et de dormir.

Le vent forcit durant la nuit mais souffla toujours du sud, facilitant les manœuvres de Khorsès. La villa d'Autolycos apparut plus tôt que prévu. De loin, elle ressemblait à une montagne coupée. Les marins la comparaient pour son importance et sa beauté à celle de Sisyphe. Ils désignaient d'ailleurs les deux par le terme de « palais ». À mesure qu'on s'en approchait, on comprenait qu'il s'agissait d'une très grande habitation aux toits enchevêtrés en terrasses, posée sur un long plan se terminant par des pentes raides. À leur base un pieu semblait s'enfoncer dans la mer comme l'étrave d'un navire. À distance intuitivement estimée de cet appontement, Khorsès lança un ordre bref. Immédiatement, quatre hommes ferlèrent la voile. Les rames rentrèrent et seuls les avirons de gouverne gardèrent le contact avec l'eau. Le navire courut silencieusement sur son erre jusqu'à son mouillage.

De la villa palatiale, d'où l'on avait dû noter l'arrivée du bâtiment, reconnaissable entre tous à son gabarit, avaient été envoyés des hommes pour aider à l'accostage. La manœuvre fut menée sans accroc, ce qui valut à Khorsès les félicitations de Sisyphe. Autolycos lui-même vint à la rencontre de ses hôtes et précéda les invités sur les escaliers, taillés à même la roche, qui accédaient à la villa. Seul Salmonée avec son char dut contourner la falaise et emprunter une route sinueuse conduisant à la maison.

Un chemin dallé, bordé de cytises, menait directement à ce qu'il était convenu d'appeler le « petit palais ». Un jardin, où se mélangeaient narcisses, jacinthes et carthames jouxtait un temple dédié à Apollon, en face duquel était un autre temple, dévolu à Hermès. Après avoir traversé cet enclos accueillant et serein, on débouchait sur une grande cour rectangulaire, ouverte d'un côté sur la campagne par un simple muret surmonté d'un balcon à colonnes sculptées. En contrebas se trouvait une aire théâtrale en arc de cercle, garnie de gradins. Deux autels constitués de tables de pierre circulaires flanquaient le fond de la cour.

– Les festivités auront lieu ici demain, annonça Autolycos à la petite troupe qui le suivait.

Par quelques marches, on accédait à un autre espace fermé par des bâtiments divers, celliers, réservoirs d'eau, entrepôts, salles d'archives ou ateliers. Un propylée aux piliers décorés de scènes guerrières formait un seuil au-delà duquel on pénétrait dans l'enceinte privée du palais. On empruntait alors un corridor dont les murs de stuc figuraient des champs de lis et de safran coupés de compositions géométriques. Celui-ci débouchait sur une enfilade de pièces, toutes munies d'ouvertures sur la mer. Sisyphe et sa suite furent invités à prendre possession de leurs appartements. La préséance voulait que le roi d'Ephyra demeure juste à côté d'Autolycos et non loin de la chambre d'Anticleia, proche d'un étroit couloir fermé d'une porte en olivier. Ce dernier donnait accès à une autre petite cour dont l'enceinte était entièrement tapissée de bignones et de vigne vierge. Au centre se trouvait une piscine circulaire cerclée d'un parapet à colonnettes. Autolycos en vanta les vertus à ses visiteurs.

– Ce bassin n'est pas destiné aux libations, mais à ma famille et à mes amis. Les dieux m'accordent ici le droit de me consacrer à mon propre corps. Baignez-vous, trempez-vous dans l'eau de source qui descend directement de la colline, jouissez des bienfaits du repos.

La journée s'écoula au milieu des préparatifs. On ne pouvait se déplacer dans la villa sans croiser des prêtresses, des bergers conduisant des moutons, des écuyers affairés, des captives décorant les piliers, les colonnes et les murs de pampres, de myrtes et de lauriers. Des majordomes s'activaient, lançant des ordres, imprimant un rythme soutenu au travail des serviteurs pour que la cérémonie fût parfaite.

Sisyphe visita la villa. Il vit passer les bêtes destinées au sacrifice et songea qu'il s'agissait peut-être des siennes. Il s'interdit de procéder au moindre examen pour ne pas éveiller l'attention. Il attendait son heure. Incapable de reconnaître à vue son bien, il regretta cependant que Poïphile ne se trouvât point à ses côtés pour identifier telle ou telle génisse malgré ses transformations probables.

Le soir, le mégaron accueillit tous les hôtes d'Autolycos pour un banquet annonciateur de la noce. Ce fut pour Sisyphe et pour Mérope l'occasion de revoir Anticleia. L'enfant douce et joueuse s'était métamorphosée en une jeune fille élancée, affable, dont le regard lumineux semblait ne jamais pouvoir s'éteindre. Parée ce soir-là d'un blouson à manches courtes au blanc cassé, elle portait au front un saphir en écho à la belle couleur bleue de sa jupe plissée. Ses épais cheveux noirs laissaient pendre de longues mèches ondulées sortant d'un bandeau maintenu par une étincelante épingle d'or. Une ceinture de cuir, noire elle aussi, ceignait sa taille. Resplendissante, elle se tenait à côté de son père dont le visage exprimait la fierté. Sisyphe demanda le programme des festivités du lendemain.

– Tu découvriras cela directement, cher Sisyphe. Je veux que l'on s'amuse en l'honneur de ma belle Anticleia et de Laërte, qui nous rejoindra bientôt avec ses parents.

– Soit ! J'attendrai pour me divertir...

– Pour l'instant, chers amis, goûtez les mets et les vins de la lointaine Lemnos servis sur cette table. Quant à moi, je bois au bonheur de ma fille.

Autolycos leva une fine coupe en cristal de roche et absorba d'une gorgée le délicieux breuvage. Les convives l'imitèrent, et l'opération se répéta plusieurs fois au cours de la soirée. Salmonée voulut qu'on rendît grâces à Zeus. Il invoqua le dieu tout-puissant et lui demanda d'attribuer une nombreuse descendance à Laërte et Anticleia. Il ajouta que sur son char, il rendrait lui-même ses hommages aux jeunes mariés. Chacun désira prononcer quelques paroles agréables aux oreilles d'Anticleia, qui les accueillit toutes avec un charme égal. Sisyphe prit la parole en dernier.

– Anticleia, un homme va t'épouser demain. Je ne l'ai jamais rencontré, mais par Chalcoméduse et Céphale, il descend de mon frère Déion. Comme moi, il est donc de la race du divin Deucalion, lui-même issu de Prométhée. Mais cette qualité ne l'emporte pas à côté du mérite de t'avoir conquise, car tu es certainement la plus jolie jeune fille du Péloponnèse.

La chaleur de la nuit, les excès de vin et de nourriture, la perspective d'une journée de noces chargée en événements, tout avait contribué au sommeil lourd des convives. Les serviteurs eux-mêmes s'étaient abandonnés à la boisson jusqu'à une heure fort avancée dans la nuit, avec la permission expresse de leur maître. La villa dormit dans un parfait silence.

Tôt le lendemain matin, Sisyphe regardait les étoiles disparaître une à une au bord de la piscine circulaire, quand parut Anticleia dans une simple robe de lin. Elle referma précautionneusement la porte derrière elle et vint s'asseoir sur le petit parapet qui ornait le bassin comme une couronne cerne un front.

– Tu es bien matinal, puissant Sisyphe !

– Avec l'âge, Anticleia, on dort moins. Et puis j'aime goûter les senteurs du matin, assister au réveil de la nature. Quand j'étais enfant, je ratais chaque fois le lever du soleil. Aujourd'hui, il est bien rare qu'il me précède... Mais te voilà déjà debout toi aussi ? Ta journée pourtant sera longue et fatigante.

– Un rêve étrange ne m'a pas lâchée de la nuit.

– Hypnos se délecte en nous entraînant dans des labyrinthes où je me suis moi-même fort souvent égaré...

– Cette fois n'est pas comme les autres. D'ordinaire mes songes restent mystérieux, trop complexes pour les devins de mon père, qui n'ont jamais réussi qu'à m'en proposer des interprétations complaisantes. Tu as raison, Sisyphe, on dirait que Zeus au moyen d'Hypnos prend goût à nous tromper, à nous emmener sur des chemins sans issue.

– Qu'avait donc d'insolite ce rêve, belle Anticleia ?

– Contrairement à tous les autres, il semblait plus réel que la réalité.

– Pourquoi t'en affliger ?

– Je ne m'en attriste pas, bien au contraire.

– Tes paroles sont pour moi plus impénétrables qu'un rêve !

– Je ne sais si je peux m'ouvrir à toi comme pourtant je le souhaiterais.

– Tu es si chère à mon cœur, Anticleia... N'hésite pas à me tenir pour un ami.

– J'ai rêvé de toi, Sisyphe.

– Cela n'est effectivement pas triste... Et c'est même une preuve des plus douces de mon existence...

– Tu es apparu devant moi, dans ma chambre. Allongée sur le dos dans mon lit, recouverte d'un simple drap, je cherchais vainement le sommeil, me tournant à droite, à gauche, agitée par je ne sais quelle pensée. Tu m'as regardée avec tendresse. Tu as caressé mon front, puis mes joues. Sous tes mains fraîches, j'avais l'impression d'être encore une enfant, mais un sentiment plus trouble commença de me traverser. Tu as laissé tomber ta tunique...

– Qu'arriva-t-il alors ?

– Tu as lentement tiré le drap qui protégeait ma nudité. Je n'ai pas bougé. Tu t'es agenouillé. Ton visage se trouvait maintenant tout proche de ma figure. Il m'a semblé que tes yeux parcouraient mon corps, du haut de ma tête jusqu'à l'extrémité de mes pieds. Ils ont passé comme un nuage sur mes seins, sur mon ventre, sur mes jambes et sont revenus s'arrêter dans mes yeux. Tes lèvres se sont approchées des miennes, ta langue a cherché ma langue et nos bouches se sont modelées l'une l'autre. En moi, je ressentais un irrépressible désir. Tes mains ont caressé mes seins, dont les pointes dessinèrent plusieurs fois les lignes de tes paumes. Mon corps devint pour toi un champ de baisers. J'ai senti la chaleur de ta tête brûler l'intérieur de mes cuisses. Tu t'es allongé sur moi...

– Alors, Anticleia, ton désir et le mien se sont mariés. Tu m'as ouvert le chemin du plaisir. Par trois fois tu m'as offert un voyage qu'aucun navigateur, qu'aucun explorateur, qu'aucun guerrier ne pourra jamais goûter. J'aurais voulu demeurer en toi aussi longtemps que Zeus et les dieux me permettront de vivre. Mais l'aube a pointé. La pensée de ton mariage si proche a brisé un appétit que j'eusse entretenu sans cela bien plus longtemps.

– Se peut-il, noble Sisyphe, que deux individus fassent chacun de leur côté le même songe ? Est-il possible que ton rêve ait épousé le mien ?

Sisyphe regarda la jeune femme avec douceur. Sans parures, avec pour seuls atours ses longs cheveux noirs défaits sur ses épaules, elle était plus belle encore. Il lui sourit et répondit tout bas :

– Non, Anticleia.

Elle demeura méditative un instant, puis, en souriant à son tour, elle détourna de Sisyphe les longs yeux qu'elle avait fixés sur lui pendant leur dialogue. Des bruits se firent entendre dans la villa. Ce devaient être les serviteurs qui commençaient de s'activer. Anticleia s'approcha de Sisyphe et lui tendit les mains. Il les enveloppa des siennes.

– Je dois regagner mes appartements. Rêverons-nous de nouveau ensemble, Sisyphe ?

– Va te préparer...

– Pourquoi ne me réponds-tu pas ?

– Les dieux seuls restent maîtres de nos songes, Anticleia.

– Ne descends-tu pas des dieux ? N'as-tu point hérité d'eux le pouvoir d'obtenir ce que tu as décidé de posséder ?

– Tu vas t'allier aujourd'hui même à un homme lui aussi de lignée divine. Longue vie à tes rêves et aux siens...

Anticleia reprit ses mains, se dirigea vers la porte conduisant à sa chambre et s'éclipsa.

La villa bruissait des préparatifs de la fête, lentement d'abord, puis avec une fébrilité croissante d'heure en heure. Tout devait être prêt pour la fin de la matinée. Des brasiers s'allumaient, on tendait des draps, on dressait des tables, les autels s'ornaient de parements, on décorait des colonnes, on transportait des pierres pour les assembler en bancs, on présentait des objets précieux pour rappeler à tous le caractère festif de la journée.

Des environs convergeaient les habitants des groupements voisins, seigneurs accompagnés de leurs suites, artisans, capitaines. En grand apparat, Autolycos accueillait ses invités avec un large sourire et force formules de bienvenue. L'étalage des étoffes témoignait de l'honneur rendu au maître des lieux et à sa fille. À ses côtés, par respect dû à son rang, se tenait Sisyphe entouré de sa famille. Lui-même revêtu de la superbe tunique plissée à l'ongle suivant les indications de Méropé, il ne perdait rien du spectacle et semblait plus heureux encore que son hôte. Sous ses yeux, les jupes à volants côtoyaient les pagnes à devanteaux brodés, les tuniques droites pourvues de bandes et de dentelures le disputaient en luxe aux châles rouges, jaunes, bleus, noirs et or des femmes, dont les bijoux scintillaient au soleil. Beaucoup d'entre elles portaient sur leur poitrine plusieurs rangées de colliers d'améthyste et de cornaline. Les plus modestes avaient juste embelli de quelques franges ou de dessins à l'encre leurs vêtements habituels. Toutes et tous tâchaient de se montrer sous leur jour le plus favorable.

La petite foule s'agglomérait sur l'esplanade rectangulaire quand le futur et ses parents se firent annoncer. Les présentations donnèrent lieu à des accolades amicales et chaleureuses entre seigneurs, à des signes de respect, à des gestes de déférence des petits envers les grands. Deux hommes d'armes apparurent et encadrèrent Laërte. À ce signal, l'assemblée s'écarta, donnant par ce mouvement au jeune homme le droit d'enlever symboliquement sa promise. Laërte s'enfonça dans les méandres du palais à la recherche d'Anticleia, sous des clameurs amusées.

Au milieu du brouhaha, Autolycos et Sisyphe échangeaient quelques mots, sous le sourire inquiet de Méropé. Autour de Salmonée, demeuré discret jusque-là, des rires fusèrent du demi-cercle d'hommes formé devant lui pour l'entendre conter ses exploits. Des enfants se poursuivaient au milieu de groupes constitués au gré d'une conversation, défaits par une autre. Une prêtresse vint annoncer que le cortège nuptial emprunterait le chemin allant de l'esplanade au mégaron, après les cadeaux, les offrandes et les vœux. Un écuyer avertit Autolycos de l'imminence du retour de Laërte, dont il assura qu'il l'avait aperçu prendre Anticleia dans ses bras.

De fait, les jeunes gens firent irruption au milieu de la compagnie. Tout le monde se tourna vers eux. Leurs visages resplendissaient d'une joie communicative. Une couronne d'or rehaussée de trois rubis sertis dans le métal brillait sur le front d'Anticleia. Les deux plus petits, pareils à des boutons de fleurs, encadraient le plus gros, central, en forme de losange, et le rouge éclatant des lèvres et des ongles de la jeune fille en était le pendant. La blancheur de la tunique accentuait encore le contraste entre ce corps menu et les joyaux qui l'auréolaient.

On eût dit que Laërte portait sa fiancée en signe d'oblation. Il la souleva comme pour la présenter aux dieux, et la remit sur pieds avant de clamer son désir de la prendre pour femme. Des esclaves déposèrent devant Autolycos les présents offerts par Laërte à son beau-père, trépieds recouverts d'or, boucliers de bronze, statuettes de marbre. Un navire, à quai depuis le matin, s'ajoutait à ces splendeurs. Laërte s'avança, et fit sa déclaration.

– Ici, en ton palais, grand Autolycos, devant les seigneurs et le peuple convoqués en notre honneur, je te demande le droit de prendre pour femme Anticleia, ta fille.

Celle-ci, sous le regard de son père, inclina la tête en signe d'acquiescement.

– Digne Laërte, j'agrée tes cadeaux et te donne ma fille. Que la cérémonie commence ! Réjouissons-nous !

Un cortège se forma, en tête duquel se trouvaient des prêtresses aux seins nus. Elles entonnèrent un chant rituel, bientôt repris par leurs suivantes en marque de respect aux dieux mais aussi de salut aux époux. Le serpent humain défila devant Autolycos toujours flanqué de Sisyphe.

Sur la grande esplanade arrivèrent alors les bêtes destinées au sacrifice. Des bœufs magnifiques aux cornes démesurées, des génisses d'un blond roux – la couleur préférée du maître des lieux –, un splendide bélier noir, des brebis accompagnées pour la plupart de leurs agneaux encore incertains sur leurs pattes. Des écuyers s'approchèrent pour les abattre. À ce moment, Sisyphe s'avança, et, faisant face à Autolycos et à la foule rangée derrière lui, il prit la parole, haut et fort.

– Quelles bêtes vas-tu sacrifier, Autolycos, les tiennes ou les miennes ?

Cette apostrophe suspendit toutes les conversations. Dans l'assistance, les plus proches de Mérope la regardèrent interrogativement. Autolycos alors éclata de rire et répliqua :

– Sisyphe, bien cher Sisyphe, que nous chantes-tu là ? N'as-tu donc plus tous tes sens ?

– Autolycos, je répète ma question devant le monde ici réuni : auras-tu le front de tuer mes propres bêtes en l'honneur de ta fille ?

Le rire d'Autolycos reflua et se transforma en fureur. À son tour il fit volte-face et s'adressa, emporté, à ses invités muets.

– Mes amis, le jour même du plus beau des mariages, celui de la plus belle des jeunes filles de Béotie, Sisyphe vient m'accuser chez moi sans raison. Honte au roi d'Ephyra qui se méprend et tente de briser la joie d'un père !

Un mouvement parcourut la collectivité, sans qu'on pût déterminer s'il s'agissait d'une timide adhésion ou d'un doute réprobateur. Autolycos se retourna vers Sisyphe et laissa libre cours à sa colère.

— De quel droit me mets-tu en cause ? Comment oses-tu te permettre, tout roi que tu es, de troubler ma fête ?

— Autolycos, je te somme de rendre les bêtes que tu m'as volées !

— Tes incriminations ne m'effraient pas, Sisyphe.

— Je m'en doute, car tu te crois intouchable. Mais aujourd'hui, devant témoins, je vais prouver ton forfait.

— Toutes les bêtes ici présentes, Sisyphe, sont miennes depuis toujours, je le jure.

— Peux-tu le jurer à Zeus ?

— Il ne me le demande pas.

— Moi, je te le demande.

— Tu n'es pas Zeus !

— Ta défense t'accuse.

— Je ne me défends pas. Observe toi-même tous les animaux rassemblés ici : leur blondeur teintée de roux parle pour moi. On sait mon goût pour cette belle apparence.

— Tu tentes d'abuser ton monde avec un tel argument ! La couleur des génisses ne plaidera pas pour toi, car tu les as teintes, effectivement, aux couleurs qui te sont chères, et elles revêtent l'apparence, en effet, qui te plaît.

— Tu affirmes, Sisyphe, mais l'arrogance n'est pas une preuve.

— Autolycos, il est encore temps pour toi de reconnaître ton crime et de demander mon pardon. Je l'accorderai et consentirai à sacrifier mes bêtes avec les tiennes en hommage aux dieux et à Anticleia.

— Cesse là tes allégations, écarte-toi, et laisse mes écuyers œuvrer. Si j'avais dérobé une partie de tes troupeaux, comment aurais-je pu te le dissimuler, sachant ta visite ?

– En changeant la couleur des bêtes !

– Et comment donc ?

– Là est ton secret.

– Tu déraisonnes.

– Tu as usé d'un semblable stratagème en Eubée pour dépouiller Eurytos.

– Racontars !

– Non, Autolycos... mais on ne trompe pas Sisyphe comme on se joue d'un autre mortel. Moi, je peux apporter la démonstration de ton escroquerie.

– Vraiment ? Je brûle d'impatience d'en savoir plus !

– Soit ! Chacune de mes bêtes est marquée d'une barre verticale, un trait qui ressemble en tout point au I, la deuxième lettre de mon nom.

– Où donc ?

– Au sabot.

Sisyphe alla vers une génisse, tapa du plat de la main sur sa croupe pour rassurer l'animal et souleva une de ses pattes postérieures. Il interpella Autolycos et la foule qui se pressait autour de lui.

– Voyez sur ce sabot l'entaille en forme de I. Cette bête-là m'appartient.

– Cela ne prouve rien ! Un trait sous un sabot peut provenir d'une blessure !

Autolycos retourna le sabot d'une autre bête, semblable comme une jumelle à la première. Aucune encoche n'était visible. Il triomphait.

– Ta ruse est indigne de toi, Autolycos. Hermès, ton père, en rougirait ! Tu as montré le sabot droit. Vois le gauche !

Tous les présents y constatèrent un second I. Autolycos perdit la face. Un murmure condamnatoire s'éleva. Les écuyers ne savaient plus quel comportement adopter. La victoire de Sisyphe laissait le vaincu désemparé. Celui-ci devait impérativement réagir, et redresser une situation catastrophique pour sa fête. Ou bien il allait se battre avec Sisyphe et le duel serait sans merci, ou bien il tâchait d'arranger les choses, eu égard à Anticleia. Il reprit la parole, d'abord hésitant, puis avec une assurance retrouvée :

— Écoutez-moi ! J'ai voulu éprouver l'esprit le plus rusé qui soit... Je... je croyais l'emporter aisément sur Sisyphe, mais je dois reconnaître qu'il a triomphé en maître, et je l'en félicite chaleureusement. Toi Sisyphe, sache que je m'incline devant ta subtilité. Aucun homme avant toi n'avait réussi à me vaincre. Tes bêtes m'ont suivi d'Ephyra jusqu'en mes pâturages sans aucune violence. Il a suffi que je paraisse et elles se sont comportées avec moi comme si j'étais leur maître incontesté. Je comptais d'ailleurs te les restituer, à mon heure.

Il y eut quelques instants de flottement. On ne savait qui mentait, qui disait la vérité. Sisyphe, un moment décontenancé, retrouva vite sa superbe.

— Comment se fait-il alors que mes bêtes figurent dans le lot sacrifié aujourd'hui aux dieux ?

— Tant que tu ne les réclamais pas, je pouvais supposer que tu t'avouais vaincu. Mais désormais, tu as le droit de récupérer ton bien.

— Au vol, tu ajoutes le mensonge et la fausseté. Je devrais te défier en duel et te tuer, Autolycos.

— Tu pousses trop loin ton avantage, Sisyphe. Ne viens-tu pas de gagner déjà un assaut ? Et puis, c'est aujourd'hui le jour des noces d'Anticleia ! Disputons-nous une autre fois !

L'argument parut amadouer Sisyphe. Il réfléchit. Il chercha dans l'assistance le visage de la jeune fille. Elle ne se montra pas, ou bien elle s'était plus probablement retirée dans quelque pièce avec Laërte, pour fuir la foule.

– De ton troupeau il te faudra me restituer les bêtes frappées de mon sceau, et celles que Poïphile, mon serviteur, n'a pas eu le temps de marquer, en tout huit fois dix et une bêtes, selon le calcul d'Archèlos, mon scribe.

– Je m'y engage, Sisyphe, mais comment distinguer tes bovins des miens pour le sacrifice ?

– J'offre dix beaux taureaux à Zeus en l'honneur d'Anticleia. Le reste, bovins et ovins pris indûment, tu me les rendras demain.

L'assistance, dont le mutisme avait été jusque-là enveloppé seulement de quelques murmures, et qui était restée suspendue à la joute entre les deux seigneurs, reprit ses conversations, dont la majorité tourna autour de l'événement auquel venait de mettre un terme l'accord. Pour la première fois, Autolycos avait rencontré plus retors que lui, mais on lui reconnut pourtant une belle sortie. Sisyphe l'avait confondu, certes, mais il ne s'en tirait finalement pas si mal. Il relança d'ailleurs les cérémonies.

Des écuyers présentèrent les bêtes devant les autels dressés, recueillirent le sang dans des coupes en or, découpèrent les membres, les couvrirent d'huile et jetèrent les morceaux dans les feux crépitants. Ces prémices annonçaient un festin somptueux. Avant de s'y adonner, les invités suivirent les prêtresses et Autolycos vers le sanctuaire où les morts reçurent leur hommage, au premier rang desquels la mère d'Anticleia, depuis longtemps disparue.

Le maître des lieux offrit un banquet de très grand seigneur. Des dizaines d'esclaves allaient et venaient parmi les convives pour servir, présentaient les mets fumants aux parfums de sarriette, de laurier, de thym, de romarin, de fenouil, accompagnés de plats garnis d'olives, de condiments, d'épices et d'herbes. Des échansons mélangeaient précautionneusement le vin et l'eau dans de grands cratères montés sur des trépieds en bronze. Les coupes se levaient, on invoquait Zeus, Apollon et Athéna, on ne tarissait pas de compliments sur les mariés, on leur souhaitait une abondante progéniture – Autolycos lui-même forma le vœu que l'esprit de son premier fils égalât en ruse celui de Sisyphe –, on buvait à la beauté d'Anticleia et à la chance de Laërte. Le repas dura toute la journée. Vers la fin de l'après-midi, le premier majordome annonça que les époux quitteraient le palais sur un char.

Salmonée avait insisté auprès d'Autolycos pour ouvrir le chemin, ainsi que Zeus l'aurait fait pour ses propres enfants. Ce fut donc son char qui vint en premier sur l'esplanade. Les boucliers enchaînés soulevaient la poussière en tourbillons et les murs d'enceinte renvoyaient déjà en échos successifs le bruit de l'équipage. Le char de Laërte et d'Anticleia parut à son tour. Les rênes décorées des deux chevaux leur communiquaient une allure divine. Des lanières de cuir rouge, brun, noir, doré, transformaient leurs crinières en tresses polychromes, et leurs flancs étaient recouverts d'un drap sur lequel figuraient des aigles peints. L'épousée portait les insignes de sa nouvelle fonction, un gril et un tamis. Un sourire un peu mélancolique éclairait faiblement son visage. Quant à Laërte, tenant d'une main les brides, il saluait de l'autre comme eût fait le vainqueur d'un combat.

Les jeunes gens vinrent embrasser leurs parents. Arcisios et Chalcoméduse étaient restés aux côtés d'Autolycos, comme le préconisait le protocole. Ils enlacèrent leur fils, et leur belle-fille. Le père d'Anticleia fit de même. Celle-ci s'arrêta devant Sisyphe et s'inclina. Le roi d'Ephyra lui baisa le front, sous le regard étonné de Méropé. Les jeunes gens remontèrent sur leur char et le placèrent derrière celui de Salmonée.

Ce dernier donna le signal du départ en fouettant les croupes de son attelage. Aussitôt le vacarme reprit de plus belle. L'assemblée riait. Quelqu'un osa lancer sur son passage : « Gloire au petit Zeus. » Quand l'écran de poussière se dissipa, le jeune couple avait déjà disparu derrière la colline. Ils atteindraient avant la nuit les appartements que les parents de Laërte leur avaient réservés chez eux.

La fête devait se poursuivre tard dans la soirée, mais elle fut interrompue par un événement dramatique.

Salmonée avait accompagné Laërte et Anticleia. Il était convenu qu'il reviendrait se joindre aux convives dès que possible. Or le temps, jusque-là délicieux, changea brutalement. Le vent avait tourné à l'est. L'amoncellement de lourds nuages derrière les crêtes des collines qui formaient un grand arc de cercle autour de la villa d'Autolycos laissa présager une véritable tempête. On rangea en hâte les bancs couverts de draperies ainsi que tout ce qui pouvait souffrir d'un probable déchaînement des cieux. Les serviteurs s'affairaient encore lorsque les premières flèches de la pluie vinrent cribler le sol. Bientôt la totalité de la demeure seigneuriale crépita sous des trombes d'eau. Réfugiés dans toutes les salles et dans toutes les pièces disponibles, les invités se laissaient pour certains gagner par la peur. On entendit même un vieillard évoquer l'ancêtre de Sisyphe,

Deucalion, qui seul survécut avec sa femme Pyrrha au déluge déclenché par Zeus. Le vieil homme conta comment ce fils de Prométhée parvint à flotter sur les eaux recouvrant la terre pendant neuf jours et neuf nuits. La disparition de tous les êtres humains, jusqu'au débarquement de l'arche de Deucalion en Thessalie, permit à Zeus de repeupler la terre avec une nouvelle race d'êtres humains, issue des cailloux que Deucalion et Pyrrha jetaient par-dessus leurs épaules. Le récit avait avivé la crainte de la foule pressée dans la pièce, d'autant plus que chacun pouvait s'imaginer périr sous ce nouveau déluge. Et la peur augmenta quand se firent entendre les premiers roulements du tonnerre.

En vérité – on l'apprit par la suite de la bouche d'un serviteur occupé à protéger les autels –, ces premiers grondements n'étaient que ceux du char de Salmonée débouchant sur la grande esplanade. Or, au moment où le frère de Sisyphe s'apprêtait à stopper son attelage, un immense éclair déchira le ciel, vint se briser sur l'un des boucliers qu'il traînait, comme une pique lancée par un ennemi et qui atteint son but. Le serviteur, tremblant encore du spectacle imprimé dans son cerveau, décrivit alors comment Salmonée avait trouvé la mort. L'éclair après avoir frappé le bouclier avait pour ainsi dire rebondi sur le métal et avait quasiment sauté à la gorge du mortel. Celui-ci s'était enflammé soudain comme une torche, avait tournoyé sur lui-même pour finir sur le sol, face contre terre, avant de se retourner dans une dernière convulsion. Ses vêtements calcinés, ses membres tordus, ses cheveux noircis offraient un spectacle désolant. Ses mains, fermées sur les rênes, semblaient deux poings rageusement brandis vers le ciel. Épargnés, les chevaux manifestaient leur effroi en hennissant et en trépignant sur place, transmettant au cadavre leurs propres soubresauts. On les dételа. Salmonée fut transporté dans sa chambre sur une civière de bois. Il fallut traverser le mégaron, à la stupéfaction de tous ceux qui y avaient trouvé abri.

Une fois couché sur son lit, on réalisa que le frère de Sisyphe vivait encore. Il fut dès ce moment et jusqu'à sa guérison l'objet de soins attentifs. Nettoyé avec de l'eau tiède mélangée à de la cendre, réhydraté, ses plaies enduites de graisse, on le couvrit d'un drap blanc. Autolycos ordonna qu'un serviteur restât auprès de lui, avec la consigne d'essuyer régulièrement la sueur sur son front au moyen d'une éponge humide.

De l'avis de tous, Zeus venait de punir Salmonée de sa folle prétention par un avertissement terrible. Se comparer au maître suprême revenait à le défier. Aussi les commentaires tournèrent-ils autour d'une seule question : le roi des dieux et père des hommes avait-il débattu avec les autres dieux de la peine à infliger, ou avait-il agi seul, d'une façon aussi menaçante ? Salmonée disposa-t-il d'un défenseur céleste ? Le cas examiné, et la sentence prononcée, qui en assuma la charge ? Plusieurs de ceux que Salmonée avait pendant l'après-midi longuement entretenus de ses exploits assurèrent que seul Zeus détenait le pouvoir d'envoyer les éclairs et d'assembler les nuées, et que par conséquent Salmonée reçut l'honneur exceptionnel de goûter à la mort sans s'y enfoncer. Quelqu'un souligna que c'était peut-être même là un véritable hommage divin.

Sisyphe avait contemplé son frère sans trahir le moindre mouvement d'âme. Impassible, il écouta les commentaires sans y ajouter les siens. Quand l'orage cessa enfin, les invités se dirigèrent vers la sortie en grappes silencieuses et se dispersèrent lentement. La minuit était dépassée. Sisyphe et les siens regagnèrent leurs appartements, hormis Thersandros et même Ornytion, endormis depuis longtemps. Retirés dans leur chambre, Sisyphe et Méropé s'allongèrent l'un à côté de l'autre. La main de Sisyphe se posa sur l'intérieur de la cuisse de sa femme. Celle-ci l'écarta doucement et, repliant les genoux, elle parla d'une voix simple et posée.

— Que penses-tu de la beauté d'Anticleia, noble époux ?

— Pourquoi me demandes-tu cela ?

— Et pourquoi pas ?

— Maintenant ?

— Oui, maintenant.

— Je la trouve douce et gracieuse.

— Et crois-tu qu'elle sera une bonne épouse pour Laërte ?

— Je l'ignore, chère Méropé... mais que de questions, à cette heure ?

— As-tu observé combien tu plais à Anticleia ?

— Que veux-tu dire ?

— Elle t'a regardé souvent, durant les cérémonies de cet après-midi, avec des yeux bien éloignés de l'indifférence.

— N'est-il pas normal qu'elle admire le roi d'Ephyra ?

— Ses yeux ne voyaient pas un roi, mais un homme.

— Prétends-tu, chère épouse, déchiffrer les pensées d'Anticleia ?

— Ce sont les tiennes que j'ai à cœur, Sisyphe.

— Ne suis-je pas en ce moment, comme tous les jours, à tes côtés ?

— Je ne doute pas de la présence de ton corps...

— Méropé, cesse de prendre sur mon sommeil avec ces inquiétudes infondées. Ne m'oblige pas à me défendre.

— Je ne t'attaque pas. Nous parlons.

— Cette discussion ne mènera nulle part.

– Elle m'a déjà beaucoup renseignée.

– Soit ! Maintenant, laisse-moi dormir.

– Accepte un dernier mot.

– Je t'écoute.

– J'ai cru voir du dépit sur ton visage quand tu as appris que Salmonée en réchapperait.

– Tu me connais bien.

– Tu ne m'en diras pas plus.

– Que veux-tu savoir ?

– Éprouves-tu de la haine pour ce frère ?

– Peut-être...

– Sait-il pourquoi ?

– Il est trop imbu de lui-même pour s'interroger sur autrui. Et que m'importent d'ailleurs ses sentiments à mon égard ! C'est un vaniteux dont la mort ne me causerait guère de peine.

– Il a bien failli mourir, ce soir.

– Thanatos aura désobéi à Zeus, ou Zeus lui-même aura changé d'avis au dernier moment. Mais Salmonée ne perd rien pour attendre.

– Tu me fais peur, Sisyphe.

Méropé garda le silence quelques instants. Quand elle voulut relancer le dialogue, Hypnos s'était déjà emparé de son mari.

4.

Bien que l'altercation entre les deux seigneurs ait quelque peu entaché les réjouissances, les participants conservèrent un souvenir agréable des noces de Laërte et d'Anticleia. Si quelqu'un en voulut à Sisyphe de les avoir troublées, personne ne se manifesta. Autolycos lui-même, beau joueur, finit par sourire d'avoir été confondu.

La fête consommée, Sisyphe et sa famille demeurèrent chez leur hôte près d'une semaine. Le roi d'Ephyra tint à identifier en personne chacune des bêtes qu'Autolycos s'était engagé à lui restituer. Trois jours durant, il dépensa plusieurs heures de son temps avec les bergers de son voleur afin de parquer son bien dans un enclos spécial. Quand il eut rempli cette tâche, avec délectation, il s'assura que ce seraient les mêmes bergers qui conduiraient son troupeau récupéré, avec la garantie que ces hommes redoubleraient de vigilance et de sérieux, ne serait-ce que pour éviter à leur maître une deuxième déconvenue.

Peu de temps avant de quitter la villa d'Autolycos, Sisyphe rendit visite à son frère dont l'état s'améliorait de jour en jour. Salmonée le reçut dans sa chambre, allongé sur son lit mais adossé à un coussin brodé, la tête suffisamment redressée pour donner le change.

– Je suis heureux de te voir, cher Sisyphe.

– Nous allons partir, et je suis venu te saluer.

– C'est très aimable à toi. Ne t'inquiète pas de mon état. Autolycos joue pour moi le rôle d'un véritable frère, et je me sens chez lui aussi bien qu'à Elida, où je retournerai prochainement.

– Je n'ai pas la fatuité de croire que ma présence te rendra la santé, Salmonée, mais j'ai la faiblesse de penser que mon silence n'aurait pas favorisé ton rétablissement.

– C'est du silence des dieux que j'ai besoin.

– Si tu ne les offensais pas, ils s'intéresseraient moins à toi. Cesse d'imiter Zeus, et Zeus t'oubliera. Adieu.

La convalescence plus rapide que prévu de Salmonée acheva de satisfaire Autolycos, qui le garda chez lui quelque temps, et put avec cet ami tester sur la vague le don magnifique remis par Laërte au moment du mariage. La petite tribu de Sisyphe, quant à elle, reprit par la mer la direction d'Ephyra. Le retour se déroula sans encombre, sauf peut-être les nausées de Méropé que sa grossesse devait sans doute rendre plus sensible aux mouvements imperceptibles et pourtant incessants provoqués par la petite houle que le navire avait subie pendant la traversée. Tout ce monde retrouva Ephyra par un jour clair et lumineux.

À peine dans ses murs, et une fois Ipsos calmé de ses habituels débordements de retrouvailles, Sisyphe s'enquit de son petit-fils Hipponoos, lequel ne tarda pas à lui réclamer de jouer à « la montagne ». Son grand-père eut beau lui répéter qu'il était désormais trop grand, le jeune garçon insista et obtint satisfaction. Il retenait sa respiration chaque fois que Sisyphe le lançait en l'air et reprenait son souffle bruyamment dès qu'il se savait rattrapé. Il avait à peine le temps d'éclater de rire que le manège reprenait, sous les aboiements joyeux d'Ipsos, qui peut-être en même temps surveillait l'opération. Dès que Sisyphe faisait mine d'arrêter, Hipponoos le regardait sans douter qu'il reprendrait presque aussitôt. Si son grand-père hésitait vraiment, il lançait, hilare, un « encore » joyeux. Il fallut pourtant bien cesser, malgré les encouragements du chien. Hipponoos embrassa gaiement son royal aïeul, à peine essoufflé par ses efforts, et disparut.

Sisyphe alors convoqua son scribe. Archèlos se rendit dans le bureau du maître avec son matériel portable.

– Tu m'as fait appeler, seigneur.

– Oui, Archèlos. J'ai confondu Autolycos, et mes bêtes ont dû arriver hier ou le jour précédent. Je dois vérifier cela auprès de Poïphile, que je verrai ce soir, et je veux que tu enregistres la bonne nouvelle sur tes tablettes.

– Vas-tu récupérer toutes tes bêtes, seigneur ?

– Oui, toutes, à l'exception de dix taureaux que j'ai moi-même offerts à Zeus lors du banquet de mariage d'Anticleia, la fille de mon voleur – qui soit dit en passant vaut bien mieux que son père ! Nous en étions à huit fois dix et une, n'est-ce pas ?

Le vieil Archèlos consulta un pain d'argile et hocha la tête en signe d'accord.

– Cela donne donc sept fois dix et une désormais ?

– Tout juste, seigneur. Tu comptes aussi bien que moi.

– Tu m'as appris le calcul, Archèlos, tu peux donc tirer fierté de ma science.

Archèlos s'inclina et se retira. Ce fut le moment que choisit Glaucos pour entretenir son père d'un projet de voyage.

Le fils aîné de Sisyphe ressemblait au roi par son attitude générale et par plusieurs de ses façons, mais son air un peu triste trahissait un caractère moins affirmé. Au moment où ils s'adressaient à lui, ses interlocuteurs ignoraient s'il entendait vraiment leurs propos ou s'il affectait de les écouter pour leur être agréable. En réalité, l'homme faisait preuve d'attention mais gardait toujours de la distance dans l'échange, par souci de se donner du recul, par peur de s'engager ou plus simplement par désir de se protéger. Quand il parlait avec son père, il ne se départait pas d'une certaine retenue, plus par gêne inexplicable que par respect naturel. Ce dernier le savait, mais depuis longtemps avait compris qu'il n'y changerait rien. Il aimait Glaucos, et lui était particulièrement redevable de l'existence de Hipponoos.

– Cher fils, c'est toujours pour moi un plaisir de m'entretenir avec toi. Les occasions d'ailleurs sont trop peu nombreuses.

– Tes occupations, père, ne facilitent pas nos dialogues.

– Pourtant, je sais me rendre disponible quand il le faut.

– Oui, mais j'hésite bien souvent à te déranger.

– Tu as tort.

– Je méditerai cette parole.

– Inutile de réfléchir trop, Glaucos, il vaut mieux agir.

– Je connais tes positions.

– Applique-les, tout ira mieux dans ta vie.

– Père, je veux pour l'instant te parler d'un voyage.

– Je t'écoute.

– J'envisage avec Eurymédè de quitter Ephyra.

– Pardon ?

– Nous désirons, ma femme et moi, découvrir d'autres cités, d'autres hommes, d'autres pays.

– Ephyra te déplaît ?

– Non.

– Eurymédè s'y ennuie-t-elle ?

– Non... je ne crois pas.

– Alors ?

– Alors, père, nous souhaitons seulement changer d'horizon.

– Et Hipponoos ?

– Je ne comprends pas.

– L'emmènerez-vous avec vous ?

– Bien sûr !

– C'est impossible.

– Pourquoi ?

– Mais parce que je l'aime par-dessus tout et qu'il n'est pas question de le laisser partir.

– Mais enfin, père, il s'agit de mon fils !

– Ce n'est pas une raison. Je m'oppose à ce projet.

– Tel est le grand Sisyphe !

– Oui, Glaucos. Je manque de grandeur sans doute à tes yeux, mais je n'ai pas fondé la ville d'Ephyra pour voir d'autres que les miens régner sur cette cité. Si vous devez partir, Hipponoos restera auprès de moi.

– Mais père, c'est tout à fait impossible, et d'ailleurs Eurymédè n'acceptera jamais.

– Nous verrons bien. Partez si vous voulez, mais mon petit-fils ne bougera pas d'ici.

– Tu le garderais en otage ?

– Tes mots dépassent mes pensées.

– Il s'agit pourtant bien de cela.

– Non ! Hipponoos sera le garant de votre retour.

– Tu parles de ton petit-fils comme d'un prisonnier !

– Plutôt comme le captif de mon amour pour toi et pour lui.

– Tu m'aimes donc ?

– Tu en doutais ?

Glaucos sembla touché par ce trait. Il s'assit. On eût dit un guerrier atteint par une flèche et stupéfait qu'une blessure inattendue le laisse sans voix. Ses coudes posés sur ses genoux, il appuya sa tête dans ses mains entrouvertes et demeura silencieux. Puis, s'étant relevé, il reprit la parole avec une émotion mieux contenue, mais persistante :

– C'est... la première fois... que tu me dis que tu m'aimes.

– Je croyais cela une évidence pour toi, mon cher Glaucos.

– L'évidence mérite parfois d'être confirmée...

– Tu as raison... Oui, je t'aime. Depuis que les dieux m'ont accordé ta venue sur terre, je n'ai cessé de t'aimer.

Sisyphe à son tour parut méditatif. Pendant tout le tête-à-tête avec son fils, il était resté assis devant sa table de travail. Après son aveu, il se leva et se dirigea vers la fenêtre par laquelle d'ordinaire il contemplait Ephyra et ses environs. Il regarda mais ne vit rien. Son esprit restait rivé à la conversation. Glaucos s'approcha de lui, et posa sur son épaule une main lourde d'affection. Les deux hommes continuèrent le dialogue sans se faire face, tous deux tournés vers la mer lointaine.

– C'est une belle cité que ta ville, père...

– Je suis roi d'Ephyra, Glaucos, mais tu devras me succéder un jour, et je veux que cette ville rayonne comme un diamant pur au bord de l'eau. Par le golfe jusqu'à l'île d'Ithaque, par la terre jusqu'à Pylos, Tyrinthe, Argos et même Athènes, le Péloponnèse qu'elle dominera brillera de sa splendeur. Cette plaine pierreuse, Glaucos, n'offrira rien d'elle-même. Nous devrons lui extirper des richesses qu'elle ne livrera pas aisément. Que de travail acharné cela exigera-t-il ! Que de peines et de douleurs devrons-nous endurer pour arracher du bonheur à ce sol aride ! Et si je m'évertuais à faire grandir Ephyra, à la doter de deux ports, un de chaque côté de l'étroite bande isthmique, comme j'y songe, si je développais son commerce, ses arts et ses défenses, quel serait mon salaire si toi, mon fils, avais abandonné les lieux ?

– Je ne partirai pas...

Sans se retourner, Sisyphe recouvrit de sa main celle que Glaucos avait laissée peser sur son épaule.

– Je ne partirai pas. Je t'aiderai à embellir Ephyra et à la transformer en une puissante cité.

Quand Sisyphe s'écarta de la fenêtre et lui fit face, Glaucos aperçut des larmes dans les grands yeux de son père. Elles luisaient comme de l'or.

– Je ne t'avais jamais vu pleurer, mon cher père.

– Je suis un homme, Glaucos, avant d'être ton père.

– Est-ce parce que tu descends d'immortels que tes larmes sont d'or ?

– L'or est dans tes yeux, Glaucos, non dans mes pleurs. L'eau qui coule en ce moment sur mon visage ressemble à la fontaine que je voudrais voir jaillir sur les escarpements de l'Acrocorinthe.

– Une fontaine de larmes ?

Les sourires complices nés de cette réflexion ponctuèrent l'échange. Glaucos quitta le bureau de son père, où celui-ci demeura seul une bonne partie de l'après-midi. Ce fut Poïphile qui le tira de ses méditations. Réjoui, le pâtre salua son maître et, contrairement à l'usage, parla le premier.

– Tu es le plus malicieux des rois, ô Sisyphe, mon maître, le plus rusé vraiment !

– N'oublie pas, Poïphile, que les flatteries m'importunent, vinssent-elles d'un serviteur empressé.

– Que dois-je te dire alors, seigneur, pour t'exprimer mon admiration ?

– Il me suffira d'entendre de ta bouche que toutes mes bêtes ont bien réintégré le troupeau.

– À dix près, c'est le cas, seigneur.

– Dans quel état sont-elles ?

– Dans le meilleur possible, après un voyage de trois jours sous bonne escorte.

– Sous bonne escorte ?

– Oui, des bergers, des chiens, des cavaliers dépêchés par Autolycos.

– Ce zèle m'inquiète...

– Il m'a surpris moi-même, grand Sisyphe, mais j'ai cru que tu l'avais exigé lors de ton séjour chez ce pillard invétéré.

– Et où se trouve ce cortège ?

– Reparti comme il était venu, dès que les bêtes qu'il acheminait se furent jointes à celles que je surveillais.

– Que penses-tu de tout cela ?

– Rien de particulier, seigneur. Je crois tout simplement que tu as dû effrayer ton monde. Puis-je te prier de me raconter comment cela s'est passé ?

– Plus tard, Poïphile, plus tard. Pour l'instant, assure-toi de la conformité de chaque bête. Je veux que tu contrôles tous les taureaux, tous les bœufs, toutes les génisses, tous les béliers renvoyés par Autolycos.

– Que crains-tu, seigneur ?

– Qu'Autolycos ait pris exemple sur moi, marqué rapidement les animaux d'une empreinte à lui, et qu'il tente à mes dépens ce que j'ai réussi à son encontre.

– Parmi tes bêtes, te souvient-il que trois fois dix et six génisses furent volées avant que ton stratagème ne réussisse à merveille ?

– Très juste. Tu penses à tout. Il faut les griffer aussi.

– Il sera fait selon ton ordre, dès ce soir.

– Prends soin de vérifier toutes les marques et d'examiner si quelque anormalité attire ton attention. Je veux que tu restes sur tes gardes.

Poïphile s'en retourna auprès des troupeaux, que ses seconds avaient reçu instruction de ne pas quitter des yeux en son absence.

La soirée surgit sans que Sisyphe s'en rende compte. Le soleil rougeoyait au-dessus de l'horizon, et l'atmosphère semblait baignée d'une lumière pâle où se mêlaient le bleu sombre de la mer et de vagues lueurs pers étirées en filets interminables. Sisyphe aimait particulièrement ce moment où la nature bascule, où les cigales ralentissent leurs chants, où l'air fraîchit peu à peu, où les animaux relèvent la tête pour humer des senteurs renouvelées, où le jour s'apprête à décliner subitement, après avoir hésité. Durant ces instants d'incertitude, il préférait fermer les yeux pour mieux entendre et sentir la montée de la nuit. Il fermait les yeux, se concentrait sur ce passage imperceptible à l'œil et pourtant si prégnant. Il décida pour le lendemain matin de travailler activement à son projet de tour.

La nuit fut agitée, car les écœurements contractés en mer par Méropé s'étaient transformés en vomissements à répétition. Iométèle, réveillé en pleine nuit, ausculta la malade et diagnostiqua une peste bénigne provoquée par une piqûre de moustique marin. Rompue à la navigation depuis un long voyage déjà ancien, la reine ne pouvait pas être sujette au mal de mer. Certes, elle avait peut-être manqué d'amarinage, mais la cause du mal devait être recherchée ailleurs que dans une faiblesse passagère. Le médecin attitré du palais prescrivit de sacrifier un taureau du noir le plus profond, et recommanda un repos complet. Il prépara une mixture composée de fèves et de feuilles de plantain comestible écrasées, à quoi il ajouta de l'hysope et de l'huile de nerprun. Il fixa au réveil le meilleur moment pour administrer le remède, afin de faciliter l'épuration du corps, et fournit la formule incantatoire qui devait nécessairement accompagner l'absorption de la bouillie salvatrice. La grossesse de Méropé ne souffrirait pas de l'incident, affirma-t-il, si l'on respectait scrupuleusement ses prescriptions. Il resta d'ailleurs dans la chambre de la reine pour surveiller les évolutions du mal. Celui-ci demeura stable pendant cinq jours, malgré le sacrifice effectué dès le lendemain matin par un serviteur, en présence de Sisyphe.

L'activité au sein du palais fut suspendue au rétablissement de la maîtresse des lieux. On ne parlait que de sa maladie, de sa somnolence permanente, de sa blancheur, et de la chaleur de son front, que des servantes en se relayant tamponnaient à intervalles réguliers avec des linges humides.

Sisyphe prit par la main ses deux jeunes fils et les amena dans la chambre ou reposait leur mère. Avec peut-être la compréhension confuse du danger qu'elle courait, Ornytion l'observa, tandis que Thersandros restait prostré devant le lit. Aucun des deux n'osa parler. Le ventre de la malade bombait les draps de laine dont Iométèle l'avait lui-même recouverte. Ornytion s'approcha pour embrasser Méropé. Le médecin le repoussa, autant par souci de protéger la mère que l'adolescent. Thersandros apostropha Iométèle :

– Notre mère va-t-elle mourir ?
– Seul Apollon connaît la réponse, mon enfant.
– Pourquoi ne veux-tu pas qu'on l'embrasse ?
– Pour sa santé.
– Mais si elle meurt, pourrons-nous l'embrasser ?

Iométèle tourna des yeux interrogatifs vers Sisyphe. Celui-ci autorisa ses fils à poser leurs lèvres sur le front de Méropé, ce qu'ils firent l'un après l'autre avant de sortir de la chambre.

Sans qu'Iométèle ait pu fournir une explication satisfaisante, la santé de sa patiente se rétablit presque soudainement cinq jours plus tard. Elle sortit de sa torpeur vers le soir, retrouva des couleurs, désira manger, se leva et finalement reprit ses activités comme si de rien n'était. Iométèle insista pour qu'elle reste prudente et attentive à la moindre manifestation anormale de son corps.

L'état de Méropée avait requis Sisyphe tout le temps que dura l'incertitude sur l'évolution du mal. Sa femme remise sur pied, il put se consacrer à ce qu'il considérait comme sa tâche désormais la plus importante, la construction de la tour et de la citadelle. Il décida d'aller inspecter lui-même les lieux avant de s'entretenir plus avant du projet avec Ptolimein.

Au lever du jour, accompagné d'un Ipsos excité par la perspective d'une promenade, Sisyphe se dirigea vers la grande colline.

Vue d'Ephyra, l'Acrocorinthe semblait presque inaccessible. Elle crevait le sol comme une grosse protubérance rocheuse, en apparence posée là par un dieu peu préoccupé de l'harmonie générale du relief. Avec plus de trois stades de hauteur, elle en imposait déjà, mais quand l'ombre de la nuit l'enveloppait, elle grandissait encore. Siège de turbulences atmosphériques, beaucoup prétendaient que les vents sous la férule d'Éole y prenaient leur respiration avant de fondre sur l'isthme. En gravir les pentes demeurait un privilège du roi d'Ephyra et des dieux. Seuls quelques vieillards prétendaient en connaître les recoins, mais aucun ne fournit de détail sur ses séjours dans son antre. Le cas de Ptolimein faisait exception. Le vénérable architecte l'avait parcourue en tous sens étant jeune, grâce à sa fréquentation régulière d'Éolos, le père de Sisyphe. On racontait qu'ils y restèrent ensemble plus de six jours sans reparaître, alimentant la rumeur suivant laquelle l'Acrocorinthe engloutissait ceux qui violaient son intimité, tel un géant affamé de chair humaine. Mais Éolos et Ptolimein ressuscitèrent. Nul ne sut jamais exactement pourquoi les deux hommes s'étaient isolés sur cet immense rocher, mais le premier interdit à quiconque de les imiter, menaçant de mort les contrevenants, et il accorda au second le droit exceptionnel d'y chasser à sa guise. Ptolimein n'en abusa pas, mais quand on le voyait s'enfoncer dans les brumes et disparaître des journées entières, muni seulement d'un arc et de flèches, on savait qu'il reviendrait avec quelque bête tuée ou capturée au cœur de ce territoire mystérieux.

Pour accéder à l'Acrocorinthe, Sisyphe devait choisir : soit il longerait la mer avant de suivre une espèce de raidillon grimpant à dos de colline et parviendrait au sommet après des efforts prolongés ; soit il emprunterait un chemin sinueux comme gravé dans le sol, et il s'arracherait aux méandres du sentier pour déboucher sur le plateau supérieur de ce qui formait une sorte de toit légèrement incliné, bordé d'abrupts. Il adopta la seconde solution. Une sente inégale ondulait vaguement devant lui à travers les cailloux et les herbes basses. Il envisagea l'ensemble du parcours avant de s'y engager. Il fallait avancer en zigzag, contourner un petit piton rocheux droit comme une épée, revenir sur le versant un moment abandonné, reprendre l'ascension en ligne brisée, traverser un espace en forme de vase et poursuivre par une voie qui s'évanouissait derrière un mamelon doux.

Ipsos, lui, gambadait sans se soucier en apparence de son maître. La truffe rasant le sol, la queue fouettant l'air, il s'enfonçait d'un coup dans un taillis, absorbé par une senteur irrésistible, puis, stoppé net par un autre parfum plus prenant encore, il rebroussait chemin et se précipitait dans la direction opposée. Tantôt loin devant son maître, tantôt à la traîne, le chien battait la campagne comme s'il se livrait à un inventaire désordonné mais systématique des lieux. Sisyphe admirait cette inlassable activité dont l'épuisement et les ronflements constitueraient les témoignages en fin de journée.

Alors qu'ils parvenaient à mi-distance de leur périple, l'homme et l'animal s'arrêtèrent net. Des cris rauques et agressifs provenaient de derrière un buisson. Ipsos grogna. Surpris par cette irruption, une couple d'aigles décolla prestement. Les deux rapaces gagnèrent en altitude et en vitesse dès qu'ils eurent trouvé un courant porteur. Mais au lieu de s'élever en dessinant de vastes cercles, ils continuèrent dans le ciel à se livrer la bataille qui, au sol, les avait empêchés de repérer l'arrivée des intrus. L'un des aigles, plus fort peut-être, ou mieux inspiré, plongea dans le vide, remonta soudain en virant et vint percuter l'autre par en dessous. Ce dernier, déséquilibré, chuta de quelques mètres avant de se rétablir et de se préparer à un second assaut. Mais cette fois, il s'esquiva d'un battement d'ailes et son adversaire, ratant sa cible, dut brusquement faire volte-face pour ne pas subir à son tour une dangereuse attaque. À nouveau les passes reprirent, jusqu'au moment où l'un des deux, sans doute blessé, sembla fuir le combat. L'autre le poursuivit de sa hargne et les deux oiseaux s'éloignèrent peu à peu, comme guidés par un point du ciel matinal où ils finirent par s'effacer.

Arrivé tout en haut de l'Acrocorinthe, Sisyphe fut à nouveau traversé par l'ivresse des horizons, un sentiment qu'il connaissait bien. Ses yeux s'emplissaient des paysages alentour. Droit devant lui, vers l'est, les sommets lointains des montagnes barrant la vue de Thèbes, et, plus au sud, celle d'Eleusis. Au nord-ouest, les cimes perceptibles du mont Parnasse. Au sud, à perte de vue, la mer infinie parsemée d'îles impossibles même à détecter, au nombre desquelles Naxos dont il appréciait tant le vin et Mélos d'où provenait cette belle obsidienne que les artisans d'Ephyra recherchaient avec avidité. Son regard descendit vers la cité, au pied de la colline, toute petite, avec sa voie pavée menant au port, s'y attarda un instant, puis, reprenant son balayage, s'enfuit vers le sud-ouest, à travers le Péloponnèse, en passant au-dessus de Mycènes et de Tirynthe, remonta vers le nord-ouest, dans la direction de la lointaine Ithaque et acheva de parcourir sa rotation en survolant le golfe sur lequel il avait récemment navigué pour se rendre chez Autolycos. Ipsos, momentanément calmé, imitait son maître. La langue pendante, le souffle saccadé, il contemplait le paysage en fermant les yeux par intermittence. Son cercle achevé, Sisyphe s'arrêta sur l'isthme d'Ephyra. L'écharpe de terre formait une seule grève séparant deux étendues marines et ressemblait à un rempart fragile qu'une arme bien aiguisée aurait pu transpercer. Il observa enfin longuement la configuration du terrain et de l'espace sur lequel il se trouvait. Le plateau si difficile d'accès offrait un site presque parfait auquel manquait... une tour. Il imagina un bâtiment de marbre dressé comme une flèche et réfléchit à son emplacement. Résolu, il quitta les lieux.

— Viens, Ipsos, on redescend.

De retour au palais, Sisyphe demanda Ptolimein. Quand celui-ci avait appris que son maître s'était rendu seul sur l'Acrocorinthe, il avait immédiatement compris qu'il devrait se tenir prêt à exposer le projet dont, à plusieurs reprises, il avait tenté respectueusement de dissuader Sisyphe. Il ne fut pas surpris d'être convoqué. Il entra dans le bureau, convaincu d'une opération imminente. L'entretien ne le détrompa guère.

— Ptolimein, tu as deviné sans doute pourquoi je veux te voir.

— Oui, seigneur.

— Que signifie ton sourire ?

— La révérence de mon grand âge à la ferveur de tes rêves.

— Tu me crois fou ?

— Une telle pensée ne m'a jamais traversé l'esprit, seigneur. Que les dieux me gardent d'une pareille insulte ! Oh ! non, tu n'es pas fou ! Quand tu étais encore enfant, un jour que je me trouvais avec Éolos, ton père, tu interrompis sur un chantier notre conversation pour vérifier la solidité de mon travail. Tu t'intéressais déjà beaucoup à l'architecture.

— Et tu m'as laissé faire ?

— Oui, car j'espérais apprendre quelque chose de ton ignorance.

— Et que s'est-il passé ?

– À sa demande, je montrais à ton père la construction d'un toit en terrasse. Les ouvriers avaient grossièrement équarri les poutres et les avaient recouvertes de branchages et de joncs avant de les revêtir d'un épais lit d'argile blanche...

– Et alors ?

– Alors seigneur, tu as grimpé sur la terrasse inachevée. Je voulus t'en empêcher, car je craignais que tu te blesses en passant au travers, mais Éolos intervint. Il me lança : « Eh bien, Ptolimein, n'as-tu donc pas confiance dans ton bâtiment ? »

– Qu'arriva-t-il ?

– Rien, seigneur ! Tu dansas devant nous, et je priai Zeus qu'il te préserve !

– Que redoutais-tu le plus, dis-moi, la colère d'Éolos si le toit s'effondrait, ou son emportement si je me faisais mal ?

– J'ai d'abord pensé à toi, seigneur, car je t'aimais déjà beaucoup ! Et cet épisode a augmenté mon amour pour toi !

– Parce que j'avais involontairement prouvé à mon père que tu étais un bon architecte ?

– Oui, seigneur !

Les deux hommes éclatèrent de rire.

– Eh bien, cher Ptolimein, l'occasion se présente de me montrer que ton talent a grandi avec l'âge.

– Tu veux que nous étudiions ton projet de tour sur l'Acrocorinthe ?

– Non, Ptolimein, je veux que nous commencions les travaux. Car je suis certain que tu as travaillé depuis que je t'ai fait part de mon idée. Je te connais... et tu me connais !

L'architecte tira un grand rouleau d'un sac dont il s'était muni, qui, déplié sur la table, la couvrit entièrement.

– Voilà, seigneur !

Les yeux de Sisyphe se plissèrent, brillant d'une lumière enfantine. Il envisagea d'abord l'ensemble de la proposition, puis, pointant l'index sur le centre du plan, il parcourut chaque détail couché sur le parchemin de cuir en accompagnant son examen de hochements de tête approbateurs. Il analysa le projet sous plusieurs points de vue, tandis que Ptolimein, immobile, attendait ses remarques.

– Je te félicite, Ptolimein, tout cela répond à mes vœux.

Sisyphe appela un serviteur et commanda du vin. On le coupa d'eau et on le servit dans une aiguière d'or et d'argent réservée aux occasions exceptionnelles. En levant sa coupe, Sisyphe complimenta son architecte et adressa une prière à Zeus pour le succès de cette entreprise, convertie de simple désir en réalité possible par ce plan magnifique.

– La tour et la forteresse, Ptolimein, vont conférer à Ephyra une autre dimension. Vois-tu, mon ami, je te l'ai déjà dit, je veux que ma cité resplendisse et attire à elle les meilleurs artisans, les hommes les plus talentueux, les plus entreprenants. Les dieux nous ont offert deux mers, profitons-en !

Le vin et l'enthousiasme de son maître rendirent Ptolimein heureux, mais le mot « ami » lui emplit le cœur de fierté. Il savait cependant que le plus pénible restait à accomplir. Les difficultés auxquelles on allait se heurter dans l'exécution de l'édifice ne figuraient pas sur le plan. La qualité de ce dernier risquait même d'accentuer l'impatience de Sisyphe et d'en augmenter les exigences !

– Il ne faut plus tarder, Ptolimein. Comment t'y prendras-tu ?

– Seigneur, je t'ai soumis un projet qui t'agrée, et ton consentement me comble, mais je ne peux pas te cacher que la réussite dépendra de notre aptitude à surmonter de grands obstacles.

– Parle, et dis tes besoins.

– Il me faut d'abord beaucoup d'hommes.

– Combien ?

– Beaucoup, trois cents, cinq cents peut-être.

– Tu les auras. Quoi d'autre ?

– Des rondins pour mouvoir les blocs de pierre sur les courtes distances, de solides câbles de chanvre pour les halages, des outils pour tailler, de l'eau et de la nourriture pour entretenir les ouvriers, des cabanes pour les héberger sur place, des spécialistes pour la taille du marbre et...

– Et ?

– Et l'aide des dieux !

– Tu auras tout cela, y compris les concours divins dont je m'occuperai personnellement.

– Même encore, seigneur – et pardonne à ma franchise –, même encore la partie ne sera pas gagnée d'avance !

– On ne gagne jamais d'avance, Ptolimein, ni à la guerre ni aux jetons.

– Je pensais plutôt à l'acheminement du marbre, Seigneur. L'idéal serait de le faire venir de Thassos, cette lointaine île au-delà de Troie et aux abords de la Thrace. L'importer de Naxos serait une autre solution, et je connais des établissements sûrs par lesquels nous obtiendrions la garantie d'un marbre pur...

– Il en est d'impurs ?

– Certains blancs sont cassés de jaune ou de rouge, l'éclat de certains autres est moins flatteur. La meilleure solution serait celle du Pentélique d'Athènes. Un de mes parents éloignés y extrait de belles pierres, plus résistantes et plus souples que celles d'Aikis à Thassos, et il exécute bien les commandes. Mais il faudra combiner le déplacement par terre avec des bœufs et le transport maritime.

— Que ta science, Ptolimein, te serve à choisir au mieux. Opte pour le matériau le plus approprié, et tiens informé le chef de ma flotte, Khorsès, afin qu'il s'assure de la sécurité des transports maritimes. Tout ce dont tu peux avoir besoin, demande-le, et tu l'obtiendras.

— Puis-je commencer les travaux, grand Sisyphe ?

Le roi d'Ephyra se redressa, posa une main amicale sur l'épaule de l'architecte, et parla solennellement :

— Aujourd'hui fera date. Je te donne ordre d'attaquer aussitôt après l'hécatombe [1] que nous allons ce jour même offrir à Zeus.

Il fallut de nombreux serviteurs, écuyers tranchants et prêtres pour accomplir ce sacrifice. Les odeurs du sang, des feux, des herbes imprégnèrent l'atmosphère de longues heures après la fin du rituel. Les habitants d'Ephyra durent s'interroger sur les raisons de ces épaisses fumées qui s'envolèrent vers l'Acrocorinthe, car le vent avait semblé comprendre qu'il fallait pousser la preuve de cet hommage dans la direction des cimes où les dieux avaient coutume de séjourner.

Dès le lendemain matin, Ptolimein s'attela au lancement du plus important chantier qu'il ait jamais eu à mener. Il s'adjoignit plusieurs intendants, un pour le recrutement, la surveillance et l'alimentation des ouvriers, un pour la direction des bois et des cordes, un chargé du découpage des blocs et de leur conformité aux normes établies, un pour

---

1. Sacrifice de cent bœufs.

l'accompagnement des opérations de transport et un pour le seconder dans toutes les tâches administratives. Sur ordre de Sisyphe, une pièce fut spécialement affectée à l'architecte. Là se concevraient les machines à élever les blocs, là se dérouleraient les entretiens techniques de toute espèce, là se mettrait en place l'ensemble de l'organisation de cet immense atelier grandeur nature.

En quelques jours, Ephyra se transforma. Un grand nombre d'hommes repérés pour leurs aptitudes physiques, des femmes habiles au tressage des fibres pour confectionner des câbles et autres filins propres au halage, des artisans spécialisés dans la taille de la pierre furent enrôlés. Toute la cité se mit à vivre au rythme de l'édification de la citadelle. Ptolimein dirigea les premiers travaux destinés à préparer le terrain pour tirer les lourds blocs de pierre. Il fallait élargir le chemin principal menant à l'Acrocorinthe et ne pas tarder trop, car la belle saison allait bientôt finir, et avec elle la sécheresse de l'air. Les pluies de l'automne feraient gonfler les bois, éclater les ouvrages mal finis, glisser le sol aux endroits insuffisamment renforcés.

Durant les premiers jours de travail, un étranger aurait eu bien du mal à comprendre ce qui se tramait. Des hommes creusaient les rochers bordant le chemin de l'Acrocorinthe et formaient à intervalles approximativement réguliers des petites excavations cylindriques. D'autres taillaient les potelets de bois qui viendraient occuper les cavités ainsi aménagées. Il suffirait alors d'y amarrer les cordes pour tirer les blocs de pierre et les blocs de marbre sur la chaussée. Ptolimein insista pour que cette dernière fût égalisée au mieux afin d'offrir la plus petite résistance possible à la traction. Un homme venu du pays du fleuve Egyptos se proposa pour combler presque méthodiquement les accidents du relief et révéla une extrême habileté dans ce travail. Repéré par Ptolimein, il fut même reçu par Sisyphe qui le félicita et apprit de lui qu'il avait participé à l'érection d'un ouvrage monumental en Khémet[1].

Tandis que se préparait la route, Ptolimein dépêcha vers la carrière d'Athènes son premier intendant, un certain Thélostème. Celui-ci reçut pour mission de veiller à l'exactitude des coupes telles que définies par les plans, car si les dimensions des blocs avaient été fixées par Ptolimein, la taille du marbre était laissée aux artisans locaux spécialisés.

Thélostème gagna Athènes par la mer et s'installa sur place pour veiller au bon accomplissement des commandes. Il fut frappé par le nombre des ateliers, la qualité des outils à la disposition des forgerons et des charpentiers. Les fronts de taille à ciel ouvert de la carrière formaient des murailles lumineuses. À proximité, s'amoncelaient sur une aire de stockage des blocs de tous formats, boutisses, panneresses, carreaux, couchés ou dressés, joue à joue pour les uns, chant contre chant pour les autres. L'art des ouvriers força l'admiration de Thélostème. Les allées et venues, les cris, les éclats de rire qui parfois fusaient auraient pu faire croire à l'anarchie. En réalité, ce désordre apparent obéissait à un ordre rigoureux au sein duquel chacun connaissait sa place. Après avoir dégagé les couches inutilisables et mis la roche à nu, des ouvriers attaquaient la pierre avec des taillants, certains à double usage avec un côté tranchant et plat, l'autre à pointe pour les roches tendres, et certains à manche court munis de pointes à bonnet pour les pièces dures. Avec des masses à tête carrée, d'autres pratiquaient des cavités dans la paroi au moyen de tarières de bronze et

---

1. L'Égypte.

enfonçaient ensuite des barres de bois dans les trous ainsi préparés. Ils les arrosaient d'eau. Le bois gonflait, exerçant des pressions séparatrices. Des équipes détachaient alors progressivement la pierre vers l'intérieur en rompant ses lits. Placés sur des chariots, les blocs étaient ensuite déposés sur des supports où d'autres manouvriers achevaient de les tailler aux dimensions désirées, le plus souvent de façon sommaire parce que la découpe initiale était déjà grossièrement satisfaisante, mais parfois en effectuant une taille épannelée pour atteindre la forme générale voulue, au moyen de pointes et de ciseaux dentelés.

Thélostème ne perdait rien du spectacle, autant par admiration de l'exactitude des gestes que par souci de s'assurer du strict respect des instructions de Ptolimein. En fait, il n'eut guère l'occasion d'intervenir, vu le professionnalisme de la main-d'œuvre. Des ouvriers lui demandèrent à quoi on destinait ces belles pierres. Il répondit évasivement, conformément aux ordres exprès de Sisyphe, désireux de conserver aussi longtemps que possible à son entreprise un caractère secret. Il aurait d'ailleurs lui-même été incapable de fournir beaucoup de précisions sur l'édifice dont, sous ses yeux, s'élaboraient les pièces.

5.

Pendant ce temps, la vie au palais s'était peu à peu organisée en fonction du chantier. Il ne se passait pas d'heure qu'on n'entende retentir des appels, des injonctions, des ordres. D'accord avec son architecte, Sisyphe tenait à suivre en personne les travaux, et tous les jours sans exception il s'enquérait de leur avancement. Mais depuis son inspection de l'Acrocorinthe, il ne pouvait s'empêcher de repenser à l'image des deux aigles aux prises l'un avec l'autre. Il s'en ouvrit un soir à Mérope.

– Ne m'as-tu pas un jour parlé, Mérope, d'un devin séjournant à Ephyra ?

– Oui, Sisyphe, je crois bien. Pourquoi ?

– Comment s'appelle-t-il ?

– Épicarme.

– D'où vient-il ?

– Je l'ignore.

– Sait-il lire les aigles ?

– Je ne sais pas. Ces oiseaux te tourmentent-ils ?

– Moins que les hommes, Mérope, beaucoup moins que les hommes !

Quelques heures plus tard, un individu se présenta au

97

palais. Grand et plutôt anguleux, il portait au-dessus du front une espèce de tête de loup qui se mélangeait à ses longs cheveux noirs. Il emprunta le vestibule menant au mégaron, précédé du serviteur que Sisyphe avait dépêché dans Ephyra pour le conduire jusqu'à lui. L'homme marchait d'une manière faussement somnambulique. Il s'arrêta au seuil de la grande pièce, une fois le serviteur effacé. Le roi d'Ephyra s'y tenait, debout, au centre. La taille imposante de Sisyphe impressionna le devin, lequel demeura interdit, ne sachant plus s'il devait parler, se taire, s'incliner, rebrousser chemin ou tout simplement attendre.

– Tu t'appelles Épicarme ?

– Oui, seigneur.

– D'où viens-tu ?

– De Mégare.

– Je n'ai jamais entendu parler de toi auparavant.

– Je ne travaille pas à me faire connaître, seigneur, j'emploie mon temps à chercher...

– Que cherches-tu ?

– À comprendre le monde dans lequel je vis.

– Et à quelles connaissances parviens-tu ?

– Chaque jour qui passe m'enseigne de nouvelles ignorances.

– Voilà un propos étrange pour un devin !

– Les dieux gouvernent à leurs sentiments comme aux nôtres, seigneur, et entendre leurs messages ne signifie pas les déchiffrer. Leur subtilité force l'admiration de celui qui sonde les signes divins dans les anfractuosités de la nature. Partout leur présence rappelle aux hommes leur dépendance et leur subordination.

– Sais-tu lire les oiseaux ?

– Il me faut pour cela un autel dédié à Apollon, un bélier pour le sacrifice, une coupe en or pour recueillir le sang, de l'huile, des herbes et du vin pur.

– Prépare-toi pour répondre à mes questions.

– Je vais tâcher, seigneur, d'entrer en dialogue avec Apollon pour lui offrir mon corps et ma voix, pour le laisser m'envahir de ses propres pensées afin que tu sois informé de ses desseins.

– L'autel se trouve juste à côté, dans une de mes pièces privées. Quant au reste, tu auras tout dans quelques instants.

Muni des instruments du rituel qu'il s'apprêtait à accomplir, Épicarme se posta devant l'autel et, fermant les yeux, entonna d'une voix un peu rauque une prière dont Sisyphe ne perça pas le sens. Quand il eut achevé cette incantation, un poignard à la main il saisit par l'encolure un bélier qu'un écuyer avait conduit jusque-là, et maintenu immobile, malgré les trépignements de la bête au pressentiment fondé. La pointe de bronze pénétra dans le cou de l'animal dont les hurlements accompagnèrent le flot de sang. Celui-ci se déversa dans une jarre présentée par l'écuyer, tandis que la vie quittait peu à peu la victime. Le devin fit découper deux cuisses, les enduisit d'herbes et d'huile, puis les présenta devant l'autel en les tenant haut. Il déclama une formule dont le sens échappa là encore à Sisyphe. Remettant alors les morceaux à l'écuyer, il lui prescrivit de les offrir grillées à Apollon. Il préleva une coupe de sang et y incorpora du vin préalablement versé dans un autre calice, à deux anses. Il but, lentement. Puis, le visage empourpré, il fixa Sisyphe et parla, les yeux clos :

– Que désires-tu savoir ?

– J'ai l'autre jour surpris deux aigles se livrant bataille à terre. Mon arrivée les a fait décoller précipitamment, mais haut dans les airs le combat continua, aussi enragé qu'au sol.

– Quelles étaient leurs couleurs ?

– L'un noir comme du jais, avec des yeux jaune paille, d'apparence le plus fort mais sans doute le moins tenace, et l'autre d'une couleur sombrement ocrée où se mélangeaient le noir de l'obsidienne et le fauve du feu, avec des yeux d'or exprimant une détermination sans faille.

Le devin but à nouveau de sa mixture et fournit l'explication :

– Ces aigles, noble Sisyphe, représentent deux frères qui se haïssent. Ils se querellent sur la terre et dans le ciel parce que le monde est trop étroit pour eux. L'un doit éliminer l'autre. Seigneurs de l'empyrée, ils côtoient les dieux sur l'Olympe, où trône le puissant Zeus et les siens, mais ils doivent abandonner leur territoire céleste pour trouver pitance. Comme des pierres, ils fondent alors sur la proie incapable de prévenir le danger redoutable. Cet incessant va-et-vient entre le ciel et le sol les apparente autant aux dieux qu'aux hommes. Tu es l'un de ces deux aigles, seigneur, le plus beau, le plus fort, le vainqueur à n'en pas douter d'un combat sans merci.

– Qui est l'autre ?

– Ton frère.

– Lequel ?

– En as-tu beaucoup, seigneur ?

– Ta science ne peut-elle répondre à cette question ?

– Mon savoir porte sur le destin des hommes décidé par les dieux, non sur l'engendrement familial.

– Oui, j'ai sept frères, et six sœurs, mais deux d'entre eux ont déjà disparu.

– Entre ces frères, n'y en a-t-il pas un qui se prétende l'égal de Zeus omnipotent ?

– Continue...

– Voilà ton autre aigle.

Le devin s'interrompit. Les yeux de Sisyphe semblaient traversés d'éclairs funestes, tandis que ses poings se fermaient avec force sur sa ceinture de cuir, comme s'ils allaient la déchirer de rage.

– Je t'ai dit de continuer.

Épicarme obtempéra, moins assuré cependant, et surtout inquiet des réactions provoquées par son récit des sorts.

– Je... je disais que... l'aigle... l'aigle noir, ce frère...

– Sache, devin, que tu parles ici de Salmonée, homme vaniteux, menteur, et qui s'adonne avec plaisir au mal pour flatter son orgueil. C'est un frère, certes, parce que nous partageons le même père et la même mère, mais en vérité il s'agit bien plutôt d'un ennemi dont la disparition me comblerait.

– Apollon ne peut mentir, grand Sisyphe. La scène des deux aigles ne souffre pour moi aucun doute. Tu l'emporteras sur ton frère.

– Tu sais bien que les dieux n'agissent pas à notre place. Si je dois guetter un signe de tête, plutôt m'arracher les yeux. Il me faut trouver un moyen d'accomplir l'oracle qu'Apollon me transmet par ta voix.

– Puis-je t'aider ?

– Oui, si prendre un tel risque ne t'effraie pas.

– Pourquoi parler de risque, seigneur ?

– Parce que si tu commets l'imprudence de me tromper, je te ferai mourir comme un chien.

– J'ignore les motifs de ta haine envers Salmonée, seigneur, mais je connais les miens. Son char a passé sur le corps de mon père, un vieillard incapable de s'écarter de sa route, alors qu'il fonçait sur la voie pavée de bronze d'Élida. J'ai ramassé les lambeaux du pauvre homme déchiqueté, mort sur le coup. Sa poitrine désertée par le souffle de la vie, sa tête dans mes mains, j'ai prié Hadès de recevoir son âme avec douceur. Malgré mes supplications, Salmonée lui refusa toute sépulture, pour avoir bravé l'interdiction de traverser la piste réservée au char funeste.

– Tu m'as dit que tu venais de Mégare.

– Oui, seigneur, mais j'ai grandi à Élida, où je suis né.

– Tu veux donc te venger par mon entremise ?

– Non, seigneur, mais si mes prédictions rencontrent tes vœux, je me réjouirai qu'elles servent aussi mes desseins.

Sisyphe médita ces propos. Il marcha silencieusement dans un sens, puis dans l'autre, comme pour peser une décision.

– Que me proposes-tu ?

– Tu connais Tyro, la fille de Salmonée.

– Je me souviens d'une petite fille espiègle. Je ne l'ai pas revue depuis des années. Ce doit être une jeune femme désormais.

– Oui, seigneur, et fort jolie, mais toujours aussi malicieuse.

– Eh bien ?

– Eh bien... rien ne menace autant un homme que ses descendants. Comment Gaïa réussit-elle à se soustraire aux étreintes brutales et répétées d'Ouranos, son terrible époux ? Elle arma d'une faucille le bras de son propre fils, Cronos, lequel n'hésita pas à trancher les testicules de son père !

– Je sais cela, devin, tu oublies que tu me parles ici de mes aïeux.

– Non, seigneur, je ne l'ignore pas, justement ! Tire les enseignements de leur exemple. Quand Cronos eut détrôné son père, averti du danger que représentaient pour lui ses enfants, et craignant à son tour de subir le même sort, que fit-il ? Il dévora ses rejetons pour éviter leur glaive. Mais le dernier fut sauvé par une ruse de Rhéa, sa mère, qui, comme tu le sais, le mit au monde à Dicté, dans l'île de Crète, et remit dans des langes une pierre à Cronos, qui l'engloutit. Le dieu ignora ainsi que son dernier fils, du nom de Zeus, était bien vivant, et finirait par le vaincre pour prendre sa place.

– Tu ne m'apprends rien, devin, mais je vois où tu veux en venir... Que la fille de Salmonée enfante et les rejetons de Tyro viendront à bout de leur grand-père !

– Mon art ne consiste pas à enseigner, grand Sisyphe. Je ne suis que l'esclave des dieux dont je scrute les messages pour les décrypter.

– Je te remercie. Je sais désormais comment agir. Avant de quitter le palais, fais-toi servir à boire et à manger. Et voici pour toi.

Sisyphe remit au devin une figurine représentant un personnage dont la tête oblongue prolongeait un corps aux jambes effilées. Par sa poitrine légèrement renflée, la statuette ressemblait peut-être plus à une femme, mais l'entrejambe laissait le sexe indéfini. Épicarme prit l'objet de marbre blanc veiné de roux et le caressa. Il le manipula dans sa main, le retourna plusieurs fois, l'examina des doigts et des yeux. Quand il voulut remercier son donateur pour ce cadeau magnifique, celui-ci s'était éclipsé. Il avait rejoint Ptolimein sur le chantier pour une visite rapide.

Les ouvriers ne relâchaient pas leurs efforts, malgré ou peut-être à cause de la présence du roi d'Ephyra, dont chacun ne s'accordait pas seulement à reconnaître la splendeur mais aussi à redouter les exigences. Si sa personne rayonnait d'une lumière unique, son autorité ne souffrait aucune défaillance. Informé de la maladresse d'un serviteur, dont la malveillance ou l'inattention entraîna la rupture d'un cordage destiné à retenir des blocs de pierres bordant la route, il confisqua son peu de bien, le chassa et du chantier et d'Ephyra. L'homme, détaché de tout lien, était condamné à l'errance et au mercenariat, s'il trouvait un pays et surtout une communauté pour l'accueillir. Sa femme implora en vain le pardon de Sisyphe. Pour prix de sa supplique, elle obtint de partir avec son compagnon, ce qui constitua aux yeux de tous un signe de grande clémence.

Le chemin de l'Acrocorinthe avait déjà changé d'aspect. Au lieu du sentier pierreux et parsemé de trous que le marcheur devait emprunter avec attention pour ne pas se tordre les chevilles, il se transformait en route plus régulière, dont les accidents étaient grossièrement gommés par des galets disposés aux endroits les plus nécessaires. Celui qu'on appelait « l'Égyptien » excellait dans ce travail. Il observait d'abord le terrain, le parcourait des yeux avant de le tester des pieds, puis, avec une adresse rare, il repérait immédiatement des espèces de palets ou bien même des silex qui comblaient presque naturellement les multiples excavations produites par les variations de température, les sabots des ânes surchargés, les ruissellements pluvieux et les passages humains. L'égalisation du sol permettait d'imaginer le halage des blocs de pierre et des blocs de marbre sur des chariots de bois. Si on utilisait cette technique avec succès pour retenir dans la descente les produits conduits des carrières jusqu'aux aires d'équarrissage, on pouvait aussi l'employer à hisser les matériaux vers leur lieu d'assemblage. C'est du moins ce que pensait Ptolimein, lequel forma des équipes dans ce but. Appelé pour réceptionner les premiers monolithes en provenance de la marbrière d'Athènes, il convint avec Sisyphe de leur deuxième rendez-vous journalier, pour faire le point sur l'avancement des travaux, et, tandis que son maître rentrait au palais, il gagna le port d'Ephyra que les marins avaient coutume d'appeler Kenkhréai.

Les uns derrière les autres, une vingtaine de bateaux s'approchaient péniblement. La blancheur de leurs chargements de marbre éclatait au milieu des coques noires. Les navires accostaient ou venaient s'affaler doucement sur la grève, malgré la forte houle engendrée par le vent du nord. Mâts abaissés, la plupart attendaient à proximité du môle que les cargaisons de leurs devanciers soient transbordées avant d'approcher à leur tour. Le lent ballet s'effectuait sous le haut commandement de Khorsès, qui hurlait ses ordres aux pilotes successifs. L'un d'entre eux ne put éviter à son bâtiment, drossé à la côte, de venir heurter l'appontement de trois quarts et d'une force telle que son ventre se déchira comme une peau de figue. L'imposant bloc de marbre amarré au centre du bateau l'entraîna par le fond sous les cris désolés de tous ceux qui, hommes désœuvrés, marins requis pour aider aux opérations de déchargement, pêcheurs désireux de se rendre utiles, prêtaient main-forte à la flottille en manœuvre. L'incident compliqua l'entreprise. La pierre malencontreusement immergée affleurait à la surface et présentait un réel danger, non seulement pour les prochains porteurs en provenance d'Athènes, mais pour tout navire désirant appareiller ou venir mouiller dans l'anse de Kenkhréai.

Ptolimein avait assisté à la scène, impuissant. Il se plaignit à Khorsès :

– Ne pouvait-on éviter cela ?

– L'imprévu appartient à la vie des marins, Ptolimein, comme les atteintes du temps minent les monuments terrestres édifiés par des architectes de ta trempe.

– Je comprends, Khorsès, mais cela va nous retarder dans la récupération des matériaux, sans compter les débardages à venir.

– Je sais, je sais ! Nous allons devoir ou contourner l'obstacle avec précaution ou tenter de le briser. Il me faudrait de nombreux hommes pour venir à bout rapidement de cette besogne difficile, et des hommes sachant bien nager.

– Tous aujourd'hui sont requis pour le chantier commandé par notre seigneur, Sisyphe, et il m'est impossible d'en distraire un seul.

– Je m'arrangerai...

– Comment t'y prendras-tu ?

– Édifie ta citadelle, Ptolimein, et laisse-moi la mer.

– Bien ! Penses-tu avoir fini pour la seconde livraison ?

– Je dois moi-même me rendre de nouveau à Athènes pour protéger le voyage des navires qui rapporteront tes pierres. Entre-temps, des hommes à moi auront dégagé le port, avec le concours de Poséidon, s'il daigne se calmer en agréant mes prières.

Fort de ces assurances, fournies par un des capitaines les plus sûrs du Péloponnèse, Ptolimein retourna sur la plage où les blocs s'entassaient, attendant que les chariots viennent les récupérer. Pendant leur travail, les marins et les ouvriers discutaient avec animation. Les uns racontaient l'incompréhensible fureur de Poséidon, les affres de la tempête qu'ils avaient essuyée sans véritable préparation, les efforts déployés pour protéger le feu transporté dans la moelle du narthex – une espèce de fenouil encombrant mais essentiel pour se réchauffer en mer et bien sûr pour la cuisson des aliments –, les salves de vent et les embruns qui vous glacent dans la nuit, la gîte due au fret inhabituel, la peur constante du naufrage, l'heur d'être arrivé à bon port et la crainte de devoir affronter de nouveau les intempéries sans délai. Les autres, malgré les consignes de discrétion journellement réitérées, ne s'interdisaient pas de fournir des détails sur l'importance du chantier, la préparation des lieux, et révélaient ainsi qu'il s'agissait d'un projet concernant l'Acrocorinthe. Quand d'ailleurs un ouvrier prononçait ce nom propre, la troupe levait les yeux dans la direction de la haute colline et admirait ses escarpements.

Ptolimein constata que les blocs emportés par les premiers chariots correspondaient bien, par leurs marques, aux fondements de la tour. Il savait que les suivants arriveraient par la terre dans plus longtemps, et qu'il disposait du temps nécessaire pour l'établissement des fondations de l'édifice. Mais, sans pouvoir livrer ses pensées à quiconque, la perspective de l'ascension des matériaux l'inquiétait par-dessus tout. Comment surmonterait-on les déclivités du terrain ? Comment triompherait-on d'une pente parfois trop raide pour l'aborder de front ? Comment éviterait-on l'épuisement de la main-d'œuvre si on ne pouvait pas la nourrir et surtout l'abreuver sur place ? Les efforts déployés nécessiteraient des pauses fréquentes, et le repos sans boisson risquait de se transformer en désobéissance, ou pire, en révolte. Proposer du vin pendant la journée serait dangereux pour la régularité du travail, et l'eau manquerait sans conteste, à moins de disposer d'une chaîne humaine en permanence, ce qui exigerait une mobilisation presque générale de la ville d'Ephyra, rendant impossible toute autre activité.

Ptolimein en était là de ses réflexions quand il vit Méropé s'approcher. La reine quittait rarement le palais, ou du moins on ne la voyait jamais seule hors des murs. Cette présence exceptionnelle surprit l'architecte. Il s'inclina respectueusement devant cette femme dont tous les habitants d'Ephyra s'accordaient à reconnaître la prestance et dont aucun ne parvenait à percer la nature. On la croyait hautaine, elle se révélait proche des gens quand les douleurs de la vie quotidienne l'exigeaient. On parlait de sa cruauté, mais en maintes circonstances elle obtint la grâce auprès de Sisyphe pour des condamnés. On la prétendait sans cœur avec les siens, mais rien dans son comportement familial, du moins en apparence, ne confirmait ce on-dit. Elle balaya du regard la baie avant de s'adresser à l'architecte :

– C'est donc à toi que nous devons cette animation, Ptolimein ?

– Non, majesté, pas à moi mais à ton noble époux, le roi Sisyphe, dont je suis le vieux serviteur.

– Un serviteur fidèle, je le sais, mais dont la discrétion me semble excessive.

– J'obéis à mon maître, majesté.

– Sisyphe t'interdit-il de m'informer de la nature des travaux entrepris depuis peu ?

– Il ne m'a rien prescrit de semblable.

– Alors pourquoi tant de mystère autour de ce projet ?

– Nul mystère, majesté, dans tout cela...

– A quoi destines-tu ce marbre d'un blanc éblouissant ?

– Je ne sais, majesté, comment répondre à un telle question...

– Je te l'ordonne !

– Le seigneur Sisyphe construit...

– Eh bien ? Tes hésitations mériteraient un châtiment.

– Une tour, majesté, une haute tour d'une blancheur capable de rivaliser avec celle de la neige.

– Et cette tour sera érigée sur l'Acrocorinthe, n'est-ce pas ?

En guise de réponse, Ptolimein baissa la tête. Il en profita pour jeter un coup d'œil furtif à la manière dont les ouvriers s'y prenaient pour hisser les pierres sur les fardiers. Chaque bloc exigeait plusieurs hommes, et la défaillance d'un seul pouvait l'endommager ou provoquer un accident mortel. Il dut intervenir pour éviter justement une erreur de manipulation. Il s'excusa auprès de Méropé, dont il s'écarta pour rejoindre une équipe en difficulté.

– Manquez-vous de raison au point d'oublier le poids qui peut vous écraser ? Je ne veux rien voir sur chant !

Les hommes s'exécutèrent en grommelant, et Ptolimein revint vers Méropé.

– Parle-moi de toi, Ptolimein. Quel âge as-tu ?

– Celui de bientôt rejoindre le royaume d'Hadès, majesté. Quand le jour lui-même s'essouffle et décline, mes os ploient sous la fatigue. Hypnos ne m'offre plus le sommeil réparateur que réclament encore mes pauvres membres, surtout après des journées comme celle d'aujourd'hui. Je me suis levé à l'aube, j'ai travaillé à ma table pour vérifier des cotes, j'ai plusieurs fois parcouru la distance séparant Ephyra du chantier, je me rends disponible pour mes intendants, je supervise le débarquement tandis que je réponds à tes questions...

– Me reproches-tu de m'intéresser à toi ?

– Non, majesté, tout au contraire, ta curiosité me comble.

– Ne disposes-tu pas de seconds ?

– Si, majesté, grâce à la bonté de Sisyphe, ton époux, j'en ai de nombreux, contremaîtres et entrepreneurs expérimentés... mais je dois moi-même les aider à devenir de bons auxiliaires, et leur commander ajoute à ma charge. Ah ! ma reine, le talent qu'on m'attribue, je le voudrais moins grand !

– Quand la tour dominera l'Acrocorinthe, tu pourras jouir de ton repos.

– Oui, noble Mérope, si Thanatos ne décide pas avant cela de s'emparer de moi, tandis que son frère jumeau, Hypnos, aura cessé de me torturer par ses absences.

Mérope sourit à cette réflexion applicable à tous les mortels.

– C'est là parole de prince, Ptolimein.

– Je l'ignore, majesté, je m'en remets à ton jugement.

– Ptolimein...

– Oui, majesté...

– Ptolimein, j'aimerais mieux connaître les développements prévus pour Ephyra. Veux-tu m'en informer ?

– Majesté, je suis le serviteur de notre seigneur à tous, le grand et noble Sisyphe...

– Tu refuses de m'en dire plus ?

– Non, majesté, loin de moi une telle pensée... mais tu me demandes une chose, et mon maître est sur ce point resté impénétrable. J'ignore ses projets pour Ephyra. Quand il me parle de l'avenir, il teste mes réactions tout d'abord, en tâchant de ne pas attirer mon attention. Et puis, quelque temps plus tard, il revient à la charge, mais cette fois plus directement. Je sais alors que je dois m'activer pour le satisfaire.

– Sisyphe ne t'a-t-il pas entretenu récemment de ses desseins ?

– Non, majesté, non, j'ai beau chercher, je ne vois pas. À moins que...

– Laisse donc les mots s'envoler de ton palais !

– Ton époux a une fois évoqué devant moi la présence de deux mers à proximité d'Ephyra. Il a même suggéré l'idée d'un autre port... Mais oui, noble Méropé, Sisyphe, j'en suis sûr, voudra bientôt pour sa cité doubler Kenkhréai et transformer à cette fin Léchaion.

– Tiens-moi informée de cela.

– Majesté, pardonne-moi, mais si je recevais un ordre de Sisyphe, cela me faciliterait la tâche...

– Je vois, Ptolimein, que tu sers Sisyphe avec une exemplaire fidélité. Je t'en félicite.

– Je te remercie, noble majesté.

Poursuivre l'entretien parut inutile à Méropé. Elle en avait appris suffisamment et n'obtiendrait guère plus de renseignements d'un homme rompu à bien des épreuves et déjà préparé à la mort. D'ailleurs, elle ne cherchait rien d'autre que ce qu'elle venait d'apprendre de la bouche de l'architecte. Elle décida de rentrer au palais.

– Puis-je t'accompagner ?

– Non, Ptolimein, tu as trop à faire ici. Au revoir.

Méropé s'en retourna seule, non sans avoir répondu à distance aux saluts des travailleurs occupés aux chargements des chariots. Pour descendre jusque sur la grève, son attention avait été attirée par le grouillement autour des bateaux et sur le rivage. L'aspect nouveau du chemin ne l'avait pas frappée. En sens inverse, elle remarqua combien plus régulière était devenue la chaussée. Elle prit même plaisir à enjamber les aspérités du terrain pour poser les pieds uniquement aux endroits où des galets plats s'incrustaient dans le sol pour l'équilibrer. En marchant comme une danseuse, elle se remémora l'époque où, petite fille, elle s'amusait à un jeu similaire. Elle n'en gardait pas un souvenir très précis, mais il lui sembla retrouver une sensation analogue à celle qu'elle avait connue dans cette lointaine époque de sa vie. Elle se revit confusément dans les bras de son immense père, Atlas, sautant à son rythme comme un cabri de rocher en rocher, choisissant par son entremise les points d'appui en raison de leur stabilité relative, hurlant de joie et de frayeur mélangées à chaque franchissement du vide.

Quand elle arriva au palais, la présence d'Ipsos dans la première cour l'avertit de la proximité probable de Sisyphe. Effectivement, le maître suivit le chien de peu. Mérope regarda son époux. Il paraissait habité par une idée, comme étranger à lui-même. Elle le questionna. Il lui répondit d'un ton impatient.

– Je viens de m'entretenir avec ton architecte.

– Oui...

– Il demeure fort discret et bien peu disert quand on l'interroge sur ton projet.

– Oui, oui...

– Il s'agit bien d'une tour, n'est-ce pas ?

– Oui...

– En marbre blanc ?

– Oui...

– Sisyphe, m'écoutes-tu ?

– Mes réponses n'en témoignent-elles pas, Mérope ?

– J'en doute, pourtant.

– Tu as tort, mais je suis pressé. Je dois me rendre sur le chantier. On vient de m'avertir d'un grave incident.

– Reste encore un moment, je veux moi aussi te parler d'un projet important.

– Plus tard, Mérope.

– Une tour compte-t-elle plus qu'un fils ?

– Que veux-tu dire ?

– Je veux te parler de ton prochain fils.

– Qu'y a-t-il ?

– Cela t'intéresse donc ?

– Cesse, Mérope, ce jeu. Parle sans détour.

– Depuis deux jours, ton fils ne bouge plus dans mon ventre.

– En es-tu sûre ?

– Une femme sait cela.

– Qu'en dit Iométèle ?

– Je ne l'ai pas consulté.

– Mais pourquoi donc ?

– Parce qu'il me recommandera du repos, dont je suis sevrée.

– Qu'attends-tu de moi ?

– Que ta présence plus assidue à mes côtés redonne à mon enfant la force et la volonté de vivre, s'il n'est pas trop tard.

– Je dois maintenant me rendre sur le chantier, Mérope. Dès ce soir, tu as ma parole, nous nous occuperons tous deux de notre quatrième rejeton. Et je te promets qu'il vivra.

Une fois sur le chantier, Sisyphe réalisa rapidement l'ampleur des dégâts. Un binard surchargé avait dégringolé le début de pente menant à l'Acrocorinthe, non loin de l'endroit où les deux aigles s'étaient entre-déchirés sous ses yeux. L'appareil en roulant s'était désagrégé. Les bois éclatés se trouvaient d'un côté du chemin. Une mule râlait sous l'une des roues de pierre. Fauchés sans qu'ils aient pu esquisser le moindre geste pour s'écarter, deux hommes gisaient, la poitrine de l'un enfoncée, le bassin de l'autre écrasé. La mort s'était emparée d'eux sans hésiter, d'un seul coup. Un troisième ouvrier pleurait de douleur. Ses jambes disparaissaient sous l'arête d'un bloc de marbre planté dans le sol. Sisyphe se pencha vers lui. L'homme ne pouvait articuler le moindre propos. Son souffle haletait. Ses mains se crispaient, raclant la terre ruisselante de sang. Le tirer par le torse eût été augmenter sa souffrance. Ses jambes devaient être sectionnées, ne tenant que par des lambeaux de chair au reste de son corps. Malgré la force dont on le créditait, Sisyphe ne parvint pas à déplacer le rocher assassin. Adossé au monolithe, il tenta vainement de le soulever. Il vit alors Ptolimein qui accourait vers le lieu de l'accident. Il lui manifesta son impuissance d'un signe de tête. Quand il se retourna vers le malheureux pris sous la pierre, Thanatos avait œuvré. On acheva la mule et on dégagea les corps. Les hommes, d'abord pétrifiés, reprirent lentement leur travail. Quelques-uns portèrent les victimes vers Ephyra, où leurs familles organisèrent des honneurs funèbres.

L'épisode entraîna une conséquence inattendue. Le premier contremaître transmit au roi et à son architecte une protestation des travailleurs employés sur le chantier, hommes libres, mercenaires ou captifs. Tous réclamaient plus d'eau. La sécheresse de l'air, l'importance des efforts, la lourdeur des matériaux, les accidents de terrain, l'épuisement qui déséquilibrait les équipes, tout concourait à créer du mécontentement et à diminuer l'efficacité du travail.

Sisyphe admit facilement la nécessité de remédier au manque. Mais où trouver le liquide si précieux ? Ptolimein proposa d'organiser des équipes spécialement chargées de la distribution d'eau. Le souverain acquiesça, mais la suggestion ne résolvait rien, puisque les sources faisaient défaut. Ptolimein le savait, hélas, mais comment renvoyer sans argument son auxiliaire auprès des travailleurs ?

Plusieurs de ceux qui avaient assisté en direct au drame hésitèrent à reprendre le travail. Ils ne s'y résolurent qu'en maugréant.

Ptolimein et Sisyphe quittèrent les lieux et descendirent vers le palais. Ils partageaient la même inquiétude.

– Cet accident se reproduira, Ptolimein, si nous ne trouvons pas une solution rapidement.

– Oui, seigneur, mais je crains pire encore. Le chariot a tué en un point bas de la route. Qu'en sera-t-il plus haut, quand la pente se raidit ? La difficulté du halage va s'accentuer. Il faudra augmenter le nombre d'hommes par fardier, et l'eau manquera cruellement. Les blocs risquent de dévaler la pente et les remonter usera les résistances. Je suis pessimiste, seigneur, car je redoutais ce que nous venons de vivre, mais je ne pensais pas que cela surviendrait aussi vite.

– Je sais, Ptolimein, je sais, mais comment y remédier ? Tu n'ignores pas que l'eau douce n'abonde guère à Ephyra.

– Une parade consisterait peut-être à diminuer le nombre d'hommes au travail et à effectuer des roulements.

– Cela retardera d'autant l'érection de la tour et de la citadelle, n'est-ce pas ?

– Oui, seigneur.

– Alors il faut y renoncer. Prions plutôt Zeus de nous envoyer une meilleure idée.

6.

Sisyphe n'avait pas oublié son serment. Durant plusieurs jours, il entoura Méropé de soins particuliers, se rendant inaccessible à tous ceux qui d'ordinaire prenaient sur son temps. Seul Ptolimein réussit à le voir, mais moins longtemps et moins fréquemment qu'il aurait été nécessaire. On l'apercevait occupé à prier les dieux de ne pas retirer la vie à son enfant. Il sacrifia plusieurs bêtes. Il restait aussi avec Méropé de longues heures et nul ne perça le contenu de leurs conversations. Son éloignement temporaire du chantier n'avait guère diminué l'ardeur des hommes au travail, mais certains s'interrogeaient sur l'espacement de ses visites. Un bruit courut : le roi mesurait enfin l'immensité de la tâche et commençait de reconnaître son impossibilité. Seuls des Titans seraient capables de la mener à bien, mais ces êtres ne se manifestaient que dans les contes et les récits des oracles. Quand et comment il annoncerait son abandon, personne ne le savait, mais peu doutaient du fait. Un mercenaire quelque peu fier apostropha même Ptolimein dans ce sens. Insatisfait de la réponse de l'architecte, il ne se priva pas de s'en plaindre et de la répercuter, augmentant ainsi un malaise diffus.

Tandis que les difficultés s'accumulaient, le maître d'ouvrage demeurait interminablement auprès de sa femme. Une fin d'après-midi, alors que les deux époux admiraient le soleil plongeant dans la mer au milieu de rougeoiements annonciateurs d'un changement de saison, Mérope poussa un petit cri.

— Qu'y a-t-il, Mérope ?

— Un coup de pied ! Le premier depuis cinq jours. Ton fils est bien vivant.

Sisyphe colla l'oreille contre le ventre déformé de sa femme.

— Je l'entends, Mérope. Oui, il vit, et bien. À en juger par ses mouvements, il sera gaillard.

Au moment même où il s'exprimait ainsi, un talon sembla trouer la peau de Mérope, venant heurter le visage de Sisyphe. Celui-ci eut un recul et rit de bon cœur.

— C'est déjà un athlète !

Mérope pleura doucement. Elle n'essuya pas ses larmes descendues sur ses joues rosies par la fraîcheur du soir. Elles s'arrêtaient pour la plupart à la hauteur de sa bouche. L'une d'entre elles coula le long de son cou et vint se loger à sa base, dans le pli presque imperceptible de ses deux salières, où elle brilla un instant. Ses deux mains calées sur le dessus de son ventre, Mérope ne bougea plus, respirant au rythme de son émoi intérieur.

— Oui, Sisyphe, il sera robuste, comme toi, et comme toi il me fait peur, déjà.

— Pourquoi t'inquiéter ainsi, chère Mérope ?

— Je ne m'inquiète pas, je songe à l'homme qu'il va devenir, à ses combats, aux folies de la vie...

Sisyphe

– Et c'est cela qui t'arrache des larmes, douce Mérope ?
– Non, je pleure de la joie de le savoir vivant. Aussi grand que tu sois, aussi fort, aussi majestueux, noble époux, tu conquiers la gloire en tuant les hommes, et moi je les porte en mon sein. Ils meurent par ton glaive mais ils naissent dans mes entrailles. Tu fais couler le sang, le mien donne la vie. Pour la quatrième fois, mon corps apparaît difforme, mes seins gonflent démesurément, ma démarche devient empruntée, mais, comme pour Glaucos, comme pour Ornytion, comme pour Thersandros, je jouis de mon état. Depuis l'autre jour, l'idée de donner naissance à un mort m'étreignait au point que j'ai envisagé de partir avec lui. S'il n'avait pu vivre, je ne l'aurais pas abandonné. Nous serions descendus ensemble dans l'Hadès, main dans la main.
– Ne pleure plus, Mérope... le temps n'est pas venu pour toi de te rendre aux Enfers, ni d'ailleurs pour cet enfant.
– Tu as raison, Sisyphe... et je repense maintenant aux moments divins où tu es entré en moi pour offrir la beauté du ciel aux yeux de tes fils... je les retiens comme les meilleurs de ma vie, nécessaires à celle de ce petit cadet...
– Ne sens-tu pas le froid qui tombe ?
Sisyphe embrassa les lèvres salées de sa femme et la fit lever. Avant de quitter la terrasse pour rejoindre une pièce réchauffée par un faible brasier, il regarda l'horizon.
– Bientôt les Pléiades ne reparaîtront plus dans le ciel étoilé. Bientôt, il faudra se résoudre à ralentir nos activités, travailler à l'intérieur et demeurer près des feux de bois. La belle saison laissera place aux vents frais et aux frimas du matin. Bientôt tu accoucheras, Mérope...
– La délivrance est encore loin, Sisyphe, et chaque jour me semble une éternité...

118

La soirée s'écoula paisiblement. Le lendemain, la vigueur naturelle de Méropé reprenait le dessus et elle retrouva son dynamisme coutumier. L'épisode avait rapproché les époux. Quand Archèlos vint présenter les documents rapportés par ses adjoints embarqués sur les navires de charge, il fut surpris d'être reçu par Sisyphe en présence de Méropé. Sur ses tablettes figuraient la totalité des transferts effectués entre le Pentélique d'Athènes et le port d'Ephyra. Les mesures et le poids de chaque bloc y étaient consignés.

– Voici, seigneur ! Les livraisons sont bien conformes aux commandes.

– Fort bien, Archèlos, mais n'omets pas d'enregistrer les pertes, notamment ce bloc tombé l'autre jour au Kenkhréai.

– Je vois, seigneur, que rien ne t'échappe !

– Si, Archèlos, bien des choses... mais moi seul dois le savoir...

À ce moment, Ptolimein se fit annoncer. Malgré son désir de respecter l'intimité de ses maîtres, il ne chercha pas à dissimuler son inquiétude. Il pria Sisyphe de le suivre, si la reine leur en accordait la permission. Une fois dehors, l'architecte transmit au roi les dernières informations. Elles n'étaient guère encourageantes.

– Nous avons réceptionné il y a peu le premier arrivage par terre en provenance d'Athènes...

– Eh bien, Ptolimein, qu'y a-t-il donc ?

– Il y a, seigneur, que la caravane de mules ressemble plus à une armée défaite qu'à un convoi marchand.

– Explique-toi, voyons !

– Viens constater par toi-même, seigneur. Tous mes mots ne vaudront pas ta propre inspection.

Sisyphe accompagna son architecte dans Ephyra où, sur une petite place entourée de pêcheurs et de paysans rentrés des champs, le spectacle offert par les malheureux parvenus jusqu'à la cité le désola. Au lieu de la cinquantaine de mules avec leurs chargements de bois et leurs chariots remplis de blocs de tout acabit, il vit claudiquer trois bêtes seulement, harassées, percluses de blessures sanguinolentes. Les muletiers ne valaient pas mieux. Sisyphe interrogea l'un d'eux.

L'homme, couvert de poussière et de sang, épuisé par la fatigue, voulut se redresser pour répondre au roi. Il y parvint en grimaçant de douleur. Il emmagasina du souffle et tâcha de ne rien oublier, ce que facilita peut-être la lenteur involontaire de son débit.

– Seigneur Sisyphe, nous revenons des Enfers... beaucoup d'entre nous gisent quelque part entre Éleusis et ta belle cité... au départ d'Athènes, tout allait bien... la protection de tes hommes d'armes nous rassurait... les multiples obstacles du chemin aiguisaient notre volonté... il en fallait beaucoup, seigneur, car très vite nous réalisâmes combien le voyage coûterait de forces... les premiers jours se ressemblèrent tous... nous avancions au pas, et les fardeaux suivaient péniblement... et puis...

Les suspensions répétées du récit rendaient Sisyphe impatient, quoiqu'il en comprît et en acceptât les raisons.

– Et puis ?

– Un soir que nous campions au pied d'une colline et que nous nous apprêtions à goûter un peu de viande grillée au cœur des brasiers, des soldats nous attaquèrent... ils se jetèrent sur nous par surprise... nos gardes, incapables de s'organiser, moururent sous leurs coups les uns après les autres... les lances aux pointes acérées transperçaient indifféremment hommes et bêtes... tout à côté de moi, un de nos défenseurs reçut une pique en travers de la gorge... sa langue resta plantée dans le bronze comme un morceau de viande accroché à une broche et ressortit de l'autre côté du visage... c'était horrible, seigneur... il ne pouvait pas crier... des grognements rauques et déchirants sortaient de son palais ensanglanté quand un assaillant l'acheva d'un coup de poignard dans la nuque... un autre de nos guerriers fut pratiquement tranché en rondelles, comme un vulgaire oignon...

Sisyphe se détourna du pauvre hère qui manifestement délirait et fit signe à Ptolimein qu'il en avait assez entendu. Il voulut s'éloigner mais l'homme l'interpella sans ménagement, ce qui l'eût exposé en d'autres circonstances à de sérieux ennuis.

— Écoute-moi, seigneur, je n'ai pas fini... tu te trompes si tu penses que ma tête a perdu sa raison... tout ce que je te raconte, je l'ai vécu... je n'invente rien... depuis longtemps l'Hadès aurait accueilli mon âme si je ne m'étais pas caché dans une grotte où deux de mes compagnons me rejoignirent, et où nous attendîmes la fin du carnage avant de reprendre notre route...

— Pourquoi ne vous êtes-vous pas battus ?

— Sans armes, seigneur ? Nous sommes des paysans, pas des guerriers... nous combattons avec la terre pour ta grandeur, pas contre les hommes pour notre gloire... et puis les ennemis semblaient invincibles... ils s'emparèrent des mules mais versèrent les blocs de marbre sur le chemin, où ils doivent se trouver sans doute encore... ils emmenèrent aussi avec eux plusieurs d'entre nous...

— Et sais-tu d'où venaient vos agresseurs ?

— Je n'ai entendu qu'un nom, seigneur, celui du roi auquel un si beau butin dut échoir...

— Quel est ce nom ?

L'homme hésita. Comme il achevait sa narration entre-coupée de respirations bruyantes, le courage parut le déserter. Mais Sisyphe ayant répété son injonction sur un ton qui ne souffrait pas la désobéissance, il retrouva de l'énergie, eut le cran de prononcer le nom en regardant son roi droit dans les yeux – « Athamas » –, avant de s'évanouir.

Sisyphe accusa le coup. Il ordonna qu'on attribue à l'homme deux moutons, cinq mesures de figues et cinq de vin. Avec Ptolimein, il retourna sans mot dire au palais. L'architecte prit congé sans revenir sur l'incident, de peur d'attiser la colère intérieure de son maître. Il savait combien les contrariétés pouvaient le conduire à se fermer sur lui-même, souvent pour puiser une nouvelle détermination. Aussi se garda-t-il bien de l'interroger, réservant pour le lendemain les questions à traiter, les plus brûlantes comme les plus bénignes.

La nuit tomba doucement. Le repas du soir réunit la famille royale, jusqu'à Hipponoos. Une soupe farineuse de papilionacées diverses le composa, et des galettes de blé tendre le complétèrent avant que des corbeilles de cynorrhodons parfumées ne l'achèvent. Les enfants eurent droit aux amandes séchées dont ils raffolaient, tandis que Sisyphe, comme à son habitude, croqua des raves agrémentées de raifort. Mais les préoccupations du roi pesaient sur l'atmosphère, sans qu'un seul mot fût prononcé à leur sujet. Il répondait évasivement aux questions de ses plus jeunes fils, lesquelles portaient sur la meilleure façon de tenir une épée, sur la chasse aux loups et aux lions, sur les manœuvres à effectuer en bateau quand Euros faisait souffler un vent d'est-sud-est ou encore sur les conflits opposant Borée à Zéphyr quand ils se disputaient pour déchaîner les courants marins. En fait, Sisyphe ne pensait qu'à une seule chose, qui désormais l'obsédait : comment neutraliser Athamas, le roi de Thèbes ?

Quand, retiré dans ses appartements avec Mérope, il s'allongea, les mains croisées sous la tête, celle-ci voulut savoir le motif de son tourment.

– Quelle nouvelle te perturbe ainsi ?

– Mes muletiers, mes guerriers, mes paysans, tous ceux que j'ai dépêchés pour rapporter du marbre d'Athènes, les soldats d'Athamas les ont anéantis.

– Athamas ?

– Oui, mon frère Athamas, roi de cette Thèbes aux remparts infranchissables, aux hommes prêts à tout, aguerris par les batailles incessantes qu'ils doivent livrer à leurs voisins querelleurs.

– Comment paiera-t-il ce crime ?

– Je ne sais pas encore, Mérope, mais je vais devoir me rendre à Thèbes pour l'affronter. Ce n'est peut-être pas de Salmonée que parlait le devin Epicarme, mais de cet autre frère !

– Voilà fort longtemps que je n'ai pas entendu prononcer son nom.

– Hélas ! Mérope, je le prononce aujourd'hui pour mon malheur et pour le sien, car de mon expédition renaîtra la guerre entre nous.

– J'ignorais que vous vous fussiez déjà combattus...

– Il y a fort longtemps, à l'âge où les batailles se mènent avec des bâtons et des boucliers en bois.

– Ces histoires d'enfants ne sont heureusement pas meurtrières...

– Elles peuvent laisser des traces durables, chère Mérope. Mes deux frères Athamas et Créthée ne rataient aucune occasion de se liguer pour me dominer devant les adultes qui riaient de nos poursuites. Le plus jeune imitait l'aîné ou lui montrait le chemin. Plus forts que moi par leur alliance, ils ne cessaient de m'humilier. Les coups pleuvaient, je me défendais tant bien que mal, et je changeais souvent de repaire pour me soustraire à leur acharnement. Mais ils me retrouvaient et la lutte reprenait.

– Et la victoire te revint ?

– Au bout du compte, oui, mais il me fallut déployer des trésors d'imagination et de ruse pour déjouer leurs complots. D'autant que Salmonée, de quelques années mon cadet, se joignit à eux dès qu'il le put. Il se sentait proche d'Athamas, à qui d'ailleurs il ressemblait beaucoup. Alors que je le défendais contre ses ennemis, lui me trahissait à la première occasion ! Pour obtenir son ralliement, Athamas et Créthée lui racontaient des fables sur mon compte, et il les croyait. On sait très vite le caractère d'un homme, Méropé, il suffit d'observer l'enfant dans ses jeux et de prêter attention à ses dires. Salmonée admirait la supériorité de nos frères, mais il ne mesurait pas qu'elle était seulement due à une alliance misérable entre deux garçons plus âgés que moi et aussi faibles l'un que l'autre. Athamas dut me détester plus encore de l'avoir percé à jour qu'en raison des stratagèmes employés pour lui échapper. Et voilà celui qui, aujourd'hui, règne sur Thèbes et massacre mes hommes !

– Tu le tueras, n'est-ce pas, s'il tombe entre tes mains ?

– Pour lui, je prierai Arès qu'il m'échappe...

Comme cela lui arrivait souvent, Sisyphe s'endormit d'un coup. Méropé entendit la respiration profonde et calme de son royal époux, gage d'un repos immédiat. Elle, au contraire, resta pensive un long moment, passant et repassant dans sa tête les souvenirs qu'il venait de lui confier. Mais au lieu de se figurer les garçons courant les uns derrière les autres et brandissant leurs armes inoffensives, elle se les représentait vêtus d'armures étincelantes, de casques et de cimiers en argent, et elle assistait à une tuerie fratricide, présage atroce d'un avenir possible. Au milieu des coups et des blessures pourtant s'immisça un beau jeune homme au corps de lion. Elle ne connaissait pas son visage malgré son air étrangement familier. Son regard doux tranchait sur la robustesse de sa charpente. Les pattes campées dans un sol fangeux, il rayonnait d'une lumière quasiment éblouissante. Au-dessus de sa tête aux longs cheveux blonds tournoyaient des nymphes dont la nudité transparaissait derrière des voiles diaphanes. Il semblait des yeux suivre leurs mouvements circulaires et riait de ses crocs à chacun de leurs passages. À côté de lui se tenait une petite fille qui battait des pieds comme si elle nageait dans l'espace. Elle brandissait d'une main une double hache et, de l'autre, elle se protégeait du soleil en formant une visière collée au bas de son front. L'arme épousait le tourbillonnement des nymphes, comme pour les viser. Une gigantesque chrysalide aux couleurs de l'arc-en-ciel s'approcha du jeune homme, sans révéler sa présence. Quand celui-ci ressentit le souffle de l'insecte au-dessus de lui, il se retourna. À cet instant précis, le monstre laissa place à un cheval ailé plus formidable encore. L'animal posa d'abord les postérieurs sur le terrain soudainement métamorphosé en glace, puis avec précaution il abaissa les antérieurs, tout en continuant de battre lentement des ailes, comme un papillon incertain de son atterrissage. Il glissa entre les jambes de l'homme-lion son immense cou et le souleva d'un bond. Le cavalier sauta si haut qu'il retomba de travers. Sa queue de fauve s'agita dans tous les sens et fouetta vainement les flancs de la monture. Au moment où il allait culbuter, le cheval s'inclina prestement du côté opposé, rétablissant l'équilibre. Mérope tendit alors ses mains vers la petite fille, mais celle-ci les broya de ses dents de requin avant de sauter sur la bête en vociférant.

Réveillée par ce hurlement, Mérope comprit que le sommeil l'avait gagnée sans qu'elle s'en aperçût et, la gorge sèche, elle se leva pour boire. Le soleil venait de crever l'horizon. Hypnos une fois encore s'était joué d'elle.

Sisyphe, lui, avait déjà convoqué les dignitaires d'Ephyra et des environs. Au petit matin, les seigneurs et les barons de la maison civile, les responsables religieux des sanctuaires et les gouverneurs militaires s'étaient succédé par petits groupes. À l'invitation du maître ils s'étaient réunis dans le mégaron. Le roi les reçut vêtu de sa tunique pourpre d'apparat. Ils s'assirent sur les bancs disposés sur le pourtour de la grande pièce. De son trône, le souverain pouvait voir la quasi-totalité de ces hommes qui lui devaient hommage en contrepartie de sa protection. Nombreux parmi eux avaient reçu de lui des privilèges en échange de leur engagement personnel à le servir quand il le réclamerait. Certains étaient exonérés d'impôts et n'avaient pas à fournir l'or prélevé annuellement par les fonctionnaires palatiaux ; d'autres avaient obtenu le droit de diminuer leurs paiements aux saisons les moins propices, à condition de les augmenter aux époques favorables. Tous détenaient des terres, parfois en quantités considérables, qu'ils exploitaient au moyen de milliers d'hommes, de femmes et d'enfants, les uns asservis, les autres tenanciers ou propriétaires d'alleux. Les gardiens des sanctuaires arguaient d'une possession divine et non personnelle pour se soustraire aux obligations fiscales, mais Sisyphe savait combien les dons et les sacrifices grossissaient régulièrement leur propre patrimoine. Ils représentaient tous le vaste territoire sur lequel s'imposaient la puissance et le droit du maître d'Ephyra. Tous craignaient le roi, mais chacun guettait l'occasion d'affirmer son autonomie ou, mieux, son indépendance. Les luttes pour obtenir des avantages ou des positions servaient d'ailleurs le palais dans sa gestion des biens et des êtres.

Dans le passé, à plusieurs reprises, le souverain avait dû exposer dans le détail les raisons d'une opération ou les motifs d'une guerre. Cette fois, tous croyaient en une consultation tardive sur l'érection de la déjà fameuse citadelle, bien que chacun eût appris le carnage dont les caravaniers du marbre avaient été la cible. Sisyphe s'adressa posément à son auditoire.

– Seigneurs ici assemblés dans mon palais, je veux vous informer de mes besoins pour l'expédition punitive contre le roi de Thèbes, Athamas. Il a, vous le savez, perpétré un acte de brigandage contre les convoyeurs chargés par mes soins d'acheminer des blocs de marbre pour la construction en cours au haut de l'Acrocorinthe. C'est du moins son nom qu'a prononcé un des rescapés. Si nous voulons qu'Ephyra soit respectée, ses seigneurs craints, ses activités protégées, son commerce prospère, et sa vie douce, nous devons châtier les coupables et leur interdire de renouveler un acte inadmissible.

Le silence attentif s'était métamorphosé en mutisme. Le regard de Sisyphe parcourait tous les yeux rivés sur sa personne. Il allait poursuivre quand un seigneur se leva et prit la parole avec une lenteur contraire à son émoi, perceptible seulement par les plus sagaces :

– Noble Sisyphe, notre maître à tous, permets-moi une question.

– Je t'écoute.

– Le responsable de ce massacre n'est-il pas ton propre frère ?

– En effet.

L'homme hésita. Ses voisins le regardaient avec appréhension. Lui-même parut troublé de l'importance accordée à ses propos. Il bomba le torse pour se donner de l'assurance, et reprit en haussant la voix :

– Nous as-tu réunis pour régler une affaire familiale ?

Quelques têtes oscillèrent en signe d'acquiescement, mais beaucoup restèrent prudents et impénétrables. La plupart des seigneurs hésitaient à réagir, attendant la tournure du dialogue. Sisyphe fixa l'homme, qui semblait fondre progressivement, et laissa l'incertitude planer un moment avant de répliquer :

– Je te remercie de ta remarque. Elle prouve que tu es un homme libre, de tes paroles comme de tes pensées.

Cette apostrophe accrut le malaise de ceux qui, pour connaître le roi, savaient que ce début augurait mal de la suite. Sisyphe en effet continua sur le même ton.

– As-tu toi-même des frères ?

– Oui, grand Sisyphe.

– Pardonnes-tu à un parent ses exactions ?

Perdant l'initiative du questionnement, l'homme subissait un interrogatoire que l'habileté verbale de Sisyphe allait immanquablement transformer en réquisitoire s'il ne réagissait pas au plus vite. Il modifia sa tactique.

– Je ne veux pas dire, noble roi, que le désir d'une vengeance personnelle guide ta réflexion...

– Alors quel est ton propos ?

– Je me demande, seigneur, si Athamas mérite autant de remous.

— Estimes-tu juste qu'un carnage reste impuni ?

— Certes non, seigneur...

— Alors, assieds-toi et ne m'interromps plus.

L'homme jeta des regards à droite et à gauche sans recueillir les appuis espérés. Un seul seigneur ébaucha un mouvement, mais se ravisa et ne se leva point.

— Puisque Phakétas a bien voulu regagner son siège, qui veut prendre la parole après lui ?

Personne ne bougea. Le roi poursuivit.

— La citadelle de Thèbes compte parmi les mieux défendues et les plus sûres de Béotie. Ses portes, au nombre de sept, trompent l'ennemi en lui faisant croire qu'elle est aisée à vaincre. Tout au contraire, ces ouvertures perturbent l'assaillant, qui ne sait laquelle investir. S'il s'apprête à l'aborder par un côté, ses défenseurs jaillissent et le prennent à revers. S'il choisit d'attaquer deux portes à la fois, il divise alors ses forces et s'affaiblit d'autant. La ville ressemble ainsi à ces oiseaux qui volent en formation, et trompent le chasseur incapable de choisir sa cible au milieu du groupe. Et pourtant, il va falloir monter à l'assaut de cette forteresse imprenable. À l'abri de ses murailles élevées jadis par Amphion et Zéthos, Athamas peut nous défier sans craindre encore nos représailles. Peut-être ignore-t-il que son attaque a porté contre nous – car c'est de nous qu'il s'agit, messeigneurs, non de ma famille. C'est Ephyra qu'on menace, non votre roi. C'est à vos biens qu'on attente, non aux miens seuls. Plus on tuera mes hommes, plus je requerrai les vôtres. Quand je guerroie, ma vie ne constitue jamais l'enjeu du combat. Nous luttons ensemble pour celles de vos femmes, de vos serviteurs, de vos enfants, de vos bêtes. Nous n'érigeons pas une forteresse pour imiter nos voisins, nous édifions un système de défense et de contrôle de notre territoire. Si nos convoyeurs ne peuvent traverser l'isthme en toute sécurité, si venir d'Athènes présente un danger mortel, si Mégare, Thèbes ou Éleusis s'en prennent à nos caravaniers, c'est que notre force demeure ou insuffisante ou méconnue. Je ne permettrai plus que des périls, quels qu'ils soient, menacent nos entreprises.

Un gouverneur militaire se leva. Sa parole résonna haut et fort dans l'enceinte :

– Noble roi, commande, et nous obéirons.

Plusieurs autres seigneurs, en se mettant debout, apportèrent leur approbation avec leur corps. Finalement, l'assemblée tout entière se dressa et attendit les ordres de Sisyphe. Celui-ci quitta son trône et vint poser la paume de sa main droite sur l'épaule de chacun de ses obligés. Puis, reculant jusqu'à l'entrée du mégaron pour être vu de tous, il fixa le nombre de soldats nécessaires, soit cinq cents, y compris les archers. Il précisa que vingt chars suffiraient. Il ajouta qu'il mènerait lui-même la troupe, ce qui suscita quelque étonnement chez les chefs militaires, habitués à commander en son nom. Quant aux sacrifices indispensables à la bonne exécution de la tâche, il déclara que chacun devrait y contribuer, dans des proportions définies par les prélèvements habituels, sous la direction du maître de ses hiérodules. Une hécatombe en hommage à Arès fut décidée, en raison de la mission et de son importance. Il conclut en fixant le départ à la pleine lune, soit au terme du troisième jour après cette réunion.

Le palais se vida de ses nobles visiteurs. Sisyphe décida de se préparer, ce qui signifiait tout à la fois mobiliser autour de lui ses combattants, organiser les attelages, aiguiser ses armes, mais aussi laisser ses instructions à Ptolimein pour la poursuite du chantier.

Les trois jours passèrent comme un seul instant. L'architecte enregistra les directives de son maître, non sans le prévenir des difficultés croissantes auxquelles, malgré tous ses efforts, il se trouvait confronté. Et la confiance du roi le rendait plus soucieux encore, ce dont il ne pouvait s'ouvrir à personne.

Méropé, la veille du départ, se plaignit à son époux d'une absence qu'elle prévoyait longue.

— Si tu tardes à punir Athamas, tu manqueras mon accouchement.

— Douce Méropé, mon fils vagira dans mes bras aussitôt sorti de ton ventre. Que Zeus m'en soit témoin.

7.

La lune brillait d'une lumière pleine quand Sisyphe se leva. En attendant l'aurore pour s'équiper, il pria devant l'autel d'Arès, ce dieu si imprévisible, si versatile et si sanguinaire aussi.

– Entends mon cœur, ô Arès, fils de Zeus et d'Héra, dieu de la Guerre, et ne le laisse pas déchiré entre ses deux penchants. D'un côté, la disparition d'Athamas ne m'apporterait pas un repos complet, car quel homme peut se réjouir de la mort de son frère ? De l'autre, je ne puis souffrir qu'on bafoue mon autorité. Si mes proches ne me respectent pas, que penseront mes adversaires ? Et si mes parents se rangent aux côtés de mes ennemis, comment rassurer mes amis ? Ô Arès, assiste-moi dans mon entreprise et permets qu'Athamas veuille réparer les dommages causés. Je ne cherche pas à exterminer ces Thébains qui te rendent hommage, depuis que le grand Cadmos, à l'origine de la ville, tua ton dragon et devint ton esclave pendant huit ans. S'il faut donc souffrir la guerre, je t'approuverai d'épargner la cité !

Sortant d'on ne sait où, Ipsos fit irruption. Il guetta chez son maître le moindre signe avant-coureur d'une longue promenade. Sa queue battait l'air calmement, gage de sa joie intérieure. Sisyphe le regarda. La babine retroussée en guise de sourire, les oreilles tendues par une attention extrême, l'animal se tenait prêt à un départ d'autant plus certain que les préparatifs avaient transformé le palais depuis trois jours en remue-ménage permanent.

– Non, Ipsos. Tu restes ici.

Une tristesse indicible s'abattit sur le chien. Son corps sembla tout d'un coup s'affaisser. La queue tombante, il sortit de la pièce pour aller se coucher en quelque endroit d'où il entretiendrait l'espoir d'un revirement, pourtant bien improbable.

Au lever du jour, les capitaines et les soldats s'agglutinaient progressivement sur la grande esplanade du palais. Les casques en cuir bardés de lamelles ou de rondelles de métal scintillaient sous le soleil naissant. Les hommes se regroupaient suivant leurs appartenances, dont témoignaient les couleurs des couvre-joues et des couvre-nuques. Les guerriers volants, sans arcs ni flèches, armés de poignards en bronze et de lances ou de javelines, se déplaçaient dans le cliquetis des cuirasses légères nouées sur leurs épaules. Les panaches de crin flamboyaient au-dessus des têtes. Certains guerriers, fiers de leurs trophées de chasse, arboraient sur leurs visières des défenses de sangliers. D'autres s'accommodaient de simples peintures décoratives. Sur les boucliers des archers, pour la plupart tapissés de toiles collées, étaient peintes avec plus ou moins d'adresse des figures terribles, lions rugissants, griffes de léopards, monstres marins ou chimères. En prévision de combats où la mobilité pouvait fournir un avantage décisif, tous avaient prêté une grande attention à leurs chaussures. Si certains portaient des brodequins chamois ou blanc, les mollets du plus grand nombre étaient serrés dans des bottes de cuir au-dessus des sandales, blindant ainsi les jambes tout en conservant aux chevilles leur liberté.

Les escouades formées de piétons s'écartèrent pour laisser place aux chars d'attaque. Dans un bruit de hennissements et d'essieux grinçants, les attelages s'alignaient les uns derrière les autres en prévision du départ. Les chevaux blancs ou gris pommelé dominaient en nombre, et de loin, les robes aubères, alezanes ou pies. Attelées par paires, les bêtes semblaient tirer fierté de leurs propres décorations, œillères assorties aux rênes, pompons aux coloris vifs au-dessus des encolures ou encore disques de métal arrangés le long des crinières. Les chars eux-mêmes rivalisaient de beauté. Des planchers rutilaient, des incrustations d'os rehaussaient des rambardes, les roues cerclées de bronze étaient zébrées de rayons dont les dégradés allaient du rouge vif au beige clair en passant par le brun.

Pendant que les cochers manœuvraient en criant leurs ordres, autant aux bêtes qu'aux hommes, les maîtres des chars ajustaient leurs harnachements. Beaucoup s'étaient enveloppés de plusieurs épaisseurs de lin feutré, empesé, qu'ils avaient recouvert de plaques de cuir, lui-même doublé pour mieux encore amortir les coups. Ces carapaces rigides réduiraient les mouvements et astreindraient leurs propriétaires à des déplacements lents et calculés, mais elles témoignaient de leur splendeur. Un seigneur, particulièrement désireux d'épargner aux siens les traits ennemis, avait habillé sa compagnie d'épaulières et de protections thoraciques garnies d'écailles de cuivre. Un gouverneur portait même un plastron damasquiné d'ivoire.

Hormis sa stature et l'impression de puissance qui émanait de lui, Sisyphe ne tranchait sur les autres seigneurs que par une marque distinctive exceptionnelle, une paire de somptueux chevaux noirs. Nul ne savait d'où venaient ces merveilles, au service desquelles étaient affectés au palais quatre palefreniers. Le roi grimpa lestement sur son char, que le cocher maintenait immobile en dépit de la nervosité des pur-sang. Il s'agrippa d'une main au garde-corps doré formant demi-cercle à la verticale du timon, et leva l'autre pour avertir de l'imminence du départ. Il parcourut les troupes du regard, puis avec décision laissa retomber son bras. À ce signal, l'armée s'ébranla pesamment.

La troupe serpenta dans les collines dominant Ephyra et disparut peu à peu dans la direction de Mégare. À sa tête, Sisyphe semblait chercher Thèbes et Athamas des yeux. Ses compagnons retrouvaient chez leur souverain et chef un comportement maintes fois observé. Il demeurait silencieux, comme perdu dans ses pensées, mais toutes ses forces en réalité se concentraient sur l'objectif. Chacun savait dans ces moments solennels que l'homme accompagnait le roi, non l'inverse. On devinait chez lui une volonté d'airain, dissimulée derrière une apparente douceur. La détermination n'affectait pas sa tranquille assurance mais augmentait sa superbe.

La journée de marche se déroula sans encombre. Les hommes chantaient parfois, des rires fusaient sans raison, parcouraient une colonne et s'éteignaient comme ils étaient nés, soudain, presque sèchement. Quelque seigneur mit en garde les siens contre les attaques possibles de lions ou de loups, mais le bruit de la formation dut effrayer les animaux sauvages, car aucun ne se montra. Le campement s'établit à proximité de Mégare. Les veilleurs prirent place autour des tentes et des abris de fortune. Délesté de son armure, Sisyphe appela auprès de lui un homme qu'il avait pris

soin de mobiliser personnellement, et à qui au palais revenait une fonction essentielle.

– Où donc se trouve mon faiseur de feu ?

– Là seigneur, tout près de toi.

– Pyrhès, choisis le meilleur endroit et ne tarde pas.

L'homme s'accroupit, épousseta le sol de ses mains et
sortit de son bagage deux bâtons d'apparence banale. Au
sein du cercle d'admirateurs formé spontanément autour
de lui, les seigneurs et Sisyphe lui-même n'étaient pas les
moins curieux. Il implora Hermès et Zeus avant de se livrer
au travail dont lui seul connaissait les étapes. Avec précision, il aménagea le terrain pour y caler un des bouts de
bois, du sureau évidé. Une fois la pièce couchée dans son
lit, il en assura la stabilité en la maintenant avec fermeté
entre ses genoux. Pourvue d'une légère moelle, celle-ci présentait plusieurs petites cavités circulaires, toutes d'égal dia-
mètre, du moins à vue d'œil. Elles étaient noircies et sans
nul doute le feu infatigable avait dû en jaillir à de nombreuses reprises. L'homme alors saisit la seconde tige, presque rigide, dont il inséra une extrémité dans l'un des trous
de la première. Entre ses paumes, il fit pivoter cette
baguette verticalement, et poursuivit son effort avec régularité. Sous l'effet du trépan, le foyer s'échauffa progressivement, jusqu'à produire une première rougeur qui déclencha des exclamations. Le faiseur de feu ne cilla point et
continua imperturbablement son office. La rougeur laissa
place à une bluette, puis à une petite flamme, d'abord
incertaine, que Pyrhès entretint par l'action prolongée de
ses paumes. En un instant, une braise s'installa au cœur
du foyer. Il la protégea de son corps, puis, avec des brin-
dilles préalablement amassées, il offrit autour de lui le feu

tant attendu, et récupéra prestement ses deux instruments de bois.

Sisyphe resta les yeux fixés sur les belles flammes qui maintenant s'élevaient de la terre. Il félicita son serviteur.

— Ta dextérité, Pyrhès, est sans pareille.

— Je te remercie, seigneur Sisyphe... Mon feu, tu le sais, n'est rien à côté de la foudre que Zeus nous envoie dans ses colères, ou en comparaison des laves crachées par les ébranlements de Poséidon.

— Tu agis comme un volcan, Pyrhès, et depuis que mon ancêtre Prométhée nous a offert le feu, les hommes comme toi honorent de leur fidélité ce dieu. Nous prierons Athéna de nous conserver ton feu pour cette nuit, si tu veux bien le faire renaître aussi étincelant demain soir.

— Tant que je vivrai, seigneur, il en sera selon ton désir.

L'homme s'écarta et abandonna son œuvre aux soldats, qui, distribuant les brandons, organisèrent leurs bivouacs.

Le lendemain fut un journée de marche difficile à travers des défilés ou des vallées étroites propices à des attaques-surprises. Mais rien de sérieux ne se produisit. Le surlendemain matin, des envoyés de la cité de Mégare demandèrent à voir Sisyphe. Le roi d'Ephyra les reçut dans son campement. Dépêchés pour connaître ses intentions, ils offrirent au souverain déjà paré de son armure un cadeau surprenant – une plaque d'argent et un rouleau de papyrus. Sisyphe prit connaissance du document et fit déposer l'objet à ses pieds. Puis, jetant au feu le papier, il s'adressa aux émissaires.

— Merci de vos présents.

— Ils expriment, majesté, le respect que te porte notre roi, Nisos, beau-père de ton fils, Glaucos, et souverain de Mégare.

– Votre roi ne manque pas de courage et d'esprit.

– Est-ce ton message, majesté ?

– Non. Vous direz à Nisos que j'épargnerai Mégare.

Les Mégariens s'en retournèrent, accompagnés des yeux par une bonne partie de l'armée d'Ephyra.

Un seigneur s'approcha de Sisyphe et le questionna.

– Puis-je savoir, ô notre roi, ce qui te fait sourire.

– Oui, Xénanthias, je vais te le confier. Le roi de Mégare a voulu me mettre à l'épreuve. Sa judicieuse adresse l'a sauvé de nos armes.

– Qu'y avait-il sur ce document ?

– Rien ! Pas un trait, pas un signe, pas un mot.

– Je ne comprends pas.

– Il ne suffit pas de briller au combat, Xénanthias, mais aussi à la réflexion.

– La gloire s'acquiert-elle par les pensées ?

– Cela peut arriver.

Sisyphe plaça devant Xénanthias la plaque d'argent. Son visage s'y refléta.

– Comprends-tu, maintenant ?

– Je vois une belle chose, seigneur, le reflet de ma personne, mais je ne saisis pas la relation avec le papyrus...

– Le message est pourtant clair ! En me remettant un document vierge, le souverain de Mégare se soumettait par avance. Il me laissait libre d'exiger ce que bon me plaisait. Je n'avais qu'à commander, il obéirait.

– Pourquoi n'avoir pas couché tes ordres sur ce papier ?

– En le brûlant, Xénanthias, j'ai fait part au roi de mon plus cher désir, qu'on me laisse atteindre mon but sans m'en détourner.

– T'entendra-t-il ?

– Il semble sage. Je pense que oui.

– Il t'aura ainsi écarté de Mégare à bon compte.

– Peut-être, mais il ne pouvait pas savoir qu'il n'a jamais été dans mes intentions d'attaquer sa ville.

– Es-tu certain que Mégare ne nous cherchera pas querelle ?

– Cet épisode m'informe d'une chose bien plus importante, Xénanthias. On craint Ephyra. Un détachement de nos forces provoque la peur. On cherche à s'attirer notre bienveillance. Tant mieux !

Cela n'empêcha pas quelques seigneurs de suspecter Sisyphe d'indulgence à l'égard du grand-père maternel du petit Hipponoos, qu'il chérissait.

L'armée reprit sa route. Thèbes se trouvait encore à un peu plus de quatre jours de marche. Au soir de la troisième journée, Sisyphe convoqua les seigneurs et les gouverneurs pour traiter du plan de la bataille prochaine.

Phakétas parla le premier.

– Seigneur, quel but nous assignes-tu ? Prendre Thèbes ? Nous emparer d'Athamas ? Enlever ? Tuer ? Soumettre ?

Sisyphe toisa l'homme qui, au palais, avait osé des sous-entendus.

– Je veux, Phakétas, construire la citadelle d'Ephyra. Tout ce qui m'en empêche doit être réduit. Je ne cherche ni la mort d'Athamas, ni sa soumission. Que Thèbes entende raison, cela suffira.

Xénanthias intervint.

– Autant dompter un lion !

– Non, Xénanthias, le neutraliser.

– Seigneur, la mort jugule tout.

– On peut endormir sans tuer.

Un autre seigneur, jusque-là resté discret, mais connu pour sa cruauté, appuya l'idée d'une charge rapide et sans merci. L'assaut devait être donné à l'aube. Les captives seraient ramenées à Ephyra, les enfants mis à la peine, les hommes expédiés chez Hadès, la ville rasée.

– Tu proposes un carnage, Anxièlos. Cela ne sera pas. Je n'en veux ni à Thèbes ni à ses citoyens.

– N'ont-ils pas trucidé nos caravaniers ? Ne nous conduis-tu pas pour les punir ?

– Nous devons obtenir la paix, Anxièlos, et non engendrer la guerre. Voici ce que nous allons faire. Nous nous présenterons à découvert devant la ville, afin que ses défenseurs jaugent notre force. Nous resterons hors de portée de leurs flèches.

– Et qu'attendrons-nous, seigneur ?

– Que les Thébains parlementent, Phakétas.

– Qui t'en assure ?

Sisyphe laissa la question en suspens. Seule Thèbes ellemême apporterait la réponse.

Les murailles dormaient paisiblement, du moins en apparence. Elles épousaient les accidents du terrain avec une netteté que la nuit tombante accentuait en en découpant les contours sur le ciel. On eût dit qu'un géant avait savamment dessiné ces formes tantôt brisées, tantôt rectilignes, épaisses, comme plantées dans le sol depuis toujours. Le peu de lumière interdisait de distinguer les fameuses portes dont le nombre contribuait à la réputation de la forteresse. Celle-ci dissimulait derrière ses murs une ville invisible. Il aurait fallu grimper sur l'une des collines avoisinantes ou sur le Cithéron lui-même pour discerner la vie intérieure de la puissante cité. Tel n'était pas le projet de Sisyphe. Il se pénétra autant qu'il put de l'image qu'il avait sous les yeux, et convoqua une fois de plus ses seconds. Il leur exposa les idées auxquelles sa réflexion l'avait mené pendant le voyage.

– Sept de nos hommes se posteront dès ce soir à proximité de chacune des portes. Ils nous informeront des moindres gestes en provenance de l'une de celles-ci. L'ennemi doit déjà savoir notre présence. S'il tente une sortie, nous connaîtrons immédiatement sa direction. Soyez prêts à intervenir dès maintenant. Oubliez pour cette nuit tout sommeil et proscrivez l'accès de votre esprit à Hypnos. Qu'il cherche ailleurs des rêves à nourrir. Priez aussi Arès de vous assister. Que son obligé, Thanatos, le frère d'Hypnos, demeure à l'écart de vos hommes et de vos bêtes au moment du combat. Et que les Thébains se souviennent pour toujours qu'on ne s'en prend pas impunément aux protégés d'Ephyra !

La nuit était douce. Les grillons chantaient sans se soucier du drame qui se jouerait dans leur plaine. Les sombres masses des chênes et des hêtres bordaient les lieux comme les témoins impartiaux d'un prochain duel titanesque. Un vent presque chaud caressait légèrement les cimes des arbres, et les faibles balancements des branchages semblaient un salut répété aux futurs combattants.

Sisyphe inspira lentement. Les senteurs du large lui manquaient. Les exhalaisons terreuses, l'atmosphère baignée des odeurs de thym et de genévrier, les parfums sucrés des genêts endormis ne lui déplaisaient pas, mais ils étaient dépourvus de cette suavité indéfinissable propre à l'air marin. Il ferma les yeux, avec le souci de ne pas s'assoupir. Les bruits de son armée l'aidèrent. Il entendit des bribes de conversations, des ordres, des entrechoquements d'armes, des crissements de roues, des interpellations et des prières.

Athamas parut. Il portait une armure étincelante. Grand, fier, massif, il jeta un regard méprisant sur l'armée de son frère. D'une main, il appela ses propres forces. Des arbres ou du ciel jaillit une pluie de flèches dirigées vers Sisyphe. Chacune d'entre elles fendait l'espace comme une pointe séparant net une planche en deux. Créthée souriait derrière ce rideau interminable de messagers mortuaires. Mais les projectiles filaient de part et d'autre de leur cible, et ils se réunissaient dans les mains ensanglantées d'Enarétè.

Sisyphe rouvrit les yeux. Ces images appartenaient à sa brève somnolence. Il ne chercha pas à comprendre leur signification. Regardant autour de lui, il vit des hommes d'armes postés pour assurer sa protection. Qu'avait-il besoin de ces remparts humains ? Il les congédia, insistant sur leur engagement personnel et sur leur devoir de survivre. Passer une nuit blanche la veille d'un combat les épuiserait ! Les soldats s'éloignèrent quelque peu, et Sisyphe songea qu'il ne serait peut-être plus là le lendemain pour leur commander. Comment la mort se saisirait-elle de lui ? Surviendrait-elle par surprise, ou agirait-elle de face ? Emprunterait-elle une voie de traverse, à la dérobée, ou sonnerait-elle la charge vaillamment ? Préférait-il mourir les yeux ouverts, ou quitter le monde des hommes sans s'en apercevoir ? Sisyphe envisagea plusieurs cas de figure. Il se voyait piétiné par des chevaux ennemis, le corps transpercé de coups de glaive, étouffé par les caillots de son propre sang, ou bien il gisait sur le sable, incapable de bouger, cloué comme un vulgaire insecte. Mourir ne lui paraissait pas grave, mais s'y préparer, essentiel. Son âme irait dans l'Hadès, et là, il ne doutait pas qu'elle aurait l'occasion de poursuivre la tâche qu'il avait entreprise – si du moins les dieux y consentaient ! Aucune tour ne s'élevait encore en haut de l'Acrocorinthe ? Eh bien, aux Enfers même il s'y consacrerait, dût-il y travailler seul et monter un à un les blocs de marbre !

La nuit s'écoula sans incident et le branle-bas graduel ne cessa qu'au petit matin. Quand l'aube dégagea Thèbes de l'obscurité, rendant plus humaines les dimensions de ses remparts, les troupes de Sisyphe s'étaient déjà rangées en ordre de bataille. Les fantassins et les archers devançaient les chars, dont le rôle serait d'intervenir au moment décisif, quand l'ennemi serait pris en tenaille et que sa résistance faiblirait. Une partie de la cavalerie resterait à l'abri dans les bois, afin d'accentuer l'effet de surprise.

Au moment même où les groupes constitués s'apprêtaient à s'avancer à découvert, un poudroiement s'éleva dans la plaine, et l'on vit progressivement se dessiner sept hommes qui couraient aussi vite qu'ils le pouvaient. C'étaient les observateurs postés par Sisyphe non loin des portes de la ville. À leur arrivée, la soldatesque les accueillit d'un silence inquiet.

Sisyphe, en personne, voulut les entendre. À la stupéfaction générale, leurs messages se répétaient à l'identique : chacune des portes s'était ouverte, préparant le passage à un détachement militaire.

– Dans quelle direction se dirigent-ils ?

Le moins essoufflé répondit, malgré sa terreur encore perceptible.

– Vers nous, grand roi, ô notre maître, directement vers nous.

Les autres confirmèrent l'information. À l'évidence, les Thébains avaient opté pour la confrontation. Sisyphe en parut satisfait.

Xénanthias s'avança, regarda le plus loin qu'il put et s'exprima rageusement :

– La fourberie seule explique cette simultanéité.

– Ne te hâte pas de conclure, Xénanthias.

Des hommes montrèrent du doigt plusieurs nuages de poussière. À l'évidence, ils convergeaient. Ils ne formèrent bientôt plus qu'une seule nuée dans la belle clarté du matin. On percevait mal encore le bruit des armures, mais il se précisa lentement. Et puis, soudain, l'ennemi était là.

Quinze, peut-être vingt hommes de haute taille, le regard fier, se tenaient groupés devant Sisyphe et son armée. Leurs piques, quoique brandies, ne les auraient guère protégés d'une mort certaine s'ils avaient exprimé un début d'agressivité. Tout au contraire, leurs visages trahissaient un désir de dialogue. De leur groupe émergea un guerrier au plastron recouvert de protections en corne. Il avait immédiatement repéré Sisyphe des yeux et à lui seul il s'adressa, comme s'il le reconnaissait entre tous :

– Noble roi d'Ephyra, ta réputation a franchi les montagnes qui nous séparent de toi et nous savons à Thèbes ta grandeur et ta justice.

Sisyphe avant de répondre se tourna et jeta un regard en direction d'un homme demeuré en léger retrait. Celui-ci ébaucha un geste imperceptible avec son corps, comme s'il redoublait d'attention.

– Thébains, quel est votre but ? Que valent vos vies pour que vous les livriez ainsi à mes hommes sous vos murailles ? Trahissez-vous votre cité, ou bien fomentez-vous quelque ruse pour mieux endormir notre vigilance ? Peut-être venez-vous ici m'implorer de vous épargner ?

– Rien de cela, seigneur. Nous sommes dépêchés par notre roi pour te soumettre une proposition.

– Je t'écoute, mais choisis bien tes mots, qu'aucun ne me blesse, si tu ne veux pas périr la bouche remplie encore de ce que tu voulais dire.

– Seigneur, tu jugeras toi-même de notre sagesse ou de notre folie... Notre roi veut épargner à Thèbes une guerre tragique. Il sait que des Thébains ont assassiné des caravaniers chargés de transporter du marbre d'Athènes à Ephyra. Plusieurs des coupables ont été châtiés déjà. Notre souverain t'offre l'hospitalité et veut traiter en tête à tête avec toi ce différend.

– Ton souverain connaît-il mon nom ?

– Oui, seigneur, et cela seul représente à ses yeux un motif de paix.

– Que propose-t-il ?

– Les portes de Thèbes resteront ouvertes pour vous accueillir, toi et tes guerriers. La population formera une escorte pacifique sur le chemin que vous emprunterez pour rejoindre le palais. Là, notre roi te rendra hommage. Tu jugeras toi-même de sa bonne volonté.

Le silence de Sisyphe invitait son entourage à prendre la parole. Malgré la présence des Thébains, les seigneurs ne s'en privèrent pas.

– Ne crois pas cet homme, noble Sisyphe, et laisse libre cours à la force. Tuons-les, lui et ses semblables, emparons-nous d'Athamas et châtions son arrogance.

– Anxièlos, ta tactique est toujours la plus simple ! Exterminer. Tu ressembles au tigre qu'aucune proie n'assouvit jamais.

– Tu critiques Anxièlos, Sisyphe notre roi, comme s'il agissait contre toi. Il suit la raison quand il refuse de croire aux mensonges. Quel crédit accorder à des hommes qui assassinent tes caravaniers, les dépècent comme des porcs et viennent après clamer leur pacifisme ?

– Le crédit de la peur, Phakétas. Regarde-les ! Ils tremblent sous leurs armures !

– Inspirer de la peur te suffit-il, Sisyphe ?

– Parfois, oui, Anxièlos.

– Vois, grand Sisyphe, combien ces hommes t'observent. Ils comptent sur la moindre faiblesse pour nous attirer au cœur de Thèbes. Ils prétendent que le peuple restera calme, mais de quelle preuve nous payent-ils ? Des mots, seigneur, seulement des mots.

– Tu raisonnes justement, Xénanthias.

Sur un geste du roi, un soldat s'approcha. C'était l'homme qui, peu de temps auparavant, s'était posté en léger retrait de Sisyphe. Une cicatrice aux lèvres cousues grossièrement par du chanvre barrait sa joue droite et fendait la bouche à la hauteur de la commissure. Il pencha la tête vers son souverain et, dans un rictus, lui chuchota quelques mots. Tandis qu'il murmurait, les yeux de Sisyphe balayaient l'ambassade thébaine. L'homme se tut.

– Tu écoutes plus un muletier qu'un de tes compagnons, Sisyphe ?

– J'écoute chacun, Anxièlos, selon ses dires.

Pendant tout ce temps, la délégation thébaine n'avait pas esquissé le moindre geste. On eût dit des figurines de stéatite. Sisyphe apostropha le chef d'un ton qui ne souffrait pas la réplique :

– Toi seul vas nous conduire à Thèbes. Une partie de mon armée gardera sa position dans la plaine. Tes amis resteront ici en otage et si nous ne sommes pas de retour demain matin, le reste de mes hommes rasera Thèbes de la surface de la terre.

Sisyphe alors demanda au balafré de désigner du doigt ceux qu'ils reconnaissaient. Celui-ci pointa cinq hommes.

– Ces hommes sont coupables de crime. Ils ont été reconnus par l'un des rares survivants du carnage. Qu'ils meurent ici même et tout de suite.

Les Thébains se serrèrent les uns contre les autres, mais, poussés par les lances braquées sur leurs côtes, cinq guerriers furent extraits du groupe. L'un d'eux semblait très jeune. Quand les soldats d'Ephyra les ligotèrent ensemble, comme une pelote de laine, il se mit à crier.

– Pitié pour moi, je n'ai pas tué. J'ai assisté à la tuerie, mais je n'ai pas levé la main sur vos caravaniers. Mon frère m'avait emmené avec lui, malgré les supplications de ma mère... Je n'ai rien fait...

Une javeline lui traversa la tête de part en part et le fit taire pour toujours. Aussitôt après, une pluie de lances vengeresses s'abattit sur le nœud compact formé par les quatre autres victimes désignées. Ils gisaient déjà entassés sur le sol aux pieds de Sisyphe quand le chef des émissaires thébains se précipita vers l'un d'entre eux, dont il prit la tête. Il la pressa contre sa poitrine en pleurant.

– C'était mon fils !

– Cet homme a participé au massacre de mes rouliers. Il a rejoint désormais ses victimes.

– Il n'a pas eu le temps de devenir un homme...

– Cela ne dépend pas de l'âge, Thébain, mais des actes. C'est un homme qui gît dans tes bras, inerte et pour toujours privé de la vie, non pas seulement ton fils.

Sisyphe donna l'ordre de marche. Les envoyés du roi de Thèbes furent placés sous bonne garde et on arracha le père au cadavre de son garçon. Mis en tête du détachement, il dut précéder les guerriers d'Ephyra dans la belle plaine de

Béotie. Des carrés de verdure subsistaient aux endroits où, sans doute, les chevaux dont s'enorgueillissait Thèbes avaient le moins brouté. Un cours d'eau famélique semblait s'égarer dans ses propres sinuosités. Les courbes douces des collines s'entrecroisaient à perte de vue, sous le martèlement opiniâtre du soleil. Et, à distance respectueuse, flanquée de chênes et de pinèdes, se détachait l'acropole et sa couronne aux sept portes.

Au milieu du cliquetis des armures et du bruit sourd des chars, les esprits aux aguets gardaient le silence. Les regards déportés alternativement de droite et de gauche traquaient un danger avec le secret espoir de son absence. Les Thébains tenteraient-ils une sortie ? Avaient-ils dissimulé dans les environs des renforts prêts à fondre sur l'envahisseur au moment opportun ? Une ruse de dernière minute procurerait-elle à l'ennemi l'avantage de la surprise ? En bordure des rangs, l'attention redoublait, surtout à cause des bois qu'il fallait longer à l'approche de la ville. Tout paraissait calme. Soudain, derrière l'ultime colline à franchir, une gerbe de corneilles éclata dans le ciel avec des craillements agacés. Et la nature retomba en léthargie.

À proximité des remparts, sept détachements formés chacun d'un char et de vingt archers s'écartèrent du gros de la troupe et marchèrent vivement en direction des sept portes, devant lesquelles, ostensiblement, ils prirent position. Conformément aux indications du messager, elles n'étaient pas closes. Pourtant les trouées ne laissaient rien voir de la ville et de ses habitants, hormis quelques ruelles bordées de maisons en pisé. Sisyphe et son escorte entrèrent par la porte royale d'Ogygos. Deux lionnes de pierre en modelaient pesamment les linteaux. Dressées sur leurs postérieurs, les bêtes se faisaient face et leurs gueules ouvertes aux crocs menaçants, tournées vers le lointain, semblaient interdire l'accès de la ville. Leurs pattes de devant se rejoignaient à la verticale du seuil de la porte, et l'entrecroisement de leurs griffes épaisses formait une arche que Sisyphe admira. Il apprécia la sculpture léonine et en commenta même l'esthétique.

– Ne trouves-tu pas, Xénanthias, que l'artiste thébain a magnifiquement réussi son coup ? On dirait que ces fauves s'apprêtent à nous sauter dessus.

– Pourvu, noble roi, que ces colosses ne soient pas un triste présage !

– Ce sont seulement des lions de pierre, Xénanthias. Il paraît qu'à Mycènes deux animaux semblables à ceux-ci protègent la ville.

À cet instant précis, un homme surgit au milieu de la chaussée. Il ne portait pas d'arme et s'avança jusqu'à Sisyphe. Il salua brièvement son compatriote, lequel était resté jusque-là en tête de l'armée, davantage en prisonnier qu'en éclaireur. Sisyphe répondit au salut par une main levée, qui donnait en même temps à sa cohorte le signal de l'arrêt.

– Seigneur Sisyphe, notre roi en son palais t'attend.

– Où sont les habitants de Thèbes, messager ?

– Ils demeurent chez eux par peur de te déplaire, grand Sisyphe, et sont suspendus au résultat de ta conversation avec notre seigneur.

– Je n'espérais pas un accueil triomphal, mais je croyais les Thébains moins délicats !

– Nous respectons les étrangers...

– Quand vous ne les éliminez pas !

– C'est de cela, je crois, que mon souverain souhaiterait t'entretenir.

149

– Peu m'importe ce que désire Athamas, je sais moi ce que je veux. À ton prince, et trêve de palabres !

Suivant les ordres préalablement communiqués par Sisyphe à ses généraux, les soldats se postèrent à l'entrée de Thèbes, une moitié tournée vers la ville, l'autre vers la campagne. Il entendait ainsi marquer sa défiance et montrer sa détermination. Deux chars l'accompagnèrent jusqu'au palais d'Athamas, où les conduisit l'envoyé du roi, probablement un gouverneur. Sisyphe pénétra seul derrière l'homme dans le monument sombre et massif. Un long couloir bordé de colonnes débouchait tout droit sur la salle de réception et d'accueil. Un grand seigneur souhaita la bienvenue au roi d'Ephyra.

– Sois remercié de ton hospitalité. Mène-moi, veux-tu, à ton souverain, mon frère Athamas ?

– Devant toi, Sisyphe, se tient le roi de Thèbes.

– Tu n'es pas Athamas.

– Non. Athamas a fui cette ville, ou, plutôt, nous l'en avons chassé.

– Chassé ?

– Oui. Pour crime et honte.

– Tu parles à son frère, ne l'oublie pas, et quoiqu'il m'en coûte de le défendre, je ne permets pas qu'on l'abaisse devant moi.

– Je te rapporte les faits, Sisyphe. Le procès d'Athamas s'est conclu, ici même, par son bannissement de Thèbes. J'ignore où il se trouve désormais.

– À quand cela remonte-t-il ?

– À quelques semaines, mais les soupçons pesaient sur lui depuis longtemps et ses forfaits ont achevé de le déconsidérer.

– Je comprends mieux, maintenant, pourquoi les Thé-

150

bains restent invisibles. Je suis pour eux le frère d'un proscrit.

– Les dieux l'ont condamné avant les hommes par l'introduction de la méchanceté en lui.

– Je devrais te punir pour ces propos... justes, hélas.

– Ne crois pas que je me réjouisse de l'exil d'Athamas ni que je prenne plaisir à le critiquer devant toi. Pour Thèbes, il fut un roi d'airain et nous lui devons, notamment, ces deux admirables lionnes de la porte principale.

– Je suis passé entre leurs griffes.

– Athamas a renforcé nos défenses, accru nos forces, rendu fierté à nos soldats par une victoire sur Orchomène.

– Ce ne sont là que faits d'armes. Dis-moi ce qui a motivé votre colère contre lui et votre sentence.

– Des actes indignes d'un roi. Un crime honteux dont tout homme devrait rougir, fût-il fils d'immortel.

– Parle sans crainte, mais épargne-moi les détails qui me fatiguent comme les lacis des labyrinthes.

– Permets-moi d'abord de t'offrir à boire.

Un serviteur entra sur l'appel du roi de Thèbes. D'une main il tenait une aiguière aux oves fleuronnés d'argent, remplie d'un vin profond, et de l'autre deux coupes en or du plus fin. Il coupa d'eau le beau liquide rouge et en versa lentement aux deux rois avant de se retirer.

– Buvons à Thèbes et à Ephyra, Sisyphe, et fassent les dieux que nos deux cités demeurent en paix !

– Il est trop tôt pour appeler les dieux à la rescousse, seigneur, tâchons d'abord de nous entendre. Quel est ce vin ?

– Il vient de Lemnos.

– Je t'en félicite. Tu évoquais les fautes d'Athamas. Veuille poursuivre.

151

– Tu sais que ton frère et sa femme Néphélé eurent Phrixos pour fils et Hellé pour fille.

– Je sais cela, mais je n'ai jamais vu ces enfants.

– Athamas rencontra Ino, la fille de notre grand roi Cadmos, et en fut épris. Afin de l'épouser, il répudia Néphélé dans des conditions peu respectables. Il fit courir le bruit que cette femme, la mère de ses premiers enfants, offensait les dieux par des propos outranciers. Elle se défendit fort mal en invoquant Apollon à son secours, celui-là même qu'Athamas lui reprochait d'insulter. Elle dut s'effacer, mais elle en souffrit beaucoup et longtemps. Léarchos et Mélicerte naquirent des unions d'Ino avec Athamas. Ce dernier accorda l'essentiel de sa tendresse à ces deux fils-là, et priva les enfants de son premier lit de toute affection. Cela ne suffisait pas à Ino. L'existence même des deux enfants la rendit jalouse de Néphélé, qu'elle avait pourtant évincée. Le mal dans son cœur œuvrait comme une araignée tissant sa toile. Phrixos et Hellé formaient à ses yeux les lèvres d'une plaie ouverte. Au lieu de cicatriser, elles grandissaient avec le temps. Elle confia le soin de les refermer à la mort, et pour cela imagina une ruse redoutable. Avant la belle saison, elle persuada les femmes du pays de faire griller le grain de semence pour le blé. Quand les hommes semèrent, les femmes s'arrangèrent pour qu'ils ne remarquent rien. La récolte fut nulle et l'émotion immense. Comment allait-on se nourrir, et entretenir les bêtes ? Si un ennemi en profitait pour attaquer Thèbes, par quels moyens pourrait-on résister sans vivres ? Ce prodige apparent impressionna ton frère, Athamas. Il craignit pour son pouvoir. Que penser d'un prince qui faillit à sa première tâche, offrir des sacrifices aux dieux et alimenter la population ?

– Que fit-il ?

– Il envoya deux de ses plus fidèles serviteurs consulter l'oracle de Delphes. Tu aurais sans doute fait la même chose.

– Non. Il fallait s'y rendre soi-même, et non s'en remettre à d'autres. Je reconnais bien mon frère à cette paresse.

– Ta remarque est juste, Sisyphe, puisqu'il commit là une erreur fatale. Ino suborna les messagers. Elle les effraya au moyen d'on ne sait quelle menace, et ils travestirent la réponse divine. Devant Athamas et les seigneurs thébains réunis, ils eurent le front de rapporter que le dieu réclamait le sacrifice de Phrixos et d'Hellé pour mettre fin à la disette. Sur ordre d'Athamas, des hommes d'armes s'emparèrent donc de ses propres enfants, nés de ses amours avec Néphélé. Les condamnés revêtirent des chitons de sacrifice, et, les mains liées, on les poussa au milieu de la populace venimeuse jusqu'à l'autel érigé sous les murailles. Le peuple thébain était partagé entre l'horreur de ce crime et le désir de retrouver des champs fertiles. Phrixos pleurait, pas Hellé. Elle semblait certaine d'échapper à son destin. Ino triomphait atrocement de Néphélé. Du moins le crut-elle jusqu'au moment où, à l'instant même où les deux enfants allaient être immolés, une brume épaisse s'abattit sur notre plaine et enveloppa nos murs. D'âcres odeurs pénétrèrent nos gorges, rendant toute parole douloureuse. La pestilence de l'air pouvait peut-être nous tuer. Quand les nuées se dissipèrent, Phrixos et Hellé avaient disparu.

– Un dieu les aura sauvés par un de ces tours dont les hommes ne perceront jamais les secrets.

– Oui, Sisyphe, et le peuple de Thèbes prit peur. Chacun de nous pensa que les dieux punissaient la ville et refusaient à ses habitants un sacrifice criminel. Les prêtres implorèrent le pardon de Zeus et de Dionysos, et on se retourna contre les responsables de la colère divine. Ino et Athamas furent bannis de Béotie. Ils s'enfuirent immédiatement après le procès par crainte d'être écharpés.

— Et tu succédas à mon frère.

— Oui ! C'est mon premier travail de roi.

— Tu t'en acquittes avec courage. Il reste pourtant une question en suspens.

— Celle qui te conduit jusqu'à moi ?

— Oui.

— Le meurtre de tes caravaniers ?

— Je vois que tu sais affronter la vérité.

— Je ne veux pas qu'elle me prenne à revers, et je souhaite offrir la paix à Thèbes. Je fuis le mensonge s'il ne me sert pas. Avec toi, Sisyphe, je préfère aller droit vers la cible. Aucun Thébain sous mon règne n'a participé à ce massacre.

— Cinq pourtant figuraient parmi les messagers envoyés par toi en reconnaissance devant mon armée.

— Je l'ignorais.

— Tu le sais maintenant.

— Désigne-les-moi, et je les ferai exécuter sur-le-champ.

— Ta sincérité me convainc, car personne n'a pu t'informer de leur mise à mort ce matin même, à mes pieds.

— Que désires-tu de plus ?

— Les autres coupables.

— Comment procéder ? Ils sont peut-être loin, aujourd'hui ! Ou bien ils vivent cachés dans ma ville au milieu de la foule.

Sisyphe s'écarta de son hôte et entama quelques pas en direction d'une étroite baie aménagée dans le mur. La plaine béotienne s'étalait devant ses yeux, à perte de vue. Ce jeune roi lui paraissait loyal. À quoi servirait de le capturer, de le montrer vaincu à son peuple, de repartir en conquérant et ainsi de susciter des représailles, qui elles-mêmes nourriraient les esprits belliqueux et entretiendraient la guerre ? Ne valait-il pas mieux vaincre sans combattre ? Cet homme, qui attendait derrière lui, avait manifesté sa bonne volonté, son désir de mettre un terme à l'animosité réciproque entre Ephyra et Thèbes... pour premier salaire, méritait-il la honte et la mort certaine ? D'un autre côté, comment s'assurer que les Thébains respecteraient sa parole ? S'imposerait-il à ceux qui ne manqueraient pas de contester son autorité, arguant de sa relative inexpérience ? Il fallait neutraliser l'ennemi sans le déshonorer. Sisyphe se retourna et fit face au roi de Thèbes.

– Cette entrevue me suffit, seigneur. Je t'accorde ma confiance et te réclame la tienne. Que Thèbes recherche les coupables, les châtie selon sa justice, et que ta ville et la mienne vivent en paix.

– Ta noblesse, Sisyphe, n'est donc pas usurpée. Voudras-tu partager un festin, ici même, pour célébrer notre alliance ?

– Mes guerriers s'attendent au combat pour lequel ils se sont préparés. Je dois les convaincre de retourner bredouilles à Ephyra. Cette tâche l'emporte sur les agapes que tu me proposes. Buvons tous deux une gorgée supplémentaire de ton vin délicieux, et ne demande pas à ton peuple d'aimer des guerriers entrés dans sa ville. Mon armée va se retirer. Ce festin-là suffira aujourd'hui aux femmes de Thèbes. Mais il reste encore un point à régler entre nous.

– Lequel ?

– La sûreté de mes caravanes pour les prochains transports.

155

– Je ne puis garantir tes convois contre des exactions incontrôlables.

– Certes, mais qui te craint, tu peux l'empêcher de me nuire.

– Je te promets de m'y employer davantage encore dans l'avenir.

– J'annoncerai la nouvelle à mes hommes, et je leur ferai savoir que le roi de Thèbes considère leur sécurité comme la sienne propre.

L'allusion de Sisyphe ne pouvait échapper à son interlocuteur. Celui-ci ne cilla pourtant pas. Les deux souverains levèrent et vidèrent leur coupe d'un même mouvement. Après quoi Sisyphe sortit du palais accompagné de son hôte et regagna ses troupes.

À la stupeur de ses généraux le voyant disposé à quitter les lieux sans y imprimer une marque militaire durable, il répondit par une exclamation ponctuée d'un ordre bref et autoritaire :

– Longue vie à la paix conclue entre Ephyra et Thèbes ! En marche.

Les Thébains sortirent de leurs maisons pour assister au retrait d'un ennemi redouté. Parmi eux se trouvaient, peut-être, ces assassins par la faute de qui la cité aux sept portes faillit entrer en guerre avec le grand Sisyphe. Aux termes du pacte conclu entre les souverains, ces criminels gagnaient certes du temps, mais ils l'ignoraient. Cela, seuls les dieux le savaient.

Des portes où ils avaient été postés, les soldats et les chars rejoignirent leurs groupes et traversèrent à nouveau la plaine béotienne écrasée de soleil.

Les Thébains gardés en otage furent relâchés le soir même. L'armée bivouaqua sur place et ne se mit en marche en direction d'Ephyra que le lendemain matin, sous une pluie battante, messagère de l'automne proche. Quand elle passa au pied de l'Acrocorinthe, les regards se dirigèrent sur les hauteurs dénudées de la colline où chacun savait que s'élèverait bientôt une construction en marbre blanc. À mesure qu'on s'approchait du port et de la cité elle-même, on entendait les bruits du chantier, les interpellations des hommes et le braiment des ânes.

La troupe emprunta le chemin que construisait la multitude employée par Ptolimein. Les chars sans encombre roulèrent sur la surface récemment nivelée. C'eût été impossible avant les travaux. Les hommes arrêtés dans leur besogne saluèrent les soldats. Ils les apostrophaient, les interrogeaient sur une campagne aussi expéditive et s'étonnaient de ne pas voir les corps ou tout au moins les armes des ennemis vaincus traînés derrière eux. Le bruit courut vite que Sisyphe avait obtenu victoire en évitant la guerre. Qu'il avait exécuté les fautifs et contraint Thèbes à une soumission pacifique. Qu'Ephyra en ressortait grandie et renforcée. Que désormais l'acheminement du marbre en provenance d'Athènes pourrait reprendre.

Des cris de joie et de reconnaissance accompagnèrent les guerriers qui rentraient chez eux. On les congratula tout au long de la route et sans retenue. Ephyra et ses alentours retentirent d'une clameur jubilatoire dont le retour au travail sur le chantier finit seul par venir à bout.

8.

Sisyphe eut à peine le temps de sauter de son char qu'une servante courut à sa rencontre, avant même qu'Ipsos ait pu laisser cours à ses débordements habituels.

– Seigneur, que les dieux soient loués, tu arrives au bon moment. Notre maîtresse t'attend avec impatience.

– Je te suis.

Quand il pénétra dans la chambre où Méropé était alitée, le roi comprit aussitôt qu'il s'agissait des douleurs annonciatrices de sa délivrance. Deux femmes de chambre se tenaient de part et d'autre de la reine, avec des linges humides. Il s'assit au bord du lit et prit la main de son épouse.

– Me voilà, chère Méropé, comme promis. Tu vois, je ne manquerai pas la naissance de notre fils.

– J'en suis heureuse.

– Te sentiras-tu assez forte pour te lever toute seule ?

– J'ai sacrifié à Ilithye, et je l'ai priée de m'assister cette fois encore. La déesse me fournira l'énergie nécessaire à l'accomplissement de cette nouvelle joie.

– La salle des bains est-elle préparée ?

– Crois-tu, Sisyphe, que ce soit là souci digne d'un

homme ou d'un roi ? Mes servantes se sont occupées de tout et je ne manque de rien.

Une contraction interrompit Méropé. Elle respira par saccades et ferma les yeux. Son souffle s'accéléra et ses paroles devinrent plus hachées. Elle regarda autour d'elle et se plaignit du manque d'air. On agita une palme devant son visage et on lui épongea le front. Son cœur retrouva un battement moins heurté.

– Ne crains rien...

– Je ne redoute pas l'enfantement, Sisyphe. Par trois fois je l'ai vécu... Je ne me souvenais plus de la douleur... Tes fils...

Le corps de nouveau se soulevait sous l'effet des spasmes. Une servante passa son bras sous la nuque de la reine pour lui soutenir la tête. Méropé reprit son souffle et décida de se lever. On l'y aida. Debout, elle marcha lentement, d'un pas hésitant. Une main appuyée sur l'épaule de sa chambrière, elle regarda Sisyphe en souriant.

– Tes fils me font souffrir à leur naissance, mais ils me récompensent par la suite...

Méropé porta une main à la hauteur de son bas-ventre et commanda qu'on l'accompagnât au plus vite dans la salle préparée pour l'accouchement. À peine entrée dans la petite pièce, elle s'adossa à une espèce de sapine dressée à la verticale et recouverte d'une tenture de lin doux. De part et d'autre de la planche étaient disposées des poignées en or auxquelles s'agrippa la reine. Iométèle la rejoignit quelques instants plus tard.

– As-tu déjà perdu les eaux, majesté ?

– Non, Iométèle, mais cela ne saurait tarder.

Le médecin sortit pour s'entretenir avec Sisyphe.

– Ton épouse, noble roi, va pour le mieux. Elle t'offrira bientôt un quatrième mâle de toute beauté.

– Qu'en sais-tu ?

– L'oracle d'Apollon me l'a ce matin encore confirmé.

– Nous verrons cela bientôt.

Dans la salle de travail, deux servantes se tenaient prêtes à intervenir pour assister leur maîtresse. L'une d'elles, fort jeune, avait déjà préparé une large bassine de terre cuite remplie d'eau tiède. Une pierre plate chauffée au préalable sur des braises maintenait la température à peu près constante. La reine sourit en voyant l'ustensile déjà prêt.

– Tu vas trop vite, ma fille. Je n'en suis pas encore là !

Cette phrase à peine achevée, Méropé sentit un relâchement de son ventre. On recueillit les eaux avec un linge, tandis que la reine souhaita regagner sa chambre et s'y reposer. Iométèle demeura auprès de sa maîtresse tout le temps qu'elle passa dans l'attente de ses couches.

Sisyphe, quant à lui, profita de ces instants de répit pour se décharger de son armure, se laver, se faire enduire d'huile et revêtir une tunique d'intérieur. Impatient de s'entretenir avec Ptolimein et d'apprendre de lui les nouvelles concernant le chantier en cours, il chargea un serviteur de l'avertir le moment venu de la délivrance de Méropé. Retiré dans son bureau, il fit venir son architecte et le reçut avec un plaisir non dissimulé.

– Je suis heureux de te retrouver, mon cher Ptolimein. Dis-moi comment tu te portes, et parle-moi ensuite de notre travail.

– Seigneur, laisse-moi d'abord te féliciter. Je me réjouis de ton retour et du succès que tu as remporté.

– On t'a mal informé ! Aucune gloire ne m'échoit. Nous ne nous sommes pas battus, figure-toi ! L'ennemi a pactisé aussitôt.

– Mais vaincre sans batailler, n'est-ce pas là un grand exploit ?

– Pour toi peut-être, mon bon Ptolimein, pas pour mes soldats. Ils auraient sans doute préféré mourir ! Ils ne comprennent pas que pour dominer un adversaire, il faut savoir parfois éviter un conflit. Tout est question de temps. Mais tu n'as pas répondu à mes questions.

– Pardonne-moi ! Je me porte au mieux pour mon âge, et je ne vois pas les jours passer. Quant à la tour que tu exiges de moi, j'en viendrai à bout, dussent mes forces y rester.

– De cela je ne doute pas.

– Il faut pourtant que tu saches, seigneur, que le chantier avance trop lentement.

– Après cette expédition thébaine, les livraisons de marbre vont reprendre, je te le garantis.

– Il ne s'agit pas de cela, seigneur, bien que les transports par mer restent par trop insuffisants, mais des conditions dans lesquelles travaillent nos ouvriers. L'eau, mon roi, l'eau ! Nous manquons d'eau ! Et pour les hommes et pour les bêtes. Sans eau, comment étancher la soif et faire taire les plaintes ? Avec ce liquide précieux, seigneur, je peux tout. Sans lui, je suis renvoyé à l'impuissance du plus commun des mortels.

– Je ne sais pas encore comment, ni quand, mais tu auras de l'eau, je te le promets.

– Je m'en remets à toi, seigneur.

– Sur le trajet du retour, non loin de Mégare, une pensée m'est venue en réfléchissant à l'une de tes observations, Ptolimein. Nous devrions construire une route à travers l'isthme.

– Tu songes à réunir les deux mers ?

– Imagine ce que serait un chemin de halage pour nos navires entre le golfe d'Ephyra et la mer des Cyclades ! Notre flotte et notre commerce en tireraient d'énormes avantages. Nous pourrions nous développer sous les deux horizons. D'un versant à l'autre de la bande de terre, nous réaliserions une jonction magnifique, Ptolimein. Sais-tu quelle distance nous devrions couvrir ?

– Un peu moins de cinquante stades, seigneur.

Un serviteur se présenta. La reine réclamait la présence de Sisyphe auprès d'elle.

– Attends-moi ici, Ptolimein, je reviens.

Méropé se trouvait dans la salle des bains. Sisyphe entra. L'enfant qu'elle allait mettre au monde frappait aux écluses de la vie terrestre. Entre deux contractions, la reine sourit à son époux. Elle se tenait à demi accroupie, les pieds dans la bassine préparée depuis longtemps déjà. Elle avait refusé d'adopter l'agenouillement préconisé par Iométèle, arguant d'un meilleur confort musculaire et de ses expériences passées.

En accompagnement des efforts du bébé pour s'extraire de son ventre, elle fléchissait les jambes à intervalles de plus en plus rapprochés. On eût dit qu'elle effectuait des exercices d'assouplissement. Son souffle s'écourtait. Ses halètements devinrent plus rapides, et ses incomplètes génuflexions se multiplièrent. L'une des deux servantes semblait vivre l'événement au même rythme que sa maîtresse. Elle suivait le mouvement des yeux et du buste, par une sorte de solidarité ou de mimétisme incontrôlable. L'autre servante, plus expérimentée, s'était accroupie pour tenir les pieds de la reine. Elle savait qu'une chute à ce moment aurait compromis la naissance. Une figurine représentant Ilithye, la déesse des accouchements, avait été placée dans une vasque au milieu de la pièce. La reine pouvait ainsi chercher dans le doux regard de la divinité une contribution à son travail. De fait, au moment de l'expulsion, les yeux fixés sur la statuette, Méropé hurla. Entre ses cuisses, une tête apparut que deux mains disposées en coupe accueillirent. Le petit corps glissa progressivement. La mère s'accroupit pour faciliter l'extraction terminale. Plongé dans la bassine d'eau tiède, le bébé ne cria même pas.

Avec un petit poignard dont la lame de bronze avait été soigneusement effilée, Iométèle trancha le cordon ombilical et ne s'occupa plus que de la mère. Pendant ce temps, les servantes enveloppèrent l'enfant dans des bandelettes qu'elles serrèrent avec précaution, et le présentèrent au roi. Celui-ci le souleva au-dessus de lui et observa ce nouvel être avec émotion.

– En l'honneur de Zeus, sans qui rien de ce qui est ne pourrait continuer d'être, je te souhaite la bienvenue parmi nous, fils de Sisyphe et de Méropé, petit-fils d'Éolos et d'Enarétè, arrière-petit-fils d'Orséis et d'Hellèn.

Porté haut par son père, l'enfant poussa ses premiers cris.

– Crie, petit homme, annonce au monde ta venue, et affirme ta présence dans la lignée des princes d'Ephyra. Que la gloire soit sur toi pendant ta vie, et que jamais tu n'aies à rougir de toi-même.

À la suite de ce discours improvisé, le nouveau-né fut déposé par une servante dans un berceau d'osier qui l'attendait depuis plusieurs jours. On transporta le petit lit dans la chambre de Méropé. Cette dernière était restée dans la salle des bains pour y jouir de sa délivrance. Le placenta fut recueilli dans un linge blanc, cadeau de remerciement destiné à Ilithye. Iométèle en personne s'en chargea, tandis que Méropé regagnait son appartement. Elle s'étendit et demanda qu'on lui amenât son bébé. À la vue de la tête aux petits angiomes épars, elle sourit et posa délicatement le nourrisson contre sa poitrine.

Maintenant que la tension de la naissance retombait, Sisyphe ne put retenir des larmes de joie. Il se pencha au-dessus du lit et embrassa Méropé sur le front.

– Comment appellerons-nous ton quatrième fils ?

– Nous avons dix jours pour choisir, et pour l'annoncer au monde, mais je te propose le nom d'Halmos.

– Qu'il en soit ainsi.

Après avoir reçu les congratulations de son aîné, Glaucos, Sisyphe ordonna qu'on suspendît un rameau d'olivier à la porte principale du palais, afin que la population d'Ephyra apprenne qu'il s'agissait d'un garçon. Après quoi, il fit venir ses autres fils pour leur présenter ce nouveau cadeau des dieux. Les deux garçons regardèrent avec intérêt leur cadet. Thersandros voulut savoir quand il pourrait jouer avec lui. Méropé leur fournit quelques explications sur un accouchement plus rapide que pour eux, mais ils écoutèrent distraitement. Ils disparurent d'ailleurs vite de la pièce, où Glaucos et Sisyphe restèrent encore un peu pour admirer Halmos. On laissa Méropé enfin se reposer.

Quand Sisyphe retourna dans son bureau pour reprendre sa conversation avec Ptolimein, ce dernier s'était assoupi. Sa tête reposait contre le mur, un peu en arrière, dégageant un cou noueux. Il ne le réveilla pas et contempla son vieil architecte. Pour la première fois, il remarquait le nez proéminent et les yeux enfoncés dans les orbites, la bouche aux lèvres minces et les cheveux blancs, longs, débordant au-dessus des oreilles. Le front du dormeur ébaucha un léger pli. La tête bascula lentement de l'autre côté, mais, avant d'atteindre sa nouvelle position, elle se redressa vivement et Ptolimein se leva d'un bond.

– Pardonne-moi, seigneur. Es-tu là depuis longtemps ?

– Rassure-toi, je venais tout juste d'entrer. C'est à moi de te demander pardon. Je t'ai bien involontairement réveillé.

– C'est un fils, n'est-ce pas ?

– Oui, un quatrième fils, un beau mortel pareil à un petit dieu. J'en suis heureux, mais une fille ne m'aurait pas déplu...

– C'est là un effet de la volonté de Zeus tout-puissant.

– Je le sais, Ptolimein, et je m'en réjouis.

– Avec toi, et pour toi je me réjouis aussi... Veux-tu reprendre notre entretien ?

– Non, tu mérites de te reposer. Je te reverrai demain.

Au lieu de laisser partir son architecte, Sisyphe continua de parler. Ptolimein comprit qu'il était préférable de différer son départ.

– Vois-tu, le plus étrange est que les enfants sortent de l'eau maternelle pour descendre sur terre... Ils baignent dans ce liquide primordial, heureux sans doute, inconscients des dangers qui les attendent, lovés dans un petit palais inaccessible à autrui. Ils roulent et tanguent sans inquiétude, pareils à des navires insubmersibles. Et puis, tout à coup, les voilà comme rejetés, chassés de leur nef berceuse, exilés dans un monde rugueux et brutal. Nous essayons bien, avec nos bassines d'eau tiède et nos linges doux, d'amortir le choc, de leur procurer un peu de suavité supplémentaire... Il leur faut vite déchanter ! J'ai regardé mon fils, tout à l'heure, il ruisselait comme un nageur jailli de l'onde, mais il fronçait déjà les sourcils, avec peut-être l'intuition du monde... Et maintenant, il va devoir affronter les hommes...

Sisyphe avait oublié la présence de Ptolimein, et ce dernier s'efforçait de ne pas la lui rappeler. Il demeurait immobile, à proximité de la porte, prêt à disparaître au moment opportun. Écouter son maître méditer à haute voix revenait presque, pour le vieil homme, à surprendre une confidence qui ne lui était pas destinée, ou à épier un rêveur délivrant des secrets dans son sommeil. Il esquissa un geste pour s'éclipser.

– Ne t'en va pas, Ptolimein.

L'architecte sourit sans rien dire, et Sisyphe sombra soudain lui aussi dans un silence impénétrable. Il lui arrivait parfois de s'abandonner ainsi à des sentiments intimes, qui l'envahissaient pour un temps. Il montrait alors un visage taciturne, fermé, sombre, et paraissait le siège de turbulences mystérieuses. Dans ces moments-là, il s'absentait par la pensée, se retirait dans les zones les plus obscures de son être et personne ne parvenait à le rapatrier dans la réalité immédiate. Et puis, subitement, le roi reprenait contact avec le monde, revenait à lui et se jetait à nouveau dans ses activités de souverain. Nul ne connaissait les raisons de ces retournements inattendus, somme toute assez rares et sans grandes conséquences.

Cinq jours plus tard, conformément à la tradition, deux des servantes les plus dévouées de Mérope préparèrent l'enfant pour la cérémonie d'acceptation. Enveloppé dans un drap de lin blanc bordé d'un liséré pourpre royal, porté par une nourrice spécialement affectée à cette mission, le bébé fut présenté au palais. La jeune femme courait en le montrant comme un cadeau, devant lequel serviteurs, artisans, prêtres, gouverneurs et autres soldats s'inclinaient en signe de bienvenue. Par cet acte, et par son accueil bienveillant, la communauté signifiait qu'elle acceptait sans réserve le nouveau venu et qu'il devenait un de ses membres à part entière. Il ne resterait plus qu'à confirmer son nom au dixième jour de sa naissance, suivant les rites anciens que le prince d'Ephyra et son épouse entendaient respecter.

En attendant, la vie reprit un cours normal. Sisyphe aimait contempler son dernier-né tétant sa mère. La tête enfouie dans la poitrine laiteuse de Mérope, le nourrisson tirait avidement sur le sein et serrait les poings en signe de concentration. Le matin au réveil, surtout, la scène enchantait les parents. Halmos réclamait son dû avec force et trépignements si le repas tardait. Il cherchait alors désespérément quelque chose à mordiller, pleurait, hurlait et ne reprenait son souffle que pour mieux crier, le visage empourpré par la colère. Il fallait le calmer, lui caresser la nuque pour lui permettre de retrouver l'orifice nourricier. Il s'y accrochait aussitôt et s'en servait de coussin pour s'assoupir une fois rassasié. Si sa mère amorçait un mouvement pour l'écarter de son buste, cela déclenchait de nouveaux braillements. Mérope le recalait alors contre elle, et il demeurait ainsi, somnolent et ravi tout à la fois.

Halmos atteignait son neuvième jour quand Sisyphe put enfin satisfaire au plaisir trop rare d'une promenade avec Ipsos. Tôt le matin, il quitta le palais. Le chien, quelque peu délaissé depuis plusieurs jours, craignant sans doute un contretemps ou une mauvaise surprise, ne laissa éclater sa joie qu'une fois dans la campagne. Là, il ramassa un bout de bois qu'il brandit dans sa gueule comme un trophée. Il courut droit devant lui, puis, arrêté par on ne sait quel obstacle invisible, il rebroussa chemin et fonça sur son maître, qu'il contourna de justesse avant de lâcher sa prise pour tournoyer sur place. Sisyphe répondit à cette danse d'allégresse en se tapant les cuisses du plat des mains. Cette attitude provoqua chez l'animal un regain d'énergie, et il virevolta de plus belle. Cela se terminait toujours par des regards complices et des échanges affectueux. Ils marchèrent plus d'une heure et d'un pas soutenu. Alors qu'Ipsos se lançait à nouveau dans une démonstration de vivacité, un cri bref et rauque le tira de sa folie passagère. Il stoppa net, langue pendante, souffle saccadé, l'oreille aux aguets. Sisyphe écouta lui aussi... Rien. Au moment où l'homme et le chien allaient reprendre leur marche, une espèce de meuglement profond se fit entendre. Cette fois, sans aucun doute, cela provenait de derrière la colline où Autolycos pour la première fois s'était joué de Poïphile.

Ipsos se précipita dans la bonne direction, suivi de son maître qui accéléra le pas. Dans l'air frais du matin, les brumes automnales enveloppaient l'horizon. Une rosée légère rendait le sol humide, et des amandiers sauvages avaient déjà perdu quelques feuilles. À cette époque avancée de l'année, la colline ne résonnait plus comme en été. Au lieu de fondre tous les bruits en une rumeur diffuse mêlée au chant continu des cigales, l'atmosphère les dissociait, opérant une subtile désagrégation qui les morcelait et les rendait plus perceptibles. Pourtant, ni l'homme ni le chien ne parvinrent à localiser la voix de rogomme qui les avait mis en alerte.

Quand il atteignit le faîte de la colline, Sisyphe parcourut du regard le paysage. Il ne remarqua rien de suspect. Chassée par Ipsos, une compagnie de perdreaux s'envola dans un froufrou cadencé. Le chien les poursuivit un moment, jusqu'à un gros rocher que les volatiles évitèrent en obliquant à grande vitesse vers la plaine. À la hauteur de la masse rocheuse couverte à sa base de perce-pierres mauves, Ipsos fit un brusque écart de côté, et aboya furieusement.

Une jeune fille se montra. Initialement dissimulée, ou peut-être volontairement cachée, elle semblait sortir du néant. Ipsos la tenait en respect. Sisyphe s'approcha et ordonna au chien de se taire. Encore apeurée par les aboie-ments, qui cessèrent presque aussitôt, l'apparition resta comme pétrifiée.

– Ipsos ne te fera aucun mal. N'as-tu point remarqué sa queue ? Elle battait de droite et de gauche. C'est là preuve d'émotion, et non d'agressivité. Je crois que sa peur fut plus grande encore que la tienne !

Séduisante dans son péplum jaune paille, frêle d'aspect, la jeune fille sourit sans rien répondre. Sisyphe se demanda si la blancheur de son teint était naturelle ou due à l'effroi qu'elle venait d'éprouver.

– Que fais-tu à cette heure, seule dans la campagne ? N'as-tu point de foyer ?

Sous l'épaisse chevelure noire et brillante, le visage silen-cieux paraissait un écrin au milieu duquel pétillaient les yeux, deux petites émeraudes rehaussées de sourcils comme tracés au calame sur un front d'argile.

– Es-tu donc muette ?

L'aplomb d'une voix douce et tranquille surprit Sisyphe :

– Que me veux-tu ?

– Ce que je te veux ? Mais rien ! J'entends des plaintes, je m'en inquiète, je rencontre une jeune fille esseulée dans la campagne, je m'adresse à elle et voilà tout !

– Des plaintes ?

– Oui, une voix qui m'a-t-il semblé ne respirait pas la quiétude.

– Et toi, que cherches-tu dans ces parages ?
– Sais-tu à qui tu t'adresses ?
– Oui, au roi d'Ephyra, au grand Sisyphe.
– Comment me connais-tu ?

Une espèce de grognement épais s'échappa de derrière le rocher. Intrigué, Sisyphe voulut s'approcher mais la jeune fille l'en empêcha de ses bras écartés.

– Qui protèges-tu ?
– Personne !
– Ne te moque pas de moi.

Une masse noire parut nonchalamment. C'était un taureau d'une taille invraisemblable. Les cornes de la bête ressemblaient aux bois d'un cerf et jamais Sisyphe n'aurait cru possible une telle hauteur au garrot. Les yeux de l'énorme animal brillaient avec une étrange humanité. Ses naseaux soufflaient bruyamment, comme s'il avait été interrompu dans une tâche urgente. Nulle crainte ne se lisait dans le regard de la bête, fixé sur celui de Sisyphe.

– Quelle splendeur ! T'appartient-il ?

La jeune fille opposa un silence gêné à cette nouvelle question. Le taureau s'écarta pour brouter quelque arbuste nain. De dos, il paraissait encore plus massif. Sa queue fouettait lentement l'air, au rythme avec lequel il arrachait les herbes. Il relevait cependant la tête avec régularité, comme pour prêter l'oreille à la conversation.

– Ignorerais-tu que des femmes et des hommes ont payé de leur vie le refus de répondre à mes questions ?
– Pose-moi des questions auxquelles je puis t'apporter des réponses...
– Comment t'appelles-tu ?
– Égine.
– Et que fais-tu ici ?

170

La jeune fille regarda dans la direction du taureau avant de parler. Celui-ci tourna la tête, comme interpellé, mais reprit sa mastication imperturbablement.

– Je me promène.

– Avec un taureau ?

– Non... enfin... oui.

– Comment te croire, belle Égine ? Oui, ou non ?

– Je ne sais plus.

– Es-tu certaine d'avoir encore tous tes esprits ?

Égine sourit largement. Elle se mit à tourner sur elle-même, avec une légèreté de danseuse. À chaque passage, son corps ondulait d'autant plus qu'elle oscillait de la tête comme une acrobate, et ses mouvements ressemblaient aux vibrations d'une épée plantée avec violence dans le sol. Le taureau avait cessé de paître et s'intéressait à la scène comme un spectateur ravi. Sisyphe nota que le sexe de la bête s'était allongé démesurément. Il ressentit lui-même un désir animal. Égine s'immobilisa, en sueur. Elle leva les bras au ciel et les laissa retomber le long de sa taille. Puis, sans fournir d'explication, elle se dirigea vers la mer. Sisyphe la rattrapa. Il la retint par le bras, elle voulut se dégager mais y renonça. Le taureau mugit sourdement et adopta une attitude menaçante.

– Égine, écoute-moi. Tu devrais m'accompagner à Ephyra. Nous t'accueillerons au palais et je donnerai des ordres pour que tu sois servie et ne manques de rien. Tu pourras emmener ton... compagnon !

– Lâche-moi, seigneur, tu me fais mal !

Sisyphe retira sa main. La jeune fille repartit. Elle se mit à sautiller comme une enfant. Avec lourdeur et vivacité, le taureau la suivit. Les deux formes empruntèrent une sente qui menait directement au rivage.

Sisyphe ne se résolut pas à reprendre sa promenade, d'autant que le comportement anormal d'Ipsos l'avait laissé perplexe. D'ordinaire agité, il était resté couché tout le temps qu'avait duré la conversation avec la nymphe. La tête posée entre les antérieurs, les yeux mornes, le chien avait pour ainsi dire obéi à une injonction mystérieuse, comme si une puissance surnaturelle l'avait statufié. Maintenant redressé sur ses pattes, retrouvant de la vie, il attendait les directives de son maître. Sisyphe leva les yeux vers le large. Il aperçut la jeune fille s'enfoncer dans un bosquet de houx et de genévriers. Il entreprit de l'observer à distance, sans se faire repérer.

Le soleil brillait d'un éclat un peu terne, mais il trônait tout de même dans le ciel partiellement dégagé. À proximité du petit bois, qu'il avait gagné le plus discrètement possible, Sisyphe se posta derrière le tronc d'un chêne foudroyé, obtint d'Ipsos qu'il reste à ses côtés, et commença d'épier les moindres mouvements de la nature. Il finit par entendre la voix menue d'Égine, sans distinguer ses propos. Elle lançait par intermittence des soupirs d'aise, comme une femme pressée par le désir de son amant. À qui s'adressait-elle ? Où donc se trouvait à présent le colosse ? Ipsos ne put réprimer un aboiement refoulé en grondement agressif. Sisyphe eut beau le rappeler à l'ordre, le chien ne se tut pas.

Soudain, le sol se mit à trembler, martelé pesamment. Jaillissant des fourrés, le taureau fonça tête baissée sur Ipsos. Celui-ci poussa un hurlement et bondit sur ses pattes pour s'enfuir. Sisyphe voulut s'interposer mais la bête l'aurait sans aucun doute pulvérisé. La furie de l'animal se déchaîna dans une course brève, impitoyable. Hélas pour lui, le limier heurta une souche et roula par terre. Les sabots du

taureau étaient déjà sur lui et le piétinaient avec rage.
Sisyphe avait assisté impuissant à la scène. Il ne put que se
jeter sur le chien pour tenter de le soustraire à l'acharnement de son bourreau. Trop tard. Éventré, l'arrière-train
brisé net, la gueule broyée au milieu d'une mare de sang,
Ipsos lança un regard désespéré à son maître, et, d'un râle
douloureux, expira dans la douceur d'une dernière caresse.

Quand Sisyphe se releva, encore sous le coup de l'émotion, le taureau avait disparu. Égine se tenait à l'orée du
bosquet, les deux mains réunies sur la bouche en signe
d'exclamation étouffée. Elle vint auprès d'Ipsos, s'accroupit
devant le cadavre et, se relevant, elle demanda pardon à
Sisyphe de cette triste fin.

– Ton chien vivrait encore si tu ne m'avais pas suivie.

– Où donc se cache maintenant ton taureau ?

– Ne lui cherche pas querelle, seigneur Sisyphe, car la
force irrépressible de cette bête aurait raison de toi. Laisse-
moi, va-t'en, je t'en prie !

Sisyphe scruta des yeux les environs. Le taureau semblait
s'être vaporisé. Les arbres respiraient calmement sous un
léger vent de terre. La mer était déserte. À cette époque de
l'année, les navires ne se mesuraient déjà plus à la houle
nerveuse et aux vagues fraîches. Égine descendit jusqu'au
rivage.

De là où il se tenait, Sisyphe put distinguer la silhouette
de la jeune fille dansant sur la grève. Ses pieds s'enfonçaient
à peine dans le sable durci par les froidures matinales,
au-dessus duquel son corps semblait flotter. Ses bras
ondoyaient d'un côté puis de l'autre et la flexibilité de ses
poignets communiquait à ses mains des ondulations élas-
tiques. Elle penchait alternativement la tête à droite et à
gauche, comme pour mieux accompagner ses évolutions,

et ses longs cheveux ballants accentuaient l'impression générale d'un phénomène merveilleux.

Au moment où Sisyphe allait quitter les lieux, un détail attira son attention. Une masse noire se profilait à l'une des extrémités de la plage sur laquelle Égine dansait. Il pensa d'abord qu'il s'agissait du taureau, plus ou moins reconnaissable à cette distance à cause de quelque branchage obstruant une partie de la vue. Il réalisa vite que la forme ne ressemblait en rien au tueur d'Ipsos, mais plutôt à l'ombre d'un aigle aux ailes démesurées. Comme les dimensions du taureau, l'envergure de l'oiseau parut invraisemblable à Sisyphe. Le terrible prédateur s'avança sur le sol avec une fausse maladresse en donnant l'impression de boiter. Il marchait malgré tout avec fermeté vers Égine. Quand il en fut tout proche, il replia ses ailes, sauta et les déplia de nouveau. Ce signe étrange provoqua chez la jeune fille un recul. L'oiseau se retrouva en l'air, et, les ailes cette fois amplement déployées, il vint se poser sur les épaules de sa délicieuse proie. Deux mains empoignèrent les pattes de l'animal, qui réussit à soulever son fardeau. Le couple s'éleva dans le ciel avec majesté. Les cheveux d'Égine flottaient au vent sous le corps massif de l'aigle et semblaient l'oriflamme d'un vaisseau divin. Les efforts de l'oiseau se calmaient à mesure qu'il gagnait de l'altitude, et, après avoir épousé un courant d'air montant, il disparut en planant vers le large avec sa conquête.

Sisyphe demeura longuement à sonder l'espace, avec l'idée que les voyageurs pourraient faire demi-tour. La mi-journée ne devait pas être loin, à en juger par la hauteur du soleil, et rien ne vint plus troubler le paysage.

Sur le chemin du retour, Sisyphe manqua d'appeler Ipsos. L'idée de cette mort toute récente n'était pas encore ancrée dans le cerveau de son maître, et celui-ci songea qu'hormis Cerbère, le monstre canin aux têtes innombrables et à la queue de serpent, l'Hadès n'accueillait pas les chiens. Il voulait conserver d'Ipsos une image animée, vivante, rieuse, aussi évita-t-il de croiser son cadavre, dont il savait que les vautours et les hyènes devaient déjà se repaître. Il franchit les collines le séparant d'Ephyra et arriva au palais peu avant le repas du midi.

Quand sa famille fut attablée dans le mégaron, Sisyphe annonça la nouvelle d'un ton neutre. Il ne souhaitait pas assombrir davantage Thersandros, dont il connaissait l'affection pour Ipsos. À sa grande surprise, son jeune fils ne posa aucune question. Seul Glaucos s'enquit des circonstances du drame. Son père ne put dissimuler son embarras.

– C'est difficile à expliquer... Un taureau géant l'a proprement foulé aux pieds.

– Comment Ipsos a-t-il put se laisser surprendre ?

– La bête ne ressemblait à aucune autre. Sa noirceur n'habillait pas seulement son corps, mais aussi son esprit. Sa majesté cachait une ardeur assassine.

Méropé changea de conversation :

– Halmos aura dix jours demain, Sisyphe.

– Je le sais. Nous devons nous préparer à cette réjouissance.

Ordre fut donné aux serviteurs et aux écuyers tranchants de réunir les victimes sacrificielles, bœufs et bouc noir. Et le lendemain, dans une atmosphère de joie communicative, le palais en liesse rendit hommage à Zeus en compagnie des souverains.

La cérémonie se déroula dans l'une des cours jouxtant la salle du trésor, ainsi dénommée parce qu'y étaient remisés armes d'apparat et objets de culte. Tous les membres de la maison royale y assistèrent, et nombre de seigneurs avec leurs suites. Des habitants d'Ephyra, en relation régulière avec le palais, avaient rejoint l'assemblée que chaque heure voyait grossir.

Après que se furent dissipées les épaisses fumées montant du bûcher, où se consumaient encore les restes d'animaux propitiatoires, la première chambrière brandit le bébé à bout de bras dans la direction de l'Olympe. Une clameur fit cortège à cette exposition. Nourri au préalable, endormi profondément, l'enfant ne se rendit compte de rien. Déposé dans un berceau en osier, il trôna au milieu des convives tout le temps que dura le festin.

À l'issue de la fête, Sisyphe prit son dernier fils dans les bras, et, le tenant bien droit, de sorte que le visage du nourrisson fût visible de tous, il lui attribua son nom définitif.

– Par Zeus et pour lui plaire, voici l'homme que nous accueillons aujourd'hui : Halmos ! Tel sera son nom pour vous tous et pour les dieux. Que lui-même l'apprenne et ne l'oublie pas. Que chacun ici enregistre ce nom comme celui de mon quatrième fils. Que Glaucos, Ornytion et Thersandros le reçoivent en frère, et non en étranger. Que le nom d'Halmos soit toujours pour eux à défendre. Et qu'Halmos porte lui-même ce nom haut dans la gloire et loin dans la vie. Qu'il ne l'abaisse en aucune circonstance, ni par des crimes ni par des actes honteux. Que jamais le mensonge et l'infamie ne le tachent. Qu'Halmos rayonne et distribue de la joie. Qu'il rende grâces aux dieux par des actions nobles et que toujours on le respecte. Que le regard des dieux en retour ne l'abandonne jamais, et que sur lui se penche leur bienveillance. Que le nom d'Halmos soit pour eux un témoignage vivant de leur grandeur. Et si ce nom devait un jour connaître le déshonneur et causer le désespoir de ses parents et amis, que celui qui le porte soit banni de la terre des hommes.

Une ovation salua cette déclaration. Les habitants du palais venaient de se convaincre que les meilleurs augures se penchaient sur l'arrivée d'Halmos. La foule se dispersa lentement, sans que la ferveur se dissipe à proportion. Les conversations tournèrent encore un moment autour des propos tenus par Sisyphe, que certains prirent pour des avertissements, d'autres pour un beau discours de bienvenue, d'autres encore pour une annonce rituelle et obligée. Avant de se retirer, beaucoup congratulèrent les souverains en souhaitant longue vie à leur dernier rejeton.

9.

Au beau milieu de la nuit, Ptolimein se redressa sur son lit et comprit qu'une fois supplémentaire il devrait attendre patiemment le retour du sommeil, si toutefois Hypnos daignait ne pas l'abandonner aux affres de l'insomnie. Les faits et gestes de la journée écoulée repassaient devant ses yeux et il ne parvenait pas à savoir s'il rêvait ou s'il exerçait une réelle emprise sur ses idées. Vraiment réveillé, l'architecte se leva, s'assit devant la table où s'étalaient en permanence études, esquisses, élévations ou simples ébauches par lui seul déchiffrables. Il posa devant lui la lampe dont l'huile continuait de brûler, et inspecta ses papiers. À de nombreuses reprises il avait déjà scruté des erreurs possibles dans ses plans, par bonheur en vain. Il savait que le moment approchait d'une phase nouvelle de la construction. L'arrivée des mauvais mois ne l'inquiétait pas outre mesure. Le chantier en subirait bien sûr les conséquences, et le rythme du travail fléchirait certainement, mais son vrai souci portait sur la manière dont les blocs graviraient les pentes de l'Acrocorinthe.

L'étroitesse du chemin à l'approche du sommet interdisait le halage et les mules succomberaient sous le poids des fardeaux, si encore elles ne dévalaient pas la pente avec leur chargement, cela sans compter les pertes en hommes ! La hantise de Ptolimein reprenait ses droits, en pleine nuit, sous la forme de ce raidillon de malheur. Gouvernant l'accès final au plateau, il représentait l'obstacle principal au projet. Le vieil homme savait que l'érection de la tour appellerait des sacrifices, que la construction des remparts destinés à en protéger l'accès exigerait de longs efforts, que les fournitures des marbrières d'Athènes pourraient connaître des ratés à cause de l'insécurité du transport, que des accidents mortels risqueraient de se répéter sur le chantier lui-même, que l'insuffisance d'eau ne manquerait pas de relancer le mécontentement des hommes au retour de la belle saison, mais rien ne le préoccupait autant que l'acheminement des pierres au haut de la colline.

Au point où en étaient les choses, et la mauvaise saison aidant, l'activité allait connaître un net ralentissement. Ptolimein s'était engagé envers Sisyphe et il ne pouvait plus reculer, mais combien il eût été heureux de se réveiller un matin les épaules délivrées de ce poids ! Il songea qu'un jour, sans pouvoir préciser quand, son maître franchirait la porte en chêne de la tour, visiterait les étages et contemplerait depuis cet observatoire les plaines environnantes et la mer insondable. Il se voyait à côté de Sisyphe, fier d'avoir accompli son œuvre. D'un index souverainement dirigé vers Ephyra, le roi détaillait déjà les quartiers de la ville à ses compagnons, celui des potiers, celui des tisseurs de chanvre, celui des ferronniers. Lui, Ptolimein restait en retrait. Sisyphe se retourna et lui fit signe d'approcher.

— Messeigneurs, voici le responsable de cet ouvrage grandiose.

– Tu me combles d'honneur, noble roi, en rappelant que j'ai seulement exécuté tes ordres afin de répondre à ton désir. Le vrai responsable, seigneur, c'est toi, dont je fus le bras heureusement inspiré.

Le groupe de seigneurs inaugurant la tour en compagnie de Sisyphe redescendit l'escalier de pierres épaisses et s'apprêtait à quitter les lieux quand les blocs de marbre du haut de la tour commencèrent à dégringoler en une pluie fatale. Les uns après les autres, les grands nobles disparaissaient sous les pierres assassines. Sisyphe, le dernier survivant, reçut à son tour un bloc plus gros que les autres, comme précipité par une main divine. Ptolimein tenta de dégager son maître. Celui-ci, peut-être mort, lui sembla n'être plus qu'une ombre. L'architecte leva les yeux. La tour, réduite à un tas de gravats, avait au ciel rendu sa pureté. Il fallait tout recommencer.

– Ptolimein ?

– Oui, seigneur ?

– Eh bien Ptolimein, que t'arrive-t-il ? Réveille-toi, je veux que nous fassions ensemble une visite du chantier.

Le vieillard releva la tête. Il prit alors conscience de la présence de son maître, et une vivacité retrouvée le mit promptement debout.

– Pardonne-moi, seigneur, j'ai dû m'assoupir.

– Dormir la nuit, cher Ptolimein, cela me paraît normal ! Le soleil dort encore, lui !

– Mon roi peut-il me dire ce qui est arrivé ?

– Figure-toi que je ne trouvais plus le sommeil et que je me suis levé. En passant devant ta chambre, j'ai entendu un bruit. Je suis entré. Tu dormais la tête sur la table, et un papyrus se dépliait devant ton visage, au rythme de ta forte respiration. À peine me trouvai-je devant toi que tu m'as appelé avec force dans ton sommeil. J'ai répondu en prononçant ton nom... Sais-tu pourquoi tu m'appelais ainsi ?

– Je rêvais, seigneur, et je me souviens de cette vision comme si elle persistait devant moi... Un à un, les marbres péniblement assemblés pour bâtir la tour de l'Acrocorinthe s'envolaient comme des fétus de paille et venaient écraser ceux qui assistaient à l'inauguration du monument. Je crois que tu gisais toi-même sous un bloc...

– Et tu fus épargné ?

– Oui pour mon malheur, noble maître, et voilà pourquoi il s'agissait non d'un rêve, mais d'un cauchemar.

– Laissons tout cela, Ptolimein, et allons voir où nous en sommes.

Les deux hommes empruntèrent la voie nouvellement aménagée que l'armée à son retour de Thèbes avait pour ainsi dire étrennée. Elle menait tout naturellement à la colline et attaquait la pente avec difficulté. Au premier virage sérieux, le terrain donnait l'impression de se dérober. Le chemin se resserrait et ne permettait plus de ficher les potelets destinés au halage des chariots. Quant à les utiliser directement pour les matériaux, il n'en était pas question, compte tenu de l'irrégularité du sol. La route semblait d'ailleurs s'arrêter là, comme si les premiers escarpements formaient son terminus. Les tapis de thym et d'arbustes ne reposaient pas sur un fond de rocaille mais fleurissaient sur une terre meuble. Ptolimein appuya son pied sur le talus et l'y enfonça presque aussitôt.

– Tu vois seigneur ce qui me préoccupe ! Le sentier s'effondre sous la moindre pression ! Un bon aménagement réclamerait à lui seul une armée de géants ! Et même avec des milliers d'hommes, je ne parviendrais pas à consolider les bas-côtés !

Sisyphe ne revint pas sur les propos désabusés de son architecte et demeura silencieux. Il observait longuement les lieux, levant de temps à autre la tête vers le sommet pour en apprécier la distance, ou peut-être pour se rappeler l'objectif. Ptolimein, lui, continuait de se livrer à des commentaires à voix haute :

– Et quand je parle de géants, je n'imagine pas n'importe lesquels ! Il les faudrait remplis d'astuce, car toute assise leur manquerait ! S'ils tâchaient de se lancer les pierres de mains en mains, ou s'ils tentaient de les porter à bout de bras, ils seraient immédiatement déséquilibrés !

Sisyphe poursuivait son inspection. Se tournant vers Ephyra, il constata que le jour chassait péniblement la brume violacée dans laquelle se drapait la ville. De la route à l'extrémité de laquelle il se trouvait s'élevaient par endroits des rideaux de vapeurs diaphanes et rosées, comme si du sol s'exhalait quelque nuage divin. Les senteurs mouillées de ce matin d'automne réveillèrent l'ardeur bâtisseuse de Sisyphe. Il prit le bras de Ptolimein et ne le lâcha plus.

– Nous n'arriverons jamais à tracer une bonne route à travers cette colline.

– Certes, seigneur ! Je le sais depuis longtemps, mais tu n'as rien voulu entendre. Tu étais déjà ainsi tout jeune, et j'ai compris depuis lors que rien ni personne ne s'opposerait avec succès à tes entreprises. Et je suis heureux du constat auquel tu parviens de toi-même. Cette belle route servira aux promenades et je ne doute pas que des maisons finiront par la border... mais elle s'interrompra où nous sommes ! Elle portera sûrement ton nom, et elle perpétuera ton souvenir à travers les âges. Je t'approuve, seigneur, dans ton renoncement.

– Es-ce la raison ou la folie, Ptolimein, qui s'exprime par ta bouche ? Tu viens de rappeler que je ne renonce jamais.

– Je connais ta sagesse, seigneur, et ton aversion pour l'échec. Tu n'es pas un entêté.

– Sais-tu la différence entre l'entêtement et la ténacité, cher vieux Ptolimein ?

– Je le devrais seigneur, mais je t'avoue humblement qu'elle m'échappe.

– La réussite, Ptolimein, la réussite ! Cette tour dominera le golfe, ou, les dieux m'en sont témoins, je cesserai de m'appeler Sisyphe.

– Seigneur, je t'en supplie, prends en compte les observations auxquelles nous venons de nous livrer tous deux, et reconsidère ta position.

– Non, Ptolimein.

– Fort bien, noble roi, mais je crains de ne pouvoir t'aider plus.

– Tu te trompes, mon architecte, et je vais te le prouver.

Sisyphe entraîna le vieil homme vers le palais. Là, après le premier repas, ils s'enfermèrent dans le bureau avec interdiction à quiconque de les déranger.

– Écoute-moi bien. Qu'est-ce qu'un architecte ?

– Un bâtisseur de maisons...

– Non, Ptolimein. Il s'agit là des vulgaires constructeurs, mais toi tu n'appartiens pas à la catégorie des assembleurs de matériaux, tu es un aède. Tes pierres chantent, tes monuments dansent, tes édifices relèvent de l'art le plus pur, non de la réalité froide.

– Mon maître assurément me voit sous un jour flatteur.

– Tu le sais, la flatterie m'indispose et j'applique à autrui ce que je m'impose à moi-même.

– Mais seigneur, comment veux-tu métamorphoser nos ouvriers en géants ?

– Nous nous passerons de géants, Ptolimein, si nous savons confier le soin à notre esprit d'agir lui-même en géant. Je veux que nous trouvions un moyen pour contourner cette difficulté. Pour cela, vois-tu, il faut chercher, chercher, encore et encore chercher.

– Crois-tu, grand Sisyphe, que le travail me fasse peur ?

– Non, Ptolimein, mais il faut ici exiger plus de notre imagination. Nous ne pouvons ni effacer la colline, ni la trouer, ni nous envoler au-dessus d'elle ! Et quand bien même y réussirions-nous, le problème de l'élévation des blocs resterait entier.

– Telles sont aussi les conclusions auxquelles je suis arrivé, seigneur maître !

– Il ne s'agit pas de conclusions mais d'une première étape. Il faut maintenant franchir la seconde. Je vais te montrer quelque chose.

Sisyphe saisit un bout de parchemin qu'il roula en boule. Il prit un bâtonnet qui traînait sur la table, et qu'il avait sans y penser déposé là sans doute après une promenade avec Ipsos. Il inséra une extrémité du bout de bois dans la petite sphère et regarda en souriant Ptolimein. Celui-ci haussa les sourcils en signe d'étonnement. Sisyphe prépara une seconde boule et y fit pénétrer la partie libre du bout de bois. Du plat de la main, il imprima au mobile ainsi constitué un mouvement d'arrière en avant qui déclencha un sourire goguenard chez Ptolimein.

– Tu t'amuses comme un enfant, seigneur ?

– Les enfants, Ptolimein, ne jouent pas, ils vivent tout cru chaque instant. L'objet que je viens de confectionner n'est pas un jouet pour Thersandros, mais une idée que je te soumets pour faire rouler nos blocs de marbre.

La face de Ptolimein s'illumina. Les dents du vieillard, étonnamment bien conservées, éclatèrent de splendeur au milieu de son visage fatigué.

— Je vois, seigneur, ton idée.

— La penses-tu réalisable ?

— Il faudrait encastrer chaque bloc dans une sphère de pierre... La taille prendrait beaucoup de temps...

— Et pourquoi ne pas cercler de bois tous les blocs ?

Pendant un instant, Ptolimein resta interdit, puis enchaîna, conquis :

— C'est une magnifique idée, seigneur, il suffirait alors de les pousser... Mais il faudrait communiquer à ces roues une belle rotondité ! Le bois joue et peut aisément se briser. Nous devrions effectuer une tentative. On pourrait fixer des pièces de bois entre elles par tenons et mortaises, rendant le tout semblable à un disque... Laisse-moi un peu de temps, seigneur, pour effectuer des dessins et des essais. Je te soumettrai prochainement des propositions.

Ptolimein à son tour manipula l'objet. Soudain, comme inspiré, il conserva seulement une boule, qu'il perça par le centre avec le bâton, dont il ajusta la position de telle sorte qu'il dépassât d'une même longueur de part et d'autre de la sphère. Il disposa deux doigts derrière celle-ci, qui ressemblaient à des hommes arc-boutés contre une masse à mouvoir, et la poussa lentement. Il ne put dissimuler sa joie en regardant Sisyphe. Ce dernier lui tapa sur l'épaule avec gaieté.

— Ton idée aussi, Ptolimein, me plaît. Nous voilà riches de deux possibilités pour affronter l'Acrocorinthe. Essayons-les rapidement, et si les résultats sont concluants, préparons tous les blocs en attendant la belle saison.

– Maître, je rends grâces à la ruse que Zeus le plus roué des dieux a lui-même placée dans ton esprit.

– Prions aussi qu'il ne se divertisse pas en minant nos efforts !

Devant deux de ses meilleurs travailleurs du bois, reconnus pour leur habileté, Ptolimein expliqua le pourquoi et le comment des nouvelles méthodes. Les hommes l'écoutèrent attentivement. Quand il eut terminé, il leur demanda s'ils souhaitaient lui poser des questions. Après un instant de silence, le plus âgé voulut vérifier qu'il avait bien compris :

– Tu veux transformer tous les blocs de marbre en chariots individuels, et les faire pousser sur le chemin jusqu'en haut de la colline, n'est-ce pas ?

– Tu as fort bien saisi.

– As-tu songé au temps qu'il faudra consacrer à un tel travail ? Nous devrons couper les chênes, façonner les pièces à emboîter, polir les surfaces, et surtout organiser le travail sur le terrain, autour des blocs eux-mêmes ! La tour de Sisyphe, notre roi, risque bien de dominer le monde longtemps après sa mort, si jamais elle voit le jour !

– Quelle solution proposes-tu ?

L'homme resta coi. Son compère alors suggéra de s'atteler immédiatement à la tâche. Ptolimein acquiesça. Tout trois se rendirent sur le chantier afin de sélectionner un bloc, premier objet de l'expérimentation. Ils en choisirent un tout à fait banal, semblable aux centaines qui attendaient au pied de l'Acrocorinthe, et qui avaient d'ailleurs changé le paysage en une espèce de vaste entrepôt. Les deux artisans prirent des mesures, les notèrent, envisagèrent le bloc sous tous ses angles, comme pour se pénétrer de ses dimensions, et se dirigèrent vers leur atelier où ils commencèrent de préparer les éléments. Il fut convenu qu'ils travailleraient ensemble jusqu'au premier essai, non seulement pour gagner du temps, mais aussi pour augmenter les chances de succès.

Deux jours plus tard, les pièces de bois ficelées sur le dos d'une mule, les deux hommes retournèrent sur le terrain pour préparer le bloc, en présence de Ptolimein.

Ils avaient fabriqué une large roue pleine, évidée en son centre d'un carré correspondant avec exactitude à la section du monolithe. Trois ouvriers soulevèrent ce dernier par une extrémité afin de faciliter son insertion dans la découpe et l'y firent glisser lentement, tandis que les menuisiers tâchaient par tâtonnements successifs de disposer la roue au milieu du bloc. Quand ils jugèrent l'équilibre atteint, ils travaillèrent à sa consolidation. Les ouvriers soutenaient toujours la pierre, mais cette fois seulement pour la maintenir droite. De petites pièces de corne introduites à coups de maillet dans les espaces vides entre le marbre et le bois bloquèrent l'ensemble. Les interstices ainsi comblés, le bois s'incrustait dans le marbre comme un objet de marqueterie.

Un débat s'instaura pour savoir comment diriger le nouvel appareil. Fallait-il entailler la pierre pour y fixer des cordages ou bien aménager des poignées à la roue pour la tenir et neutraliser d'éventuels balancements dangereux ? Confiants dans leur réalisation, ses auteurs penchaient pour les attaches à même le bois, mais Ptolimein redoutait les accidents que pourrait causer la moindre inattention des servants. Malgré la solidité du système, il jugea que de minces rainures tracées tout autour du carré de marbre permettraient de retenir les cordes et faciliteraient la conduite de l'engin. Un tailleur de pierres exécuta l'ordre de l'architecte. Il ne restait plus qu'à tester le déplacement de l'étrange machine.

Deux captifs passèrent des câbles de chanvre tressé dans les fentes, et, s'installant de part et d'autre du bloc à bouger, les enroulèrent par-dessus leur épaule. À un signe convenu, ils produisirent leur effort. La pierre avança lentement, comme poussée par un vent favorable. La faible pente rendait l'exploit somme toute mesuré, mais Ptolimein nota que le roulement s'effectuait sans heurt. Les quelques ouvriers présents lancèrent des cris de victoire quand l'attelage entama l'ascension du chemin dans la colline. Malgré son étroitesse, il ne constitua nullement une gêne pour les deux hommes, qui gravissaient la première déclivité sérieuse avec une relative aisance. Largement inclinés vers l'avant, certes, ils entraînaient cependant leur charge avec régularité. Ptolimein les couva des yeux durant tout le trajet. Ils ne disparurent que quelques instants, le temps de suivre une sinuosité du chemin. Quand ils entrèrent de nouveau dans le champ de vision de l'architecte, ils ne donnaient toujours pas l'impression de devoir renoncer. Parvenus sur le plateau où devrait s'ériger la tour, les deux hommes hélèrent leurs condisciples et multiplièrent force gestes des bras. Le premier bloc venait d'atteindre sa destination finale, et cela valait bien des hourras !

Sans ignorer qu'on restait loin du compte, si l'on songeait au stock en attente, Ptolimein ne put réprimer un soupir de soulagement. Il décida d'avertir son maître, tout en donnant pour instruction de commencer à préparer l'ensemble des blocs.

Quand Sisyphe apprit le succès de l'expérience, il félicita

chaleureusement son architecte et lui offrit à boire de la bière.

– Buvons, Ptolimein, à la réussite et à ses artisans !

– Je lève ma coupe, seigneur, à ton imagination et à ton acharnement !

L'architecte resta pensif avant d'ingurgiter son breuvage.

– Ne me dis pas que tu doutes encore de notre entreprise ?

– Seigneur, de moi seul je m'autorise à douter.

– Alors, Ptolimein, réjouis-toi de notre victoire sur les éléments et accorde-toi le plaisir de la satisfaction, fût-elle passagère.

– Cela m'est fort difficile, seigneur. L'accomplissement seul me comble.

– Toute œuvre est parsemée de menus plaisirs sur son chemin. Il faut les goûter, Ptolimein, sans oublier le but, certes, mais sans y renoncer au nom de joies plus grandes. Certains détails valent parfois plus que l'ensemble auquel pourtant ils apportent leur concours. Hier encore, j'observais la délicate naissance du sillon séparant les deux seins d'une femme entrevue au palais. Cette seule vision me mit en joie pour la journée entière. T'avouerai-je, bon Ptolimein, qu'en passant sous les deux lionnes de pierre qui protègent l'accès de Thèbes, tout désir de vengeance m'a quitté tant la beauté de l'œuvre me toucha ? Ces sculptures ne sont sans doute pas étrangères à la mansuétude dont j'ai fait montre alors. Il me faut peu de chose, vois-tu, pour embellir mon heure ! Quand je vois l'art avec lequel tu sais donner vie à mes idées, cela me rend heureux ! Bois donc encore, en l'honneur de ce bonheur !

L'architecte but à nouveau et offrit à son maître un large sourire.

– Je préfère cela ! Maintenant, parle-moi de ma route à travers l'isthme.

– Je savais, seigneur, que tu aborderais la question, mais j'ignorais quand...

– Te voilà fixé !

– En soi le projet ne présente pas de difficultés majeures. Il nous suffira de tracer une voie et de la paver, puis de disposer les mêmes potelets que nous utilisons actuellement sur le chemin de l'Acrocorinthe pour faciliter le halage des navires. L'obstacle ne réside pas dans la nature, seigneur, mais dans les hommes.

– Que veux-tu dire ?

– Je pense au nombre d'hommes. Nous en manquons déjà ! Il faudrait en distraire un bon peu et cela nous retarderait encore !

– Anxièlos avait peut-être raison quand il préconisait de capturer les jeunes Thébains et de les mettre au travail pour nous !

– La guerre nourrit la guerre, noble roi, et la paix engendre la paix.

– Qui t'a enseigné une telle philosophie ?

– Ton père, seigneur.

– Il fit pourtant plusieurs guerres !

– Par désir de paix. N'était-ce point là ta visée lors de ton expédition à Thèbes ?

– Oui, Ptolimein, mais les hommes ne l'entendent pas ainsi, ils demandent toujours ce dont on les prive. Leur enlèves-tu la paix, ils sont prêts à se faire tuer pour la retrouver ; leur proposes-tu la guerre, ils n'aspirent qu'à la victoire, qui entretient l'esprit de revanche et ressemble ainsi à une paix mortelle.

– Je dois t'avouer, noble seigneur, qu'il m'arrive de préférer les pierres aux hommes. On les réunit, et de leur solidarité naissent les grandes œuvres. Les hommes, aucun liant ne parvient à les tenir. Pourquoi toujours tenter de faire avec eux ce qu'ils s'acharnent à défaire ?

– Pour se vaincre soi-même !

Sisyphe posa ses mains sur les épaules du vieil homme et poursuivit :

– Allons, tu es architecte, Ptolimein, non général ! Un bâtisseur ne doit pourtant pas ignorer que ses constructions servent aussi à décider de la guerre et de la paix ! Une route à travers l'isthme donnerait à Ephyra un avantage sur toutes les autres cités du Péloponnèse, je te l'ai déjà expliqué, je crois. Sans soustraire des hommes du chantier de l'Acrocorinthe, je veux que tu entames ce travail isthmique.

– Il en sera selon ton désir, seigneur Sisyphe.

L'architecte se retira et retourna surveiller les travaux de cerclage des blocs. Sur le chemin, il fut surpris de constater que la lumière du jour déclinait avant l'heure. En réalité, d'épais nuages s'amoncelaient au-dessus du golfe. Un fort vent de hauteur les poussait vers la terre et le ciel se chargeait lourdement. Des merles fuyaient on ne sait où tandis que des portes mal attachées ballaient. Un éclair déchira l'espace. Les premières gouttes de pluie mouillèrent le crâne dégarni de Ptolimein. Bientôt, un rideau noir s'abattit sur la contrée. La mer moutonnait. On eût dit que les ténèbres s'échappaient des entrailles de la terre pour envahir le paysage et les cœurs. Ptolimein pensa que de l'Hadès pouvaient surgir des monstres pareils à ces ombres polymorphes et voyageuses, comme attroupées maintenant au-dessus de la colline, vers laquelle il se dirigea malgré tout.

La pluie battait le sol désormais avec une obstination digne d'un soldat frappant un ennemi à terre. Dans son assaut, elle déclenchait un incroyable vacarme sur les pavés du chemin. Les rafales de vent soulevaient des masses d'eau grises et argentées qui formaient des torsades éphémères. Ptolimein, entièrement trempé, ne pouvait s'empêcher d'admirer ce spectacle. De temps à autre, il s'essuyait le visage d'un revers de la main pour permettre à ses yeux de percer les murs de pluie tombant devant lui. Quand il arriva sur le chantier, ruisselant, il mesura combien le déchaînement des cieux avait effrayé les ouvriers. Beaucoup s'étaient réfugiés dans des grottes ou abrités sous des arbres. D'autres, recouverts de leurs tuniques détrempées, s'étaient adossés à des blocs de marbre en opposition au vent, pour mieux se protéger, mais ils étaient pour ainsi dire pris à revers par des espèces de tourbillons imprévisibles.

Ptolimein décida de poursuivre jusque sur le plateau où le premier bloc avait été tracté dans l'après-midi. Lorsqu'il atteignit l'esplanade, les nuages fuyaient au-dessus de sa tête comme des nefs à la dérive. Il les regarda malgré les picotements que la pluie provoquait dans ses yeux. Soudain, il ressentit une douleur paralysante dans le bras. Il chercha un appui mais ne trouva que le bloc hissé quelques heures plus tôt. Le cerclage de chêne, brisé, n'était plus qu'un souvenir. Des lattes éparpillées témoignaient d'une chute brutale, ou, peut-être, d'un éclatement du bois sous l'effet de la pluie et du vent. Ptolimein voulut s'asseoir. Il s'affaissa pesamment. Sa figure était pâle, ses traits tirés. Il serra les dents. La douleur ne faiblissait pas. Il se prépara au voyage auquel tant de fois il avait pensé.

Fermant les yeux, il crut faire ses premiers pas dans le royaume d'Hadès. Il se trouvait à l'intérieur d'un immense gosier, l'antre de la terre. Le long des parois de ce tube interminable, des âmes suspendues pleuraient, d'autres riaient. À mesure qu'il s'enfonçait dans ce tunnel infernal, il s'habituait peu à peu à la lumière changeante, comme clignotante, tantôt vive et brûlante, tantôt sinistre et à peine perceptible. La descente ne s'interrompait que pendant de brefs instants, au cours desquels des animaux à tête d'hommes venaient inspecter son corps. Certains le tâtaient, d'autres l'effleuraient, mais tous tournaient autour de lui avec des petits cris de guerre. La marche reprenait alors jusqu'à la prochaine halte, comme si de rien n'était. Et là, des chimères présentaient à Ptolimein des torches dont les flammes enchevêtrées dessinaient des colonnes de visages connus. Et puis, sans aucun signe laissant présager un changement de lieu, l'atmosphère se refroidissait, le sol se dérobait, et une chute vertigineuse commençait.

L'architecte rouvrit les yeux. Il pleuvait maintenant beaucoup moins fort. Les bourrasques avaient fait place à une bruine persistante, presque agréable en comparaison des emportements initiaux. Son bras ne l'élançait plus. Sa respiration, régulière, le rassura. Des ruisseaux de boue coulaient à ses pieds, divisés par les tas de pierres qu'ils venaient heurter. Le plateau offrait un aspect désolé. Le vieil homme se leva péniblement. Il ressentit des courbatures, comme si quelqu'un avait rompu des bâtons sur tous ses membres. Il s'étira, inspira longuement, et reprit le chemin d'Ephyra.

Il réalisa en route qu'il avait été victime d'une attaque, et qu'un envoyé de l'Hadès – il ignorait lequel – s'était intéressé de près à lui. Il acquit la certitude qu'il s'était approché à un souffle de la pierre sur laquelle était gravée la date de sa mort.

Sur le chantier, le travail ne reprendrait plus, compte tenu de l'heure avancée. Ptolimein décida de regagner le palais pour s'y reposer. Quand il entra dans sa chambre, une douleur térébrante lui traversa la poitrine. Cette fois, il ne pouvait plus bouger, cloué sur le seuil de sa couche. Sa main à tâtons chercha le montant du châlit. Elle s'y agrippa. Des tremblements agitèrent le vieil homme qui finit par tomber, après avoir poussé un cri déchirant.

Un serviteur se précipita, vit la porte ouverte et découvrit en entrant le corps étendu en travers du lit, secoué de convulsions. Prévenu immédiatement, Iométèle se rendit au chevet du malade et diagnostiqua un mal inconnu. Il préconisa un calme total. Ni travail, ni visites, ni déplacements. On cala le vieillard et on lui administra un mélange d'herbes à base d'hysope.

Sisyphe et Méropé prenaient leur repas du soir quand une servante vint les avertir du malaise dont Ptolimein venait d'être victime. Ils se rendirent tout deux à son chevet. Méropé resta en retrait, tandis que Sisyphe passait une main amicale sur le front de l'architecte, qu'il caressa doucement.

– Tu aimes cet homme, cher époux, n'est-ce pas ?

Méropé s'était exprimée à voix basse. Sisyphe lui répondit de même.

– Oui, Méropé, j'aime cet homme. Un roi n'a pas d'ami, et cependant je crois que ce mortel mérite mon amitié comme j'aspire à la sienne. Sa mort serait pour moi une grande perte.

– Il vit, Sisyphe.

– Pour l'instant...

– Quelle sinistre inquiétude te traverse l'esprit !

– Vois, Méropé, comme son cœur bat faiblement...

De fait, Ptolimein respirait silencieusement. Ses bras restaient sagement le long de son corps et ses mains noueuses, posées à plat, inertes, paraissaient délestées de toute vie.

Sisyphe demeura auprès du vieil homme jusqu'à ce que celui-ci rouvre les yeux. Ce devait être au milieu de la nuit, ou presque. Après les averses de la journée, le ciel s'était dégagé. Une lumière céruléenne éclairait faiblement la chambre. Le convalescent ne réalisa pas d'emblée ce qui lui arrivait. Une main chaude prit la sienne.

– Je suis à tes côtés. Tout le monde au palais dort, sauf toi et moi. Si tu veux parler, ne te précipite pas. Iométèle a recommandé repos et silence.

– Ton médecin, noble maître, devra mourir un jour, comme moi, et il sera bien heureux de pouvoir s'entretenir avec...

– Un ami, Ptolimein, un ami...

– Je te remercie, seigneur, de ta bonté. Je ne sais si je mérite cet honneur, mais sache combien tu m'es cher, au-delà du respect que je dois à ton rang.

– Personne mieux que toi ne me connaît, cher Ptolimein, et depuis si longtemps !

– Oui, seigneur, depuis toujours ! Aussi te quitterai-je avec une infinie tristesse...

– Ce temps-là n'est pas encore venu.

– Il approche à grandes enjambées, ô mon roi ! et j'ai déjà visité les Enfers...

– Les Enfers ? Il faut que tu m'en dises plus. Veux-tu boire quelque chose ?

– Je n'ai pas soif...

– Cela ne t'empêchera pas de boire.

Ptolimein absorba une gorgée d'eau dans une coupe en argent que lui tendit Sisyphe.

– Oui, les Enfers, digne seigneur... comme aucun autre homme j'en ai perçu les chœurs.

– En as-tu aussi deviné le prologue ?

– Tu te moques de moi, seigneur !

– Je vois que tu as bien toute ta tête, et j'en suis heureux ! Oui, je plaisantais ! Ne m'en veux pas.

– Cela ressemblait à un corridor sans fin hanté de créatures étranges et toutes aux aguets. Au milieu de ce peuple effrayant, j'avançais telle une ombre parmi les ombres.

– Hadès s'est-il montré à toi ?

– Non, seigneur, il devait porter le masque fameux qui rend ce dieu invisible. Et puis je me trouvais seulement aux avant-postes de son royaume ! Par bonheur, j'ai pu rebrousser chemin...

– Nul ne peut s'échapper des Enfers, Ptolimein... Tu auras perdu connaissance et rêvé.

– Je ne puis rien garantir, seigneur. Je me trouvais en haut de l'Acrocorinthe, il pleuvait à torrents... à quel moment précis les Enfers se sont présentés à moi, je ne me souviens plus. Devant le trou noir ouvert, j'ai plongé comme un nageur oublieux de son corps.

– À l'évidence il ne s'agissait pas du Styx ou de l'Achéron... Heureusement pour toi !

– Certes pas, seigneur, car je ne garde aucune trace dans ma mémoire de ces fleuves terribles et mortels aux mortels.

– Ton histoire me rappelle un bain dans le divin Asopos, un jour de grande chaleur. Le beau cours d'eau, si pauvre à la belle saison et si nourri à la mauvaise, filait entre les pierres sur lesquelles se brisaient les rayons du soleil. Du rocher où je me tenais je choisis un endroit profond et, nu, je m'y trempai d'abord, puis me laissai submerger par l'eau bienfaisante et fraîche. Assis dans le fond du lit, je sentais l'onde m'envelopper, me caresser, me masser, Ptolimein, comme une esclave dûment dressée pour cette délicieuse tâche. Un faible courant réglait le friselis paisible des joncs sur la rive. Je dus jouir de ces sensations longuement, car lorsque je décidai de sortir, ma peau était toute fripée.

— Il y a fort longtemps, mon bon seigneur, que je ne me suis plus baigné dans un fleuve, ni d'ailleurs dans la mer. Quand je devrai traverser Océan, le flot tumultueux qui ceint la terre, la frontière avec l'autre monde, il me faudra retrouver les gestes de ma jeunesse. J'étais alors ardent et vif !

— Parle-moi encore des Enfers.

— Qu'ajouter, seigneur ?

— Quelle impression t'ont laissée les âmes errantes ?

— Celle d'une armée sans nerfs et sans volonté, installée dans son impuissance.

— S'exprimaient-elles ?

— Je ne saurais le dire.

— Je t'en prie, mon vieil ami, fais un effort...

— Je n'y arrive pas, seigneur...

— Éprouvais-tu de la peur ?

— Je crois que oui... je redoutais ce voyage sans itinéraire et sans halte... je me demandais quelles éternités j'allais croiser...

— Le pire serait d'éternellement répéter les mêmes actes, les mêmes paroles, les mêmes pensées.

Le vieillard ferma les yeux. La fatigue reprenait le dessus. Sisyphe ne s'en rendit pas compte immédiatement. Il continua le dialogue tout seul :

— À vrai dire, cher Ptolimein, les Enfers ne m'effraient pas outre mesure, surtout si cela ressemble à tes descriptions. Rencontrer des ombres, être soi-même une ombre, ne pas sentir son corps, côtoyer des êtres incapables de vous toucher, ignorer tout de soi et des autres... tout cela n'est guère abominable. Cela nous arrive bien en rêve, et nous n'en mourons pas !

Sisyphe s'aperçut alors que son interlocuteur dormait profondément, terrassé par ses faibles efforts. Il l'observa. L'homme était beau malgré son âge. Thanatos avait peut-être envisagé de s'emparer de cette proie, mais quelque affaire l'en avait détourné. Devant la figure maintenant apaisée, Sisyphe songea que les Enfers ne lui raviraient pas encore son architecte. Avant de sortir de la chambre, il le salua et résolut de ne pas se coucher.

10.

En présence de Ptolimein, Sisyphe montrait un visage amical et détendu, mais l'immobilisation de son architecte l'assombrissait le reste du temps. Il se renfrognait, et la communauté palatiale évita de le contrarier plus encore qu'à l'accoutumée. Il dormait mal, s'énervait avec ses fils pour la moindre vétille et sombrait dans de longues périodes de mélancolie. De fréquentes échappées en compagnie de Poïphile ne lui rendaient pas sa vivacité naturelle, si elles l'éloignaient souvent du palais où chacun réclamait aux dieux une rapide guérison, et un complet rétablissement de l'architecte. Hipponoos à peu près seul parvenait à s'entretenir avec son grand-père, malgré l'application des nourrices qui s'employaient à prévenir les rencontres.

Trois fois par jour, parfois même plus, Sisyphe se rendait au chevet de Ptolimein. Cette assiduité risquait certes de confirmer le vieil homme dans son pressentiment d'une fin prochaine, mais elle offrait en contrepartie l'avantage de lui assurer une assistance précieuse. Pour tout le monde, l'architecte bénéficiait d'une chance unique. Beaucoup jalousèrent une fin de vie où le dialogue avec le roi d'Ephyra l'emportait sur la solitude et les retours de pensée.

Sisyphe en personne inspectait régulièrement le chantier dont l'activité approchait de zéro à mesure que la mauvaise saison s'installait. Les opérations de cerclage, qui avaient soulevé tant d'espoir, se révélaient décevantes. Malgré la précision du travail des menuisiers, rendu pourtant malaisé par les variations de température, le stockage délicat, les découpes inégales, beaucoup de blocs manquaient d'assise et les roues s'étaient d'ailleurs brisées au cours des premiers roulements. Quant aux matériaux hissés jusqu'en haut de l'Acrocorinthe, ils avaient exigé tant d'efforts et tant d'hommes que Sisyphe commençait à s'interroger. Le jugement de Ptolimein méritait considération. Se réjouir des premiers succès ne garantissait pas les suivants ! Plus les ouvriers et les muletiers empruntaient le chemin pour y pousser les blocs agrémentés de leurs habillages de bois, plus ils le défonçaient. Sisyphe se demanda même s'il serait encore praticable au retour de la belle saison. Et il rendait compte journellement à Ptolimein, par une sorte d'inversion des rôles qu'il goûtait d'autant plus que son annulation possible à tout moment lui procurait une sensation supplémentaire de puissance.

Il arrivait à Sisyphe de s'enfermer interminablement dans son bureau, souvent après une visite au chantier, sans rien laisser paraître de ses préoccupations. Nul d'ailleurs ne perça la nature exacte de son activité pendant ces longues heures d'isolement, mais chacun se douta qu'elle devait entretenir des rapports étroits avec l'érection de la tour. De fait, le prince d'Ephyra en observant le travail sur le terrain s'était convaincu que le monument ne serait jamais planté au cœur de la future citadelle si on ne résolvait pas autrement le problème de l'élévation des blocs. Assis devant une table toujours garnie d'un panier de figues et de raisins séchés, dans lequel il puisait à toute heure, il travaillait jusqu'à épuisement parfois. Nœmias venait le tirer de sa concentration pour les repas. Il abandonnait alors à regret ses ébauches maladroites et venait se joindre au reste de sa famille, qui, pour ne pas s'exposer à des éclats de voix, respectait son mutisme.

Sisyphe ne fatigua pas Ptolimein de ses réflexions et décida de l'informer de ses conclusions dès que possible, c'est-à-dire quand l'état de santé du vieillard le permettrait. Le moment venu, il fallut le repousser à cause d'un événement qui faillit compromettre et le projet architectural et plus généralement la vie à Ephyra.

Le matin choisi pour lui parler, alors qu'il rejoignait la chambre de Ptolimein, Sisyphe entendit crier. Cela provenait des magasins. Les appels ressemblaient plutôt à des hurlements et lui laissèrent peu de doute. Le feu avait pris dans un des entrepôts. Une épaisse fumée, inclinée sous l'effet du vent d'ouest, indiquait le sens de sa propagation. Déjà convergeaient sur place des serviteurs munis de linges humides. Les flammes atteignirent vite le toit de la première des réserves. Des odeurs de miel carbonisé se répandaient dans l'air et se mélangeaient aux parfums poivrés des solives résineuses embrasées. Plusieurs hommes s'employaient à dégager les jarres pleines de grains et d'olives. Il fallait faire vite. La chaleur allait s'élever, multipliant les destructions. On craignait notamment pour l'important dépôt des huiles. Les récipients n'étaient guère faciles à déplacer, et la fournaise proche accroissait les risques de périr brûlé. Des femmes assistaient à la catastrophe, hébétées. L'organisation des équipes avait tardé mais à la pagaille initiale se substituait peu à peu une lutte mieux dirigée par les majordomes.

Sur place, Archèlos se lamentait devant un des magasins adjacents, gagné par les rougeoiements. Il suppliait qu'on sauvât ses tablettes et ses pains d'argile. Malgré les exhalaisons dangereuses, Sisyphe appela deux hommes et leur ordonna de pénétrer dans le petit bâtiment. Les individus désignés rechignèrent à la besogne. Le scribe les exhorta de sa voix chevrotante à obtempérer sans retard. L'un des deux entra dans le magasin. Il n'en ressortit jamais. Son compère voulut se défiler, mais un majordome l'empoigna par la manche de sa tunique et l'entraîna jusque sur le seuil de la construction dont s'échappaient des vapeurs suffocantes. Poussé brutalement, l'homme disparut au fond de la pièce. On entendit des suffocations. Et puis, tout à coup, une torche humaine jaillit comme un éclair pour tomber aux pieds d'Archèlos. L'eau versée sur le pauvre hère ne lui rendit pas la vie. Le scribe s'accroupit et vit que le cadavre serrait un pain d'argile dans une de ses mains. Il récupéra difficilement le précieux objet, encore brûlant, que la mort avait emprisonné entre des doigts recroquevillés affreusement. Il le laissa refroidir à même le sol, au risque d'être piétiné par la cohorte des sauveteurs empressés.

Les auges arrivaient remplies d'eau, se déversaient sur les flammes en un ballet de gestes de mieux en mieux réglés à mesure que la chaîne humaine améliorait son efficacité. Elles repartaient tout aussitôt pour se remplir à proximité, au puits dit « d'Apollon ». Ce mouvement continu finit par avoir raison du sinistre. Nul n'aurait pu dire à partir de quand le sort s'inversa, mais chacun ne douta plus de l'issue favorable quand la fumée changea de couleur, s'épaissit et tira vers un gris sombre et terne. Il fallut encore déverser des mesures et des mesures d'eau pour vaincre définitivement l'incendie.

L'aire des magasins ressemblait maintenant à un champ de bataille. Des bûches et des madriers fumants la jonchaient avec anarchie. De-ci de-là traînaient les restes d'une jarre brisée, les morceaux calcinés d'un récipient au contenu indéfinissable, des plaques de fromages cuits, étalés comme des lattes de bois, des tas inégaux de céréales noircies, des ruisseaux d'huile grillée progressant comme de minuscules coulées de lave sur une chaussée de miels cristallisés. Des serviteurs cherchaient au milieu des décombres à récupérer des marchandises, à mettre un peu d'ordre dans l'incroyable chaos provoqué par le début de panique et par les dégâts du feu. On ramassa les débris, on incinéra les matières perdues avec force précautions, et ce qui restait des charpentes fut emporté vers les réserves de bois.

Il s'en était fallu de peu que le drame ne se transformât en désastre et ne dévastât la totalité du palais. La présence d'esprit de quelques serviteurs, et notamment celle de Nœmias, avait évité le pire. Mais nul n'aurait pu expliquer l'origine de la tragédie.

Sisyphe félicita Nœmias pour son sang-froid.

– Quel hasard t'a conduit sur place ?

– Ton service, seigneur. Je venais chercher des raisins secs quand j'ai reniflé une odeur déplaisante. J'ai vite compris ce qui arrivait. J'ai couru avertir, pendant que d'autres hurlaient « au feu ».

– Sais-tu ce qui a causé un tel ravage ?

– Je crois, seigneur, qu'une brindille détachée d'un brasier demeuré sans surveillance se trouve à l'origine de tout cela.

Archèlos n'avait pas quitté les lieux et tenait dans sa main le pain d'argile sauvé des flammes.

– Voilà toute ta richesse, vieux scribe ?

– Tu ne crois pas si bien dire, ô seigneur mon maître. Que Zeus soit remercié pour sa bienveillance !

– Plaisantes-tu ?

– Pas le moins du monde, noble roi, pas le moins du monde...

– Explique-toi !

Le scribe montra le pain à Sisyphe. Des inscriptions y figuraient, comme gravées dans l'argile cuite.

– Vois-tu ce que je vois, seigneur ?

– Cesse tes mystères, Archèlos !

– Mais, seigneur, te rends-tu compte de ce qui vient d'arriver ?

– Des marchandises parties en fumée, des bâtiments détruits, des captifs morts, une peur qui étreint chacun ici, et toi qui rends grâces à Zeus ! Si le maître des dieux a voulu nous épargner, qu'il soit remercié, mais pourquoi donc avoir alors déclenché un tel drame ?

– Non, seigneur, il s'agit là de conséquences mineures. L'important, c'est ce pain.

Pour bien souligner l'intérêt de sa découverte, Archèlos plaça l'objet sous les yeux de Sisyphe et le pria de le caresser.

– Es-tu devenu fou ?

– Non, mon maître, ou plutôt oui, mais de joie !

– Archèlos, encore une énigme et je te fais arrêter, mettre au secret, condamner à ne plus jamais paraître devant moi.

– C'est bon, seigneur, veuille me pardonner. Ce pain contient des inscriptions sans intérêt. Il rappelle sur combien de moutons s'exerce la responsabilité d'un de tes bergers. En revanche, l'incendie l'a métamorphosé en instrument unique.

– Tu recommences...

— Non, seigneur, je tâche de t'expliquer au mieux pourquoi je suis aujourd'hui heureux, malgré les dégâts et les pertes humaines.

— Eh bien ?

— Eh bien l'argile cuite conserve les signes que j'ai tracés sur ce pain — car je reconnais mon écriture !

- Je ne comprends toujours pas où tu veux en venir.

Archèlos ne pouvait retenir son enthousiasme.

— Seigneur, il nous suffira désormais de cuire l'argile pour conserver des traces de nos comptes ! Je ne vais plus seulement apprendre l'écriture à mes élèves ! Ils pourront à leur tour transmettre ces signes à leurs successeurs, et mes propres écrits traverseront des générations grâce à eux. Nous pourrons désormais archiver des pains sur plusieurs années.

— À quoi cela servirait-il ?

Le scribe ne s'attendait pas à une telle remarque. Il en fut tout désarçonné.

— Mais... mais, seigneur, il y a là... il faudrait...

— Eh bien, où donc s'est envolé ton bel esprit ?

— Seigneur, m'autorises-tu à garder ce pain d'argile et à t'en entretenir ultérieurement ?

— Comme tu voudras.

Les événements de la journée avaient bouleversé les plans de Sisyphe. Il ne retrouva Ptolimein que tard dans l'après-midi. Quand il entra chez lui, l'architecte se reposait dans une chaise longue installée tout exprès dans sa chambre. Le vieil homme sourit largement. Sisyphe s'assit sur le bord du lit.

— Alors, cher ami, comment es-tu ?

— Noble roi, ton amitié m'a guéri !

– Mon amitié ? Non, Iométèle peut-être, et Zeus plus vraisemblablement...

– Ne m'enlève pas mes illusions de vieillard...

– On a l'âge de ses illusions, cher Ptolimein.

– Et de ses rêves, seigneur !

Il y eut un silence complice. Ptolimein comprit que son maître voulait l'entretenir du chantier. Il l'y invita des yeux.

– On piétine. Les blocs ne monteront jamais la colline par ce chemin de malheur. Le chêne des cerclages éclate au moindre choc, et le sentier s'effondre sous le poids des chargements.

– Je le craignais, seigneur, et j'ai réfléchi pendant ces longues heures d'inactivité à quoi les dieux m'ont condamné.

– Es-tu parvenu à un résultat ?

– Pas tout à fait, mais j'ai certaine idée qu'il faudrait explorer.

– Et tu devais te reposer...

– Ne pas travailler me fatigue, seigneur !

Le lendemain matin, Ptolimein insista pour aller inspecter avec Sisyphe l'état des travaux en cours. Sur la route, de chaleureux saluts accueillirent les deux hommes. Ptolimein répondait aux sourires en s'inclinant avec humilité.

– Je les approuve de t'honorer ainsi, car en me tirant des révérences, c'est à toi qu'ils adressent leurs salutations.

L'inspection ne s'éternisa pas. Sisyphe et son architecte se persuadèrent, une fois de plus, que jamais la tour ne s'élèverait comme prévu s'ils continuaient ainsi. De retour vers Ephyra, les deux hommes convinrent qu'il fallait trouver un autre moyen pour l'acheminement des blocs de marbre en haut de l'Acrocorinthe.

Alors qu'ils atteignaient les abords du palais, un serviteur vint à leur rencontre pour apprendre à Sisyphe qu'une visiteuse l'attendait. Méropé l'avait fait conduire à une chambre, où elle se reposait de son voyage. Le roi donna congé à Ptolimein en lui fixant rendez-vous en fin de journée.

Méropé aussi informa son époux de la présence au palais d'une voyageuse.

– Comment s'appelle-t-elle ?

– Elle va nous l'apprendre. Elle était fourbue, épuisée par son déplacement. Je lui ai proposé de se détendre avant de se présenter à toi et de nous dire les motifs de sa venue à Ephyra.

Les souverains se rendirent au mégaron pour y recevoir l'étrangère. Un serviteur alimenta en bûches le brasier central afin de réchauffer l'atmosphère de la grande pièce. Par l'ouverture du toit, la fumée courait se mélanger au bleu violacé de lointains nuages en lambeaux. Une très jolie femme parut. Elle hésita sur le seuil de la pièce, puis avança résolument. Sisyphe la salua et l'invita de la main à s'asseoir.

– Bienvenue à Ephyra.

– Merci à toi, grand Sisyphe.

– Que puis-je pour toi ?

– Mon nom est Tyro.

Sisyphe se releva d'un bond.

– Tyro ? La fille de mon frère Salmonée ?

– Mais oui, Sisyphe, ta nièce !

La jeune femme s'était aussi levée, tout comme Méropé. Ils s'embrassèrent tour à tour avec une chaleur mesurée puis reprirent leurs places pour dialoguer.

– Voilà bien longtemps que nous n'avons pas entendu parler de toi, chère Tyro...

— Méropé, ô sage reine, j'en sais, moi, beaucoup sur vous deux.

Sisyphe scruta le visage de la jeune femme avec étonnement.

— Et que sais-tu au juste ?

— Que tu as confondu ce voleur d'Autolycos en son propre palais. Que ton navire ne ressemble à aucun autre par ses dimensions. Que tu affectes quantité d'hommes à la construction d'une future citadelle sur l'acropole d'Ephyra. Que tu as quatre fils, si j'en juge par l'état de Méropé, dont je savais la grossesse. Que la ruse chez toi relève d'un sixième sens. Que tu n'hésites pas à tuer qui contrarie tes projets ou s'oppose à ton autorité — fût-ce l'ami d'un de tes frères. Que, fort jeune, on pouvait déjà percevoir en toi la puissance dont aujourd'hui tu fais montre. Que te dire encore ?

— Tu ne sais donc rien par toi-même. Tout cela, tu le tiens de ton père.

— Désormais, je pourrai juger directement... Tu es très grand, très fort et très majestueux, comme je l'imaginais.

— Ce n'est là qu'apparence physique, Tyro. La tienne est plaisante, mais cela demeure insuffisant pour obtenir une idée précise de ta personne. Dis-nous ce qui te conduit en notre palais.

— Je te le dirai, Sisyphe.

— Tu ne veux point parler maintenant ? Crains en agissant ainsi de blesser Méropé.

— Que ton épouse me pardonne si je l'ai offensée, car telle n'était pas mon intention. J'ai besoin de ramasser mes pensées pour expliquer les raisons de ma visite.

Tandis qu'elle parlait, Tyro peigna sa belle chevelure noire d'une main fine. Sisyphe alors nota, juste en avant du poignet, une étrange ecchymose. Cela pouvait provenir d'une blessure involontaire, ou de coups reçus. Sans révéler son constat, il poursuivit l'entretien mais en adoptant un ton plus conciliant.

— Parle-nous de Salmonée.

— Tu ne l'aimes guère, n'est-ce pas ?

— Réponds, veux-tu, à ma question.

— Il règne sur Élida comme toi sur Ephyra.

— Avec quelle sagesse ?

Tyro hésita. Elle baissa les yeux, se prit l'épaule et la caressa nerveusement. Comme elle demeurait tête baissée, silencieuse et soudainement absente, Sisyphe répéta sa question.

— Comment pourrais-je te répondre, grand roi ?

— Tu ne vis donc pas à ses côtés ?

— Non, seigneur, hélas !

— Alcidicé, ta mère, n'est pas décédée ?

— Non.

— Comment va-t-elle ?

— Je l'ignore.

— Voyons, Tyro, explique-toi mieux !

La jeune femme se frotta machinalement le dessus du poignet.

— Mon père l'a répudiée. Sa seconde épouse porte le nom de Sidéro...

Soucieuse de rassurer sa nièce par alliance, et désireuse de lui éviter ce qui tournait à un interrogatoire, Méropé prit la parole :

— Allons, ma fille, cesse de te tourmenter ! Tu sembles bouleversée... Ni Sisyphe ni moi ne te voulons du mal... Mais il faut nous aider à t'aider !

– Méropé a raison, Tyro. Tu es ici chez toi si tu le désires, et ce palais te servira de refuge, si telle est ta volonté.

La jeune fille se détendit quelque peu et retrouva le calme que le nom de Sidéro avait chassé. Sisyphe reprit l'initiative, mais en renonçant à son attitude inquisitoriale.

– Sidéro te maltraite, n'est-ce pas ?

– Oui, noble Sisyphe, et j'ignore ce qui attire sur moi son courroux.

– Mais tout simplement ta filiation !

– Je suis la fille du roi Salmonée...

– Justement ! Ta marâtre ne le supporte pas. Elle t'en veut d'être née, de précéder dans l'ordre de la vie les descendants issus de ton père. Et voilà pourquoi elle te bat.

– Elle ne peut plus me battre, désormais.

– Ton père te défend-il, comme il le devrait ?

– Non... Salmonée s'est désintéressé de moi depuis longtemps et ne m'accorde plus son affection. Il me rejette comme une captive condamnée pour une faute grave.

– Où donc demeure Alcidicé ?

– Dans Élida.

– Et pourquoi ne vis-tu pas avec elle, chez elle ?

– Ordre de Sidéro !

– Qui donc t'héberge ?

– Ton propre frère, Créthée.

Sisyphe de nouveau accusa le coup. Tyro habitait donc cette Iolcos dont on l'avait entretenu, cette ville fondée de toutes pièces par Créthée avec l'espoir peut-être d'égaler en puissance Ephyra.

– Comment se comporte-t-il à ton égard ?

– Il agit envers moi comme un père amoureux.

Méropé crut percevoir dans les yeux de Tyro une étincelle de plaisir. Elle examinait la jeune fille avec une certaine suspicion, qu'elle dissimulait derrière un demi-sourire permanent. Les nombreuses questions de Sisyphe servaient sa tactique.

– Un père amoureux ? Que veux-tu dire ?

– Il m'aime, il me protège, il a pour moi des penchants doux et tendres.

– Créthée, tendre ?

– Oui, comme s'il attendait de moi plus que de la reconnaissance.

Cette phrase laissa le dialogue en suspens. Méropé observa Tyro. Elle espérait capter le détail qui trahirait la vérité de cette façade prude et innocente. Rien ne filtra. Sisyphe rompit le silence d'une injonction qui ne souffrait aucune réplique :

– Retire-toi dans tes appartements, Tyro. Je viendrai te chercher plus tard pour te guider dans ta visite d'Ephyra.

Méropé gagna sa chambre pour s'y reposer, tandis que son époux disparaissait dans les méandres du palais. Il repassa par son bureau avant d'aller chercher sa nièce. Depuis que celle-ci se trouvait dans les murs, il ne pouvait s'empêcher de repenser aux paroles du devin Épicarme. À l'instant même où Tyro s'était présentée, l'esprit de l'oracle avait traversé la poitrine de Sisyphe comme une bouffée d'air vengeur. Et le souffle nauséabond de sa haine envers son frère le parcourut, tel un vent mauvais. Épicarme l'avait justement souligné, les enfants de Tyro assassineraient Salmonée le moment venu. Encore fallait-il que ceux-ci viennent à existence !

Sisyphe emmena Tyro. Au lieu de se diriger vers la ville, il l'attira vers l'Acrocorinthe.

– Ne devions-nous pas visiter ta belle cité ?

– Je veux d'abord te montrer autre chose.

Ils empruntèrent la route aménagée récemment, et, après avoir laissé derrière eux le grand espace où s'accumulaient tous les blocs de marbre à hisser sur la plateau, ils suivirent un petit chemin à travers la garrigue. Sisyphe nota que les ouvriers travaillaient dur et que les seconds de Ptolimein commandaient avec décision.

Contrairement aux jours précédents, la chaleur de l'air faisait penser à l'été. Sans se préoccuper de savoir s'il s'agissait d'un retournement inattendu ou d'une simple rémission passagère avant le retour des fraîcheurs de saison, les deux promeneurs goûtèrent quelques instants de repos en s'asseyant sur un gros rocher plat.

Devant leurs yeux s'étalait une Ephyra grouillante d'activité à cette heure de l'après-midi. Sisyphe montra du doigt l'anse de Kenkhréai. À cette époque de l'année, on commençait d'abattre les navires en carène et, de loin, ils ressemblaient à des squelettes couchés sur la grève, autour desquels s'affairaient pour du calfatage à la poix résineuse marins et autres équipiers.

Tyro se leva et admira les alentours, s'offrant de dos à Sisyphe en premier plan. Une jolie ceinture découpait sa taille étroite. Ses cheveux torsadés en queue de cheval retombaient sagement sur son cou élancé en épousant sa colonne aux vertèbres saillantes. Ses larges épaules nues contrastaient par leur solidité avec le reste du corps, frêle d'apparence. La tunique en lin blanc, un peu trop courte, s'arrêtait bien au-dessus du genou et les lanières des sandales s'enroulaient comme des serpents autour des mollets à peine dessinés.

Quand Tyro se retourna, deux bras se refermèrent sur elle en la pressant avec force. Collée contre la poitrine de Sisyphe, elle étouffait presque. Elle sentit une main lui caresser le dos puis descendre vers son bassin. Elle étouffa un cri. Contre ses cuisses une forme dure s'appuyait fortement. La masse humaine qui l'enveloppait s'affaissa un peu, et, un bras passant sous ses jambes, elle fut soulevée comme une enfant et entraînée derrière le rocher. Le terrain à cet endroit était à peu près plat, couvert encore d'aiguilles de pin. Déposée sur le dos, Tyro tâcha de respirer plus largement, mais Sisyphe la recouvrait et l'empêchait pratiquement de bouger. D'une main, il plaqua ses poignets sur le sol au-dessus de sa tête. Son thorax écrasait les seins tendus de sa nièce. Celle-ci esquissa un mouvement de défense, non pour se dégager, mais pour accentuer la pression délicieuse imposée par son oncle. Elle ne redoutait pas cet emprisonnement amoureux et avivait ainsi le désir de son indubitable vainqueur. D'une main, celui-ci défit la ceinture de Tyro, remonta sa tunique et saisit sa hanche. Le jeune fille replia ses jambes sur les reins de Sisyphe au moment où elle ressentit une formidable étreinte. Dès lors, elle s'abandonna à l'alternance des mouvements longs et des vives poussées que son corps subissait. Elle les accompagna du mieux qu'elle put.

Quand la frénésie de l'amour cessa, les deux amants restèrent l'un contre l'autre, sans rien dire. Sisyphe songea que sa nièce était exquise. Ce jeune corps élastique et docile venait de lui procurer une belle jouissance, et il se félicitait de ce plaisir impromptu.

Agissant d'abord par intérêt, peu soucieux de plaire, essentiellement préoccupé de son objectif à terme, il s'était finalement laissé envahir par la volupté issue de l'étroite fusion avec Tyro. Pour imprégner celle-ci de sa semence, il avait commencé d'agir presque méthodiquement, mais à mesure que la fièvre amoureuse l'avait gagné, il s'était abandonné aux douces violences d'Éros et ne se souvenait plus de rien, hormis d'être entré dans une divine inconscience de lui-même. Son sexe maintenant au repos conservait le souvenir d'une explosion sublime. Il ressentait encore les vibrations de l'amour, alors même que son cœur retrouvait peu à peu des battements réguliers. La personne de Tyro avait pour partie refoulé chez Sisyphe l'idée d'un simple instrument au service de ses visées.

Le roi satisfait passa une main paternelle sur la joue de sa nièce, se mit debout et la fit lever. Elle rajusta sa tunique, remit sa ceinture, vérifia sur ses mollets la hauteur des lanières, lissa prestement ses cheveux et sourit. Elle invita Sisyphe à reprendre leur marche. Ils suivirent un chemin étroit qui, par une grande courbe, redescendait vers Ephyra en contournant le chantier. Ils devaient se suivre et ne purent que rarement se trouver côte à côte. Tyro précédait Sisyphe et engagea résolument la conversation avec son oncle.

– Tu voulais connaître la raison de ma visite ? Je cherchais ta protection...

– Ne viens-je pas de te l'accorder d'une façon complète ?

Un petit rire secoua brièvement Tyro. Sans s'arrêter, elle dénoua ses cheveux et reforma sa natte avec application. Elle croisa ses mains dans le dos et se tut un moment. Puis, comme ragaillardie par la réponse obtenue, elle se lança dans une longue explication.

Ayant fui Sidéro et Salmonée, elle avait erré dans la campagne plusieurs jours et dormi au bord de l'Enipé. Tombée amoureuse du fleuve dont la beauté l'avait fascinée, elle avait cru devenir folle. Réfugiée chez Créthée à Iolcos, elle se rendait chaque jour sur les rives de l'Enipé pour y demeurer des heures à ne rien faire. Il lui semblait que le fleuve lui parlait, l'attirait dans son lit pour l'inonder de ses caresses, l'engloutir sous ses débordements tumultueux. Un jour qu'elle avait déposé ses vêtements sur la berge, elle crut que des bras aquatiques l'enveloppaient. L'eau s'infiltrait dans chacune des parties de son corps et l'enivrait comme un nectar. Elle s'était même aventurée sous la surface et avait ressenti entre ses seins, à la source même du souffle, une torpeur inconnue, délicieuse, presque divine. Prise, incapable de se dégager, parcourue de frissons, elle avait failli perdre son âme. Ses mots ne sortaient plus de sa bouche mais, chargés de liquide, pesants, ils retombaient au fond de sa gorge et s'abîmaient au milieu de sa poitrine. Oppressée, elle ne sentait plus ses jambes. Poussée par une force surhumaine qui ne lui déplaisait pas, elle se laissa déposer sur le fond. Là, étendue, elle s'apprêtait à jouir d'une volupté inconnue. Au-dessus de sa tête, là-bas, le ciel ne ressemblait à rien de ce qu'elle connaissait. Tordu, d'une opacité incertaine, il fuyait bizarrement et se déchirait comme un jour de brume épaisse. Alors que sa vie se diluait, elle heurta du pied sans le vouloir une pierre coupante. Blessée, réveillée soudain, elle avait plié les genoux et les avait détendus brutalement. Sa tête avait alors crevé la surface et repris contact avec l'air chaud de l'été. Elle avait crié comme un nourrisson, mais aucun son n'était sorti de son gosier. De l'eau avait d'abord jailli de sa bouche transformée en fontaine, et puis quelques paroles avaient enfin surnagé, avant de s'envoler ainsi que des papillons. Elle était vivante.

Sisyphe ne voulut pas briser le silence qui ponctua le récit de sa nièce. Il continua de marcher derrière elle sans mot dire jusqu'à ce qu'ils parviennent à une croisée de chemins où ils s'arrêtèrent. Là, il embrassa Tyro et lui confia sa position :

– Retourne chez Créthée. S'il t'aime, il te protégera. La propriété des autres, il ne s'en soucie guère, mais tout ce qui le concerne est sacré. N'oublie pas que c'est un homme faible et susceptible de trahir ses amis. Arrange-toi pour lui appartenir comme un bien. Il ressemble sur un point à Salmonée ton père : les mots s'échappent de sa poitrine comme des vapeurs incontrôlables et ne représentent pas pour lui un engagement, mais de l'air. Il pérore mais sait peu de chose. Il menace, mais n'effraie guère. Il ne promet jamais que ce qu'il ne peut pas tenir. Ne lui résiste pas trop, cela pourrait l'enhardir. Et enfin, dis-lui que tu es venue me voir et que je te suis attaché. Cela seul le dissuadera de te nuire.

Tyro enregistra les paroles réconfortantes de son oncle et lui demanda si elle pourrait revenir lui rendre visite.

– Tu me feras connaître nos enfants.

– Comment sais-tu que notre union d'un instant sera féconde ?

– Je le sais. Tu accoucheras de deux fils, des jumeaux. Présente-les-moi dès leur naissance, je te prie.

Ils repartirent et restèrent silencieux jusqu'à Ephyra. Quand ils arrivèrent à la hauteur des premières maisons de la ville, ils virent un vieillard majestueux. L'homme avançait lentement dans leur direction, une canne à la main, et s'arrêtait devant chaque porte. Il demandait quelque chose aux occupants et tapait le sol de sa canne avec dépit avant d'essayer la maison suivante. Le dialogue était bref et ne semblait pas varier. Quand il croisa Sisyphe et Tyro, il les regarda, et, presque machinalement, leur adressa la parole.

216

– Grand seigneur et jolie jeune femme, je cherche après ma fille. L'auriez-vous rencontrée ?

– Comment est-elle ?

– Belle comme une étoile au zénith dans le ciel de mon cœur.

Tyro lui demanda des précisions en souriant. L'homme n'en fournit pas. Il se contentait d'expliquer combien sa fille était douce et jolie. Il ajouta qu'elle savait danser comme personne. Sisyphe s'enquit de son nom.

– Égine, grand seigneur.

À ce mot, Sisyphe changea d'attitude. Jusque-là, il avait envisagé le vieil homme d'un œil amusé. Il pouvait s'agir d'un père abusé par son enfant, ou plus simplement d'un fou. On lui avait raconté tant d'histoires de ce genre, dont l'issue invariablement tenait dans la découverte d'une fugue, d'un enlèvement ou d'un décès ignoré ! Cette fois, il s'agissait de tout autre chose. Il prit le bras de l'inconnu et lui proposa de faire quelques pas. L'autre, étonné, lui demanda pourquoi.

– J'ai peut-être des renseignements à te fournir sur ta fille. Viens chez moi, nous parlerons.

Le vieillard envisagea Sisyphe et frappa le sol de sa canne, mais cette fois d'un coup décidé signifiant « allons-y ! ».

11.

Quand le trio arriva au palais, le soir commençait de tomber. Avant de rejoindre ses hôtes au mégaron pour le dernier repas du jour, Sisyphe s'entretint avec Ptolimein. Le chantier de l'Acrocorinthe piétinait mais le tracé de la voie isthmique, effectué sur un terrain relativement facile, progressait plutôt bien. L'architecte avait consacré du temps à sa conception, favorisé en cela par le ralentissement des travaux dû à la mauvaise saison. Rétabli, il montrait à tous un visage ragaillardi et une volonté inattaquable. Sisyphe le convia au dîner, lui précisant qu'un homme de sa génération y participerait.

La soirée au mégaron réunit la famille royale, Ptolimein, Tyro et le vieil homme aux cheveux blancs. La discussion sautait de thème en thème avec un désordre qui réjouissait l'invité. La joie ne le gagnait pas en profondeur, mais il riait avec plaisir et de ses yeux plissés encourageait les convives à poursuivre leurs joutes oratoires. Lui-même se taisait. Il satisfit pourtant à la curiosité de Méropé, qui voulait savoir son nom.

– Asopos, majesté.

Thersandros et Ornytion hurlèrent d'une seule voix :

« Comme le fleuve ! » Et, de fait, l'homonymie surprit aussi les adultes. Tyro, elle, couvrit instantanément l'homme d'un regard amoureux.

– Mais encore ?

– Rien de plus, majesté, je m'appelle Asopos comme chacun ici porte un nom.

Thersandros cria de nouveau :

– Alors tu es un fleuve ?

Le vieillard sourit mais ne répondit pas. Le garçon enchaîna, tout aussi fort :

– C'est peut-être un dieu !

Cette fois, Asopos éclata de rire avec la tablée. Il regarda l'enfant et avec bonhomie lui demanda son avis sur les dieux.

Thersandros avala le reste du pain d'orge qu'il découpait depuis un moment, et, la bouche encore pleine, se lança sans réfléchir dans un développement détaillé :

– Les dieux sont des sortes d'hommes qui ne meurent pas. Ils mangent, ils boivent, ils souffrent, ils dorment, ils rient, ils voyagent, ils tuent, ils aiment. Ils vivent comme des bêtes et se guérissent des blessures qu'on leur cause. Ils ne consomment ni pain ni vin, et c'est la raison de leur immortalité. Ils sont très occupés, mais on ne sait pas très bien à quoi. Ils se soignent mieux que nous, et ils peuvent décider de garder ce qu'ils mangent ou de le rejeter quand ils veulent. Leurs excréments sont invisibles. Leurs colères ressemblent à celles de notre père, Sisyphe. Leur palais se situe sur une montagne mais ils n'y vivent pas tous. Certains préfèrent les plaines, ou bien la mer. Ils se réunissent tous pour de grands festins, ou pour s'amuser. Leurs femmes sont belles, amoureuses et jalouses. Ils ont avec elles des enfants et des petits-enfants. Il faut plaire aux dieux

219

en leur offrant une partie de notre nourriture. Les oublier nous expose à leur courroux. Fâcher un dieu est plus grave que de déplaire à nos parents. Un dieu règne sur les morts et les surveille en permanence.

Ptolimein ajouta une précision à l'exposé auquel Thersandros s'était livré avec un sérieux extrême :

– Les dieux sont aussi les architectes du monde et de nos vies.

Asopos précisa en souriant que les dieux, à l'inverse des hommes, ne marchent pas sur la terre et ne vieillissent pas au-delà d'un certain âge. Ces deux interventions n'empêchèrent pas le garçon de passer à un autre sujet avec son frère et de se désintéresser de la conversation.

Sisyphe mit fin au repas en souhaitant le bonsoir à tous les convives et proposa qu'Asopos restât en sa compagnie près du brasier, lequel éclairait faiblement le mégaron et le chauffait à peine.

Quand ils furent seuls, Sisyphe alla droit au but :

– Parle-moi de ta fille.

Le vieillard un peu mélancolique se transforma en accusateur de l'univers.

– Je l'ai cherchée partout, ma chère et douce Égine. À Pylos, nul ne connaissait son nom. À Minoa un prêtre me conduisit dans un temple dédié à Héra où officiaient des prostituées sacrées, toutes enlevées à leurs familles, et où ma fille devait se cacher. À Tyrinthe, une femme aux allures de serpent essaya de me vendre une captive, arguant de sa ressemblance avec moi. D'Argos, on me chassa comme un chien, à jets de pierres. À Olympia, des seigneurs se réunirent pour m'entendre et, après s'être gaussés de moi, ils exigèrent paiement pour me libérer. J'ai parcouru le Péloponnèse en vain, ne rencontrant que lâchetés, mensonges et faux-fuyants. Ephyra ne vaut pas mieux que les autres cités. Que Zeus engloutisse et prive du souffle de la vie toutes ces âmes effrontées ! Que Poséidon soulève des trombes d'eau, qu'il transforme vos pays en un lieu de désolation...

— Modère tes propos, Asopos, car bien que tu sois mon invité, je pourrais m'emporter contre toi et te priver d'hospitalité. Tu es ici chez moi et je suis le seul à pouvoir t'aider. J'ignore qui tu es précisément, et l'ondulation de tes cheveux blancs pourrait bien ressembler aux reflets argentés du fleuve dont parlait mon fils, mais si tu souhaites apprendre de moi quelque chose sur ta fille, retrouve ton calme et parlons d'elle.

— Puisque tu prétends, seigneur, savoir où se trouve Égine, dis-le-moi sans tarder.

Asopos avait changé de ton, mais devant le silence de Sisyphe, il repartit de plus belle :

— Tu es comme tous les mortels tes semblables, tu t'amuses aux dépens d'un vieillard éperdu. Je vais te dire qui tu es, Sisyphe...

— Laisse le vent de ta poitrine s'éteindre dans ton gosier, Asopos, et les mots qu'il porte mourir derrière tes dents. Ne prononce pas ces mots forgés par ton désarroi et crains la violence que tes paroles enfanteraient.

Asopos ayant retrouvé son sang-froid, Sisyphe poursuivit :

— Tes débordements, Asopos, te nuiront chez moi plus que partout ailleurs. Maîtrise-toi et contiens le flot de tes injures... Je ne les mérite pas.

— Que sais-tu d'Égine ?

— Je l'ai rencontrée récemment.

— Où ?

– Ici, tout près d'Ephyra, dans les collines avoisinantes. Je me promenais avec mon chien, Ipsos, un limier vigoureux. Nous parcourions souvent la campagne ensemble, quand les affaires du palais m'en laissaient le loisir.

– Pourquoi emploies-tu le passé ?

– Parce que Ipsos est mort le jour où j'ai fait la connaissance de ta fille.

– Égine aime les bêtes, peut-être plus que les hommes, et si elle a vu mourir ton chien, elle a dû en souffrir.

– Oui, quand Ipsos m'a remis son dernier souffle, elle s'est précipitée...

– Mais que cherchait-elle, seule sur tes terres ?

– Elle était accompagnée.

Asopos ferma les yeux en signe de dépit, baissa la tête, puis, la relevant, il fixa son interlocuteur d'un regard humide avant de reprendre la conversation.

– Toujours ce seigneur qui la courtise, contre mes vœux.

– Il ne s'agissait pas d'un homme.

– Que veux-tu dire ?

– Un être humain ne revêt pas l'apparence d'un taureau...

Décontenancé, Asopos ne reprit la parole qu'en hésitant, comme si sa pensée avançait à tâtons.

– Un taureau... un taureau ? Je ne comprends pas... que fabriquait-elle avec un taureau ? Ce genre de bête d'ordinaire la terrorise... Égine est bien plutôt une amie d'Éole et de tout ce qui s'élève dans les airs... elle préfère de loin les grands oiseaux majestueux...

– Les aigles, par exemple ?

– Oui, les aigles... Petite, elle passait des heures à contempler leurs évolutions... elle aime tant la légèreté... tout ce qui est pataud la fait fuir... Égine ressemble à un oiseau quand elle danse...

– Elle s'y adonne en effet avec beaucoup de grâce.

– Elle a donc dansé pour toi ?

– Non, pas pour moi. Devant moi.

– Seule ?

– Oui.

– Seigneur Sisyphe, pourquoi éprouver ainsi ma patience ? Éclaire-moi sans tarder ou laisse-moi partir !

La colère envahissait le visage d'Asopos et il en tremblait.

– Est-ce là ta façon de maîtriser ton impétuosité ?

– À qui la faute ? Tu me mènes en ton palais sous prétexte de me renseigner sur ma fille, et depuis que je suis avec toi, je n'ai rien appris ou presque. Peut-être vaudrait-il mieux pour moi quitter ta ville et reprendre mes recherches...

Sisyphe attendit un instant avant de poursuivre, à la fois pour permettre à son interlocuteur de retrouver ses esprits et pour favoriser chez lui le retour de la confiance.

– Moi seul connais le secret d'Égine et moi seul peux te le révéler.

Asopos, plus posé, regarda interrogativement ce prince différent des autres souverains, plus ferme et moins arrogant, dont le regard assuré, distant et attentif ne laissait paraître aucune bassesse. Par la renommée, il savait pourtant que la ruse – certains prétendaient la fourberie – vivait en cet homme apparenté aux dieux.

– Que désires-tu en échange ?

– Ton aide.

– Comment puis-je te rendre service ?

– Par l'exercice de ton art, si tu es bien celui que je crois, et si ta réputation n'est pas usurpée.

– Seigneur Sisyphe, devant toi se tient Asopos, un homme comme tous les autres, vieux, las, privé de son plus cher trésor, et prêt à tout pour le recouvrer. On t'aura trompé sans doute...

– N'es-tu pas sourcier ?

– Je l'étais !

– N'ordonnes-tu pas aux fontaines de jaillir d'un seul coup de baguette ? L'eau miraculeuse ne gicle-t-elle pas dès que tu parais ?

De la tristesse envahit le visage d'Asopos, et quelques larmes coulèrent sur ses joues.

– Quand tu pleures, Asopos, n'est-ce pas là même un effet de ta badine intérieure ?

Le vieillard tâcha de se ressaisir.

– Voilà bien longtemps que mon bâton de coudrier n'a pas servi !

– Je souhaite qu'il reprenne vie dans ta main. Tu es un maître, Asopos, et ce Péloponnèse que tu vilipendais tout à l'heure ne te connaît pas d'égal. Partout, dans les villes, à la campagne, dans les bois, nul n'ignore l'aquosité de ton génie.

– Mais pourquoi revenir sur ce passé ?

– Pour le célébrer par un nouvel acte grandiose !

– Lequel ?

– Le surgissement d'une source sur l'Acrocorinthe.

– Impossible !

– Et pour quelle raison je te prie ?

Asopos hésita. En vérité, il avait répondu spontanément, sans réfléchir, et il cherchait maintenant un motif acceptable. Sisyphe ne lui en laissa pas le temps.

– Existe-t-il un sourcier dont le talent surpasse le tien ? En est-il un seul dont l'habileté se mesure à la tienne ? Ta science ne sert-elle pas d'étalon ? Crois-moi, Asopos, si des nappes d'eau sourdent sous notre colline, elles t'obéiront au moindre geste. Ornytion et Thersandros ne se trompaient pas tout à fait, ici même, pendant notre repas, en affirmant qu'un esprit fluvial te traverse.

— Et si je refuse ?

— Tu n'as pas le choix.

— Est-ce le prix de ton offre ?

— Tu désires connaître le sort de ta fille et je suis en mesure de te livrer son terrible secret, malgré le danger mortel que je vais pour cette raison encourir. En contrepartie, je veux ton engagement, ta promesse d'une source d'eau fraîche et abondante sur ma colline.

— Je ne puis rien garantir, sauf chercher.

— Un dicton ici affirme : « Qu'Asopos cherche et il trouvera. »

Les deux hommes se sondèrent mutuellement, comme si chacun jaugeait l'autre à l'aune de sa propre honnêteté. Ce fut le vieillard qui brisa ce nouveau et bref silence :

— Le secret de ma fille ?

— Ta promesse d'abord !

Torse bombé, droit soudain comme une colonne de temple, Asopos donna sa parole. Sisyphe, délivré d'un poids, se relâcha et s'assit. Invitant Asopos à faire de même, il croisa ses mains à plat sur le plateau du guéridon placé entre eux. D'un ton emprunté à la confidence amicale, il s'exprima posément :

— Ta fille est très jolie et fort gracieuse. Je te félicite également pour son caractère. Elle a de qui tenir. Elle s'est adressée à moi d'égale à égal, sans craindre d'exposer sa vie à ma colère par une telle impudence. Mais son pouvoir de séduction lui a gagné ma sympathie. Elle surmonta vite sa peur d'Ipsos et résista mieux qu'un guerrier à mes attaques verbales. Et comme je te l'ai déjà signalé, une bête l'accompagnait. C'était un taureau énorme, indescriptible. Il ne parut pas d'emblée, restant caché derrière un gros rocher, mais quand j'interrogeais ta fille, il se montra. J'eus le sentiment qu'il voulait m'impressionner, mettre fin à mon dialogue avec sa protégée. Égine semblait soumise à l'approbation de cet animal au comportement humain. D'ailleurs, quand je lui proposai de l'emmener avec elle ici, à Ephyra, où je la conviais, elle refusa net après que la bête eut exprimé son désaccord par une espèce de râle grinçant. Ils se dirigèrent vers la côte. Je les suivis le plus discrètement possible. Dans un petit bois, je les entendis soupirer l'un pour l'autre. Ils s'aimaient, Asopos...

Le vieillard se releva brusquement. L'indignation gagnait son thorax. Il allait lever la main sur Sisyphe. Ce dernier haussa le ton.

– Je n'accuse pas ta fille. Je te rends compte des circonstances de son enlèvement.

Consterné, Asopos retomba sur son siège plus vite encore que ne l'en avait dressé la fureur. Il était accablé.

– Enlèvement ?

– Oui, pauvre homme, ravie par une force irrésistible. J'ai d'abord cru qu'elle protégeait cet animal disproportionné, mais j'ai vite compris qu'elle obéissait à une puissance autoritaire. Dérangé dans ses œuvres, rendu fou par notre ingérence largement involontaire, le monstre tua mon chien et me menaça d'un regard imbibé de sang. Lui et ta fille disparurent. Je restai sur place un moment. Quand Égine reparut, sur la dernière plage de sable avant le port d'Ephyra, elle dansait. Ce fut pour moi un spectacle magnifique. Je dois t'avouer que son corps virevoltant attisait mon désir... Je m'attendais à voir surgir notre taureau plus excité qu'un homme. Il n'en fut rien. Un aigle gigantesque survint. Il s'approcha d'elle comme je l'aurais fait moi-même pour m'attirer ses faveurs. Il présenta ses pattes au-dessus de ses épaules, et sans l'effleurer de ses terribles serres, il l'enleva et s'évanouit avec elle dans la direction du large.

– Égine enlevée par un aigle, après avoir subi les assauts d'un taureau !

– Ni un taureau ni un aigle, Asopos, mais à l'évidence Zeus lui-même.

– Tais-toi !

– Allons ! Tu le sais aussi bien que moi, un même être se cache derrière ces deux apparences bestiales...

– Tais-toi !

– Seul Zeus, Asopos, peut ainsi revêtir les dehors d'animaux si fabuleux.

– Mais pourquoi le puissant Zeus en veut-il à ma douce Égine, à la plus chère des filles ?

– Pour la violer, mon pauvre ami, et parce que tel est son plaisir.

– Tais-toi ! Tais-toi ! Tais-toi !

– Un pacte nous lie, Asopos. Et pour le sceller, nous sacrifierons ensemble un bœuf, que nous offrirons entier aux dieux de ton choix, et dont nous ne prendrons rien pour nous, en signe d'engagement réciproque. Nous le regarderons brûler tous deux, et jusqu'à ce qu'il soit consumé, nous resterons côte à côte. Mais aussi, je dois tout te dire, en échange de la source que tu sauras me procurer. Zeus a emmené ta fille sur quelque île pour s'unir à elle et pour jouir de son corps frêle et délicieux.

– Et si tu te trompais ?

– Préférerais-tu croire qu'Égine s'adonne à ces plaisirs indignes où l'animal prend la place de l'homme ? Allons, brave Asopos, admets la réalité, ne la fuis pas, affronte-la ! Accorde à ta raison le droit de s'imposer à ton dégoût. Zeus n'en est pas à sa première conquête, et ta fille ne sera pas non plus la dernière. Elle l'a séduit, et elle n'attire pas seulement les dieux... cela, je te l'assure ! Au moment où nous parlons, elle enlace peut-être le roi des dieux et lui susurre des mots d'amour inouïs. Ah, mon cher Asopos, ne m'en tiens pas rigueur, je voudrais être à la place de Zeus en cet instant précis... Pour la première fois de ma vie, je comprends mon frère Salmonée, qui s'efforce de ressembler en tout au roi des dieux ! Étrange sentiment...

Sisyphe avait commencé son récit sur un ton grave. Il le terminait de façon quasi joviale, oubliant presque la présence de son interlocuteur. Ce dernier rejeta brutalement son siège en arrière et sortit sans saluer son hôte. Sisyphe voulut le retenir, mais l'obscurité favorisa sa fuite.

Le lendemain matin, aucun des habitants du palais ne fournit le moindre renseignement sur Asopos. Les serviteurs attachés aux appartements des invités ne l'avaient plus aperçu depuis la veille. Le maître chambrier confirma la disparition de l'hôte, qui n'avait pas daigné ouvrir son lit.

Sisyphe présenta ce jour-là un visage sombre et fermé. Son mutisme informa son entourage de sa contrariété. La reine seule pouvait prétendre en percer la raison. Elle savait dans ces moments déchiffrer le moindre signe, le plus petit détail révélateur. Il lui suffisait d'observer son époux sans rien laisser paraître, et elle devait garder pour elle, dans un premier temps, les confidences qu'il ne manquerait pas de lui concéder peu à peu, jusqu'à retrouver son humeur coutumière. Elle profita du calme suivant le premier repas pour aborder Sisyphe.

– Sa nourrice vient de m'apprendre qu'Halmos a dormi sa première nuit. Ton dernier fils est précoce ! Il pousse vite.

Devant le silence de son époux, Méropé comprit qu'elle devait avancer précautionneusement.

– Te souviens-tu des premiers jours d'Ornytion ? Sa vivacité me faisait craindre pour sa santé ! Il voulait toucher à tout, ne craignait pas le feu, et il s'empara même d'un poignard oublié par un écuyer après un sacrifice ! Que de frayeurs ce fils me procura ! Mais vois comme aujourd'hui son esprit est vif et perçant...

Sisyphe, égaré dans quelque pensée maussade, parla presque machinalement, sans réaliser qu'il entrait dans le jeu de sa femme.

– Oui, Ornytion ressemble à un cheval fougueux... Mais pourquoi parles-tu de lui ?

– Je lui comparais Halmos. En vérité, Ornytion me surprend.

– En quoi ?

– Il a hier au soir écouté ton invité de façon tout à fait intelligente.

– Quel invité ?

– Cet homme qui se fait appeler Asopos. As-tu remarqué la justesse des regards de ton fils ?

– À quel sujet ?

– Sisyphe, noble époux, tu me sembles ailleurs...

– Je réfléchis, Méropé...

– À quoi donc ? L'éducation d'Ornytion ne te convient pas ?

– Il ne s'agit pas de cela.

– Ne me tiens pas à l'écart de tes grands soucis. Je suis ta femme et la reine d'Ephyra.

– Asopos me doit une promesse, et il a fui le palais comme un voleur, en pleine nuit.

– Il n'est peut-être pas loin...

– Si ce vieillard m'a trahi en obtenant de moi l'information qu'il cherchait, et s'il projetait de ne pas respecter notre accord, sa déloyauté lui rapportera un châtiment exemplaire. Pour le punir, je le poursuivrais si nécessaire jusque dans l'Hadès.

– Un accord ?

– Oui.

– Et tu juges Asopos capable de te berner, toi, le plus habile en ruse de tous les mortels ?

– Mon adresse à tromper se nourrit des intentions d'autrui, Mérope. Quand l'homme feint la candeur, je lis son but avant que son esprit ne le peaufine, et je m'en garde alors aisément. Si l'adversaire veut me perdre dans les méandres de ses desseins, je le suis pour le fatiguer, puis, sans avertir je coupe court et lui ferme toute retraite. Si on me contourne pour me piéger comme un cerf, je laisse du champ, imite la faiblesse de l'animal aux abois et porte l'estocade au dernier moment. Et si le coquin ambitionne de me tuer, il découvre d'abord en moi un homme docile et soucieux de vivre par-dessus tout, jusqu'au moment où sa vigilance endormie l'expose au sommeil définitif que je lui offre en cadeau. Mais avec Asopos, je suis perdu. J'ignore où il veut en venir. Ses visées m'échappent !

– Peut-être en est-il dépourvu ?

– Impossible ! Tantôt ses mots flottent comme une eau courante et débordent alentour en un fleuve tumultueux que rien ne peut arrêter, tantôt ils s'écoulent en filets maigrelets à peine perceptibles et comme prêts à remonter vers leur source...

– Comment un vieillard instable réussirait-il où le fieffé Autolycos échoua ?

– Je ne le permettrai pas.

– Me diras-tu la nature de votre accord ?

Sisyphe jeta un regard malicieux vers sa femme.

– Voilà donc ton objectif ?

– Non, cher époux...

– Il eût été plus simple de me poser directement ta question !

– Tu ne m'aurais pas répondu, Sisyphe.

Soudain, des cris résonnèrent dans le palais. Ils provenaient du gynécée. Des voix de femmes et d'enfants se mélangeaient confusément. Ils grandissaient en se rapprochant. Bientôt débouchèrent Thersandros et Ornytion, suivis de trois servantes essoufflées. Le plus jeune se blottit dans les jambes de ses parents. Interdites, les servantes ne s'en inclinèrent pas moins successivement devant le roi et la reine. Puis, sans attendre une autorisation quelconque, l'une d'elles s'avança vers Ornytion et lui prit le poignet. Le garçon se défendit, hurla de nouveau et se dégagea sans ménagement. La femme tenta de reprendre le dessus, mais dut vite renoncer devant la vélocité de son gibier. Elle osa s'adresser directement à Sisyphe :

– Seigneur, notre maître, tes fils méritent une punition.

– Est-ce à toi d'en juger ?

– Non, seigneur bien-aimé ! Tu dois savoir qu'ils se conduisent mal.

– De quelle manière ?

– En palpant par surprise mes seins !

Un sourire perça sur les lèvres de Sisyphe, qui regarda

ses fils l'un après l'autre et leur prescrivit de ne caresser les seins des femmes au gynécée qu'avec leur accord. Méropé ordonna qu'on emmène les deux garçons, précisant qu'elle les rejoindrait d'ici peu pour les réprimander.

Le calme revenu, Sisyphe ne put s'empêcher de commenter l'incident :

– Sous l'influence d'Ornytion, Thersandros devrait beaucoup progresser !

Sisyphe s'était placé derrière Méropé, et glissant ses bras sous les aisselles de son épouse, il avait des mains enveloppé ses seins avec douceur. Il caressa la poitrine tendue, embrassa la reine au creux du cou et la laissa se dégager. Méropé renoua le dialogue interrompu par l'intrusion des garçons :

– Tu allais me parler de ta transaction avec Asopos.

En connaisseur, Sisyphe apprécia l'art de sa femme. Il ne cilla pas et répondit tout naturellement. Après tout, elle devait connaître ce pacte, compte tenu de son enjeu.

– Il m'a promis de découvrir une source sur les flancs de l'Acrocorinthe. S'il tient promesse, Ptolimein abreuvera les ouvriers sans limites et ma tour marmoréenne sortira enfin de terre.

– À la belle saison ?

– Oui, mais cela ne tardera plus. Mon architecte travaille à un nouveau moyen de traction.

– Fort bien... Et sur quel engagement de ta part Asopos peut-il compter ?

Sisyphe ne répliqua pas immédiatement. Fallait-il vraiment contenter Méropé ? Cette question pénétrait soudain en lui comme un rapace capable de lui déchirer le foie. À peine posée, elle s'enfonçait dans ses entrailles et troublait déjà son âme. En contrepartie d'une source hypothétique, il avait dévoilé à ce vieillard inconnu le sort de sa fille, mais il mesurait mieux à présent que sa confidence débordait largement le cas malheureux d'Égine et de son père. Ce n'était pas leur secret à l'une et à l'autre qu'il avait trahi, mais bien celui de Zeus en personne. Zeus emporté, violent, injuste, imprévisible, Zeus aux brutaux arrêts, à la riposte implacable, aux sentiments imprévisibles. Zeus qui ne manquerait pas de lui faire payer le prix fort. La dénonciation du forfait divin exposait Sisyphe à la vindicte de Némésis, la déesse de la Vengeance qu'il avait souvent appelée de ses vœux, jadis contre ses frères. Aujourd'hui, il allait affronter la colère des dieux ligués contre lui sous l'autorité du plus puissant et du plus redoutable d'entre eux. Les représailles de Zeus, il n'en doutait pas, le frapperaient au moment le moins attendu, par surprise, et tâcheraient de lui porter un coup fatal. Certes, il fallait s'y préparer, mais devait-il dans cette perspective impliquer sa femme ? S'ouvrir à Mérope risquait de la mettre elle-même en danger, mais aussi, cela présentait simultanément l'avantage de mieux répartir le poids de la lutte à venir. Il aurait besoin de son épouse ! Mieux valait conserver sa confiance.

— Asopos tient déjà de moi son renseignement.

— Cet homme parcourait le Péloponnèse à la recherche de sa fille, m'a-t-on dit, et il l'aurait trouvée chez nous ?

— Chère Mérope, sache que je fus témoin de son enlèvement par Zeus...

— Et Asopos l'a appris de toi ?

— Oui.

La placidité habituelle de Mérope la déserta et la reine éclata, inondée de sentiments confus :

— Cette délation, Sisyphe, t'attirera le courroux des

dieux... ta conduite nous livre, tes fils et moi, au malheur... notre maison s'effondrera comme un vulgaire bâti... Ephyra dont tu projetais la grandeur disparaîtra de la surface de la terre...

Méropé pleurait en parlant. Ses paroles tremblantes se télescopaient dans sa poitrine et certaines s'étouffaient de leur propre douleur. Sisyphe la serra dans ses bras pour apaiser ses sanglots.

– Chère Méropé, moi seul ai dénoncé Zeus. Moi seul devrai en rendre compte, s'il l'apprend. Pour l'instant, nous sommes trois seulement à connaître son crime.

– Il ne s'agit pas de crime quand il est question de Zeus !

– Un crime est un crime...

Méropé de nouveau s'enflammait.

– Je t'en supplie, Sisyphe, ne t'oppose pas aux foudres de Zeus tout-puissant. Je plains déjà la pauvre Égine de sa destinée. Héra la poursuivra de sa jalousie et tentera de l'anéantir. Souviens-toi de Io, transformée par Zeus en vache blanche pour la préserver, à qui elle attacha un taon aux flancs ! L'insecte la piquait sans cesse et la rendit folle, jusqu'à ce qu'elle échoue sur la côte égyptienne...

– Oui, je sais cela...

– Et Sémélé ? Héra fut pire encore avec cette fille de Cadmos. Elle s'arrangea pour qu'elle priât son divin amant de lui apparaître dans l'éclat de sa majesté !

– Je sais cela, Méropé...

– Zeus pourtant essaya de l'en dissuader. Vainement. Une jolie femme parvient à tout ! Quand le dieu souverain rayonna de toute sa gloire, Sémélé ne put supporter la splendeur de ce rayonnement et périt consumée dans les flammes célestes.

– Je sais, Méropé, je sais...

– Et Elara, la propre fille d'Orchomène ? Zeus dut la cacher sous terre pour la soustraire à la haine d'Héra...

– Je te répète que je sais tout cela... et puis tu cites des conquêtes protégées par Zeus contre sa femme... mon cas est différent.

– Il est pire, ne le réalises-tu pas ? Ses proies d'amour, Zeus ne parvient même pas à les dissimuler pour les garder en vie et la hargne d'Héra finit par en avoir raison. Si ta dénonciation lui revient, si on te pare à ses yeux du titre de sycophante, même passager, il te traquera sans relâche jusqu'à ta mort.

– Eh bien, chère épouse, voilà des paroles inspirées par un juste souffle. Trois personnes, et trois seulement, peuvent informer Zeus – Asopos, toi et moi. Pour les deux dernières, je ne les imagine pas dépourvues d'esprit à ce point ! Quant au père d'Égine, il pourrait fort bien commettre des imprudences et me dénoncer sans le vouloir. Mais comment, désormais, le retrouver ? Par quel moyen m'assurer de son silence ? L'homme est bavard. Les mots jaillissent de sa bouche comme un flot impétueux. On croirait quand il parle entendre et voir une succession de vagues déferlantes incontrôlables.

– Cherche-le, capture-le, tue-le.

– Je vais y réfléchir.

Les deux époux se séparèrent. Méropé se dirigea vers le gynécée pour y traiter le cas de Thersandros et d'Ornytion. Sisyphe, lui, se rendit dans son bureau et demanda qu'on allât chercher Archèlos.

Quand le scribe se présenta, il trouva son maître occupé à tracer des espèces de roues sur un parchemin d'agneau. Il l'observa un moment, puis se racla la gorge pour signifier sa présence. Sisyphe leva les yeux vers lui.

– Ne crois pas que je ne t'ai pas entendu, Archèlos ! Je voulais finir cette ébauche. Vois ! Qu'en penses-tu ?

– Mon maître, je ne distingue rien de plus que des cercles assez réussis.

– Oui, des cercles, comme tes épigrammes...

– Les miens sont plus petits, seigneurs, et indiquent seulement des chiffres.

– Oui, oui, Archèlos, bien sûr, des chiffres... pas des roues...

Sisyphe sentit passer sur le visage de son scribe une interrogation.

– Ne t'inquiète pas de ma raison !

Les deux hommes sourirent, mais Archèlos ne put se départir d'une certaine gêne.

– J'ai réfléchi, Archèlos, beaucoup réfléchi à tes propos récents.

– Au sujet des inscriptions...

– Précisément !

– Puis-je connaître, seigneur, le fruit de tes pensées ?

– Je t'ai fait venir pour cela. Tu m'as bien affirmé que des signes couchés sur tes pains d'argile subsistent après avoir cuit au moment de l'incendie ?

– Oui, seigneur !

– Et tu songes à tirer avantage de cet accident ?

– Oui, noble Sisyphe, si tu m'y encourages et si tu m'y autorises.

– Parle !

D'un petit sac de lin Archèlos sortit un pain d'argile cuite. L'objet, roussi, semblait gravé. Le scribe l'épousseta d'une main et le mit sous les yeux de Sisyphe.

– Vois, seigneur ! Il s'agit d'un enregistrement consacré aux moutons. Un de mes aides récemment avait consigné les rapports d'un de tes bergers. Pour détruire cette pièce désormais, il faudra la briser, non l'effacer.

– Où veux-tu en venir ?

– À ceci, maître. Tu pourras coucher sur des pains les événements de ton choix, et les garder aussi longtemps que tu le souhaiteras.

– Dans quel but ?

– N'importe lequel, seigneur. Les recettes de ton médecin, la manière d'élever ton vin, les bêtes consacrées aux dieux, les accords conclus avec d'autres seigneurs, le nombre d'ouvriers affectés à la construction de la tour, que sais-je encore !

– Je saisis, Archèlos... et tu m'effraies.

– Pourquoi, seigneur ?

– Parce qu'il serait possible, avec ton idée, de diffuser ces documents. La chambre où seraient stockés les pains cuits deviendrait l'objet de convoitises...

– Mais pour quelle raison ?

– Un seigneur oublieux ou mécontent d'une promesse passée chercherait à détruire les traces de ses engagements !

– Mais la parole, seigneur, vaut plus qu'un pain !

– Alors pourquoi river une parole à de l'argile ?

– Pour la faire valoir à d'autres que celui qui la profère.

Sisyphe retourna plusieurs fois dans sa main cette chose étrange dont la surface criblée de signes ne se limitait manifestement pas, si l'on suivait Archèlos, à un écrit comme les autres. Il tâta les encoches tracées par une main inexperte. Elles semblaient des figures grotesques. Comment de telles marques pouvaient-elles contenir des messages transmissibles à d'autres qu'à leur souverain ? Ces empreintes laissées dans l'argile lui appartenaient, et il n'imaginait pas qu'on pût en abandonner l'usage à quiconque. Cependant, l'enthousiasme d'Archèlos méritait considération. Quel avantage le vieux scribe tirerait-il d'une diffusion de ses écritures ? Se dessaisir du pouvoir ancestral acquis par ses prédécesseurs reviendrait pour lui à renoncer au privilège accordé par le prince. Personne d'autre que lui et ses disciples n'avait accès aux comptes royaux, et il n'était pas envisageable de laisser quelqu'un s'emparer de cette prérogative.

Sa décision arrêtée, Sisyphe en fit part au scribe.

– Détruis ce pain cuit, Archèlos, et enferme en toi ce que tu viens de m'apprendre. Que Zeus lui-même ignore jusqu'à l'existence de ton invention, et que les hommes en demeurent écartés pour toujours. Mais quand je t'en donnerai l'ordre, tu rédigeras les paroles que je te dicterai, et nous nous assurerons toi et moi de leur sauvegarde.

Avant de se retirer, contrarié, convaincu de ne pouvoir infléchir son maître, le scribe jura par les dieux de ne point révéler le contenu de cette conversation.

12.

Plusieurs semaines s'écoulèrent et le rythme de la vie au palais s'adapta aux journées plus courtes et au climat plus rude. Le temps était venu de se consacrer aux tâches réservées à la mauvaise saison. L'époque de l'engrangement dépassée, il fallait remettre de l'ordre dans les magasins, vérifier les étiquetages – des claies sur lesquelles séchaient les fruits comme des jarres de vin ou d'olives. La fabrication des paniers en osier, coupes et ustensiles divers occupait une bonne partie des journées de certaines femmes, les plus méticuleuses, affectées à ce travail délicat et long. Le rapiéçage des tissus requérait d'autres talents, rompus à l'usage des quenouilles et des fuseaux. Une des servantes s'était spécialisée dans le tissage et le raccommodage au point d'être surnommée « la ravaudeuse ». Les compliments de Mérope n'avaient pas peu contribué au respect, amusé parfois, que ses pareilles lui témoignaient. Accrochées à des espèces de pendoirs, les toisons dégraissées à l'eau chaude et lessivées à la cendre par les foulons et les teinturiers subissaient la dernière étape de leur préparation. Rincées, leurs poils ou les fibres végétales attaqués avec du jus d'aloès ou d'oseille, elles finissaient d'absorber les colorants issus

239

des extraits naturels du murex, du safran, de l'iris ou de terres ferrugineuses. Les odeurs dégagées par ces dessiccations progressives incommodaient Ornytion qui se révoltait qu'on pût ainsi empuantir cette zone du palais proche de sa chambre.

De nombreux forgerons profitaient aussi du calme relatif de la saison pour reprendre des armes, les effiler, en retravailler l'équilibre en les agrémentant au besoin de décorations nouvelles. Hormis ceux qui, libres de leur destin, s'étaient mis au service du temple comme desservants de la divinité, plusieurs maîtres bronziers avaient reçu du palais des attributions de métaux en contrepartie de journées dévolues au service du souverain. Les artisans retenus pour des soins essentiels à la qualité des armes étaient sévèrement sélectionnés, Sisyphe n'admettant pas les imperfections, pourtant fréquentes, des lames. Il n'aurait pas hésité à blesser un ouvrier avec le produit même de son incompétence.

La taille des différents bois, frêne pour les flèches, chêne pour les chariots, olivier pour les portes, relevait de spécialistes là encore triés avec soin. Plusieurs d'entre eux ne montaient au palais qu'en fin de saison, aux premiers frimas, et ils rivalisaient alors d'adresse pour accomplir les besognes les plus ardues, remonter une poutre, dégauchir un panneau, retailler une mortaise. C'était aussi le moment propice à la réfection des murs extérieurs, qu'il fallait souvent rejointoyer pour égaliser les parements de pierre, de brique crue ou de terre endommagés par les vents et l'air chargé d'humidité marine. Les scellements demandaient un entretien régulier, de préférence avant le retour des journées chaudes au cours desquelles se détérioreraient à nouveau les joints faits de boue et de paille. Quant aux ceintures de rondins disposées de chant entre chaque étage du palais, elles devaient être frottées, repolies, décapées parfois et presque toujours recouvertes à nouveau d'une couche de poix. La protection des bois intérieurs, des fenestrages, des huisseries, des plafonds, des combles, des épistyles, des escaliers, des piliers réclamait elle aussi une attention répétée à chaque saison, si du moins on souhaitait les soustraire au pourrissement et aux vers.

Périodiquement, en moyenne une fois tous les trois ans, Sisyphe exigeait que les décorations murales fussent restaurées. Quand les artistes s'attaquaient aux figures ornementales, animalières ou géométriques, extérieures comme sur les placages de bois assurant le maintien des angles des murs, ou intérieures le long de parements de gypse, le roi tenait à surveiller lui-même le travail. Il fournissait des précisions aux ouvriers sur ses attentes, allait jusqu'à prendre en main une spatule pour indiquer un mouvement ou gâchait du plâtre pour montrer la consistance souhaitée. Suivre ses recommandations relevait de l'obligation absolue. Le goût particulier du souverain pour certains meubles attirait les meilleurs ébénistes dans les ateliers du palais, où ils rivalisaient d'invention et d'adresse pour réaliser des coffres à vêtements, des caisses, des sièges, des guéridons, des trépieds, des tables basses, des tabourets, des banquettes. Tous les objets destinés directement à Sisyphe devaient revêtir les marques royales. L'un des artisans était passé maître dans le burinage des plateaux pour permettre l'incrustation d'une pâte de verre turquoise dont raffolait Mérope. Ses champlevés forçaient l'admiration par leur finesse et leur égalité.

Enfin, des préposés aux figues, aux fruits de la terre, aux mélanges, jusqu'à l'intendant du miel et au gardien des peaux sacrées, tous les employés spécialisés consacraient leurs journées à rendre compte aux agents du palais qui inventorient, enregistrent, vérifient, contrôlent et réclament sans prévenir, à tout moment.

Sisyphe supervisait par surcroît la surveillance des activités palatiales à quoi se livraient ses gouverneurs et ses intendants, autant par souci du détail que pour former son personnel. Faire lui paraissait le premier devoir de celui qui fait faire, et sa présence auprès de ses employés comme de ses captifs relevait à ses yeux des plus évidentes exigences royales. Mais se cantonner au palais ne lui plaisait guère. Les jours de tornade, quand la pluie battait les murs et déchirait les parchemins servant de fenêtres, il enrageait de rester enfermé, de ne pouvoir parcourir la campagne, s'occuper de ses vignes ou contribuer à l'avancement du grand chantier de la citadelle.

Aussi, personne ne s'étonna que le maître appelât de ses vœux une expédition contre Asopos, coupable d'avoir disparu sans laisser de traces. On ne connaissait pas la raison pour laquelle Sisyphe entendait mettre la main sur ce vieillard, mais elle devait être impérieuse. Un serviteur malavisé se permit en effet d'interroger le roi sur le motif de sa colère contre un fleuve. La question supposait Sisyphe incapable d'établir une différence entre un être humain et un phénomène naturel, fût-il divin ! Le serviteur fut pendu et son cadavre jeté aux chiens. Chacun comprit alors que l'inflexible volonté du maître ne se relâcherait qu'avec la capture du fugitif. La difficulté de l'opération ne résidait pas dans la force du futur pourchassé, mais dans son aptitude à l'évasion ! Retrouver un homme seul dans tout le Péloponnèse, et peut-être même au-delà, représentait une entreprise bien plus épineuse que vaincre Thèbes ou étouffer les illusions de Mégare ! On se demandait déjà qui participerait à cette nouvelle armée, quand une rumeur parcourut le palais, un bruit à peine croyable auquel Mérope elle-même ne voulut pas accorder crédit. Sisyphe allait tout simplement partir seul à la recherche du vieillard !

Quand la reine vérifia auprès de son époux les on-dit, elle obtint une réponse plus surprenante encore :

– Non, point seul ! J'emmène Tyro avec moi.

– Tyro ? Mais pourquoi elle ?

– Parce qu'elle doit quitter Ephyra et vivre là où elle doit vivre !

– Elle est venue seule, ne peut-elle retourner en Élida par ses propres moyens ?

– Là n'est pas la question, Mérope ! J'ai décidé de l'accompagner, non pour la protéger, mais pour m'assurer de son départ.

– Sait-elle que tu la chasses ?

– Je ne la chasse pas, je veux qu'elle parte. Sa présence désormais m'importune.

– Désormais ?

– Oui, pendant son séjour j'ai dû lui sourire et accepter ses intrusions dans tous les recoins du palais. Elle m'a plusieurs fois interrogé sur Asopos, comme s'il représentait à ses yeux une espèce de sauveteur ou de défenseur...

– C'est insensé !

– Oui, Mérope, mais je ne veux pas prendre le risque d'informer Salmonée ou Créthée de mes affaires avec Zeus !

– Craindrais-tu Tyro ?

– Non, je redoute le colportage des nouvelles qui se déforment à mesure qu'elles viennent frapper aux oreilles, surtout les plus complaisantes. Et Tyro est la fille de Salmonée. Je me méfie de Salmonée comme du pire des serpents.

– Sa fille diffère de ce frère, Sisyphe, tu l'as toi-même constaté.

– Ne provoquons pas de réflexes. Les humeurs logées dans les muscles obéissent au sang paternel bien plus qu'aux injonctions de la volonté.

– Et... quand pars-tu ?

– Dès que je me serai entretenu avec Ptolimein.

L'architecte avait sollicité une entrevue en insistant sur son caractère urgent. Sisyphe le reçut avec plaisir dans son bureau, comme à l'accoutumée.

Les yeux du vieil homme semblaient lancer des rayons de joie, et la pièce en fut presque illuminée. Il tenait sous son bras deux rouleaux de parchemin de sections identiques. Après son salut au maître, il posa les documents sur la table, entre les fruits secs et les deux coupes d'argent. Un serviteur vint remplir ces dernières d'un vin au préalable coupé d'eau et Sisyphe scruta le regard de son architecte avant d'entendre sa communication. À l'évidence, il s'agissait d'une bonne nouvelle.

– Je t'écoute.

Sans rien dire, Ptolimein dégagea la table et déplia ensuite le premier rouleau sous les yeux de Sisyphe, comme il le faisait chaque fois qu'il lui fallait expliquer un projet dans ses détails, et dans ses grandes lignes. Sisyphe se pencha au-dessus du parchemin. N'y figuraient que deux dessins. L'un représentait une roue pleine, sans doute en pierre, vue de profil, tandis que l'autre l'exposait de chant et légèrement en profondeur. Le premier ressemblait à un dessin d'enfant. Le second, plus abouti, pouvait intriguer. Une large rainure entaillait la périphérie du cercle.

– À quoi sert ce sillon ?

Ptolimein porta un regard souriant sur son souverain et s'apprêtait à répondre quand celui-ci fournit de lui-même l'explication :

– De glissière à cordages...

– Exactement, seigneur, exactement ! Les câbles sont ainsi maintenus à la circonférence du disque.

– Je comprends cela, Ptolimein, mais quel but assignes-tu à ce dispositif ?

L'architecte déroula le deuxième parchemin sur le premier. Il les immobilisa de ses deux mains écartées. Le nouveau croquis présentait la même roue, mais cette fois en situation. Sur une pente raide, elle était pour ainsi dire fixée dans le sol, à plat. Un filin courait de part et d'autre aux extrémités duquel pendaient deux blocs de marbre équivalents. Libérant une de ses mains, Ptolimein fit semblant de saisir une des deux masses et simula un mouvement de va-et-vient. Sisyphe poursuivit oralement :

– Le premier bloc monte, et l'autre descend, j'ai compris, mais où cela mène-t-il ?

– Seigneur, cela signifie que l'Acrocorinthe est vaincue ! Pour hisser nos matériaux, il suffira désormais d'équilibrer tout poids par un contrepoids. Peu d'hommes seront nécessaires pour effectuer ce travail, puisque les deux masses vont pour ainsi dire se neutraliser mutuellement ! Nous installerons plusieurs roues à gorge en haut du plateau et il nous suffira de hisser les blocs les uns après les autres en tirant sur de longues cordes. À chaque roue seront affectés deux contrepoids, que des ouvriers attacheront et détacheront selon qu'ils se trouveront en haut ou en bas !

Avec une extrême attention, Sisyphe observa le schéma

et hocha la tête en signe de compréhension. Quelque chose pourtant le contrariait.

— Un marbre en haut, une masse équivalente de rocher en bas ?

— Oui, seigneur...

— Ton système implique une grande quantité de pierres taillées dans la colline pour servir de contrepoids ! Devrons-nous défigurer l'Acrocorinthe pour y dresser ma tour !

Ptolimein couvrit son prince d'un regard où l'affection le disputait à l'estime.

— Ton discernement, seigneur, m'émerveille. Tu vois juste. Aussi ai-je conçu un procédé fort simple. Nous affecterons une roue à la récupération des contrepoids : quand un bloc de marbre aura atteint le plateau, en attente de son futur assemblage, il suffira de faire remonter à la main le contrepoids. Nous disposerons ainsi en permanence, en haut de la colline, des masses indispensables pour poursuivre les opérations.

— À la main ?

— Oui, seigneur. Au lieu d'utiliser des rochers de taille équivalente aux blocs de marbre, nous réunirons dans un filet des pierres dix fois moins pesantes que les masses à hisser. Il sera ainsi beaucoup plus facile de récupérer chacune d'entre elles, séparément, pour leur réemploi. Un seul homme y suffirait ! De plus, nous pourrons former des contrepoids mieux adaptés à l'importance irrégulière des blocs, puisque nous subdiviserons cette matière à volonté, de un à dix !

Sisyphe demeura muet d'admiration devant cette ruse digne d'un dieu. Puis, emporté par un mouvement rare chez lui, il serra Ptolimein contre lui et lui tapa sur l'épaule en témoignage d'insigne satisfaction. L'architecte n'osa pas réciproquer. Quand la pression se relâcha, les deux hommes se tinrent par les avant-bras et se congratulèrent avec chaleur.

– Ptolimein, tu as résolu notre problème de la plus élégante façon, et je t'en félicite. Tu me combles ! Mais dis-moi, comment t'es venue cette extraordinaire idée ?

– Comme toujours seigneur, sans que j'y prenne garde, et alors que je songeais à bien autre chose. Jusque-là, chaque fois que je réfléchissais aux moyens de monter les pierres de ta tour en haut de l'Acrocorinthe, je butais sur les difficultés que tu sais. L'échec des dernières tentatives, sans me décourager, m'avait quelque peu abattu. Pourtant, cercler des blocs et les faire rouler comme des billes me paraissait la bonne solution. Tu as constaté, comme moi, combien la réalisation s'est écartée du projet. Nous n'avons réussi qu'à démoraliser nos troupes ! Plusieurs ouvriers se sont plaints de l'absurdité de notre entreprise, et voir des blocs péniblement hissés dévaler la colline et tout écraser sur leur passage a fini par écœurer tes gens. Le repos forcé que j'ai dû prendre, avec l'aide de Zeus – et ta permission, seigneur –, a sans doute renouvelé mon imagination. Au cours d'une nuit de bon sommeil, mais entrecoupée de deux insomnies, l'idée m'a traversé d'une roue sur laquelle viendrait courir un fil. Au lieu que celle-ci tourne sur le sol, j'ai entrevu un moyen de l'utiliser comme un instrument d'appui, et non comme un objet mobile en soi. Tout d'abord, j'ai douté de mon système. Et puis, à l'usage...

– Tu l'as déjà essayé ?

– Oui, seigneur, j'oubliais de te le dire ! Seul, avec des masses bien moins pesantes que celles que nous aurons à déplacer.

– Et le résultat ?

– Concluant, seigneur, et même mieux que cela.

Sisyphe regarda par la fenêtre. Le jour déclinait. Le temps manquerait pour essayer la méthode préconisée par Ptolimein, mais il ne voulait en aucun cas quitter le palais avant de l'avoir éprouvée. L'architecte comprit qu'il devait obtenir des tailleurs de pierre qu'ils préparassent le matériel pour le lendemain à la première heure, dussent-ils travailler à la lampe. Le roi retarda son départ avec sa nièce.

Au petit jour, une grosse roue de pierre chargée sur un chariot attelé à un mulet attendait Sisyphe et Ptolimein. Les artisans responsables de son façonnage se tenaient à ses côtés comme les gardiens d'un temple. L'architecte vérifia de la main le lissé de la gorge et apprit des tailleurs qu'ils avaient opéré avec un polissoir de fortune. De petites aspérités pouvaient déchirer le chanvre des cordages et entraîner des ruptures dangereuses. Ptolimein insista pour que le lissage des surfaces creusées atteignît dans l'avenir le plus haut degré d'uniformité possible. Pour ce premier essai, l'approximation suffirait, surtout si on enduisait d'huile la surface de frottement, mais pour la suite, il faudrait bannir les moindres saillies, les plus petites rugosités.

Sisyphe et Ptolimein, suivis d'une petite équipe, se dirigèrent vers l'Acrocorinthe. Parvenus à la hauteur de l'aire où s'empilaient en ordre les marbres classés suivant leur destination, le groupe se divisa. Une partie resta sur place, commandée par Sisyphe en personne, tandis que l'autre, dirigée par Ptolimein, rejoignit sur le plateau l'emplacement propice où attendaient deux rochers grossièrement préparés. Pour l'architecte, les choses se présentaient bien. Il pensa que les dieux reconsidéraient peut-être leur position et adoptaient une attitude plus compréhensive à l'égard de cette entreprise.

Des hommes s'employèrent à positionner la roue. Celle-ci, couchée parallèlement à la pente, fut coincée entre deux grosses pierres. Dans sa rainure apparente, préalablement huilée, on fit passer le cordage que des ouvriers avaient déroulé. L'un d'entre eux redescendit vers le groupe resté à mi-colline. Deux blocs de dimensions analogues furent attachés aux bouts du cordage, l'un, de marbre, à hisser, l'autre, composé de dix rochers taillés sur place et réunis dans un filet, à faire descendre en rappel. Des hommes se disposèrent le long du trajet pour assurer la stabilité du système. La déclivité du terrain laissait craindre une exécution périlleuse, mais la surface plutôt régulière d'un sol herbeux et presque dérapant favorisa en fin de compte le glissement des masses. Tout se passa au mieux. Quand le bloc de marbre parvint au sommet, son pendant pierreux fut réceptionné à la base. On les détacha tout deux simultanément, et on inversa les rôles : d'en haut commença la course de la deuxième masse d'équilibrage, constituée à l'identique de la première, tandis qu'un autre bloc de marbre gravissait à son tour la pente. On récupéra les deux masses précédentes, qui, une fois parvenues en haut de la colline, servirent à nouveau de contrepoids. On répéta l'opération, avec succès, plusieurs fois.

À l'évidence, la technique convenait, même si les frottements, selon Ptolimein, pouvaient encore être diminués. À cette fin, il préconisa le tracement d'un double couloir tapissé de rondins de bois. Ces sortes de glissières permettraient de conduire les marbres sans les endommager. L'architecte communiqua ses ordres à son second et insista pour que les aménagements démarrent au plus vite. Il rejoignit ensuite Sisyphe.

Le roi ne cachait pas son plaisir. Il toisait l'acropole avec des yeux où se mêlaient respect du lieu et fierté d'une victoire probable. Il félicita une fois de plus Ptolimein et désira connaître la durée des travaux de traction.

– Seigneur, nous commençons dès maintenant, avec le maximum de manouvriers. Mais il reste une incertitude majeure, dont je t'ai plusieurs fois déjà entretenu.

– L'eau ?

– Oui, majesté, l'eau, la force première, le nerf de mon art.

– La question est réglée.

– Mais, seigneur, je ne vois nul changement...

– Ne t'impatiente pas ! Tu verras bientôt jaillir une source pure et abondante au pied de la colline, et tes armées de bras pourront y puiser à profusion.

Ptolimein n'osa pas réclamer des garanties. La parole de son maître l'emportait sur ses propres doutes, et, comprenant que Sisyphe allait maintenant s'en retourner, avec déférence il s'inclina.

Quand le souverain arriva au palais, il aperçut son fils aîné discutant avec Tyro dans la petite cour aux onguents. Il ne signala pas sa présence, se dissimula derrière une colonne et entendit la fin d'une conversation dont il devina sans peine le début.

– Très chère Tyro, puisque mon père désire ton départ, sache combien je le regrette.

– Glaucos, mon ami, mon cousin, ton père mériterait une fille comme moi. Avec ses quatre fils, il manque à sa famille un élément féminin ! Les dieux ne gouvernent pas aussi bien le monde qu'on le dit ! Salmonée, mon père, n'a qu'une enfant, et il la persécute.

– Garde-toi de cet homme, Tyro, et de ceux qui l'aiment.

– Vois mes bras, mes épaules et mon dos...

Tyro dénuda son buste. Des traces de coups le zébraient. Glaucos observa les bleus et réprima un mouvement de colère. La jeune femme avec tendresse lui prit la tête entre les mains et la caressa pour l'apaiser. Ils restèrent ainsi un bon moment, comme deux amants au bord d'un nouvel acte amoureux. Ils s'embrassèrent. Lui la serra dans ses bras, tandis qu'elle continuait de le caresser, mais plus fiévreusement. Il s'agenouilla devant elle. La tête de Glaucos allait se lover au creux des jambes de Tyro quand Sisyphe se manifesta. Aussitôt ils s'écartèrent vivement l'un de l'autre, lui se relevant d'un bond et elle rajustant sa tunique.

– Eh bien, mes enfants, quelles nouvelles ?

Après un silence gêné, Tyro fournit une explication à Sisyphe, qui n'en demandait pas.

– Je suis venue prendre congé de Glaucos.

Celui-ci en resta coi, sans doute encore sur la lancée de son désir inassouvi. Tyro lui caressa de nouveau les cheveux et l'embrassa doucement. Il se laissa faire, comme hypnotisé. Elle emboîta le pas à Sisyphe et disparut avec son oncle en direction du mégaron.

Au cours des deux derniers repas pris au palais par Tyro, il ne fut plus question que du voyage de retour et du chemin à suivre. Sisyphe n'intervint pas dans ces discussions pour lui dépourvues de fondement, puisqu'il choisirait seul et au dernier moment son itinéraire.

Le lendemain matin, un char fut préparé par des écuyers dans la cour des attelages. Avec ses deux chevaux de marche d'un élégant gris pommelé, sans parures, il ne pouvait appartenir qu'à un seigneur, mais il dénotait en même temps une volonté de discrétion, presque d'effacement. Sisyphe lui-même prit les rênes et plaça Tyro sur sa droite. D'un coup de fouet, il quitta sèchement les lieux.

Pendant la première heure, l'oncle et sa nièce ne se parlèrent pas. Ils concentraient chacun de son côté leur attention sur la campagne. À cette époque de l'année, les chênes marcescents coloraient le paysage de rousseurs un peu rudes. Le ciel changeait fréquemment de luminosité, comme s'il cherchait des tons sur une palette, pour s'adapter au mieux à l'instabilité de l'atmosphère. Par endroits, des tapis de feuilles attendaient patiemment que la pourriture les métamorphose en engrais naturel propre à régénérer un sol trop longtemps privé d'eau. L'air se chargeait d'humidité.

Sisyphe connaissait bien ces odeurs indéfinissables, qui chatouillent les narines et apportent avec elles des semblants de parfums floraux. Nées des humus, elles se propagent avec le vent, et, ainsi que des nomades ou des marins itinérants, elles ne parviennent pas à se fixer.

Après plus de trois heures de marche soutenue, l'équipage s'arrêta non loin d'un fleuve. Sisyphe aida Tyro à descendre, et, les mains sur les hanches, il se courba en arrière pour détendre son dos. Un sentiment de vide l'envahit. Submergé par une irrépressible bouffée, il éternua violemment. Une fois, deux fois, trois fois.

– Zeus me sauve !

Effrayée, Tyro recula de plusieurs pas, et, convaincue de la survie de Sisyphe après cet éclat de tempête, elle ajouta ses vœux à ceux de son oncle.

– J'ai cru que tu allais mourir ! J'ai vu ta poitrine agitée comme un volcan, et le souffle divin sembla te quitter pour toujours... Oui, que Zeus te sauve et te préserve ! Qu'il ne t'emporte pas avec ce vent qu'il jette hors de toi, cet air qui nous anime et nous fait ce que nous sommes !

Sisyphe, étonné d'une telle sollicitude, sourit.

– Zeus ne désire pas encore ma fin, rassure-toi, et s'il changeait d'avis, je tâcherais de déjouer ses plans !

Tyro fit quelques pas en direction du fleuve et, se retournant vers son oncle, elle demanda comment on l'appelait. Il lui répondit qu'il s'agissait de l'Asopos, du même nom que cet homme vénérable qu'elle avait rencontré au palais. Elle revint s'asseoir près de Sisyphe et, langoureusement, le questionna.

– Pourquoi me renvoies-tu ?

– Pour ton bien.

– Connaîtrais-tu mieux que moi ce qui me convient ?

– Oui.

– Était-ce mon bien que tu recherchais l'autre jour, quand tu t'es si bien occupé de moi ?

– J'avais mes raisons.

– Ne désires-tu pas recommencer ?

– Une fois suffit...

– Suffit à quoi ?

Sisyphe ne voulut pas répondre. Tyro insista.

– Quand tu enfanteras, chère nièce, souviens-toi que tes enfants sont de moi, car lors de notre union, ma substance est passée en toi, ma tête l'a imprégnée de cette pensée...

À ce moment précis, un bruit étrange monta du fleuve. Il s'agissait d'un grondement sourd, quelque chose de très inhabituel, avec des craquements de bois et des roulements de pierres.

D'un saut, Sisyphe se retrouva debout et hurla. Il se précipita sur Tyro et, la prenant par la taille, il se coucha le plus rapidement possible derrière un gros rocher. Trop tard. Une vague impressionnante déferlait déjà au-dessus d'eux. Le couple, soudain perdu au milieu des souches et des troncs charriés par le courant, tenta de surnager.

Le flot emballé dévalait la campagne en emportant tout sur son passage. Le char et les chevaux, un instant rejetés sur les côtés, finirent engloutis dans un tourbillon mousseux, sans que Sisyphe ait rien pu tenter pour sauver ses bêtes. Trop occupé à protéger Tyro, et à éviter des heurts avec les mille obstacles plantés au milieu du lit que le fleuve affolé quittait sans cesse, il tâchait de dériver vers des zones peu turbulentes et pour cette raison moins dangereuses. Malgré ses efforts, il subissait de nombreux chocs, se blessait au contact des objets coupants qu'il percutait, sentait l'eau lui entrer dans le corps par ses plaies ouvertes. Son corps saignait en plusieurs endroits. Il collait à Tyro, non seulement pour lui éviter une mort certaine, mais aussi parce qu'elle s'était évanouie, incapable de s'occuper d'elle-même. Il la tenait par un bras passé sous sa poitrine et s'efforçait de lui maintenir la tête hors de l'eau. De son bras libre, il tâchait d'écarter au mieux les débris de toute sorte qui tournoyaient autour de lui. Dans le bouillonnement du flot, Sisyphe jugea plus prudent de ne rien tenter contre le cours des événements mais au contraire de les accompagner dans l'attente d'un moment propice pour se mettre à l'écart et s'arracher à cet enfer.

Le flux devint plus régulier, mais le courant et la largeur du flot interdisaient toute échappée. Sisyphe ne lâchait pas Tyro, dont il vérifiait de temps à autre la respiration, et, poursuivant ainsi sa descente, il finit par atteindre l'embouchure de l'Asopos. Ils avaient ainsi dérivé jusqu'au golfe d'Ephyra !

Là, il fut presque facile de rejoindre une rive et de trouver un abri pour se reposer. Traumatisée, hagarde, Tyro tremblait de tous ses membres. Sisyphe la réconforta du mieux qu'il put. La tête contre le cou de son oncle, elle caressa d'une main hésitante les poils glacés du buste qui lui servait de reposoir. D'une petite voix, elle chercha une explication au péril dont ils venaient de réchapper.

— Les dieux me punissent, et toi en même temps...

— Mais de quoi ?

— De notre inceste, puissant Sisyphe, et de mes sentiments pour toi.

— Les dieux ne s'occupent guère de ce genre de batifolage, ils ont trop à faire avec leurs propres amours !

Le qualificatif attribué par Sisyphe à leur aventure avait blessé Tyro, mais elle manquait de forces pour exprimer de la colère ou de la révolte. Elle se pressa plus encore contre son oncle et, après quelques instants d'abandon, le questionna plus gravement :

— As-tu, toi, offensé les dieux ?

Sisyphe manifesta de l'irritation. S'il se trouvait en ce moment au côté de Tyro, quel rôle y jouait l'amour ? Le devin Épicarme était le véritable instigateur de cette éphémère union avec sa nièce ! Et comme il espérait bien que des fruits de cet accouplement naîtraient les futurs meurtriers de Salmonée, la jeune femme ne constituait rien d'autre qu'un instrument au service de sa haine envers son frère. Certes, il avait joui d'un plaisir subtil, mais cela n'entraînait pas l'oubli de son objectif. Il fallait avant tout s'occuper de Tyro et la renvoyer en bonne santé, pour assurer l'accomplissement de la prédiction.

Les tuniques ne ressemblant plus à rien, c'est pratiquement nu que le roi d'Ephyra réchauffa sa nièce de son corps. Elle réitéra sa question.

— Avec les dieux, chère nièce, j'entretiens de nombreuses

affaires, mais elles restent privées. Je te prie de ne plus m'interroger sur ce point.

La chance, qui avait un long moment jonglé avec les deux vies, tourna d'un coup en faveur des rescapés. À peu de distance et venant droit sur eux, une large barque se présenta. Elle allait belle allure, avec une voile et deux rangées de cinq rameurs. Sisyphe était surpris que des marins s'aventurent encore sur la mer à cette époque mais il se félicita qu'existent des hommes aussi audacieux.

Quand le bateau parvint à proximité, le capitaine cria de la proue. Le vent étouffa ses propos. Il fit alors lever les rames et salua son roi. Ce dernier comprit qu'il avait affaire à des ressortissants d'Ephyra.

Peu de temps après, à bord, Sisyphe et Tyro s'enroulaient dans des couvertures de lin chaud, et, revigorés par des fruits secs et du fromage de brebis, ils revenaient plus sûrement à la vie. Les multiples contusions du roi impressionnèrent les marins. On préconisa des soins. Sisyphe coupa court aux conseils et s'entretint avec le capitaine de la question pour lui prioritaire, le retour de Tyro chez Créthée.

– Qui es-tu ?

– Pelanxios, seigneur, un des seconds de Khorsès, le chef de ta flotte.

– Eh bien, Pelanxios, écoute-moi ! Puisque tu navigues encore en ces temps avancés, es-tu prêt à aider ton roi dans son entreprise ?

– Tout ce que tu désires, majesté, je l'accomplirai la joie au cœur, à la tête de mes hommes, eux aussi fiers de te servir.

– Fort bien ! Alors dépose-moi d'abord à terre, et ensuite conduis ma nièce Tyro à Iolcos, auprès de Créthée, mon frère. Il te faudra longer les côtes et contourner le Péloponnèse, braver les assauts des vagues et le froid qui monte de la mer, mais surtout protéger Tyro et la mener à bon port.

– Mon noble seigneur et maître, compte sur Pelanxios. Sur ma vie, j'accomplirai la mission dont tu m'honores. Nous atteindrons notre destination dans plusieurs jours, et je te garantis que ta nièce dormira chez ton frère d'ici peu.

Déposé au sortir de l'estuaire, Sisyphe prit à travers l'isthme le chemin d'Ephyra. Il portait une tunique de fortune, récupérée dans le bateau de Pelanxios, et ne ressemblait guère à un roi. Il aperçut, de loin, sur le flanc, un lion venu sans doute du nord et qui se prélassait auprès des restes d'un repas que des vautours signalaient en tournoyant à sa verticale. Il se garda d'éveiller son attention et poursuivit le sentier en bordure de mer. Il décida de le laisser sur sa gauche et d'obliquer vers l'Acrocorinthe dans le but de contourner la belle colline. Il pourrait ainsi mieux se rendre compte des travaux en cours sur la route isthmique tracée par Ptolimein.

Après quelques heures de marche, il croisa effectivement l'ébauche d'un parcours devinable aux nombreuses branches cassées, arbres abattus, fourrés piétinés, arbustes arrachés. Il parcourut les lieux, désertés à cette heure par les ouvriers, ou délaissés momentanément pour d'autres tâches. Seuls des étourneaux effarouchés par sa présence s'envolèrent en groupe, comme dirigés par un souffle invisible et maître de leurs évolutions. Vu l'état des préparatifs, il se dit que la liaison entre les deux mers, ou plutôt entre le large et le golfe d'Ephyra, verrait bientôt le jour.

Peu avant la tombée de la nuit, Sisyphe se retrouva au pied de l'Acrocorinthe, à l'endroit précisément où avec Ptolimein il avait procédé à l'expérimentation de la toute

nouvelle technique de halage des blocs de marbre. Il
constata combien en peu de temps le chantier s'était transformé. Là où l'avant-veille la pente formait encore barrage,
elle était maintenant veinée de deux allées parallèles et
presque totalement habillées de rondins. Il essaya même
d'emprunter l'une d'elles, mais il réalisa vite qu'un homme
ne pouvait pas demeurer en équilibre sur ces bûches arron-
dies, glissantes et accolées savamment les unes aux autres.
Il comprit alors qu'en bordure des deux couloirs, de nombreux paliers formaient pour ainsi dire des marches sur
lesquelles on pouvait aisément se tenir, et concourir au
mouvement des pièces gravissant les voies, descendantes ou
montantes. À l'évidence, la traction des blocs commence-
rait tout prochainement, et la tour, enfin, pointerait vers
le ciel.

Sisyphe observait encore l'ouvrage en cours quand une
curieuse sensation le traversa. Il connaissait les environs
comme pas un, et pourtant, quelque chose d'inhabituel se
manifestait. Il regarda autour de lui. Il ne remarqua rien
de spécial. Les cimes des pins proches oscillaient calmement
dans l'air de la fin d'après-midi. Il écouta ce bruissement
cher à son âme et dont la musique l'accompagnait depuis
son enfance. Il semblait pourtant chargé d'une mélodie
nouvelle, comme si un autre chant, timide, venait en
surimpression du premier. Ce bruit n'appartenait qu'à une
seule force possible sur terre. Oui, à n'en pas douter, il
s'agissait bien d'un écoulement, et ce murmure qu'il avait
primitivement à peine perçu occupait maintenant tout son
esprit. Il n'entendait plus rien d'autre.

Asopos avait tenu parole. Derrière un monticule au relief
accidenté par des pierres et des racines tordues, d'entre
deux gros cailloux jaillissait une source claire. Le roi

s'accroupit, déblaya le sol des doigts et admira le filet d'eau vive. Il s'y lava les mains et but avec bonheur. Mieux qu'une prédiction, la plaisanterie de Glaucos devint réalité : de la terre fendue émergeait une fontaine, mais des yeux de Sisyphe coulaient aussi des larmes de joie. Il s'aspergea ensuite le visage et jugea qu'il y avait là l'empreinte d'un dieu. Aussi décida-t-il de lui rendre un premier hommage, avant celui, fastueux, qu'il offrirait de retour au palais.

Debout, face au soleil déclinant, Sisyphe interpella Poséidon dont le royaume s'étendait à l'infini devant ses yeux. La boule aplatie plongeait dans la mer soudain léthargique et comme horrifiée du heurt imminent. Des reflets vifs encore pour quelques instants miroitaient à la surface de l'eau en une longue et large route tracée vers l'horizon. L'invocation résonna dans le silence de la nature suspendue à l'arrivée du soir.

– Ô Poséidon, frère du grand Zeus, toi dont les fureurs bouleversent le sol, dont les tempêtes engloutissent les hommes et leurs projets, toi qui peux à tout moment soulever les mers, drosser les navires et les briser en morceaux, assembler des embruns en nuées, terrasser les aventuriers qui sillonnent ton royaume, cracher le feu par tes bouches béantes, je te rends grâces pour la douceur de ma source.

Une voix se fit alors entendre. Sisyphe crut un moment que Poséidon lui-même s'adressait à lui.

– Ton eau est douce, prince d'Ephyra, non salée. Remercie-moi plutôt !

Sisyphe se retourna pour voir qui se tenait ainsi derrière lui. C'était Asopos. Un léger sourire aux lèvres, le vieillard goûtait l'effet de surprise.

– Asopos ! Quelle témérité ! Te présenter à moi, sans

prévenir, après ta fuite insensée de l'autre jour ! Qui donc es-tu pour ainsi me narguer ?

– Un teneur de promesse...

– Il est vrai... Sans cela, je t'aurais déjà expédié dans l'Hadès.

– Je ne doute ni de ta puissance ni de ta force, seigneur, mais de ma propre mortalité !

– Te sens-tu à ce point au-dessus des hommes ?

– Non, les hommes ne me concernent guère. Une seule chose compte à mes yeux...

– Ta fille...

– Oui, Égine, et j'ignore toujours où elle se cache avec son amant. Depuis que j'ai quitté ton palais, j'erre dans la campagne en alternant pleurs et hurlements. Mon âme jusqu'à présent n'avait jamais débordé à ce point. Des flots de larmes ravagent parfois mon visage, jusqu'à me rendre aveugle. Mon palais s'emplit alors de mucosités tandis que de mes poumons remontent des caillots qui encombrent ma gorge et viennent se plaquer contre les parois de mes mâchoires. Je crache des amas de matières grumeleuses, rejets infects de mon corps secoué de frissons spasmo-diques.

La ressemblance entre les détails fournis par Asopos et ce qu'il venait de vivre lui-même en compagnie de Tyro frappa Sisyphe. Les éjections de l'homme et les déjections du fleuve homonyme paraissaient jumelles. Aux emporte-ments dévastateurs du second correspondaient les agita-tions maladives du premier. Aux scènes naturelles de la veille répondaient les écœurements du vieillard.

Sisyphe ne poursuivit pas la comparaison. Le constat lui suffisait, il ne cherchait aucune confirmation de ce senti-ment confus auquel d'ailleurs il estima ne pas devoir attacher d'importance. Il allait proposer à Asopos de venir avec lui au palais quand celui-ci anticipa la demande pour la rejeter :

– Nous sommes quittes, seigneur Sisyphe. Tu disposes de ta source, et je sais ce qu'il advint de ma fille. Ne cherche plus désormais à me revoir. Et sache que j'ai en ton absence sacrifié un bœuf sans en rien consommer, en gage de fidélité à notre pacte.

– Avant de nous séparer, je souhaiterais te poser deux questions.

– Je t'écoute, mais dépêche-toi, car la fureur en moi s'impatiente et j'entends ses grondements déjà se ressourcer.

– Comment t'y es-tu pris pour la source ? Voilà des années que l'eau manque à Ephyra, que la sécheresse frappe l'Acrocorinthe à chaque belle saison, que les recherches alentour sont restées vaines pour mettre au jour le moindre filet d'eau !

– T'ai-je questionné sur les motifs de ta rencontre avec Égine ? Quelle est l'autre question ?

– Que feras-tu quand tu auras retrouvé Égine ?

– J'aviserai.

– Ne crois-tu pas devoir te préparer à l'avance ?

– À quoi ?

– Aux réactions de Zeus !

– Je verrai bien... Je dois te quitter.

Avant de se séparer, les deux hommes se saluèrent avec le respect que leurs entretiens successifs avaient fait naître de part et d'autre. Après quelques pas, Asopos s'arrêta, revint auprès de Sisyphe et, d'un ton déjà traversé par la colère, il prononça ses derniers mots.

– Ne t'aventure plus ces jours-ci dans les parages du

fleuve qui vous a charriés en bordure de la mort, toi et ta nièce. Ma baguette infaillible m'avertit qu'il risque de déborder encore de son lit et de se livrer à des bouillonnements ravageurs d'ici peu.

Sur cet avertissement, Asopos repartit en chasse. Avant que des massifs de genévriers touffus ne le masquent, Sisyphe l'interpella une dernière fois :

– Comment nommerai-je ce point d'eau ?

– Pirèné.

Le mot avait été lancé comme un cri par l'homme déjà invisible. Sisyphe, resté seul, se laissa envelopper par la douceur crépusculaire. Il aimait ces instants fugaces où la lumière hésite à mourir et jette encore une vague clarté avant de céder à la nuit. Il lui semblait que la nature s'amusait à suspendre le temps pour en vérifier la substance. Il touchait alors à l'éphémère comme à aucun autre moment du jour. Il savait que les ténèbres allaient l'emporter subitement, comme chaque fois, mais il ne pouvait s'empêcher d'imaginer une autre conclusion, un renversement du cours des heures, un exil de l'obscurité, une rupture de l'alternance entre le jour et la nuit. Peut-être les Enfers en offraient-ils un échantillon ! Après tout, songea Sisyphe, le royaume d'Hadès devait bien se distinguer d'une manière ou d'une autre du monde humain ! Ce peuple impuissant croisé par Ptolimein en un aperçu fugitif, et dont il avait rendu compte avec une précision étonnante, ces âmes errantes ou rivées à leur tâche se souvenaient-elles de l'interminable succession des journées, de ce quotidien qu'il faut tout à la fois remplir et vaincre ? Se pouvait-il qu'elles fussent libérées de cette procession épuisante qui finit par tuer les hommes ?

13.

Devant les portes du palais, Sisyphe dut insister pour se faire reconnaître. Ses haillons lui valurent les regards hautains de deux serviteurs. Ceux-ci, prenant conscience de leur méprise, voulurent s'excuser. Le maître ne leur en laissa pas l'occasion et se promit de les punir le moment venu.

Quand il entra dans l'appartement royal, Méropé filait du lin. Ils s'embrassèrent.

– À cette heure encore au métier, chère épouse ?

– Sisyphe ! Je ne t'attendais pas si tôt ! Que je suis heureuse de ton retour ! Mais... mais pourquoi cette tunique épaisse et mal ajustée ?

Sisyphe se dénuda. Devant tant de taillades et de boursouflures, sa femme ne put éviter un recul.

– Qu'est-il arrivé ? Une embuscade ?

– Non, Méropé, tu as failli me perdre par la faute d'un simple fleuve déchaîné.

– Avant de me raconter cette mésaventure, laisse-moi te soigner.

La reine imbiba d'huile un linge de laine douce et tamponna les plaies avec application. Elle répartit aussi avec deux doigts du baume sur les contusions multiples que présentait le corps de Sisyphe, certaines légères, d'autres virant déjà au violet. Leur éparpillement étonna Mérope. Tandis qu'elle continuait de prodiguer des soins à son mari maintenant assis sur le bord du lit, elle voulut connaître l'origine de ces meurtrissures.

— Une étrange histoire, Mérope, bien étrange. Je raccompagnais Tyro chez Créthée quand une vague plus haute qu'un homme nous recouvrit et nous emporta.

— Une vague, en pleine campagne ?

— Oui ! Nous avions fait halte au bord de l'eau et au moment où nous nous apprêtions à reprendre notre marche, le fleuve Asopos sortit de son lit, pour une raison que j'ignore...

— Et Tyro ?

— Le flot nous saisit, nous bascula, nous entraîna de sa force irrésistible. Nous étions ballottés, roulés, jetés dans un chaos indescriptible. Mon corps faillit se briser plus de cent fois sur les débris de toute sorte qui dérivaient à vive allure, comme des objets poussés par un souffle maléfique.

Mérope réitéra sa question.

— Tyro, je crois, s'évanouit rapidement. Je tâchai de la maintenir à la surface des flots, au risque de ma vie.

— Sa vie vaut-elle plus que la tienne ?

— Tyro me sert, je dois la garder en vie et la protéger, mais elle ne me plaît pas, Mérope, si tel est ce que tu veux savoir.

— Elle se trouvait pourtant à tes côtés quand tu quittas le palais à la recherche de ton vieillard. En voilà un d'ailleurs qui s'est mieux joué de toi qu'Autolycos !

— Que veux-tu dire ?

— Il invente d'abord cette histoire de fille disparue, conclut avec toi un marché qu'il ne respecte pas et par surcroît porte le nom du fleuve dans lequel tu manques de te noyer. Ne trouves-tu pas tout cela bizarre ?

– Que racontes-tu là ?

– La vérité !

– Non, Mérope, tu te trompes. Pourquoi, s'il avait menti, m'aurait-il proposé une source en échange d'informations sur sa fille ?

– Pour te nuire !

– Et comment donc ?

– En te dénonçant à Zeus !

Cette idée parut troubler Sisyphe. Certes, il redoutait une dénonciation, toujours possible, mais Asopos cherchait avant tout à récupérer sa fille, non à se venger de celui qui avait assisté à son enlèvement. Pourquoi fournirait-il son nom, gratuitement ?

– Je vais t'apprendre quelque chose que moi seul sais pour l'instant, Mérope. À mi-hauteur de l'Acrocorinthe jaillit désormais une belle fontaine, où je me suis abreuvé avant de rentrer au palais.

Mérope accueillit la nouvelle avec scepticisme.

– Et surgit-elle du néant ?

– Ma chère femme, je t'en ai assez dit. Libre à toi de ne pas me croire ! Mais alors, je te prie, ne m'importune plus avec tes questions et laisse-moi conduire mes affaires comme je l'entends.

Sisyphe se leva, s'habilla et, l'heure du dernier repas du soir étant arrivée, commanda qu'on le servît au mégaron où il se rendit sans attendre.

La tablée discuta des ravages causés dans la région par la violence inouïe du fleuve Asopos. On sut par Glaucos que plusieurs bergers s'étaient plaints de nombreuses pertes occasionnées par les débordements tempêtueux. On avait retrouvé des cadavres de moutons et de brebis au milieu des champs, certains la panse gonflée, d'autres semblables à des statues grotesques plantées dans les anfractuosités d'un sol par endroits chaotique, d'autres encore étranglés par des lianes ou des racines en lambeaux. Personne n'avait mentionné les chevaux de Sisyphe. Le courant les avait sans doute jetés au loin, ou bien alors ils avaient coulé immédiatement, sous le poids de leur harnachement. Quant au char, il avait dû être fracassé contre des roches. En amont de l'endroit où Sisyphe et Tyro avaient été eux aussi victimes du fléau, on retrouva des enfants, sans doute une équipée d'apprentissage ou de découverte des champs et des animaux, entremêlés dans la mort qui les avait saisis d'un seul coup et pétrifiés dans la boue. Des baraques avaient été emportées, charriées sur des stades et des stades, jusqu'à l'embouchure du fleuve parfois, puisqu'on retrouva des assemblages de planches en sapin dans le golfe d'Ephyra.

De l'avis des pâtres interrogés, un tel cataclysme ne pouvait provenir que d'une colère divine. En cette saison, il était certes possible que les cours d'eau grossissent brusquement et dévastent tout sur leur passage, mais le fait restait rare. Seuls quelques anciens se souvenaient de telles catastrophes, toujours associées aux exigences d'un dieu ou aux conflits entre les habitants de l'Olympe, dont les hommes faisaient parfois les frais. Sisyphe interrogea lui-même un serviteur très âgé, qui avait réchappé d'un drame semblable. L'homme, impressionné de devoir s'exprimer devant le roi, bafouilla, mais on apprit tout de même de lui que l'Asopos n'avait jamais auparavant atteint ce degré de furie ni provoqué de semblables dégâts. La dernière calamité remontait à des dizaines d'années. Le fleuve avait effectivement quitté son lit, mais sans rien chambarder comme il venait de le faire, et en si peu de temps.

Glaucos, qui avait fourni des détails abondants sur l'état de désolation du pays ravagé par l'Asopos, apprit de son père que Tyro rejoignait, vivante, les lieux où elle allait désormais vivre sous l'aile de Créthée. Soulagé, il continua de commenter la situation et s'étonna de l'impuissance humaine face aux déchaînements des dieux.

– Voyez comment ils dévastent une région ! Ils peuvent détruire un paysage autrement si beau et si doux ! Quelles offenses ont provoqué de tels emportements ?

Prenant prétexte de la question de son fils aîné, Méropé revint sur sa conversation interrompue avec son époux.

– Glaucos a raison, courroucer les dieux entraîne des conséquences imprévisibles. Le moindre geste déplacé peut les exaspérer, attiser leur irritabilité et allumer chez eux une rage destructrice.

Sisyphe se taisait. Il paraissait absent. On eût dit que la discussion ne le concernait pas. Méropé jetait vers lui des regards furtifs. Il feignait de ne pas les voir. Ornytion le fit sortir de son silence par une question digne de son jugement :

– Mon père, les dieux ne rendent-ils visite aux hommes qu'inspirés par la colère ?

– Non, Ornytion, bien d'autres sentiments les poussent à intervenir dans nos affaires, comme la vengeance, la jalousie, le désir, la douleur...

– Mais comment savoir alors ce qui détermine leur conduite à notre égard ?

– C'est la chose la plus difficile au monde.

– Sommes-nous donc toujours désarmés entre leurs mains ?

– Pas tout à fait, mon cher fils, car nous disposons sur eux d'un grand avantage et la sagesse consiste à en user avec clairvoyance.

La famille de Sisyphe écoutait avec attention ces propos et attendait la suite avec un intérêt non dissimulé. Après une courte halte, due à son désir de peser ses mots, le roi reprit.

– Nous devons surveiller les dieux, pour les empêcher de nous imposer leur volonté par surprise.

– Surveiller les dieux ?

– Oui, Méropé, épier leurs moindres signes, les plus petites manifestations de leur présence afin de mieux en prévenir les expressions.

– N'est-ce pas là le travail des oracles et des devins ?

– Si, Glaucos, mais cela n'interdit pas aux hommes de développer leur propre acuité.

– La perspicacité humaine suffit-elle à détourner les dieux de leurs choix ?

– Non, mais elle permet de mieux les anticiper. Si vous voulez vivre en harmonie avec le monde, tâchez de percer les intentions divines et de tracer votre chemin entre les bornes qu'elles dessinent.

Par des regards successifs et à peine appuyés, Sisyphe venait de s'adresser à chacun des membres de sa famille.

– Est-ce ainsi que tu te comportes toi-même envers les dieux et leurs sentences ?

– Il m'arrive, Méropé, de jouer d'un dieu contre un autre.

Cette assertion énigmatique laissa la reine et Glaucos dans l'expectative, mais Sisyphe ne poursuivit pas. Il en avait assez dit à son goût et préféra terminer le repas en écoutant les échanges confus d'Ornytion et de Thersandros, ponctués de rires et de recommandations avisées de Glaucos.

Pendant la nuit fraîche, et tandis que Mérope dormait paisiblement, Sisyphe fut le siège d'un étrange phénomène. Au réveil, il ne put décider s'il en avait été l'acteur, la victime ou le témoin.

Le sommeil s'était emparé de lui avec la vitesse d'un aigle tombant comme une pierre sur sa proie. Or, il ne se remémorait rien, absolument rien, sauf l'apparition d'un être sombre, dissimulé par un masque et enveloppé de poussière. De cette forme approximative se dégageaient en découpe des ébauches de personnages, des esquisses d'animaux, des commencements de paysages. Spectacle hallucinant, ces sujets sortaient de l'apparition comme l'averse d'un nuage. Ils n'en finissaient pas de jaillir et de s'évaporer presque instantanément. Dans sa torpeur, Sisyphe ignorait s'il rêvait ou s'il assistait à une de ces extravagances dont le cerveau seul détient le secret, quand un dieu le parcourt comme un terrain de jeux.

Le lendemain matin, quand il essaya, vainement, de recomposer les parties du puzzle onirique, il retrouva une sensation jadis éprouvée peu après la dispersion des cendres de sa mère, Enarétè. Sisyphe se tenait à ses côtés quand Thanatos s'empara d'elle et mit fin sèchement à ses jours. Cette vision avait brisé le cours de son sommeil, mais dans cette sorte de somnolence qui précède le réveil, où le réel flotte malaisément dans la tête, il avait cru comprendre qu'il s'agissait seulement d'un rêve. Rassuré, il avait différé le moment du lever, pour goûter ce plaisir indéfinissable d'un malheur écarté. Hélas, la réalité impitoyable avait dissipé la léthargie à quoi il aspirait, car Enarétè ne vivait effectivement plus. Elle avait, le temps d'un songe, retrouvé cette demi-vie propre aux morts qui habitent les mortels et qui, de fois à autre, semblent les explorer comme on visite un monument.

Hypnos en personne venait de se faire connaître subtilement au roi. Ce dieu inaccessible, insaisissable, caché toujours derrière ses créatures, savamment dissimulé au cœur même de son actualité, jonglait dans la cervelle royale avec les figures les plus diverses, comme pour étaler son art. Et Sisyphe réalisait maintenant qu'il n'avait pas rêvé, mais reçu le maître absolu des songes, celui dont on ne parvient d'ordinaire jamais à reconnaître la présence. Il repensa plusieurs fois aux scènes conservées par sa mémoire et sur lesquelles pendant son sommeil il n'avait pu exercer la moindre emprise. Le prince de la nuit avait régné sans partage, comme à son habitude, mais il n'avait pas cette fois daigné se dissimuler derrière la conscience de son hôte. Au contraire, il s'était pour ainsi dire découvert avec la volonté d'imprimer une marque, de laisser une trace de sa personnalité. Il s'était diverti, bien sûr, mais il avait tenu aussi à se révéler au dormeur dans son apparence divine.

Sisyphe conservait de cette nuit un souvenir inégal et diffus, qui persistait dans son esprit comme une vague songerie indépendante de sa volonté. Il ignorait combien de temps le séjour d'Hypnos avait duré, mais il ne doutait pas de sa réalité. Et plus il cherchait à redessiner dans sa tête les contours du dieu, plus ils se dissolvaient à peine ébauchés. Il avait le sentiment de poursuivre un simulacre, de chasser une bête imaginaire échappant à tout piège, de harceler une ombre. Malgré ses contours indéfinissables, l'apparition ne ressemblait à rien de connu tout en évoquant une sorte de concentré de l'ensemble des êtres vivants et de l'univers sensible. Cette impression demeura longuement dans les yeux du souverain, sans jamais se manifester sous la forme d'images achevées. Il lui fallut du temps pour s'en départir, et même alors, il s'aperçut qu'il parvenait à la réactiver, presque sur commande. Dès lors, cette sensation d'être habité par une présence impénétrable, le roi d'Ephyra la ressentit épisodiquement.

Il comprit, plus tard, qu'Hypnos lui avait offert un cadeau inestimable : il pourrait l'invoquer, le convoquer même afin d'obtenir son assistance dans des moments cruciaux. Et il aurait l'occasion de mesurer ultérieurement l'avantage capital de cette aide.

Décidé à reprendre son travail avec Ptolimein, Sisyphe résolut d'échapper à ces pensées fatigantes et lourdes. Mais avant de voir son architecte, il se prépara au sacrifice promis. L'apparition de la fontaine méritait une belle offrande, quelle que fût la valeur de celle accomplie de son côté par Asopos.

Le palais dans son entier dut interrompre toute activité afin de participer à la cérémonie. Celle-ci ne dura pas longtemps, mais la densité de l'assistance en souligna l'importance. Devant un splendide bœuf roux conduit devant l'autel, Sisyphe prit la parole.

– Hommes, femmes, captifs de ma maison, rendez avec moi grâces à Zeus et à Poséidon de la source qu'ils nous ont octroyée sur les premiers escarpements de notre chère Acrocorinthe. Plus jamais vous ne manquerez d'eau pour accomplir les travaux que la vie et la terre, notre mère à tous, exigent de nous. Que celui ou celle qui abusera de cette eau pour des tâches indignes ou qui la rendra impure meure misérablement, que son sang soit répandu sur le sol et que son corps soit brûlé comme celui de l'animal que nous allons sacrifier.

Sur un geste du roi, la bête fut égorgée, puis couverte d'huile qui crépita sous l'ardeur du feu. Elle grilla sous les yeux fixes des artisans, portiers, hommes d'armes, serviteurs, nourrices, écuyers, porchers, prêtres, majordomes, fileuses, architectes, scribes, chambrières, pâtres et autres ouvriers prêts à rejoindre le chantier de l'Acrocorinthe. De la première flamme jusqu'à la dernière cendre, la famille de Sisyphe demeura auprès de lui pour cet hommage inhabituel. Il fallut tancer plusieurs fois Hipponoos qui tentait de s'arracher à la main ferme d'une captive chargée de le tenir en place. Thersandros voulait montrer à l'assemblée qu'il méritait autant sa place qu'Ornytion aux côtés de Sisyphe, et la sagesse dont il fit preuve força l'admiration, y compris celle de ses parents.

Le rituel achevé, beaucoup retournèrent à leurs occupations quotidiennes, se promettant d'aller voir la nouvelle source dès qu'un temps mort dans leur besogne le leur permettrait, d'autres se rendant immédiatement sur place pour admirer l'œuvre d'Asopos. Une colonne humaine se dirigea ainsi vers l'Acrocorinthe en même temps que le roi et son architecte. La petite foule emprunta la porte principale. Là, Sisyphe croisa les regards des deux serviteurs qui, la veille, avaient tardé à le reconnaître. Les deux hommes, terrifiés, n'ignoraient pas le sort qu'ils allaient subir, et, au lieu de se précipiter aux pieds de leur souverain pour implorer son pardon, ou du moins sa clémence, ils attendirent sans bouger que celui-ci les apostrophât. Rien pourtant ne se produisit. Déjà concentré sur l'érection de la tour, par la seule présence de Ptolimein à ses côtés, ou peut-être distrait par l'espèce de cortège né spontanément, Sisyphe passa devant eux sans rien dire. Ce fut seulement sur le chemin de l'Acrocorinthe qu'il se souvint de la punition qu'il leur destinait. Ils méritaient la mort, rien de moins. Alors qu'il marchait du même pas soutenu que le reste des serviteurs palatiaux et des ouvriers rejoignant leur lieu de travail, il ralentit le pas, laissant les groupes formés s'éloigner devant lui. Ptolimein comprit que son maître allait aborder une question importante et presque certainement s'arrêter pour parler. Ce fut effectivement le cas.

– La chance vient de sourire à ces deux hommes. Sais-tu qu'hier au soir, j'eusse dû les faire exécuter ?

– Quelle est leur faute, seigneur ?

– Méconnaître son roi suffit à mériter la peine suprême.

L'architecte n'osa pas commenter l'arrêt. Il savait que si son maître se confiait à lui, ce n'était pas pour obtenir un avis, mais comme on livre une réflexion à voix haute, plus pour conforter ses propres idées que pour entendre celles des autres. De fait, Sisyphe poursuivit :

– Ces hommes devraient déjà se trouver chez Hadès, et pourtant je crois que je vais renoncer à leur enlever la vie. Vois-tu, Ptolimein, ils pensent périr, et je ne réponds pas à leur attente. Si j'agis maintenant, ils se demanderont pourquoi j'ai tardé. Ils mourront avec l'idée d'une décision incertaine et injustement remise. Cela, je ne le veux point. C'est décidé, je les abandonne à leur triste existence, et tant pis pour eux s'ils vivent dans la crainte d'affronter l'infidélité de ma mémoire.

Ptolimein s'abstint là encore de toute observation, mais il pensa que la mort pouvait aisément l'emporter en douceur sur une vie composée d'une succession d'heures angoissantes. L'idée de guetter continûment l'expiation lui parut pire encore que le châtiment lui-même.

Sisyphe et Ptolimein rejoignirent l'endroit où l'on pouvait admirer la toute nouvelle fontaine. Déjà sur place, la

273

masse humaine concentrée salua d'un silence respectueux l'arrivée du roi. Chacun avait repéré la protubérance de forme nasale qui servait d'orifice à deux écoulements jumeaux réunis dès leur sortie au grand jour. Les yeux ne pouvaient quitter ce filet, nourri, déversé régulièrement sur le sol, dont le dédoublement d'origine faisait penser à une ébauche de visage en pleurs. Quand le roi eut montré le ruisselet immédiatement perdu dans les entrailles de la terre, il toisa la foule amassée autour de lui et adopta un ton solennel.

– Peuple d'Ephyra, je t'offre la fontaine Pirèné.

Après que le souverain eut autorisé chacun à y puiser quelques gouttes pour s'en asperger, qui sur le visage, qui sur la poitrine, qui seulement sur les avant-bras, il ordonna que le travail reprît et que les serviteurs venus du palais y retournassent. Ptolimein, le dernier, s'approcha du petit ruisseau. Il s'accroupit, et l'observa longuement. De ses yeux coulèrent lentement des larmes de joie. Avant de dessiner une coupelle avec ses mains, pour recueillir le précieux liquide dans leur arrondi, il abandonna son esprit aux miroitements argentés. L'eau, cette amie de toujours, il l'aimait comme une sœur, indispensable compagne de ses œuvres comme de ses pensées. Il but, et, rajeuni, retourna auprès de Sisyphe.

Les équipes s'était déjà reformées. Sous le regard du roi et de l'architecte, elles se dispersèrent pour rejoindre leurs postes. Une partie monta par le sentier vers le plateau de l'Acrocorinthe tandis que l'autre aussitôt s'affairait au déplacement des blocs en attente pour les envoyer au sommet de la colline. Des hommes se placèrent à intervalles réguliers le long des deux gouttières tapissées de rondins enfoncés dans le sol. Leurs mains enduites de stéatite préalablement concassée, pour éviter les brûlures des câbles en chanvre tressé auxquels s'arrimaient les blocs, ils s'apprêtaient à tirer en cadence les marbres destinés à la fameuse tour. Dès qu'ils produisirent leurs premiers efforts, le système inventé par Ptolimein fit merveille. Deux masses équivalentes aux charges déplacées servaient de contrepoids, et dès qu'un bloc atteignait son point de réception, il était détaché puis remplacé par l'une d'elles, qui empruntait alors l'autre travée pour redescendre, tandis qu'un nouveau bloc montait par le deuxième couloir. Des hommes tiraient à eux avec aisance les composants des contrepoids, chacun dix fois moins lourd qu'un bloc. Un à un, les blocs s'élevaient ainsi à mesure que leurs pendants glissaient en sens inverse. Le va-et-vient ne s'interrompait que pour permettre aux ouvriers de se restaurer, ou bien pour ajuster le câble autour des roues de pierre plantées en haut de la colline.

Définitivement convaincu de l'efficacité de la méthode, admiratif aussi du génie de son architecte, Sisyphe rejoignit les équipes responsables des assemblages et de la construction. Cela faisait quelque temps déjà qu'il n'avait pas inspecté l'avancement des travaux. Or, depuis la mise au point du nouveau système de traction des blocs, pourtant récent, la face du plateau avait changé du tout au tout.

D'abord, le tracé d'un mur d'enceinte indiquait sur le relief la taille du futur édifice, qui, par endroits, présentait déjà quelques segments. Les libages imparfaits, à ce stade de l'ouvrage, communiquaient aux parements réalisés une ligne sinueuse dont l'aspect rugueux soulignait les inégalités. L'œil comprenait immédiatement que la muraille en imposerait, de loin comme de près, par sa hauteur mais surtout par son épaisseur. Ensuite, et c'était de loin le plus significatif, la tour avait pris pied. L'éclat du marbre tranchait avec le sol brunâtre. La circonférence du bâtiment témoignait de l'ampleur du projet. Au milieu des ouvriers affairés, Sisyphe en fit le tour complet en comptant ses pas pour obtenir une mesure approximative. Il parvenait à un quart de stade, ce que lui confirma ultérieurement Ptolimein.

Les blocs arrivaient sans discontinuer sur des chariots que tiraient des mulets. Deux hommes, parfois trois, effectuaient le déchargement et procédaient immédiatement au montage, avec de longues pinces en bronze, sous la direction d'un des seconds de Ptolimein. Les interstices entre les blocs étaient remplis d'un mélange de boues en voie de dessiccation. Un ouvrier spécialisé calait ainsi les pierres au moyen d'une sorte de truelle, dont il passait et repassait la partie plate contre les jonctions pour s'assurer de leur uniformité. Mais la taille impeccable effectuée par les spécialistes du Pentélique d'Athènes rendait le travail aisé, dans la mesure où les blocs s'adaptaient les uns aux autres comme s'ils avaient été prédécoupés par une main divine. Quant au pourtour de la base, jonché de chutes et de débris en tout genre, il devrait bientôt être dégagé pour permettre l'établissement des appareils de levage.

Sisyphe comprit que le travail irait désormais en s'accélérant, pour peu que le temps ne s'y oppose pas et qu'aucun accident ne vienne ralentir le rythme de l'activité. L'entrée au cœur de la mauvaise saison autorisait l'optimisme, car la température restait douce et les précipitations rares. Encore deux, peut-être trois mois, et le retour de la chaleur garantirait l'achèvement sinon de tout l'édifice, du moins de la tour. Les journées s'allongeraient, le travail pourrait s'intensifier, le soleil faciliterait la prise des gâchis sablonneux, et surtout, les hommes obtiendraient leur content d'eau.

Sisyphe redescendit vers l'esplanade qui donnait accès à ce que chacun appelait désormais la fontaine Pirèné. Là, il retrouva Ptolimein entouré de nombreux ouvriers, occupé à donner des ordres et à rappeler des consignes. Il attira l'architecte à l'écart. Le vieil homme répéta quelques recommandations à ses subordonnés, puis alla s'asseoir aux côtés de son maître, tout près de la fontaine.

— Tu as désormais ta source, Ptolimein, et tu ne m'en as rien dit encore !

— Seigneur, la joie emplit ma poitrine et interdit à mes mots de voler vers tes oreilles. Depuis que j'ai vu l'eau sourdre du fond de la terre, mouiller les sols alentour et briller au jour, je sais que ta tour existe, et qu'il ne me reste plus qu'à la présenter à tes yeux. Tu en as touché, je pense, les premières pierres. Je voulais que tu les découvres seul, sans commentaire, car ce monument est ton enfant, je n'en suis que le parrain. Cela te convient-il ?

— Oui, cela me plaît déjà... mais je te propose d'en être plutôt l'oncle.

Ptolimein se leva et s'inclina longuement.

— Seigneur, je ne puis te reprocher de m'élever si haut, car ce serait te critiquer sur un choix qui honore chez moi ton serviteur, mais...

— Mais ?

— Je ne suis qu'un pauvre homme, fier d'accomplir mon devoir auprès de toi et heureux de te côtoyer. Je n'ai que deux biens, ta confiance et ton amitié. Maintenant tu m'offres plus encore, le poids est trop lourd sur mes épaules, j'ai peur de faillir...

— Tu ne me parles ni en architecte, ni en ami, ni en frère, mais en homme, et cela te rapproche de moi davantage. Je voudrais que tu voies d'abord un homme dans ton souverain, et que tu te souviennes que seul un homme mérite d'être roi. Si je manquais à ce devoir qui passe tous les autres, cesse de m'aimer.

Ptolimein se rassit. Sisyphe surprit un sourire sur le visage beau et serein.

— Tu ris de mes mots ?

— Non, seigneur, oh ! non, mais je me remémore les propos de ton père, Éolos, un jour que nous étions tous deux en promenade sur l'Acrocorinthe. Partis pour une journée, nous nous perdîmes tant et si bien qu'il fallut passer la nuit dans la nature. Nous étions allongés sur le sol, et de la voûte céleste tombait une faible lueur. Les étoiles brillaient comme des petits diamants épars dans un ciel de jais. La grande voie blanche s'étalait sous nos yeux, comme la lumineuse empreinte d'un dieu. Un grillon tout proche semblait se livrer à des vocalises. Dès que nous parlions, il redoublait d'ardeur dans son chant, et si nous nous taisions, il gardait le silence. Ton père attira mon attention sur le manège de l'insecte, et, pour le tester, il me fit signe d'alterner pauses et paroles. L'animal épousait vraiment le rythme de notre conversation. Nous en rîmes beaucoup. Et sans transition, ton père me parla gravement. Il me demanda ce que j'aimais en lui. Troublé par cette preuve d'estime d'un aussi grand roi, je lui répondis un peu bêtement que j'admirais sa souveraineté.

— Pourquoi bêtement ?

— Parce que, seigneur, je ne l'admirais pas, je l'aimais comme je t'aime aujourd'hui, et ma jeunesse d'alors m'empêcha de le lui dire tout simplement.

— Il devait pourtant le savoir.

— Sans doute, car je ne dissimulais pas mes sentiments par mes actes, mais nous ne revînmes jamais sur le sujet, sauf une fois, au temps de ton enfance, seigneur.

– Continue.

– Tu étais très adroit pour te tirer des situations les plus difficiles. Tes frères Athamas et Créthée te poursuivaient de leur fureur parce que tu les avais trompés sur je ne sais quelle affaire importante à leurs yeux. Alors qu'ils allaient te prendre, tu fis volte-face, et, le visage mauvais, tu les fixas comme un lion aux abois décidé à mourir vaillamment. Ils s'arrêtèrent net, comme saisis d'effroi. Ni ta taille ni ta force ne pouvaient leur en imposer. Seule ta détermination les dissuada de te sauter dessus. Ils renoncèrent, vaincus par ta fermeté. Après cet épisode, ton père me parla de toi. Je ne me souviens pas de tous ses propos, mais une phrase est restée gravée dans ma mémoire : « Mes fils, les petits-enfants d'Hellèn mon père, domineront des pays, Ptolimein, mais Sisyphe aura plus, car en lui l'homme règne. »

– Quelle conclusion en tires-tu ?

– Je pense comme ton père, seigneur.

– Et moi, mon bon Ptolimein, je suis heureux que mon père ait partagé certaines de mes idées !

Les deux hommes se séparèrent. L'architecte remonta sur le chantier pour y diriger les travaux, tandis que Sisyphe regagnait le palais où, à peine arrivé, il dut traiter une affaire des plus délicates.

Le bruit courait dans Ephyra qu'un seigneur s'était vengé d'un homme par des moyens cruels. On avait retrouvé un corps lacéré aux membres arrachés, couvert de contusions, méconnaissable. Après une identification difficile de la victime, on découvrit que son épouse partageait la couche d'Anxièlos quand ce dernier l'exigeait. Au mépris des règles instituées par Sisyphe, cette femme devait donc se plier aux désirs de ce seigneur avide et inhumain. Personne dans

279

Ephyra n'ignorait l'esprit sanguinaire de cet homme par ailleurs inflexible et sûr de son droit. Il avait plusieurs fois exécuté des accusés en n'écoutant que les plaignants, sans entendre aucune défense. Chacun se souvenait de son comportement lors de l'expédition thébaine. La soif du sang le guidait. Ce n'était pas un homme, affirmaient ses obligés, mais un loup.

Un ami du disparu réclamait vengeance, malgré les consignes de prudence de la veuve, craignant pour sa propre vie. Sisyphe apprit de lui que des hurlements avaient déchiré la nuit dans la villa d'Anxièlos, mais ce dernier prétendait tout ignorer de cette histoire à propos de quoi il souhaitait qu'on ne l'importunât plus.

Sur ordre du souverain, des hommes d'armes se rendirent chez Anxièlos et l'invitèrent à les suivre au palais. Celui-ci refusa net et fit valoir qu'il irait seul à la convocation de Sisyphe. À l'attention des soldats, qui rapportèrent au roi ses propos, il ajouta que toute escorte dégagerait un parfum de honte, et que lui-même saurait corriger les escorteurs s'ils insistaient.

Contre toute attente, Anxièlos se présenta peu de temps après au palais. L'entretien en tête à tête se déroula dans le mégaron. Les deux hommes restèrent debout, signe d'une relation tendue.

– Tu es ici en mon palais, Anxièlos, et l'hospitalité m'oblige à te saluer, mais la brutalité de tes manières comme l'arrogance de tes propos m'indisposent, sache-le.

– Je me débarrasse de mon salut envers toi comme d'une obligation, Sisyphe, sans chaleur ni cordialité. J'exige de connaître immédiatement la raison de ta conduite à mon égard.

Sisyphe fixa froidement Anxièlos.

– Réponds à mes questions, cela t'épargnera le pire.

– Le pire ?

– Oui. Que sais-tu de cet homme dont le corps mutilé fut retrouvé non loin de ta villa ?

– Rien.

– Tu mens.

Anxièlos réprima difficilement sa rage. Son nez vint heurter presque celui de son vis-à-vis. Des flammes de haine s'échappaient de ses yeux exorbités. Il respirait bruyamment et serrait les poings à la hauteur de sa poitrine avec hargne. Fort de sa prééminence, Sisyphe continua sur le même ton dénué de toute émotion, ce qui annonçait déjà le châtiment.

– Pourquoi mens-tu ?

Anxièlos avait repris ses distances, mais, exaspéré par la placidité de son interlocuteur, il continuait de bouillir intérieurement. Il répondit en vociférant.

– On m'a parlé de ce misérable. Je déplore cet incident.

– Le meurtre et le démembrement d'un homme attaché à ton service ne sont pas un incident. On doit traiter un esclave en esclave, Anxièlos, non en bête. On m'a rapporté des hurlements nocturnes, des bruits de souffrance. N'as-tu donc rien entendu ?

– Non. Je ne suis pas responsable des délits commis sous mon toit.

– Si, comptable au moins, sinon coupable.

Anxièlos cette fois se mit à marcher dans tous les sens, et si la règle n'avait pas prescrit d'être toujours désarmé au mégaron, il aurait tiré son épée sans nul doute et l'aurait plongée dans le cœur de Sisyphe.

– Tu maintiens ne rien savoir de ce drame ?

– J'ai joui avant-hier du plus beau des cadeaux d'Hypnos, un profond sommeil sans rêve et sans interruption.

– Je n'avais pas mentionné le jour. Tu viens de te trahir, Anxièlos.

Comme un sanglier aux abois, celui que Sisyphe venait d'accuser de meurtre et de mensonge sortit brusquement de la pièce et se précipita sur son arme, déposée à l'entrée. La brandissant haut, il se lança sur Sisyphe. Celui-ci allait recevoir le coup quand un serviteur posté par précaution dans un coin du mégaron s'interposa. Quasiment fendu en deux comme une bûche, le malheureux n'eut pas même le temps d'émettre le moindre cri. Sisyphe, éclaboussé de sang, profita de la brève confusion de son assaillant pour s'abattre sur lui de tout son poids. Attirés par les cris, quatre hommes surgirent, et, se jetant sur le criminel, lui ligotèrent les mains dans le dos. On le conduisit jusqu'à sa villa. Prévenus, sa femme et ses trois enfants se présentèrent aux soldats de Sisyphe. Celui-ci, accompagné de nombreux hommes d'armes, se rendit lui-même sur place pour prononcer la sentence. Anxièlos fut immobilisé sur le dos, bras en croix et pieds écartés, attaché à des piquets de bois plantés dans le sol pour l'occasion.

Non seulement la famille mais aussi l'ensemble du personnel d'Anxièlos restaient ahuris devant ce seigneur déjà condamné par la posture humiliante qui lui était imposée. Chacun comprenait que sa propre vie basculerait avec celle du maître. Si un homme de sa stature et de son rang gisait ainsi entre quatre poteaux, qu'en serait-il de ses proches et de ceux qui lui avaient consacré leur existence ?

Le corps mutilé, objet du premier assassinat, fut déposé aux côtés d'Anxièlos. Tous les présents ne parvinrent pas à retenir un mouvement de dégoût devant le tronc déchiqueté, les chairs tuméfiées, étalées comme des morceaux de viande offerts aux chiens. Sisyphe, une hache à la main, s'adressa d'abord aux parents du condamné, puis à tous ceux qui assistaient à ce spectacle macabre.

– Voyez l'œuvre d'Anxièlos. Par désir de la femme, et par souci d'anonymat, il a découpé vivant le mari. Voilà comment votre seigneur traite ceux qui l'entourent.

Anxièlos voulut parler, mais Sisyphe étouffa ses propos avec son pied, qu'il ne retira d'ailleurs plus pendant la durée de son arrêt.

– Assassinat sans jugement ! Un seigneur doit la justice à ses sujets. Mais le meurtre n'est pas le seul crime de votre maître. Interrogé par mes soins, il a dérogé à l'honneur en refusant d'admettre la vérité, puis, sans considération pour mon rang, il a tenté de m'ôter la vie. Pour me sauver, un de mes serviteurs a perdu la sienne. Pour ces raisons, je confisque les biens d'Anxièlos et les donne à la famille de mon courageux défenseur. À la veuve de l'homme tué par Anxièlos, j'offre l'hospitalité en mon palais. Je bannis d'Ephyra tous ceux qui de près ou de loin ont aimé ou servi Anxièlos. Quant à lui, je le condamne à mourir comme il a tué. Parce qu'il a servi Ephyra et malgré ses refus répétés de verser sa part d'or au trésor du palais, je lui accorde une seule faveur : nul autre que moi-même ne portera la main sur lui.

À ces mots, et malgré les implorations issues de la petite foule tenue en respect par les soldats, par quatre fois le tranchant effilé de la hache s'abattit sur le corps du prisonnier, détachant net les membres du tronc. Les cris d'Anxièlos arrachèrent des larmes à l'assistance. Sa tête remuait maintenant de droite et de gauche, imprimant au buste d'imperceptibles saccades. L'arme de Sisyphe tomba une dernière fois, imposant un silence définitif au supplicié.

14.

De retour au palais, Sisyphe apprit que les progrès du chantier avaient relancé les besoins en marbre et que les chargements des caravanes arrivaient désormais sans encombre. Elles passaient pour l'essentiel par la terre, car la navigation en cette période de l'année avait pratiquement cessé. Celle-ci reprendrait bientôt, dès que la constellation d'Orion plongerait de nouveau sous l'horizon, signe infaillible du retour des beaux jours. La route isthmique, quant à elle, offrirait bientôt une solution nouvelle aux transports. On pourrait monter les bateaux sur des chariots et les faire tirer par des bœufs, mais pour l'instant, il fallait se contenter de réceptionner les marchandises au Kenkhréai, effectuer les transbordements et les acheminer vers l'Acrocorinthe comme on pouvait. Cela n'empêchait pas le travail de s'accélérer. La plus grande régularité des livraisons, l'efficacité des systèmes de traction et l'enthousiasme né de l'apparition d'une belle eau de source aiguisaient les forces de chacun, ouvriers, contremaîtres ou architectes.

Alors qu'il songeait à retourner au pied de la tour, Sisyphe fut tiré de ses pensées par une troupe de jeunes gens qui venaient lui demander l'autorisation de quitter pour un temps le palais. À sa tête se tenait Ornytion, et au milieu du groupe, Poïphile au sourire édenté. Le roi ne comprit pas d'emblée l'objet de la requête. Cet étonnement amusa son fils et ses condisciples.

— Qu'y a-t-il, Ornytion ?

— Poïphile consent à nous guider. Nous accordes-tu ta permission ?

Sisyphe observa le petit attroupement. Composé d'adolescents d'à peu près le même âge, il réalisa soudain que cette sortie avec son pâtre ressemblait à une première équipée d'adultes. Il comprit qu'Ornytion devait être désormais pubère, idée qui ne l'avait pas même effleuré jusqu'à ce jour. Pourtant, il avait lui-même institué les règles à suivre pour entrer dans la société des hommes, et endosser les responsabilités inhérentes au statut social. Il sourit à son tour, et opina de la tête. Poïphile s'approcha du roi, et, discrètement, lui souffla quelques mots.

— Ton fils est un homme depuis peu, seigneur... Il lui reste à l'apprendre.

Les rires et les bavardages s'éloignèrent. Sisyphe gagna son appartement où Méropé se reposait. Elle venait de cajoler Halmos, à présent allongé sur le dos dans son couffin d'osier.

— Comment se porte notre dernier-né ?

— À merveille. Les femmes et les nourrices me complimentent sur lui.

Sisyphe alors prit l'enfant dans ses bras. Le nourrisson semblait fasciné par la puissance qui l'arrachait à son berceau. Ses grands yeux d'un bleu diffus demeuraient fixés sur le visage souverain, dont ils examinaient peut-être les contours. Le roi enveloppa la petite tête de sa large main et fit en sorte que le bébé s'appuie des pieds à la saignée de son bras.

– Halmos mesure autant que Glaucos à la naissance, Méropé !

– Comment sais-tu cela ?

– Sa taille correspond exactement à la longueur de mon avant-bras, comme jadis pour son grand frère.

– Je ne l'avais pas remarqué.

– On ne voit pas tout, Méropé... Je viens de croiser Ornytion... Savais-tu qu'il est pubère ?

– Oui, bien sûr, il suffisait d'un peu d'attention ! Sa voix change, ses manières se modifient et il ne se comporte plus avec les femmes comme avant. Pourquoi me parles-tu de cela ?

– Parce qu'avec une classe de son âge Ornytion vient de rompre avec des années de vie au palais.

– Qui les conduit ?

– Poïphile.

– Notre fils affrontera mieux ses épreuves avec les conseils avisés de ce serviteur.

Sisyphe différa son projet de se rendre immédiatement sur le chantier, pour ne pas encourir de son fils le reproche d'une surveillance à la dérobée, laquelle n'entrait nullement dans ses intentions. Il régla quelques affaires mineures, consentit à écouter les réclamations d'une captive utilisée à des tâches trop lourdes pour elle, rendit un jugement sur un conflit entre deux bergers, se changea et finalement estima le moment venu de monter sur l'Acrocorinthe.

Il alla directement voir où en était la tour. Elle dépassait déjà la hauteur d'un cheval. Compte tenu de la taille des matériaux à manier, il fallait désormais employer des appareils de levage.

Ptolimein, sur place, commandait à une manœuvre délicate mais déterminante pour l'érection du monument. On plantait au centre de sa circonférence un grand mât en vue d'élever les blocs, pour ensuite monter les murs par niveaux successifs. Telle une flèche pointée sur le ciel, un long poteau pouvant osciller sur sa base fut avec des cordes de chanvre de longueurs identiques solidement arrimé à trois piliers eux-mêmes profondément fichés dans le sol. Une autre corde, plus épaisse, courait le long du mât pour tirer les blocs. Afin de les déposer à leur place, il suffirait de délier la corde attachée au pilier se trouvant à l'opposé du mur, ce qui inclinerait le poteau porteur et abaisserait la charge jusqu'à sa position finale. La manipulation devait s'effectuer avec précaution et surtout avec une coordination impeccable des gestes. Le moindre écart dans l'application des forces risquait de rompre le fragile équilibre et de provoquer des accidents mortels, sans compter l'endommagement des pièces. La lourdeur des poids déplacés exigeait de la précision, et c'est pourquoi les ouvriers affectés à ces travaux avaient été soigneusement sélectionnés par Ptolimein. Celui-ci d'ailleurs ne les quittait pas des yeux et surveillait tous leurs mouvements avec une attention soutenue.

À l'intérieur de l'édifice, d'autres ouvriers agençaient un escalier de chêne dont la progression vers le sommet épouserait le rythme de la construction générale. Des plates-formes étaient prévues entre deux volées, ce qui autoriserait l'aménagement de plusieurs chambres, une affectée au dépôt d'armes, une destinée à recevoir les réserves de nourriture et de boisson, les autres servant d'appartements aux futurs occupants militaires des lieux.

À la lumière des explications fournies par son architecte, Sisyphe imaginait aisément la tour achevée, les paliers retentissant d'interpellations, de plaisanteries, de rires et de soudains silences. Il songeait aussi aux moments privilégiés qu'il goûterait quand du haut de l'édifice il pourrait admirer les alentours et observer la croissance d'Ephyra.

Quant à la muraille qui ceindrait la tour, elle prenait chaque jour davantage tournure. Le dessin de l'enceinte révélait une structure simple mais vaste. Pour l'instant, il s'agissait plus d'une protection d'accès que d'une véritable citadelle, mais Sisyphe planifiait en pensée plusieurs types de bâtiments, un temple dédié à Apollon, un autre à Aphrodite, et il se réjouit à l'idée que les dieux ripailleraient encore un très grand nombre de fois bien avant que ses projets ne fussent accomplis.

Il ne s'écoulait plus de jour que le roi ne vienne constater les progrès de la construction. L'appareil de levage, que les ouvriers appelaient un « monokolos », remplissait parfaitement son rôle. Il avait bien sûr fallu remplacer déjà deux fois des cordes, mais cela prouvait aussi combien on les sollicitait. Soucieux de ne plus prendre de retard, Ptolimein exigeait qu'on en vérifie la qualité chaque soir. Il contrôlait lui-même les piliers de retenue et demandait qu'on en examine la solidité chaque matin, avant la reprise du travail.

Rien n'aurait autant frappé un visiteur étranger que le changement d'âme du chantier. À ses débuts, l'enthousiasme s'était emparé presque instantanément de tous les hommes, quel que fût leur niveau de responsabilité. Puis, les échecs avaient peu à peu sapé le moral des meilleurs. Les accidents, le manque d'eau, les exactions subies sur la route d'Athènes, la maladie de Ptolimein, les absences de Sisyphe, tout concourait à rendre le projet sinon irréalisable du moins irréaliste. D'ailleurs, chacun avait un moment cru que Sisyphe renoncerait à cette folle entreprise après son accident lors du débordement de l'Asopos. De plus en plus nombreux se comptaient ceux qui s'interrogeaient sur les dispositions des dieux à l'égard de leur maître. S'il était vraiment aimé sur l'Olympe, à quoi le rattachaient ses antécédents familiaux, pourquoi subissait-il tant de revers ? Et puis l'apparition de la source Pirèné modifia radicalement l'atmosphère. Chacun évacua ses doutes. Sur cette terre si difficile et si aride, où le soleil peut brûler une gorge comme enflammer de la paille, n'avait-il pas obtenu l'impensable ? Même en cette période de l'année, d'ordinaire pluvieuse ou à tout le moins humide, l'existence de la source assurait l'étanchement de la soif à toute heure et pour tous. Tel un dieu, Sisyphe avait vaincu le plus redoutable adversaire des entreprises humaines – le défaitisme – en créant les conditions de sa mise en échec.

Un soir qu'il revenait au palais, et alors qu'il voulait informer sa femme de l'état d'avancement des travaux, celle-ci apostropha son mari à propos d'Anticleia, la si jolie fille d'Autolycos récemment mariée.

– Sais-tu qu'elle est enceinte ?

Sisyphe se remémora les instants d'amour partagés avec la jeune femme, la douceur de sa peau, la suavité de sa bouche et le trop peu d'heures passées à la serrer contre lui. Méropé lui apprenait une nouvelle à quoi il s'attendait depuis la noce. Le fruit de cette passion fulgurante serait logiquement attribué au brave Laërte, et rien ne devait entretenir le doute. Il feignit l'indifférence.

– Non. Et comment va-t-elle ?

– Fort bien à ce qu'on m'a dit. La joie paraît-il se lit sur sa figure, car le jour même de son mariage, elle laissait entendre à qui le voulait bien qu'elle désirait ardemment un fils. Et d'ailleurs un oracle a prédit qu'elle serait exaucée, car rompu au commerce de Zeus, il a certifié que le dieu avait cette fois sans retenue hoché la tête, marque tangible de la force exécutoire qu'il décidait d'attribuer à la prière.

– Mais qui t'a porté cette nouvelle ?

– Ornytion.

– Il est de retour ?

– Oui. Il veut te voir.

– Et comment ce petit homme en sait-il autant ?

Sur le point d'entrer, se tenant dans l'embrasure de la porte, Ornytion s'immisça dans la conversation.

– Par un curieux enchevêtrement de circonstances !

Sisyphe se retourna, tendit les bras vers son fils, l'embrassa, et le pria de raconter son histoire. Celui-ci s'assit sur un tabouret et se lança dans un récit animé.

– À peu de distance du palais, Poïphile nous expliqua le sens de notre voyage. Nous allions franchir une étape importante de notre existence et nous devions y consacrer toutes nos forces. Les sorts composèrent les équipes. Je me retrouvai avec Xartedon, le fils du premier adjoint d'Archèlos le scribe. Nous nous déshabillâmes et revêtîmes des peaux de mouton. Nous partîmes en direction de Mégare. L'idée de coucher dehors, seuls, à la dure et dans le froid, ne nous rebutait pas, mais la présence possible d'animaux sauvages nous effrayait. Les deux premiers jours, nous avons cherché la grande caverne désignée par Poïphile et quand nous l'avons découverte, nous avons hésité à nous y enfoncer. Xartedon refusait de passer le premier. Il prétendait que mieux valait attendre et retourner à Ephyra le moment venu. Moi, je voulais pénétrer dans cet antre mystérieux et en explorer les recoins. Une force irrésistible m'attirait dans les profondeurs de la terre.

« Mon compagnon demeure au seuil des ténèbres. J'y plonge. Mes yeux peu à peu s'habituent à l'obscurité. Ils

discernent vaguement une forme solennelle. C'était un animal monstrueux retaillé dans une roche massive, qui surveillait l'accès à un long vestibule. Je recule d'abord, mais
je sens un regard peser sur moi. Je m'efforce alors de me
ressaisir et d'affronter l'animal. Le tapant du plat de la
main à hauteur du garrot, et lui caressant le front, je tâche
de m'attirer ses faveurs, au cas où son aide s'imposerait. Il
me laisse faire. Une fois dépassée la chambre de ce gardien
féroce, un itinéraire en zigzag me conduit vers une autre
chambre, beaucoup plus vaste, habitée de personnages
enveloppés de concrétions et de draperies naturelles. Dans
la nuit, je crois distinguer une lueur. Je m'avance, prudem-
ment. Je marche soudain sur quelque chose de glissant. Je
m'accroupis et tâte la surface. C'est du givre ou de la neige.
Je parviens à me désaltérer. Tout à coup, une faible lumière
perce le plafond terreux. Je mesure alors que la pièce forme
une rotonde autour de cette espèce de lac de glace. À mes
pieds, je découvre une multitude d'objets, couteaux,
rasoirs, aiguilles, fibules, épingles à cheveux, figurines des
deux sexes, doubles haches miniatures, croissants aux formes lunaires, perles de cristal, anneaux de bronze, pointes
de lance, cornes travaillées... Je comprends alors qu'il s'agit
d'offrandes, et je ne retrouve plus la mienne. Au moment
où je m'interroge sur mon propre sacrifice, la sensation
d'une présence m'envahit. Quelque chose se penche au-
dessus de moi. Je fais demi-tour. Devant ce que je crois
être le souffle d'une immense divinité, je tombe à la renverse et perds conscience. Quand je me réveille, il ne sub-
siste de l'apparition que des contours flous et dont je
n'assurerai pas aujourd'hui qu'ils existent. Mon sexe me
brûle. J'offre du sperme à ce dieu incertain. Je me sens

comme purifié. Je me dirige vers la sortie de la caverne. Xartedon n'en garde plus l'orifice.

Sisyphe écoutait son fils avec attention, d'autant qu'il attendait le moment où celui-ci parlerait enfin d'Anticleia. Le lui demander aurait été maladroit, et aurait éveillé des soupçons. Il dissimula son impatience derrière son désir de connaître les détails du récit.

– Et combien de temps restas-tu seul ?

Avant de répondre à son père, Ornytion hésita, non par désir de se soustraire à la question, mais comme s'il continuait de vivre sous l'effet d'une sorte de choc.

– Je l'ignore. Peut-être longtemps, car je conserve encore le sentiment de revenir d'un long périple. Au sortir de la grotte, je me sentis un autre homme. J'avais jusque-là mâchouillé des racines et des herbes. L'envie me prit de manger de la viande. J'aperçois un lapin blessé. Avec ma petite lance à la pointe acérée, je l'achève facilement. J'avais observé un jour comment s'y prenait Pyrhès, le faiseur de feu. Il me fallut beaucoup de temps pour obtenir la première flamme. Quelle joie quand elle voulut bien naître au bout d'une paille et que je pus l'entretenir et l'amplifier. J'offris les deux postérieurs du lapin à Zeus et me gavai du reste. Alors que je me reposais de ce festin solitaire, un bruit attira mon attention. Il devait s'agir d'un groupe de personnes, car j'entendais des voix, et elles se rapprochaient indéniablement de mon repaire. La peur me saisit. Caché derrière des buissons, je guette et me prépare à me défendre. Cinq hommes apparaissent et marchent droit vers le foyer encore fumant. Ils s'accroupissent, observent les lieux, cherchent des yeux une présence. Tandis que trois d'entre eux se déchargent de leurs armes et se préparent à une halte, les deux autres furètent alentour. Ils viennent directement sur mon buisson et me débusquent. Je porte la main à mon poignard, mais elle est immobilisée par une poigne d'airain. Ils m'amènent devant leurs compagnon, qui se mettent à rire de l'importance d'un tel gibier. Ils me questionnent alors sur les raisons de ma frayeur.

— Et que répondis-tu ?

— Je ne savais quoi dire ! En vérité, je ne les craignais pas. Je les regardais les uns après les autres, et ils me paraissaient moins dangereux à mesure que je détaillais leurs traits. Leurs mines blafardes n'annonçaient pas la richesse. Ils venaient de Mégare et quand je leur révélai mon nom, ils se levèrent d'un bond. Je crus qu'ils allaient se transformer cette fois en chasseurs et j'eus peur pour ma vie. Mais non ! Ils rendirent hommage à ta grandeur, mon père, et me demandèrent si je souhaitais qu'ils me raccompagnent chez moi. Je déclinai leur offre. L'un d'entre eux, mieux habillé que les autres avec ses sandales de cuir et sa tunique jaune pâle, me dit qu'il m'avait déjà croisé chez Autolycos avant de recevoir de ce dernier l'ordre de reconduire des bêtes à Ephyra.

— Est-ce lui le berger qui t'a renseigné sur l'état d'Anticleia ?

— Oui, mon père, et il en parlait avec beaucoup de chaleur. Chez Autolycos comme dans la famille de Laërte, on attend la naissance d'un garçon robuste avec impatience.

Sisyphe hocha la tête, posa sur la joue de son fils une tape bienveillante, et, l'entraînant comme un ami, il l'emmena jusqu'à la salle du trésor, à côté de laquelle se trouvait la chambre des armes. Il fit ouvrir la lourde porte qui en barrait l'entrée, puis, congédiant le portier, il serra de ses mains les épaules d'Ornytion et lui présenta les pièces réunies dans cet arsenal sévèrement gardé.

– Vois, Ornytion, ces lances, ces épées, ces arcs, ces poignards, ces pointes, ces haches... Ce glaive-là, je l'ai porté lors de ma campagne contre Thèbes. Zeus a voulu qu'Athamas ait été chassé de sa ville avant mon intrusion, sans quoi le sang de mon frère aurait peut-être coulé le long de son fil. Et cette javeline, je me souviens l'avoir utilisée dans une expédition contre des pillards qui ravageaient la contrée. Pas un n'en réchappa. Il y a ici une arme pour toi, Ornytion. Tu es désormais un homme. Choisis celle que tu veux.

L'adolescent opta d'emblée pour une épée dont la poignée assez courte était recouverte d'un cuir torsadé de couleur sang-de-bœuf. Il faudrait bien sûr effiler son tranchant, mais son bronze était magnifique et l'équilibre de l'objet frappait immédiatement l'œil averti.

– Je te félicite. Tu n'y connais pas encore grand-chose, mais ton goût est déjà sûr. J'ai porté cette épée naguère, mais elle est aujourd'hui trop légère pour moi.

Ornytion compléta sa panoplie avec une javeline et un poignard de combat. Il sollicita la permission de les garder un peu, pour s'y accoutumer, et l'obtint.

Le soir, au mégaron, on fêta la deuxième naissance d'Ornytion. La famille réunie, en compagnie de quelques serviteurs parmi les plus attachés au couple royal, dédia aux dieux des prémices dont les gigots furent ensuite enduits d'herbes et d'huile d'olive avant d'être rôtis à la broche.

Un homme, introduit sur la recommandation de Méropé, s'avança vers le roi en se courbant longuement. En main, il tenait un objet inconnu jusqu'alors au palais. Il s'agissait d'une petite caisse de bois opaque dont l'une des faces était ajourée par endroits, munie d'une tige en corne à peine recourbée, le long de laquelle couraient cinq filins. Sisyphe le questionna sur l'instrument. Il s'agissait d'une lyre d'un genre nouveau, dont la forme évoquait vaguement la carapace d'une tortue. Une toute jeune femme se tenait humblement aux côtés du musicien, qu'il présenta comme une danseuse et dont il assura qu'il l'accompagnait de ses airs pour lui donner des ailes. Sisyphe autorisa le couple à montrer son art. Du pincement des cordes se dégagèrent peu à peu des sons qui dialoguaient entre eux, tantôt étouffés, tantôt amplifiés par la dextérité de l'artiste et dont l'enchevêtrement finissait par produire une atmosphère sonore singulière et agréable. Après cette introduction musicale, la fille embraya sans prévenir sur des mouvements synchronisés, et devant la tablée sous le charme, elle dansa gracieusement. Elle s'élevait au-dessus du sol avec simplicité, rebondissait de temps à autre pour faire oublier le poids de son corps, et par le semblant d'hésitation qu'elle mettait avant de toucher terre, elle communiquait le sentiment d'une lévitation.

Les évolutions de cette danseuse inconnue rappelaient à Sisyphe l'aisance et la finesse d'Égine. Cette pensée le tira loin de la scène. Il admirait les volutes de cette chorégraphie spontanée mais son esprit traversait de vastes étendues à la recherche de la fille d'Asopos. Zeus l'avait-il déjà épousée de toute sa puissance ? Si tel était le cas, en quel lieu l'avait-il déposée pour s'unir à elle ? Il ne s'agissait pas exactement d'un viol, puisque la fille n'avait pas cherché à s'échapper, mais pouvait-on assimiler l'empreinte divine sur le corps d'une mortelle à un simple acte amoureux ? Ne fallait-il pas y voir plutôt une marque indélébile, une morsure profonde atteignant l'âme ? Sans qu'il pût s'arracher à ces visions fantasmagoriques, devant Sisyphe défilèrent alors les fruits des aventures de Zeus, qu'elles concernent des femmes mariés, des vierges ou des nymphes. Les noms passaient comme des ombres, se chassant les uns les autres. Avec Protogénie, Opuns ; avec Danaé, Persée ; avec Anaxithée, Olénos ; avec Alcmène, Héraclès ; avec Carmé, Britomartis ; avec Niobé, Argos ; avec Cassiopée, Atymnios ; avec Sémélé, Dionysos ; avec Dia, Pirithoos ; avec Europe, Minos, Rhadamanthe et Sarpédon... Quel être sortirait des entrailles fécondées de cette nouvelle conquête ? Le visage d'Asopos apparut à Sisyphe comme en surimpression de ce fabuleux cortège. Les yeux du vieillard ne parlaient pas. Ils ressemblaient à une surface aqueuse et réfléchissaient des lignes indéfinies.

Le regard d'Asopos restait fixé au milieu de celui de Sisyphe. Le roi n'assistait plus à la représentation, il conversait par la pensée avec le sourcier. Avait-il découvert le nid d'amour du maître des dieux et des hommes ? Savait-il où sa fille et Zeus s'étaient retirés pour s'aimer ? L'amant divin connaissait-il le nom de son dénonciateur ? L'amant divin connaissait-il... le nom... de son dénonciateur ? L'amant... divin... connais... sait-il... le... nom... de... son... dé...

– Sisyphe ? Sisyphe ?

Les appels répétés de Méropé comme de Glaucos et des serviteurs ne tirèrent pas le roi de la léthargie dans laquelle il venait de s'enfoncer. On le transporta sur son lit. Thersandros pleurait. Ornytion tâchait de dissimuler son émotion, en homme qu'il était devenu. Iométèle, présent au dîner, avait immédiatement prescrit la station allongée. Sous le regard de Méropé, il s'employait avec deux serviteurs à disposer le corps du maître en position de détente.

Le souffle ne faiblissait pas, au contraire, il se précipitait. On tamponna le front du malade avec des linges humides, et on plaça sous son nez des herbes sèches et odorantes, supposées calmantes. Iométèle pria Méropé de se retirer de la chambre et lui assura qu'il resterait personnellement au chevet de Sisyphe. Il interviendrait ainsi à la moindre alerte. Or, le médecin finit par s'endormir, et quand il se réveilla d'une brève nuit, au lever du jour, le lit du patient était vide. Il chercha partout son malade, en vain.

Dans la campagne, déjà loin d'Ephyra, Sisyphe marchait en se pénétrant de l'air vif du matin. Il le humait, le dégustait comme un bon vin, s'en emplissait les poumons, le laissait envahir sa cage thoracique, se plaisait à le conserver le plus longtemps possible avant de le rejeter lentement, bouche fermée. Il habitait son souffle en pensée, l'épousait dans les méandres de son corps, inspirait et expirait avec le sentiment de se nettoyer l'âme, de renouveler le principe vital qui le traversait.

Le ciel s'étirait en longues traînées qui ressemblaient à une armée de barques à l'assaut d'un ennemi inconnu. Le vent les poussait vers le large avec nonchalance. La mer encore endormie se frottait paresseusement à la côte. Sisyphe aurait pu suivre le sentier les yeux fermés. Encore trois virages, puis une longue courbe finissant par une sorte de saillie en rotonde, et il atteindrait bientôt le tertre boisé menant au promontoire où jadis il avait dispersé les cendres de sa mère. Il aimait s'y recueillir seul, dans un face-à-face avec l'infini et avec lui-même qui le purifiait. D'ordinaire, il se rendait en ce lieu presque machinalement, sans vraiment savoir pourquoi il en éprouvait le besoin ni quel impératif lui prescrivait ce retrait passager du monde. Cette fois pourtant, il venait avec l'intention de dialoguer avec Enarétè.

Sisyphe s'allongea sur son rocher habituel et attendit qu'une torpeur proche du sommeil s'empare de lui. Les mouvements inégalement réguliers de l'eau lui rappelèrent une scène vécue dans son enfance auprès de ses parents sur une plage proche d'Ephyra. Il se la remémorait d'autant mieux que ce genre de partie était très rare. Son père imitait sur le sable un serpent et s'enfonçait dans l'eau, sous les yeux amusés de sa mère. Il avait tenté de retenir par les pieds l'étrange bête, mais, vaincu par la force de cet animal paternel, il avait finalement adopté la même attitude. Tandis qu'Éolos plongeait et se servait de sa bouche comme d'une fontaine pour arroser les alentours, Sisyphe avait rampé sous la surface et une vague lui avait fait perdre ses repères. Il se serait sans doute noyé si sa mère, qui ne savait pas nager, ne s'était précipitée pour lui sortir la tête de l'eau. Il ne se souvenait plus exactement de la suite. Il entendait encore le rire moqueur de Créthée, les rabrouements d'Athamas et les consolations prodiguées par Éolos. Celui-ci d'ailleurs l'enveloppa de ses bras et lui montra comment s'y prendre pour flotter – à moins que ce ne fût une autre fois, mais alors les deux événements se confondaient dans sa mémoire et n'en formaient plus qu'un. À son propre étonnement, il y était parvenu rapidement, ce qui renforça la jalousie de ses deux frères, peu doués pour ce genre d'exercice.

Ses souvenirs s'entrechoquaient, comme enveloppés de brume. Un épisode pouvait se détacher, comme un pic trouant le brouillard, mais une autre nappe le recouvrait presque aussitôt. Il céda aux caresses d'Hypnos au moment où celui-ci adopta l'aspect d'Enarétè. Sa mère se tenait devant lui, aussi pâle dans la mort que de son vivant, le port altier, le regard ferme, le buste un peu raide. Elle donnait l'impression d'attendre une question. Ses lèvres remuèrent, mais Sisyphe ne saisit rien des mots qu'elles articulaient sans les prononcer. Et puis, tout à coup, il perçut distinctement une phrase : « Crains la colère de Zeus et méfie-toi d'Hypnos. »

Cette injonction le tira de sa torpeur. Il redoutait la colère de Zeus. Quel besoin avait sa mère de lui rappeler cette évidence ? Pourquoi Enarétè, au lieu de l'aider, accentuait-elle ses peurs ? Quant à Hypnos, pourquoi s'en méfier ? N'était-ce pas lui l'ami de toujours, le compagnon des mauvais jours comme des meilleures nuits ?

Au sortir de ce sommeil éprouvant, Sisyphe ressentit une grande fatigue. Il regarda la zone où s'étaient abîmées les cendres d'Enarétè. La même houle qu'autrefois la berçait tranquillement. Il observa ce phénomène étrange et songea qu'il durerait sans doute éternellement, longtemps encore après qu'il aurait rejoint lui-même le monde inapparent des morts et des disparus.

Un toussotement dans son dos le tira de ses méditations.

– Asopos ! Te voilà donc de retour parmi nous ? Tu ne voulais plus me voir ni me parler !

– J'ai à t'entretenir d'une chose grave.

– Je t'écoute.

– Je sais où se trouve Égine.

– Voilà une bonne nouvelle !

– Cela dépend de la façon dont on envisage l'affaire...

– Que veux-tu dire ?

– Tu vas comprendre. Elle et son compagnon de fugue se sont réfugiés sur l'île d'Œnoné qui commande par la mer l'accès à Ephyra. Là, ils ont goûté au plaisir de l'amour.

– Cela ne me surprend guère... mais de qui tiens-tu cette information ?

– D'Égine elle-même. Ma fille a tout de suite compris que j'avais été renseigné, elle ne m'a même pas demandé le nom du délateur. Elle assure que personne d'autre que toi ne pouvait connaître son sort. Tu es le seul et le dernier à l'avoir vue avant son envol pour Œnoné.

— Et ta fille a dû me dénoncer à Zeus.

— C'est plus que probable. Aussi tenais-je à te mettre en garde.

Asopos et Sisyphe se séparèrent. Le premier s'évanouit dans la campagne et le second regagna son palais.

Sur le chemin du retour, Sisyphe aperçut au loin et au pied de l'Acrocorinthe les nuages de poussière soulevés par l'arrivée d'une caravane. Il se réjouit de constater que l'activité ne faiblissait plus et il distingua nettement sa tour, encore inachevée, dont la blancheur éclatait au-dessus des masses sombres de la belle acropole.

15.

La belle saison s'était installée plus tôt que prévu. Poïphile
en avait su la précocité parce que les abeilles avaient butiné
les amandiers bien avant l'heure. Les rejets abondaient, les
boutons s'ouvraient, les cytises et les genêts rayonnaient de
jaune, les massifs de romarin commençaient d'embaumer,
les mauves tapissaient les prairies, les moutons et les bovins
eux-mêmes se comportaient différemment, moins craintifs,
plus assurés dans leurs déplacements, comme s'ils avaient
reçu un message en provenance des dieux. Le soleil reprenait ses droits, soumettant toutes les créatures à ses rayons
souverains, stimulant les montées de sève et les éclosions.

Pendant plusieurs semaines, il ne fut plus question au
palais que de l'achèvement prochain d'une partie de la
citadelle et de son vaste mur d'enceinte. La tour léchait
déjà le ciel, défiant l'infini. Sa présence communiquait à
l'Acrocorinthe une majesté nouvelle. On eût dit que la
colline attendait depuis des temps immémoriaux l'érection
de ce monument qui lui apportait sa touche finale. Lui-
même demeurait encore incomplet, notamment à l'intérieur, mais sa présence métamorphosait l'acropole. Jusque-
là, l'imposante masse rocheuse surveillait le pays alentour,

tout en procurant aux dieux un espace de méditation ; désormais, l'ensemble formait un point de convergence vers lequel, en provenance d'Ephyra, de ses environs, de partout, concouraient des lignes imaginaires dont la tour, sorte de gerbe incandescente, constituait l'inévitable aboutissement.

Les conditions climatiques favorables avaient permis à la construction de s'accélérer. On approchait de la phase terminale. Il fallait encore hisser les madriers de chêne destinés à servir de toit au monument. Ptolimein avait perfectionné le mécanisme de haussement des matériaux, pierres taillées ou blocs de marbre, en doublant les poteaux de portage. Immédiatement baptisée « dikolos » par les ouvriers, la machine consistait à fixer deux montants sur un socle et à leur faire soutenir une traverse équipée du système de levage. Un châssis tenant l'objet à monter par des mâchoires de bronze pouvait glisser le long de la traverse et ainsi faciliter les déposes.

À longueur de journée, des femmes transportaient des jarres lourdement remplies d'une eau claire qu'elles distribuaient aux différentes équipes disséminées sur le chantier. Elles marchaient péniblement, côte à côte, comme attachées aux anses qu'elles serraient avec force. Leur incessant va-et-vient provoquait des interpellations, des plaisanteries, des saluts, des remerciements aussi. Les coupes restaient sur place, à portée de main des ouvriers, mais il fallait les récupérer le soir, les centraliser, les retourner au palais, les nettoyer, les rapporter le lendemain matin au plus tôt. Les mêmes qui s'occupaient de l'eau devaient prendre soin de ces ustensiles que les hommes ne ménageaient pas toujours.

Ptolimein avait confié à l'une des servantes les plus actives et les plus attentives le contrôle général des opérations touchant à l'eau. Elle prenait son rôle très au sérieux, et son autorité s'imposa rapidement à toutes et à tous. Elle commandait à son bataillon plus par gestes que de la voix, et les contremaîtres appréciaient particulièrement la vitesse avec laquelle cette femme anticipait leurs attentes. L'eau arrivait aux équipes juste avant qu'elles ne la réclament, et chacun disposait alors de la quantité voulue. Dans ces brefs moments de repos, que la montée de la chaleur allait rendre de plus en plus fréquents, les travailleurs se servaient directement dans les jarres, profitant de ces quelques instants pour échanger des regards complices ou allusifs avec leurs homologues féminines.

Ptolimein avertit Sisyphe de la fin prochaine des travaux, tout au moins ceux concernant directement la tour. L'achèvement de la muraille protectrice demanderait plus de temps. L'imminence de cette conclusion procura au souverain l'occasion d'entretenir son architecte d'une idée qu'il avait jusque-là gardée secrète. Il monta l'escalier qui menait au sommet de l'édifice, salué aux étages par les artisans dépêchés sur place pour égaliser les planchers et obstruer les joints avec de la résine servant aussi de colle. Quand il parvint à la terrasse supérieure, les ouvriers s'inclinèrent et dégagèrent la place, où l'avait précédé Ptolimein. Sisyphe lui sourit, puis, silencieux, laissa son regard se perdre dans les lointains. Il n'aurait pas imaginé un tel tableau.

Les plans s'enchevêtraient, il ne parvenait pas à en fixer un plutôt qu'un autre. À peine s'arrêtait-il sur une colline couverte de genêts qu'il repartait vers des champs labourés au cordeau, revenait sur la colline précédente pour y discerner de nouveaux détails – comme par exemple un cerisier sauvage criblé de ses fleurs blanches encore timides –, balayait à nouveau l'horizon pour admirer la double échancrure isthmique tranchant la mer en deux, rebondissait sur un cours d'eau perdu au milieu des aulnes argentés, y faisait halte comme pour s'y désaltérer, puis reprenait ses aller et retour sans souci de tout voir mais avec une jubilation enfantine.

Sisyphe se posta successivement aux quatre points cardinaux et scruta chaque fois l'horizon. Il profita de cette inspection pour envisager des aménagements futurs de son palais, qui, planté entre l'Acrocorinthe et Ephyra, lui parut modeste. Quand il revint à son point d'observation initial, il posa une main sur l'épaule de Ptolimein, et, le prenant de l'autre par le bras pour faire face avec lui au paysage, il le remercia.

– Aucun homme avant toi, Ptolimein, ne m'a procuré un tel plaisir. Et je le compare aujourd'hui à celui que nous offrent les femmes. Je tiens à te remercier pour cette œuvre, unique en son genre. Grâce à toi, mon vieux rêve se confond avec la réalité. J'ignore d'ailleurs lequel des deux l'emporte aujourd'hui sur l'autre. Est-ce en songe, Ptolimein, que je m'adresse à toi, ou bien ces pierres assemblées par ton génie nous portent-elles vraiment ? Je te l'ai dit un jour, tu es bien plus qu'un architecte.

– Seigneur, ces seules paroles me comblent. Venant de tout autre, je les entendrais comme un beau compliment. De toi, elles volent à ma rencontre ainsi que des caresses, et se diffusent en moi comme de l'ambroisie.

– Réjouis-toi, Ptolimein, car je me réjouis moi-même. Pendant un instant, tu m'as fait oublier que ce monument ne servira pas seulement à s'extasier devant la beauté de nos terres, mais à identifier nos éventuels ennemis, à prévenir mes armées de toute incursion indésirable, à fournir un point de départ à nos expéditions et un refuge à nos populations. D'ici, nous guetterons pour les chasser tous les intrus.

– Tu m'as entretenu déjà, seigneur, de tes visées militaires, et je mesure à présent l'importance de ton projet. J'ai bâti une tour en marbre, selon ton vœu, mais je te demande aujourd'hui de m'expliquer la raison de ce choix. Une pierre sombre n'eût-elle pas été moins visible, favorisant mieux la surprise, toujours avantageuse au combat ?

– Réfléchis plus avant, Ptolimein, et transporte-toi en esprit au milieu de la plaine répandue à nos pieds, ou sur la voie isthmique en construction, et tourne ton regard vers la tour. De là où tu te trouves, elle resplendit comme une colonne de lumière, une flamme portée à un tel degré d'incandescence que sa blancheur aveugle et finit par décourager l'audacieux aventuré chez nous. L'important, Ptolimein, n'est pas la guerre ou la paix, mais la possibilité de conserver le choix. Et je veux qu'on ne m'impose ni l'une ni l'autre. Ma tour augmente ma liberté, voilà pourquoi j'y tiens.

– Seigneur, elle peut aussi aliéner celle des autres...

– Rien ne va jamais dans un seul sens.

– Que Zeus te livre tes ennemis, et qu'il te protège de leurs armes, tel est mon vœu le plus cher, seigneur.

– Je te remercie, Ptolimein. Ajoute à cette adresse une autre prière, plus utile assurément pour moi... Que Zeus ne devienne pas mon ennemi intime !

Ptolimein parut désemparé. Il baissa la tête, réajusta sa tunique et n'osa pas continuer l'échange sur ce thème. Sisyphe ne prêta pas attention à ce comportement, somme toute fréquent chez les serviteurs soumis à ses vues. Il continua en pointant son index dans la direction de l'isthme.

– La route avance-t-elle ?

– Elle réunit désormais les deux golfes, seigneur, mais on ne peut l'emprunter pour l'instant qu'à pied. Des hommes travaillent en ce moment à la recouvrir de rondins pour assurer le passage de navires posés sur des chariots et halés par des bœufs.

– Quand sera-t-elle achevée ?

– D'ici la fin de la belle saison. Je crains, seigneur, que nous ne puissions l'utiliser avant pour acheminer les pierres de la citadelle, à moins que la chance ne nous seconde.

– Crois-tu en la chance, Ptolimein ?

– Je serais malvenu de la récuser, seigneur, car ma vie auprès de toi en témoigne chaque jour. Puis-je connaître ta position personnelle ?

Sisyphe réfléchit. Il ne savait quoi penser. Il ne s'était jamais interrogé sur ce point.

– Je l'ignore !

Ptolimein n'osa pas questionner son maître sur le sens de cette réponse. Ignorait-il vraiment ce qu'est la chance, ou en acceptait-il l'existence tout en refusant de s'intéresser à elle, comme on exprime du mépris ou de l'indifférence à l'égard de quelqu'un ?

Après un assez long silence, à l'évidence motivé par les réflexions mutuelles que le point soulevé par Ptolimein avait engendrées, Sisyphe changea de conversation.

– Je veux que le Péloponnèse s'incline devant Ephyra, que ma ville suscite la crainte des aventuriers, des voyageurs et des adversaires de mon camp.

– Dans toutes les têtes, seigneur, Ephyra et la tour de l'Acrocorinthe sont déjà indissociables. Qui évoque l'une, voit immédiatement l'autre se dresser devant lui.

Sisyphe regarda intensément l'architecte, comme si une révélation le traversait. Étrangement, les paroles de Ptoli-

306

mein venaient de précipiter une idée que le roi sentait monter en lui depuis longtemps et qu'il n'avait encore jamais formulée. D'emblée, il y décela les forces de l'évidence. Ephyra devait changer de nom.

– Tes mots rencontrent mes pensées, cher Ptolimein. Puisque la citadelle et la tour surplombent désormais notre acropole, ici je décide, sur cette terre partagée autrefois entre Helios et Poséidon, cet espace ensoleillé entouré de mer depuis toujours, qu'Ephyra s'appellera...

Le roi hésita. Il parcourut du regard une fois supplémentaire les espaces étendus devant lui. Ptolimein restait suspendu aux propos de son souverain. Les yeux de Sisyphe descendirent vers Ephyra comme pour trouver une inspiration, rebondirent, montèrent haut dans le ciel et vinrent atterrir sur le petit parapet formant circonférence au sommet de la tour. Ils s'y arrêtèrent, comme absorbés, happés, atteints de paralysie. Ptolimein n'osait pas bouger. Et puis Sisyphe prononça le nouveau nom d'Ephyra, comme illuminé par une inspiration subite.

– Corinthe !

Ptolimein esquissa un mouvement. Sisyphe désirait certainement goûter, seul, ce moment à nul autre pareil, comparable peut-être au lancement d'un navire ou à la naissance d'un enfant... Le maître retint le vieil homme par la manche de sa tunique.

– Ne t'éclipse pas.

– Je voulais, seigneur, te laisser jouir seul de ces instants précieux...

– Il me manquait une fille au nom choisi par moi, Ptolimein. La voici !

Ce disant, Sisyphe montrait à son architecte et ami la ville dont l'habitat montrait qu'elle ne cessait de s'étendre

307

jusqu'à la mer, couvrant peu à peu la côte, les premiers paliers des collines reculées, jusqu'au voisinage du palais.

– Corinthe ! Ton opinion ?

– Magnifique, seigneur. Cela rendra synonymes tour et cité. Permets-moi d'être, après toi, noble roi, le premier être humain à prononcer ce nom. Je te salue, « Corinthe ».

– Allons rendre grâces aux dieux et fêter l'événement.

Accompagné de son architecte, Sisyphe traversa le chantier sous les hourras de tous les travailleurs encore occupés à terminer qui une gâche destinée à compléter un muret, qui une résine pour obstruer un orifice, qui une solive insuffisamment stabilisée. Chacun s'interrompait au passage du roi et le saluait du mieux qu'il pouvait.

Une femme affectée au port de l'eau s'approcha. À son visage, on comprenait immédiatement que la colère guidait sa démarche. Sans égard pour Ptolimein, qu'elle écarta de sa vue, elle apostropha Sisyphe quand il fut à portée de bras.

– Es-tu notre maître à tous ?

– Parle !

– Ton cœur est-il de marbre, comme ta tour ?

– Va droit. Mon temps est compté.

– Le marbre remplace-t-il la chair de ton cœur ?

– De quoi te plains-tu ?

– De l'épuisement de mon homme et de mes enfants.

– La tour est finie. Ils vont se reposer.

– Ils sont morts tous trois. Je reste seule et dois porter de l'eau à longueur de journée à des ouvriers méprisants de ma douleur.

Sisyphe se tourna vers Ptolimein et s'enquit du nombre d'accidents sur le chantier.

– Fort peu, majesté.

La femme reprit la parole et hurla qu'il s'agissait de harassement, que les conditions de travail avaient exténué les siens. Sisyphe interrogea de nouveau son architecte. Celui-ci haussa les épaules en signe d'impuissance.

– Pour que vive un monument, seigneur, des hommes doivent mourir.

Ce bref commentaire alimenta la rage de la femme.

– De tous tes outils, seigneur maître, tes esclaves sont les moins ménagés.

En toute autre circonstance, Sisyphe aurait puni sévèrement l'importune pour sa hardiesse et son ton irrespectueux, mais la joie l'emplissait de toutes parts et il entendait ne pas étouffer dans sa poitrine et dans sa bouche un souffle bienfaisant.

– Que veux-tu ?

– Vivre.

– Tu n'en prends pas le chemin en m'interpellant de la sorte, mais tu viens de rencontrer ta chance. Je te nomme au palais, tu y vivras correctement.

– Je ne convoite aucun bien, seigneur et maître, seulement un peu de sécurité pour offrir un port à ma peine.

– C'est dit.

Sisyphe tourna les talons, suivi par Ptolimein. Sur la route les menant au palais, les deux hommes ne commentèrent pas l'incident, mais chacun y pensa. Ptolimein se demanda comment cette femme avait pu s'adresser directement au roi, et bénéficier d'une telle indulgence, tandis que Sisyphe médita sur la manière dont l'injustice parvient à s'habiller parfois des vêtements de son contraire.

Au palais, le souverain convoqua ses majordomes et fixa le jour des cérémonies au lendemain de la prochaine lune, soit à treize jours. Cela laissait du temps pour organiser les festivités, informer tous ceux qu'il appellerait bientôt des Corinthiens, préparer les bêtes pour les sacrifices et s'assurer de la bienveillance des dieux. Afin de prévenir certains hôtes de marque, des envoyés partirent pour Élida, pour Thèbes, pour Argos, pour Mycènes ou encore pour Iolcos.

Dans un premier temps, Mérope émit des réserves à propos de « Corinthe ». Quoiqu'elle reconnût sa justesse, notamment comparée au nom de la colline dominant la ville, elle trouvait l'appellation insuffisamment évocatrice des lignées divines dont elle-même et son royal époux descendaient. Elle aurait préféré « Hellènopolis », en hommage à Hellèn, le roi de Phthie et grand-père de Sisyphe, dont elle se souvenait encore des aventures, racontées par son fils Éolos le jour de son mariage. Elle avait alors entendu pour la première fois parler de l'Asopos, en bordure duquel juste après le déluge s'étaient établis les parents d'Hellèn, Deucalion et Pyrrha. Elle n'osa pourtant pas proposer ce nom, car elle savait que le choix du roi ne se discuterait plus. Et puis elle concéda aisément que « Corinthe » était simple à retenir et doux à entendre. Elle adopta le terme sans tarder, convaincue de sa prospérité si on le soutenait sans retenue.

Corinthe deviendrait donc un jour le royaume de Glaucos, et son fils aîné, informé par son père du changement patronymique, lui parut sage de ne pas attribuer un excès d'importance à la nouvelle désignation, du moment que la ville continuait d'accroître son rayonnement. Ornytion estima au contraire que la modification pourrait bien constituer une métamorphose. Soucieux de montrer à tous un air grave, gage à ses yeux de maturité, il allait répétant qu'Ephyra n'était qu'une simple matrice, la porte ouverte sur Corinthe, et que cette nouvelle ville, au destin tracé par son père, finirait par dominer le monde. Quant à Thersandros, pour ne pas parler d'Halmos, il se moquait éperdument de ces jeux d'adultes et continua de parler d'Ephyra à tous les bouts du palais.

Un messager du souverain avisa la population d'Ephyra des prochaines réjouissances. Il se rendit auprès de plusieurs seigneurs pour les appeler à venir délibérer au palais de la place accordée aux dieux. Sisyphe tenait à ce que l'événement fût partagé avec eux. Comment imaginer une cité habitée par les hommes et désertée par les puissances divines ? Les autels installés dans les villas – et au sein du palais –, tout comme les sanctuaires disséminés sur le territoire attestaient la présence des Olympiens, et il fallait ne pas les irriter en proclamant la naissance de Corinthe sans les en avertir et sans les y associer.

Réunis par Sisyphe, les seigneurs défendirent les divinités auxquelles chacune de leur maison sacrifiait. Cependant, on ne se disputa point, et l'idée s'imposa que le nom de Corinthe monterait facilement vers les dieux et flatterait leurs oreilles tandis que les fumets échappés des immolations s'occuperaient de leurs narines, de leurs gorges et de leurs poumons. Mais de tous les destinataires, Apollon et Poséidon furent le plus souvent cités. On s'accorda sur leurs noms pour les fêter tout particulièrement, sans porter ombrage à Zeus.

Tous les habitants d'Ephyra prirent leurs dispositions en vue de la fête annoncée. Les femmes du peuple, quand le travail des champs ou de la maison leur en laissait le temps, rapiéçaient les robes et les tuniques, filaient de nouvelles décorations pour embellir de vieux vêtements, cherchaient des colorants pour teindre une coiffe ou pour souligner les nuances d'une ceinture. Dans les villas, les chambrières repassaient les affaires des petits et des grands avec des pierres plates préalablement chauffées sur des brasiers. Un artisan spécialisé dans le travail du cuir dut confectionner des dizaines de sandales pour la grande occasion. Un ciseleur de renommée reçut commande, tardivement, d'une sculpture singulière : elle devait représenter les visages de deux jumeaux se souriant l'un à l'autre, mais placés en opposition. Des danseurs répétaient des figures. Des potiers façonnaient des amphores aux dessins géométriques imprégnés d'ocre et relevés, près du col, d'une fine couche d'or. L'un d'entre eux, attaché au palais, innova. Insatisfait de son graphisme, pris aussi par le temps, il reçut l'aide inattendue d'Archèlos, et agrémenta d'une phrase – « Sisyphe, roi de Corinthe » – la scène représentée sur le pourtour du récipient de terre cuite. Il fournissait ainsi une explication au motif ornant son bel objet : une espèce de géant, armé d'une lance, avançait dans la campagne en direction d'une petite cité dont l'apparence ne reflétait pas suffisamment celle d'Ephyra. L'admirateur pouvait y voir un autre seigneur que Sisyphe à proximité d'une ville inconnue. Par son commentaire, l'auteur de la pièce ne laissait aucun doute sur l'identité du personnage et de la ville. On admira l'initiative, et celle-ci ne resta d'ailleurs pas sans lendemain. D'autres potiers l'imitèrent, en variant les inscriptions au gré de leur inspiration. Quand Sisyphe déchiffra la phrase, il félicita l'artiste et lui fit remettre en cadeau un terrain argileux fournisseur d'ocre.

Poïphile, secondé par de jeunes bergers, sélectionna les bêtes pour la double hécatombe. Il les fallait gaillardes, lourdes et non grasses, propres à contenter les immortels comme à satisfaire les mortels conviés au banquet. Renseigné par une prêtresse, Poïphile savait qu'Apollon recevrait sa part d'honneurs, et il s'en réjouissait intérieurement. Ce dieu ne l'avait jamais abandonné, ni au plus fort de la mauvaise saison, ni quand la chaleur s'abattait sur ses troupeaux et sur sa tête. Il lui rendait grâces chaque jour, le matin et le soir, et tâchait de toujours lui adresser une prière ou quelque fumet, en montagne ou chez lui, dans sa cabane de bois étroite et tout juste pourvue de l'essentiel. La viande figurait bien rarement à ses repas, mais même alors Apollon recevait sa juste part, et plus d'une fois Poïphile se dit que si le dieu ne humait guère fréquemment de succulents effluves avec lui, pour connaître son cœur il ne lui en voulait certainement pas.

Les lauriers abondaient aux abords du palais, trop grands, insuffisamment taillés, formant parfois de véritables murs opaques. Poïphile et ses aides en coupèrent une grande quantité, assurés ainsi de plaire à leur dieu, friand de sa feuille et surtout de ses parfums. Et le berger choisit pour appâter un loup, animal dont raffolait Apollon, une brebis qu'il avait dénommée Daphné, en hommage au laurier consacré à cette divinité.

En vue de la cérémonie, des marins avaient mis à l'eau dix navires entièrement radoubés, et leurs pilotes exécutèrent des répétitions périlleuses, sous le commandement de Khorsès. Après avoir pris le vent, les bateaux devaient se croiser cinq par cinq, et, au moment du bord à bord, il était prévu que les rameurs, se tenant debout, jetteraient vers le ciel une boule de résine qui devrait retomber dans la mer, en passant au-dessus de chaque navire. Du port, on observait ces évolutions maritimes avec admiration, mais nul ne devina ce qu'il en serait vraiment le jour de la fête, car Khorsès conserva secrète la surprise qu'il entendait offrir à Sisyphe et à Corinthe. Le roi lui-même put assister aux manœuvres, mais il ne se douta de rien jusqu'au dernier jour.

Peu de temps avant les célébrations arrivèrent les invités de Sisyphe. Nœmias en personne faisait ranger leurs chars et désignait le serviteur chargé de conduire les visiteurs jusqu'au roi. Celui-ci les recevait au mégaron, d'abord seul, puis rejoint par Mérope. Il avait souhaité ainsi la bienvenue à son frère, Créthée, aux côtés duquel se pressait Tyro, leur nièce. La rondeur de son ventre témoignait d'une grossesse double, ainsi que Sisyphe l'avait prédit. Peut-être Créthée se croyait-il à l'origine de cette œuvre en cours, car il insista auprès de son frère pour que Tyro fût l'objet des plus grands soins en raison de son état. Ils avaient tenu à venir, malgré les secousses inhérentes à ce genre de déplacement, mais il fallait à la jeune femme beaucoup de repos, et tout le monde en convint, à commencer par Sisyphe, soucieux de ménager les artisans futurs de sa vengeance. Créthée le complimenta sur son palais :

— Tu es, mon cher frère, un roi aimé des dieux.

— N'est-ce pas ton cas également, Créthée ?

— Je n'en distingue aucun signe, tandis que tout ici l'atteste, l'immensité de tes terres, la beauté de ta demeure et des lieux, l'amour de tes serviteurs, la majesté de cette tour de marbre que tu as fait construire au-dessus de ta ville, la noblesse qui se dégage du temple d'Apollon surplombant la mer, rival de celui de Delphes, la douceur des femmes que l'on croise ici, tout, te dis-je.

— Est-ce là pour toi l'essentiel, Créthée ?

— Pour être privé de ce que tu possèdes, je te l'assure, oui.

— N'as-tu pas auprès de toi le plus délicieux des trésors, notre nièce ?

314

– Elle me parle souvent de toi, et je me demande si elle m'appartient aussi.

– Tu raisonnes en possesseur, Créthée, non en homme. Autrefois aussi, quand nous étions jeunes, tu désirais détenir avant tout, et combien de fois ai-je pleuré de ne pouvoir prendre ma part des festins d'enfants que tu organisais. Mais je te remercie, mon frère, de cette attitude si peu fraternelle. Elle m'a enseigné la dure loi des hommes, et je suis aujourd'hui peu désireux des biens qui m'entourent. J'en dispose et j'en jouis, mais je ne cherche pas à les conserver. Que Zeus me les confisque, ou qu'un ennemi s'en empare, et je poursuivrai ma vie autrement et ailleurs. Les dieux vivent et ripaillent éternellement, Créthée, tandis que nous, les mortels, nous devons sans cesse renouveler nos efforts pour parvenir à nos fins. Et encore, sans garantie de réussite... mais il faut l'accepter, pour la gloire des dieux et pour la nôtre propre.

– Petit, tu t'exprimais déjà de la sorte. Je vois que tu ne changes pas.

– Tout s'accentue avec l'âge, Créthée.

Sisyphe regarda Tyro, qui assistait, silencieuse, à cet échange aigre-doux. Ses yeux restaient braqués sur Sisyphe comme sur le protecteur que Créthée remplaçait par défaut. Mérope, attentive à chaque geste et à chaque mot, ressentit une gêne devant cette insistance. Elle prit Tyro par le bras et l'entraîna vers sa chambre, d'où la jeune femme ne sortit que pour le repas du soir. Créthée la rejoignit peu de temps après.

La veille du grand jour, au milieu de l'après-midi, un fort bel équipage se présenta aux portes du palais. Il se composait de deux chars magnifiquement décorés, brillant d'un éclat hors du commun, ornés de dessins géométriques noirs sur la jupe de garde, en bordure de laquelle finissaient d'ondoyer des rubans de cuir fauve noués élégamment à la rambarde en bronze torsadé. Du premier char descendit Autolycos, vêtu d'une tunique bleue et d'une ceinture marron foncé. Du second, Laërte sauta comme un enfant pour tendre les bras vers sa belle épouse, qui l'accompagnait. Celle-ci portait une robe flottante, derrière laquelle se devinait sa prochaine maternité. À travers les dédales du palais, on mena les visiteurs jusqu'au roi. Celui-ci les accueillit avec un large sourire et embrassa Anticleia. La jeune femme excusa l'absence de ses parents, retenus par la surveillance de travaux indispensables. Autolycos se garda de toute allusion à l'algarade sisyphienne qu'il avait subie chez lui, lors du mariage de sa fille. Cela facilita les relations.

Anticleia, quant à elle, guetta jusqu'au soir l'occasion de s'entretenir en tête à tête avec son royal amant. Il fallait trouver un coin isolé, tranquille, où personne ne pourrait surprendre leur conversation. Craignant de ne pas disposer de ces moment précieux, pourtant espérés dès qu'elle avait appris l'invitation, elle prétexta un besoin d'air frais pour se retirer sur la terrasse après le dernier repas de la journée. Elle insista pour y rester seule, assurant à Laërte qu'il pouvait demeurer avec Autolycos auprès de leurs hôtes. Au moment le plus animé de la discussion, dont il n'aurait su dire sur quoi exactement elle portait, Sisyphe pria ses invités de lui pardonner une absence qui ne durerait pas, et il s'esquiva. Quand il eut rejoint la terrasse où l'attendait Anticleia, il fut rassuré d'entendre assez distinctement les éclats de voix en provenance du mégaron. Ils pourraient ainsi, l'un comme l'autre, repérer à l'oreille la survenue d'un importun.

Anticleia se serra contre Sisyphe, et ils s'embrassèrent fiévreusement. Le roi caressait d'une main les longs cheveux noirs de la jeune femme et pressait de l'autre une épaule abandonnée.

– Serre-moi contre toi, Sisyphe, et ne me laisse plus partir. Je veux vivre ici, auprès de toi.

Sisyphe ne répondit pas. Anticleia se retourna et fit face à la mer sur laquelle tombait une nuit fraîche. Les bras relevés en arrière, elle prit la tête du roi entre ses mains et la garda précieusement, comme un joyau. Lui la prit par la taille et l'embrassa dans le creux du cou. Ils restèrent ainsi de longs moments.

Du mégaron, ils entendirent les voix diminuer d'intensité. À l'évidence, les convives se séparaient. Sisyphe entraîna Anticleia vivement vers son bureau, dont il ferma la porte en prenant soin d'étouffer tout bruit. Des pas résonnèrent en s'approchant. Ce pouvait être Autolycos ou Laërte. Le bruit dépassa le seuil de la pièce et gagna une chambre. Laërte appela sa femme. Retenant sa respiration, celle-ci attendait le moment opportun pour réapparaître et fournir elle ne savait quelle raison à son éclipse. Sisyphe s'était agenouillé devant elle et, son oreille collé au ventre rebondi, il tâchait de saisir les mouvements de celui qui était son fils et dont il ne pourrait jamais revendiquer la paternité. Convaincus de l'urgence, la jeune femme et le souverain ponctuèrent leur rendez-vous secret en échangeant quelques mots à voix basse.

– Le fils que je porte vient de toi, Sisyphe. Comment veux-tu que je l'appelle à sa naissance ?

– Odysseus !

– Pourquoi ce nom crétois ?

Sisyphe

– En hommage aux aventures que nous n'eûmes pas, toi et moi, et que nous aurions pu connaître.

Sisyphe ouvrit la porte avec précaution, vérifia que la voie était libre, et chassa Anticleia tendrement.

16.

Le matin du jour dédié à Corinthe, une longue file dédoublée s'organisa au sortir du palais. Les prêtres et les prêtresses, vêtus de chasubles uniformes de couleur cendre et que seuls deux lisérés rouges éclairaient, l'un à la hauteur du col et l'autre à la base de l'habit, formèrent la colonne de tête, immédiatement suivis par Sisyphe et sa famille. Les seigneurs venaient ensuite, au premier rang desquels Xénenthias et Phakétas, mais aussi les rois et les gouverneurs de plusieurs villes proches, arrivés en voisins, trop heureux de cette occasion d'examiner les lieux et de vérifier la puissance de leur hôte. Une foule d'hommes et de femmes de toute condition, originaires pour la plupart d'Ephyra, employés, maîtres d'œuvre, artisans, ouvriers, captifs, marins ou capitaines leur emboîtaient le pas et se bousculaient des épaules au hasard des chaos du chemin.

Tandis que des dizaines d'écuyers tranchants et sacrificateurs préparaient les bêtes pour l'hécatombe de midi, la procession se dirigea vers l'Acrocorinthe. Les prières alternaient avec des chants que des femmes entonnaient dans les aigus avant que leurs congénères ne les renforcent par des graves. Le mouvement du cortège épousait le rythme lent de la mélopée. Des enfants, sur le bas-côté, réglaient leur pas sur celui des chanteurs et les imitaient, certains en remuant les lèvres au hasard, d'autres en débitant avec un léger retard les paroles qu'ils croyaient avoir saisies. On fit halte à la fontaine Pirèné, et des prières spéciales furent prononcées par l'une des prêtresses pour rendre grâces à Zeus et à Poséidon. Asopos, réfugié incognito dans la masse, participait en silence à l'hommage.

Le serpent humain gravit la colline en s'étirant, à cause du goulot d'étranglement que présentait le chemin, et devant la tour de marbre, reconstitué, il s'immobilisa. Ptolimein, demeuré en retrait, fut appelé par Sisyphe. Devant sa construction heurtée à cet instant de plein fouet par le soleil encore matinal, et dont la blancheur blessait presque la vue, le roi félicita officiellement son architecte et l'honora d'une accolade. La foule hurla sa joie, jeta des bouquets de genêts au pied du monument et entama sa descente vers la ville. Elle emprunta le même chemin qu'à l'aller, mais en s'en détournant peu après avoir dépassé le palais du roi pour obliquer vers le temple d'Apollon, où elle allait se recueillir.

Une pierre en forme de trépied surélevé figurait le trône du fils de Zeus et frère d'Artémis. Un monolithe sculpté représentait le dieu assis avec son carquois dans le dos. Il semblait attendre qu'on vînt lui témoigner adoration. Trois hommes sortirent des rangs, portant des lyres analogues à celle qu'Apollon tenait en main. Ils se placèrent sous la statue divine et pincèrent les cordes avec élévation. Au son des instruments, les prêtres et les prêtresses haussèrent la voix, comme stimulés par cette musique manifestement inspirée. On déposa ensuite devant l'autel des animaux destinés au sacrifice, suivant les goûts connus d'Apollon :

un loup de taille inhabituelle, aux crocs acérés comme des poignards, et que Poïphile avait capturé la veille, au prix de sa plus belle brebis ; une biche encore sanguinolente, tuée par une flèche dont on assurait qu'elle avait été guidée par le dieu lui-même, des vautours, et des corbeaux, si difficiles à attraper mais si propices à satisfaire la divinité.

Au moment où le cortège s'apprêtait à se rendre en ville pour entendre le discours préparé par Sisyphe, on entendit des cris, des appels, une bousculade remua la queue du défilé. C'étaient des marins qui eux aussi voulaient plaire à Apollon et qui portaient péniblement, à six, une espèce de forme allongée, enflée en son milieu et recouverte de tissus qui en dissimulaient la nature. Parvenus aux pieds du dieu, il dénudèrent leur offre. Une clameur s'éleva. Un dauphin, l'animal parmi les préférés d'Apollon, lui était présenté comme un talisman bleu retiré de la mer. Cette offrande ressemblait à un cadeau de Poséidon à son neveu, avec l'assentiment de Zeus.

De l'avis de plusieurs témoins, Apollon avait manifesté sa présence par des signes indubitables, notamment par d'imperceptibles mouvements des massifs de lauriers disposés en cercle autour de son monument. Le dieu exprimait par là son attention et son attente. On pouvait en toute quiétude lui livrer les offrandes.

Devant les bûchers dressés au préalable sur ordre de Sisyphe, deux centaines de bêtes attendaient d'être offertes suivant un rite réglé depuis toujours. Avec un couteau, le sacrificateur égorgerait l'animal présenté, faisant jaillir le sang sur l'autel. On découperait alors les prémices réservées aux divinités tout en attisant le feu avec du bois de genévrier. Puis, il faudrait extraire les viscères pour les rôtir, embrochés à la flamme, et les distribuer au sacrifiant, à

321

Sisyphe et aux seigneurs de premier rang. Les membres découpés et tous les autres morceaux cuiraient dans une grande marmite afin d'être partagés en parts égales entre le reste des convives. Les co-habitants et les parasites recevraient aussi des parts, pour marquer solennellement l'acceptation de leur présence, mais elles dépendraient de la générosité des donateurs, non de règles établies. Certaines bêtes seraient totalement brûlées, réservées par cela aux dieux, intouchables pour les mortels – car quiconque tenterait de se servir de ces parts-là risquerait sa vie. L'heure serait alors venue du festin de midi, qui durerait de longues heures.

Pendant le banquet, le brouhaha incessant des conversations, des appels, des cris, des hurlements de bêtes saignées créa une rumeur qui se propageait dans la campagne avec une intensité fluctuante, due aux rafales de rires ou aux escalades vocales. Dans la ville dépeuplée, quelques hommes finissaient d'accrocher des branchages aux linteaux des portes, signe d'une naissance, aidés par des soldats dont la présence devait dissuader une éventuelle attaque d'ennemis enhardis par ces circonstances favorables.

Prévenu par Khorsès d'une surprise, Sisyphe annonça qu'il prononcerait son discours en l'honneur de Corinthe avant le spectacle maritime du soir. La foule regagna le port, et c'est assemblée dans un désordre relatif qu'elle écouta le roi.

– Que Zeus accueille favorablement mes propos, que son frère Poséidon y voie notre adoration de son royaume et que son fils, Apollon, sache combien nous lui sommes redevables de ses bontés sur notre sol ! Vous tous, ici, rois, seigneurs, hommes libres, captifs, femmes de toute condition, écoutez votre souverain, entendez par ma voix le nouveau nom de notre cité, celui qu'elle portera pour toujours et qui la consacrera aux yeux des hommes et des dieux.

Sisyphe s'interrompit, sans doute pour rendre le moment plus solennel et l'heure plus grave. Il balaya la foule des yeux, considéra un moment sa femme et ses enfants, notamment son fils aîné, Glaucos, puis couvrit la ville d'un regard paternel. Et, levant les bras, il détacha ses mots avec emphase.

– Ephyra, tu t'appelles désormais Corinthe.

En réponse, une acclamation s'éleva jusqu'au ciel. On connaissait le nouveau nom de la ville, depuis que des serviteurs du palais en avaient colporté la nouvelle, mais sa prononciation officielle par Sisyphe avait donné à ce mot toute son ampleur. Jusque-là, « Corinthe » restait une dénomination un peu abstraite, sans véritable consistance ; d'un coup, elle se transformait en réalité tangible, quelque chose d'indéfinissable, une matérialité qui s'imposait à chacun avec les traits de l'évidence.

Après que la clameur se fut éteinte, le roi poursuivit :

– Que ton nom, Corinthe, traverse les siècles accompagné de gloire ! Que tes ennemis le respectent, et que tes amis travaillent à sa renommée ! Que tes rois soient justes, et tes habitants prospères ! Que les dieux et les hommes associés te protègent et portent ton nom dans leurs cœurs ! Et qu'enfin tu ne sombres jamais dans la débauche ou la servitude ! Longue vie à toi, Corinthe, ma fille, notre enfant à tous !

Une seconde ovation salua ces paroles, mais les navires s'éloignant de la rive attiraient déjà l'attention. Dans le soir gagnant, les dix nefs bénéficièrent d'un léger vent de terre pour se ranger suivant les ordres de Khorsès. Cinq de chaque côté de l'anse de Léchaion, elles se rapprochèrent sous l'effet conjugué de la petite brise et des rames. Chaque bateau comptait dix rameurs, et deux hommes se tenaient debout, l'un à la poupe, l'autre à la proue. Comme les bâtiments glissaient rapidement les uns vers les autres, des cris de frayeur jaillirent de la grève où se massait la population. Ils allaient se percuter ! Mais non, les embarcations se croisèrent avec élégance, et au moment où elles paraissaient ne plus en faire qu'une, vues en enfilade, des boules de feu fusèrent au-dessus des mâts. Simultanément lancées sur ordre, les résines enflammées illuminèrent brièvement la scène, comme des arcs-en-ciel fugaces, avant de retomber dans la mer. L'ombre portée de Khorsès se détacha un instant de l'embarcation depuis laquelle il dirigeait la manœuvre. Mais déjà les bateaux se séparaient, s'éloignant cinq par cinq pour rejoindre les quais. Ç'avait été un moment intense et beau, et les marins de retour furent congratulés chaleureusement. Sisyphe lui-même tendit la main à Khorsès pour le tirer à terre, et de nouveau des vivats retentirent.

À ce moment précis, un inconnu glissa devant les yeux de Sisyphe, comme un voile. Telle une ombre, il contourna le groupe formé autour du roi sans être remarqué par quiconque. L'esprit de Sisyphe, capturé par ce personnage énigmatique, se détacha des conversations et accompagna les évolutions de l'apparence au milieu de la foule. Comme un animal qui pressent le danger, Thersandros se précipita vers son père et se serra contre ses genoux.

Le retour au palais de la maison royale conclut les festivités. Tout le long du chemin, Sisyphe ressentit la présence de l'étranger, qui devait suivre la troupe incognito.

324

Il ne se retourna pas, persuadé que l'intrus saurait se dissimuler avec adresse.

Pendant le restant du jour, le roi ne parut plus, absorbé sans doute par quelque besogne impérative. C'est du moins ce que pensèrent ses invités. Le soir, au mégaron, le comportement du maître des lieux en troubla plus d'un. Le roi écoutait, mais il semblait chercher quelque objet au-delà de chaque interlocuteur, comme si derrière eux se tenait une figure prégnante. Il se dégageait alors de lui une atmosphère insolite. D'ordinaire, le roi en imposait par la façon directe qu'il avait de s'exprimer sur les sujets les plus divers, l'aptitude à la décision et la fermeté des propos. Sa prestance et sa détermination pouvaient déstabiliser n'importe qui, mais il inspirait d'abord le respect, rarement la peur. Or, pendant le dîner, son visage s'était peu à peu transformé. Ses yeux n'accueillaient plus le monde extérieur, ils s'en abstrayaient. Les traits du souverain étaient creusés, ses épaules chargées d'un poids inhabituel, son regard bleu enveloppé de vapeurs sombres. Ses commensaux l'observaient, en coin, avec une curiosité mêlée d'une sourde appréhension. Sur l'assistance pesa un malaise croissant.

Asopos, convié par Sisyphe, avait décliné l'invitation en arguant d'une tâche impérative, non sans recommander prudence au roi. Avait-il anticipé un événement inhabituel ? Le souverain d'Argos était retourné chez lui après le banquet. Ptolimein, fatigué par la longue journée de réjouissances, obtint la permission de ne pas demeurer tard et se retira dès le repas terminé. Autolycos, au contraire, manifestait sa jovialité coutumière, prenant une part active aux conversations. Les interventions des rois de Mégare et de Mycènes touchaient à la journée écoulée aux côtés de Sisyphe et à l'admiration qu'ils portaient tous deux à

Corinthe. Laërte, heureux des moments passés avec son épouse hors de leur villa, écoutait presque studieusement toutes les interventions, sans réaliser qu'Anticleia jetait, trop souvent, des œillades anxieuses en direction de son royal amant. Toute attention chez ce dernier semblait suspendue, à quoi ? Nul n'aurait pu le dire. Personne n'osa questionner Sisyphe sur son attitude. Peu à peu, la conversation se désagrégea, et quand le souverain se leva, soudain, sans souci de ses hôtes, tous comprirent qu'il valait mieux se séparer.

Dans leur chambre, Méropé sonda les sentiments de son mari. Il ne répondit pas, comme étranger à lui-même, malgré les interrogations qui le transperçaient. Quelle était cette ombre étrange qui se profilait derrière tous ses proches ? Pourquoi ces dédoublements le harcelaient-ils, lui interdisant de se concentrer sur rien d'autre ? Il passa en revue dans sa tête les temps forts de la journée écoulée, avec l'espoir d'y découvrir un indice révélateur, un élément responsable de son nouvel état. Le seul effet notable de cette tension intérieure fut de le fatiguer davantage. Il épuisa les forces de sa mémoire et s'endormit sous l'œil inquiet de Méropé.

Hypnos apparut presque aussitôt. Il se tenait au milieu de la foule qui avait participé aux sacrifices, puis au banquet donné en l'honneur des dieux et d'Ephyra devenue Corinthe. Il allait des uns aux autres avec ce visage instable qui semblait revêtir les contours de ses interlocuteurs successifs. Tantôt il devisait avec eux comme un convive admis aux meilleures tables et rompu à l'exercice des plus fines joutes verbales, tantôt il interrompait les échanges en s'esquivant et en provoquant des bâillements interminables chez ses vis-à-vis. Il se faufilait à travers les groupes, rebondissait de conversation en conversation en jetant des regards amusés vers chacun. Soudain, alors qu'il allait s'écarter, peut-être pour s'isoler, peut-être pour disparaître, un homme s'avança vers lui. Il était grand, fort et sûr de lui. Il y eut du flottement dans l'assistance, dont les centaines d'yeux exorbités convergeaient sur les deux protagonistes. L'homme voulut ceindre Hypnos de ses bras puissants. Or, au moment précis où il touchait sa cible, il tomba, comme foudroyé. On se précipita, on tenta de réanimer le corps étendu sur le sol, on invoqua Zeus. Tous les efforts pour le ramener à la vie restèrent vains. Il était bel et bien descendu dans l'Hadès. Ce décès inattendu stupéfia l'entourage. L'homme, un bûcheron, jeune encore, père de quatre enfants, avait défié la mort la veille en échappant à la chute d'un arbre qu'il venait d'abattre, et qui ne ressemblait à aucun autre. Cet arbre paraissait tout entier fait de marbre. Son écorce étrangement blanche faisait écho à sa sève. Le miraculé avait ensuite raconté à qui voulait l'entendre qu'il s'était joué de Thanatos, la Mort, et s'en flattait. Maintenant, il gisait devant sa famille éplorée. Créthée, Sisyphe en était sûr, assistait à la scène, en compagnie d'Autolycos tout sourire, et leur mine réjouie trahissait leur plaisir de voir cet homme couché dans la poussière, au contraire des autres témoins du drame, qui pleuraient ou hurlaient leur douleur.

Rien ne réveilla Méropé, finalement neutralisée par Hypnos, ni le sommeil agité de Sisyphe, ni les soubresauts de son corps, ni même les paroles qu'il prononça en dormant : « Hadès, marmoréen » et qui l'arrachèrent aux sortilèges de son bourreau nocturne – du moins le pensa-t-il. Devant lui se tenait le visiteur. Il avait dû pénétrer dans la chambre silencieusement. D'un coup, et malgré les restes de confusion qu'avait provoquée dans son esprit le rêve dont il croyait sortir, il réalisa que ce visage et celui d'Hypnos ne faisaient qu'un. Transporté dans son bureau, l'esprit encore habité de ses songes, il engagea un dialogue insolite avec l'intrus :

– Pourquoi me tirer du sommeil où tu m'as plongé ?

– Pour plaire à Zeus.

– Le roi des dieux prend-il plaisir à suspendre le cours de mes nuits ?

– Il agit selon sa manière, sans se justifier, tu le sais bien. Il m'a envoyé lui-même pour te chercher.

– Tu n'es donc pas Hypnos ?

– Pas tout à fait...

Sisyphe leva les yeux comme s'il cherchait l'éclosion d'une vérité. Celle-ci jaillit d'un coup.

– Thanatos !

– Oui, Sisyphe, oui, Thanatos en personne.

– Quelle ressemblance avec ton frère !

– Le sommeil et la mort ne se ressemblent-ils pas ?

– Pas tout à fait...

Un nouveau silence pesa. Sisyphe crut discerner un demi-sourire sur les lèvres de Thanatos, identique à celui dont lui-même se sentit traversé.

– Me chercher, disais-tu ?

– Oui, pour te mener dans l'Hadès.

– D'autres tâches plus pressées ne te requièrent-elles pas ?

– À tout seigneur, tout honneur, Sisyphe. Zeus m'a délégué ses pouvoirs et je dois sans tarder accomplir mon office. Me suivras-tu de ton plein gré ?

– Rien ne me retient. Je suis prêt depuis longtemps.

– Discours tant de fois tenu par des hommes qui finissaient par pleurer comme des enfants au moment du départ ! Parfois les larmes coulent juste après que la vie a quitté le corps, comme une sorte d'adieu posthume. D'autres fois, je vois des yeux rivés dans les miens, en quête d'un délai, même infime. Souvent, j'entends la peur fondre sur l'âme, l'envelopper, la circonvenir au point de me confier son vague espoir d'une erreur. Et toujours la victime désignée se croit préparée, mais toujours il reste quelque chose d'inaccompli qui aurait justifié une prolongation. Puisque tu te dis prêt, m'accompagneras-tu à l'aube ?

— Oui, mais avant de partir, éclaire-moi sur un point.

— Je t'écoute.

— Pourquoi n'avoir pas opéré pendant mon sommeil ? Cela ne t'aurait-il pas épargné du temps et de la peine ?

— Le temps ne compte que pour les mortels, Sisyphe. Je me suis diverti en assistant aux festivités et au banquet magnifique offerts à ceux que tu appelles désormais les Corinthiens. Je savais où te trouver. Je t'ai côtoyé plusieurs fois sans que tu le saches.

— Tu pouvais œuvrer au beau milieu de la foule, m'ôter la vie comme à ce bûcheron dont j'ai rêvé...

— À quoi bon ? Zeus m'a chargé d'une mission sans me prescrire le moment ni le lieu exacts où je devrais agir. Il ne s'attache heureusement pas à tous les détails et cela nous laisse, à nous, ses obligés, quelque loisir ! Mais enfin sache qu'il me fallait t'informer de ma visite, et je ne pouvais pas m'en remettre exclusivement à Hypnos. Ma confiance en lui est limitée. Et puis, je voulais te voir de près, t'avoir à moi tout seul. Agir en public, c'eût été me priver de ta compagnie si goûtée par les tiens.

— L'inceste avec ma nièce, Tyro, est-il cause de cette punition que tu as reçu ordre de m'infliger ?

— Peut-être...

– Ma dénonciation de l'enlèvement d'Égine alors ?

– Peut-être... Tu es le plus rusé des hommes, Sisyphe, on m'a prévenu. N'attends pas de moi que je te livre la raison qui conduit Zeus à te condamner. Qu'il te suffise d'être informé des arrêts de mon maître.

L'aube se levait. Suivi par Thanatos comme par son ombre, Sisyphe se dirigea vers l'Acrocorinthe. Le long du chemin qu'il avait tant de fois parcouru, il ne cessait d'examiner dans sa tête par quel stratagème il éconduirait la mort. Après tous les efforts déployés pour construire cette citadelle, accepterait-il qu'elle rayonne en son absence ? L'heure était-elle venue d'abandonner à Glaucos, trop inexpérimenté, le destin de sa ville ? Se pouvait-il que Corinthe devienne orpheline le jour même de sa naissance ? Il fallait se débarrasser de ce sinistre personnage, lui tendre un piège, l'écarter de la route, au moins pour un temps. Thanatos, sûr de lui, certain de la docilité de sa proie, ne se méfierait pas.

Quand il pénétra dans la grande pièce du bas de la tour, Sisyphe remarqua dans un coin une jarre de vin, entreposée là par quelque ouvrier désireux de se régaler après le travail, malgré l'interdit de Ptolimein. Sans le couper d'eau, il en remplit deux petits récipients trouvés sur place, et en tendit un à Thanatos. Celui-ci hésita, observa le beau liquide épais, grenat, et finit par trinquer avec le roi. Sisyphe alors avec son redoutable compagnon emprunta l'escalier qui menait au faîte de l'édifice.

Parvenu sur la terrasse d'où se découvrait la splendeur du Péloponnèse, le roi de Corinthe s'appuya des mains sur le parapet de pierre et regarda une dernière fois le paysage. Thanatos l'imita en songeant que les Corinthiens découvriraient dans la journée leur seigneur sans vie au pied du monument, et concluraient à une chute fatale, bien sûr accidentelle. Hypnos alors n'aurait plus qu'à jouer nuitamment avec les proches du défunt et leur proposer toutes les raisons possibles de son décès.

Devant le décor somptueux, Thanatos fit grâce d'encore quelques instants à Sisyphe.

— Mon frère, noble roi, t'a-t-il renseigné sur mon compte ?

— Allusivement, Thanatos. Lors de certaines nuits profondes, où les sensations me parcouraient sans que je pusse en conserver la perception au réveil, il me disait vos pouvoirs communs et m'expliquait la nature de votre complicité.

— Je le reconnais bien là ! Nous avons tant de fois débattu ensemble des attraits respectifs de nos tâches ! Il critique ma dureté, moi sa faiblesse. C'est un être sensible et délicat. Il épargne aux enfants les affres de l'insomnie et aux vieillards les rudesses du déclin. Depuis toujours il s'évertue à calmer ce que je m'apprête à saisir. La douleur l'afflige alors qu'elle est mon alliée. Tu comprends, si le mortel embarqué pour l'Hadès ignore tout du voyage, s'il s'endort bêtement au moment suprême, où donc est mon plaisir ? Je ne veux ni sommeil ni joie au cœur. Hypnos ne connaît de la vie que son voile ! Moi, j'aime la vie comme une substance délicieuse, elle constitue la trame de ma propre existence. Vois, Sisyphe, comme tu es fort et fragile. Tes yeux rivés dans les miens, tu regardes ce futur sans avenir que devient désormais ton présent, tu ressens la montée d'une force inconnue qui te prend peu à peu, qui refroidit tes membres, qui se saisit de ton âme comme d'un fruit mûr et délicieux. Quelque chose en toi se raidit. Tu n'es déjà plus le même. Je goûte ce moment, cher Sisyphe, tel un nectar qui emplit tout mon être. Jusqu'à aujourd'hui, je devais me cacher en toi, rester inconnu et lointain. Ton fils Thersandros a tout à l'heure croisé mon regard. Je l'ai rassuré, mais il ignore que je suis déjà en lui, comme en toi, désireux de croître et de prospérer jusqu'à son dernier moment, celui de mon triomphe. Il se croit immortel, comme tu l'as sans doute pensé jadis pour toi-même ! Mais maintenant, Sisyphe, je me repais de ton état, je me fonds en toi, j'épouse les moindres reliefs de ton corps pour m'approprier ta substance. Je me prépare à jouir de cet éclair instantané qui me justifie auprès de Zeus et de l'éternité. Dans peu de temps, tu me remettras ton souffle.

Sisyphe était livide. Son visage se défaisait progressivement, comme s'il se recomposait sous une nouvelle apparence qui déjà perçait derrière sa face. Ses mains tremblaient, ses genoux le soutenaient encore, mais la sueur dont ils se trempaient témoignait de leur prochain dessèchement. Montant de ses entrailles, une bise hivernale glaçait sa poitrine. Il expirait déjà plus longuement qu'il n'inspirait. Était-ce le vin non coupé qui agissait, ou bien fallait-il accorder crédit aux dires de ce terrible envoyé de Zeus ? La voix reprit.

– Approche plus encore, Sisyphe, viens donc te coller à moi ! Laisse-moi grandir en toi ! J'attendais cela depuis si longtemps ! Bientôt, je substituerai à ton beau visage si expressif et si mouvant un masque inerte et monotone. Je le sculpterai en peu de temps, et je l'abandonnerai aux tiens...

Les forces de Sisyphe le désertaient.

– Ne ferme pas encore les yeux, c'est trop tôt ! Je devine là d'ailleurs un subterfuge d'Hypnos. Il arrive que nous fassions tous deux alliance, et que nous nous accordions à prononcer la mort d'un homme pendant son sommeil, mais pas aujourd'hui, Sisyphe, pas aujourd'hui ! Tu dois mourir les yeux ouverts, en punition de tes crimes. Quand je te le dirai, tu enjamberas ce parapet auquel tu t'appuies pour m'offrir encore un peu de résistance, et tu sauteras. Ta belle tour blanche t'aura servi de tremplin vers le noir Hadès. Et quand tu arriveras sur le sol, je te prendrai dans mes bras, comme un enfant. Et puis je partirai un temps me reposer, car tout cela m'a fatigué plus que de coutume... Je suis las... Il vaudrait mieux que tu sautes maintenant...

Thanatos venait de s'exprimer sur un ton différent. Il avait cherché ses mots, et la manière qu'il avait eue de les prononcer redonna confiance à Sisyphe. Un regain d'énergie le traversa. Sa vue, précédemment troublée, affaiblie, déjà envahie par les vapeurs des Enfers, retrouvait de la clarté. Les paroles de Thanatos résonnèrent d'un faible écho : « Je suis las », « Il vaudrait mieux que tu sautes maintenant... »

Sans comprendre exactement ce qui lui arrivait, Sisyphe sentit son corps reprendre des forces, et son esprit de nouveau bourdonner. Thanatos, lui, perdait rapidement de sa superbe. La plus extraordinaire des ruses jamais imaginées commençait d'agir. Ce vin lourd et peut-être magique, bu d'un trait, favorisait l'intrusion d'Hypnos au cœur même de Thanatos, au point que les deux frères en vinrent à se superposer. Le Sommeil s'emparait de la Mort comme d'un vulgaire mortel, et la neutralisait lentement. Un renversement étrange transformait les jumeaux en victimes impuissantes de leur gémellité.

Engourdi par la nuit qui lui venait d'Hypnos, Thanatos finit par vaciller. Au lieu que Sisyphe enjambe le parapet, c'était son ennemi qui s'abîmait en lui-même, ignorant de ses forces, dépouillé de ses attributs, terrassé. Thanatos enfin tomba lourdement sur le plancher comme une masse, enchaîné par un sommeil impénétrable.

Le marbre de la tour resplendit soudain. Le soleil venait de crever l'horizon et l'illuminait d'une lumière éclatante. Sisyphe referma derrière lui la porte d'accès à l'escalier, et la condamna au moyen d'une poutre placée en son travers. La vie le réclamait. Il avait encore beaucoup à faire.

17.

Après cette première partie gagnée contre Thanatos, et pendant tout le trajet du retour au palais, Sisyphe demeura sous l'effet de la scène qu'il venait de vivre. L'envoyé de Zeus allait le précipiter vers l'Hadès en exigeant de lui un saut mortel, et, au moment ultime, il avait déjoué sa manœuvre et contrecarré les plans du roi des dieux. Tout royal qu'il était lui-même, cette action l'exposait maintenant à une terrible vengeance divine, mais il ignorait quand et comment. Pour l'instant, la Mort dormait, et il ne savait même pas quand elle récupérerait sa toute-puissance, ni comment s'y prendrait Thanatos pour redescendre de la tour par un escalier momentanément condamné ! Ptolimein en bâtissant ce chef-d'œuvre n'aurait certes pas imaginé qu'il pût servir aussi à l'enfermement d'un hôte pareil ! Mais telle était bien la situation, et il fallait en profiter, notamment pour se préparer à des représailles. Car, Sisyphe n'en doutait pas, la colère de Zeus n'aurait de cesse qu'il ne soit mortellement puni. Il venait de tromper Thanatos à l'instant précis où celui-ci croyait vaincre aisément, et certes, il sortait provisoirement vainqueur du plus difficile combat singulier qu'il ait eu à soutenir, mais un obscur

335

sentiment de solitude le gagnait déjà. Au lieu de triompher, un malaise inexplicable empoignait ses poumons. Il inspirait un air frais encore, léger, mais qui s'alourdissait en lui, s'échappait de sa bouche et de ses narines avec difficulté. Il s'arrêta, comme un vieil homme essoufflé.

Le soleil trempait la route de sa lumière crue et la transformait en une sorte de voie éclatante, mais c'était une chaleur étonnamment froide qui envahissait la nature. Ici et là, des piaillements se faisaient entendre, des corbeaux dessinaient dans le ciel en croassant des figures vaguement circulaires, des petits cris montaient des buissons alentour mais ces bruits sonnaient moins familièrement que d'habitude aux oreilles de Sisyphe. Il les écouta pourtant avec une attention redoublée, jusqu'à fermer les yeux pour mieux les rejoindre en esprit. Vainement. Ce qui d'ordinaire allait de soi représenta soudain pour cet homme un effort immense. Il tâchait de coller aux lieux et tout l'en détachait. Les sons matinaux se fragmentaient, se succédaient sans lien apparent. La nature semblait perdre sa belle ordonnance et se décomposer. Se pouvait-il que la simple léthargie de Thanatos fût à l'origine d'un tel bouleversement ?

Quand Sisyphe arriva au palais, les siens dormaient encore. Poïphile l'attendait devant la porte de son bureau.

– Eh bien, qu'arrive-t-il ?

– Seigneur, un phénomène que je ne m'explique pas.

– Entre.

Le pâtre préféra rester debout, tandis que son maître s'installait sur son siège habituel.

– Parle.

– Ce n'est pas facile, seigneur, car tu risques de mettre en doute ma raison.

– Ton discours pour l'instant est sensé !

– Oui, seigneur, parce qu'en ta présence mes paroles retrouvent leur vol...

– Autolycos a-t-il de nouveau perpétré quelque forfait ?

– Non, mon maître, et d'ailleurs cela ne serait rien, car je sais comment tu te venges de ceux qui attentent à tes biens... Je ne t'aurais pas dérangé si tôt pour cela. Ce qui arrive est beaucoup plus grave. Je ne parviens pas à débrouiller mon esprit. Voilà pourquoi j'ose troubler ton matin.

– Viens au fait, Poïphile, je te prie.

– Deux brebis ont agonisé pendant toute la nuit, victimes sans doute d'une mauvaise herbe ou d'une piqûre mortelle.

– Eh bien ? Qu'y a-t-il là de si étrange ?

– Seigneur, au petit matin, elles vivaient encore.

– Et tu t'émeus de cela ?

– Mais, ô mon roi, elles auraient dû rendre leur dernier souffle depuis longtemps ! Vingt fois je les ai vues au bord du gouffre de la mort et vingt fois la vie a refusé de quitter leurs corps saisis de tremblements et de convulsions épouvantables.

– Quand sont-elles mortes ?

– Elles ne sont pas mortes, et cela t'explique ma venue.

– Qu'attends-tu de moi ?

– Dis-moi quelle conduite adopter, seigneur, je suis désemparé.

– Il s'agit seulement de brebis, Poïphile, je te le rappelle.

Le front du serviteur se rida. Le pâtre baissa la tête, tristement.

– Je sais ton amour des bêtes, mais enfin qu'y puis-je si des animaux tardent à mourir !

– Seigneur, mes brebis ont souffert toute la nuit et quand leurs yeux croisaient les miens, j'y lisais du désespoir. Elles m'imploraient muettement d'achever leur supplice.

– Pourquoi n'avoir pas agi dans ce sens ?

– J'ai tenté, seigneur, sans succès.

– Comment cela ?

– Tu sais combien, noble Sisyphe, la souffrance des bêtes me cause de la peine. Les bêlements terribles de ces deux brebis déchiraient l'air et résonnaient dans mon crâne comme une torture. Je les ai pourtant au lever du soleil saignées l'une après l'autre... et malgré le sang répandu, seigneur, la mort a refusé de mettre un terme à leurs tourments. Moi qui croyais bien faire, j'ai ainsi ajouté à leur martyre !

– Elles doivent être mortes, maintenant.

– J'en doute, seigneur. Jamais je n'ai assisté à une telle horreur. Les bêtes d'ordinaire meurent assez vite, passé un seuil. Je sais différencier les derniers frissons d'un animal à l'agonie de ceux qu'une maladie passagère provoque. Les tremblements, la sueur qui perle à la naissance des babines, la perte de l'équilibre, l'écume en bordure des naseaux, les taches qui naissent à la surface du pelage n'ont pas le même sens. Aucun remède ne pouvait sauver mes deux brebis – tes brebis, seigneur. Plusieurs fois je les ai vues secouées par un spasme ultime, signe par quoi la vie s'échappe du corps, et que je reconnais entre mille... Je savais qu'elles seraient mortes avant la levée du jour... Mais non ! Elles vivent encore, les pauvres !

Sisyphe regarda Poïphile avec des yeux soudainement voilés par cette froideur qu'on lui connaissait quand il désirait prendre ses distances, soit pour y voir clair en lui, soit pour apprécier l'opportunité d'une action, soit plus simplement pour mettre un terme à une requête sans espoir, et il fit comprendre à son serviteur qu'il devait se retirer.

Resté seul, le roi de Corinthe se leva et vint se poster à la fenêtre. Il considéra sa ville. Il ressentait le besoin de s'y promener, de respirer les odeurs âcres des colorants et les senteurs douces de la résine. Il voulait se pénétrer de cet air indéfinissable, empreint d'une activité sans relâche, au sein de quoi les essences de bois le disputaient aux parfums de miel, les émanations fétides aux fumets des grillades, les relents de poisson aux arômes des lauriers, la fragrance des genêts aux remugles des cuves à teintures.

Il entra dans Corinthe précédé de deux muletiers qui tiraient des bêtes lourdement chargées de pierres. Les bâts branlaient au rythme résigné des animaux. Sisyphe songea que les épaules des hommes portent aussi de lourds fardeaux, oscillant de droite et de gauche dans un équilibre instable au gré des pas. Il se figura surmonté d'une masse écrasante, semblable à ces pauvres bêtes accablées, et sourit en pensant à sa propre image. Peut-être ces mulets devant lui sentaient, eux aussi, le poids de leur propre vie... Il dépassa l'atelier du potier le plus populaire de la cité, celui dont il avait offert un des produits à son frère Salmonée, peu avant le mariage d'Anticleia, et s'enfonça dans les ruelles aux enchevêtrements labyrinthiques.

La ville respirait comme un homme. Ici elle exprimait sa joie avec une apparente insouciance ; là, on entendait des cris, les pleurs d'un enfant qui réclame à boire ou à manger, ou que peut-être on a trop longtemps laissé seul. Un peu plus loin, des lamentations montaient, avec cette fois une insistance douloureuse. Une porte s'ouvrit, et une femme se jeta aux pieds de Sisyphe, comme si elle avait guetté sa venue depuis longtemps.

– Je t'en supplie, seigneur notre roi, je t'en conjure, ne nous abandonne pas, aide-nous, ne laisse pas mourir mon enfant, mon petit garçon, je t'en supplie...Vois sa beauté, sa jeunesse... Je t'en supplie, fais quelque chose...

Sisyphe franchit le seuil et entra dans la pièce unique de la maison. Trois hommes se levèrent et en s'écartant s'inclinèrent avec déférence. La femme montrait un châlit où un enfant, étendu, semblait déjà mort. Elle tira la couverture de gros lin et découvrit un corps aux allures de squelette. Sisyphe s'approcha et, mettant un genou à terre, il passa une main sur le front du moribond pour en vérifier l'humidité. La sécheresse n'avait pas encore œuvré. Il palpa aussi le ventre du garçon, puis, revenant vers le front, il observa l'être dont Thanatos avait dû interrompre le voyage programmé vers l'Hadès. Le beau visage ressemblait à celui de Glaucos jeune, et Sisyphe se remémora la fois où son fils, près de mourir lui aussi, avait souri à son père avant de sombrer dans une léthargie dont Iométèle attribua ultérieurement la fin à Hestia. Le souverain restait les yeux rivés sur le petit homme. Il savait maintenant qu'il ne mourrait pas tant que Thanatos, évanoui ou revenu à lui, resterait emprisonné dans la tour. Il se releva et se tourna vers la femme suspendue à sa parole.

– Ne crains pas la mort de ton fils. Le moment n'est pas encore venu pour lui.

À peine Sisyphe finissait-il sa phrase que l'un des hommes lança un cri de stupeur. Le garçon venait d'ouvrir les yeux et d'esquisser faiblement un demi-sourire. Sa mère se précipita au chevet du ressuscité, dont elle prit une main pour l'embrasser fiévreusement.

Sisyphe allait sortir quand la femme le rejoignit et le remercia en baisant sa tunique. Le roi ne dit rien. Pouvait-il expliquer les motifs de son intervention, et les raisons de ce retour soudain à la vie ? Lui seul savait qu'il s'agissait d'un répit, d'une rémission, et aussi d'une fausse joie. Mais après tout, quelques heures ou quelques jours de plus, pour cette mère, cela justifiait son silence. Il repensa aux propos tenus par Thanatos à propos de la plupart des hommes. Oui, même un infime instant de vie supplémentaire et dense, arraché au moment suprême, vaut plus que des centaines d'heures oisivement dépensées.

Sisyphe ignorait où en était Thanatos. Il dormait peut-être encore, ou bien il cherchait déjà un moyen de s'échapper. En tout cas, le miraculeux maintien en vie de cet enfant témoignait sans conteste de son absence actuelle.

Impressionné par la scène dont il parvint difficilement à s'extraire, le roi voulut sortir de Corinthe pour se changer les idées. Il prit la direction de Mégare. Des bateaux évoluaient dans le port. Des plus proches de la rive, des saluts agrémentés de vivats retentirent à son intention. Sisyphe répondit par un signe de la main et franchit la porte de la ville.

Le long du rivage inondé de soleil, des mouettes se poursuivaient en allongeant le cou et en poussant des petits cris éraillés. Ces parades peut-être amoureuses rappelèrent à Sisyphe la danse d'Égine avant que Zeus déguisé en aigle ne s'empare d'elle. Il marcha longuement, jusqu'à la route isthmique tracée par Ptolimein sur ses ordres. Sans très bien savoir pourquoi, ni comment cette idée l'avait traversé, il songea que cette voie pourrait servir aussi de piste pour les chars, même dans l'état où elle se trouvait encore. Dégagée, peu cahoteuse, aplanie, elle offrirait une surface idéale pour des courses.

L'air du large caressait légèrement les joues de Sisyphe. Aussi loin que portait sa vue, le roi ne voyait que le bleu du ciel en écho à celui de la mer. Il traversa une pinède épaisse. Un grand tapis d'aiguilles déjà desséchées crissa sous ses pas. Et soudain, alors qu'il respirait le parfum ouvert des résineux, une forme suspendue à une branche basse attira son attention. C'était un enfant accroché par un linge blanc, un garçon dont le balancement épousait la cadence légère des ramures.

Sisyphe s'approcha. Il prit dans ses bras le corps bleuté au thorax déformé, gonflé, gorgé d'eau. Comment la mort avait-elle saisi le petit être ? Pourquoi se trouvait-il à cet endroit ? Quel était son nom ? Autant de questions auxquelles ne pouvait répondre le maître de Corinthe. Quelle qu'ait été son origine, il ne pouvait abandonner ce cadavre à la pourriture. Aussi décida-t-il de retourner au palais avec son chargement lugubre.

Reposé, en pleine possession de ses moyens, Sisyphe aurait facilement conclu à une mort antérieure au lever du soleil. Mais l'affaiblissement de ses facultés, dû à la fatigue, créa le doute dans son esprit. Après tout, c'était peut-être là l'œuvre toute récente de Thanatos, et dans ce cas, il ne tarderait pas lui-même à connaître le même sort que cette victime, à peine sortie de l'enfance. Si Thanatos venait juste d'opérer, l'urgence commandait de se préparer au pire. Cela signifiait que la Mort avait quitté sa prison et multiplierait les efforts pour accomplir sa tâche aussitôt que possible.

Sisyphe accéléra le pas. Quand il traversa Corinthe, le peuple s'inclina devant ce royal porteur de cadavre, lui dont tous les Corinthiens savaient déjà qu'il avait soustrait un jeune garçon aux appels de l'Hadès. Des hommes et des femmes s'agglutinèrent sur son passage, lançant des prières, demandant au sauveur de ramener ce garçon-là aussi à la vie, mais le prince fendait la foule sans regarder personne, les yeux fixés droit devant lui. Des mains se tendaient, pour toucher le visage ou les épaules de ce demi-dieu qui se frayait un chemin à travers la ville avec une difficulté croissante.

Sisyphe s'arracha enfin au tumulte et monta vers le palais. Sur le chemin, il eut le plaisir de croiser Ptolimein. Le vieil homme descendait à Corinthe pour vérifier des livraisons destinées au renforcement de la voie isthmique. Malgré sa surprise de voir son maître porter un tel fardeau, il le salua comme à l'ordinaire, mais sentit à son air sombre qu'il ne fallait pas trop le retarder. Sans se décharger du corps, dont les membres ballaient de part et d'autre de son cou, le roi félicita l'architecte pour l'avancement de la nouvelle route des deux mers et lui demanda de veiller plus particulièrement à l'égalité des surfaces. Ptolimein comprit qu'un projet mûrissait dans l'esprit de son souverain. Fermant les yeux, il acquiesça d'un sourire à peine perceptible. Comme Sisyphe allait repartir, Ptolimein risqua une question :

– Le maître sait-il qu'un accident grave, ce matin même, a rendu infirme Iobatos, un de mes plus précieux seconds ?

– Après le lever du soleil ?

– Oui, noble seigneur...

– Qu'est-il arrivé ?

– Un rocher s'est détaché de la colline et, en roulant vers la mer, il a écrasé tout sur son passage. Le miracle a voulu que Iobatos échappe à la mort.

– Je sais.

Interloqué par cette affirmation, Ptolimein faillit interroger Sisyphe, mais il se ravisa, convaincu avec raison que le moment ne s'y prêtait pas.

– Iobatos n'est pas mort, seigneur, mais ses souffrances déchirent mon cœur. Rien ne le calme, ni les onguents ni les huiles, ni les linges, ni la cendre, ni les paroles impuissantes de ses amis. Ses entrailles à l'air, ses membres atrocement arrachés, broyés... Tout est préférable à ce supplice, seigneur, à commencer par la mort, que le pauvre homme ne cesse d'appeler à son secours. Mais où donc se cache Thanatos ? Quel dieu s'acharne à maintenir ainsi Iobatos entre la vie et l'Hadès ?

Pour seule réponse, Ptolimein reçut un ordre :

– J'interdis à quiconque désormais de se rendre dans la tour et la décrète privée pour un temps. As-tu bien compris ?

– Parfaitement, seigneur. Dois-je aussi suspendre les travaux touchant à l'aménagement de la citadelle ?

– Oui, cela vaudra mieux. Que personne, jusqu'à nouvel ordre, ne foule le sol de l'Acrocorinthe !

– Fort bien, seigneur.

Sisyphe en partant invita Ptolimein à le rejoindre après le repas du soir. « Pour parler », ponctua-t-il sur un ton adouci.

Étonné de cette froideur inaccoutumée, Ptolimein s'inclina et se dirigea immédiatement vers la colline pour en condamner l'accès.

Quand le roi pénétra dans ses murs, la rumeur l'avait déjà précédé. Ses serviteurs se prosternèrent presque devant lui, certains qu'il avait choisi ce garçon pour exercer à nouveau un art sans pareil. Ils furent stupéfaits d'entendre leur maître commander qu'on préparât l'enterrement du jeune défunt. Hésitant, l'un d'entre eux osa demander une explication au roi. Celui-ci lui promit de le faire mourir s'il n'exécutait pas immédiatement son ordre.

Méropé, attirée par les bruits de voix et l'emportement reconnaissable entre tous de son mari, fit irruption au milieu du groupe de serviteurs affairés autour du cadavre.

– Eh bien, qu'arrive-t-il dans la maison de Sisyphe ?

Les présents gardèrent le silence, espérant que le roi lui-même répondrait à son épouse.

– J'ai à te parler, Méropé, viens.

Mais au moment précis où les souverains allaient quitter la pièce, un cri fusa. Xartedon, le fils du scribe Archèlos, venait de reconnaître le garçon qui gisait sur une pierre d'autel comme une victime propitiatoire.

– Mélicerte ! C'est Mélicerte ! Qu'est-il arrivé ?

Malgré sa haute taille, Xartedon cala sa tête en pleurant au creux du cou de Méropé, qui le consola en lui caressant la nuque. La reine attendit que le jeune homme se calme un peu avant de le questionner, signifiant à Sisyphe qu'il fallait éviter tout empressement. Quand les larmes de Xartedon se raréfièrent, la reine l'interrogea doucement, tout en continuant de serrer le grand corps contre elle.

– Tu connaissais donc Mélicerte, le fils d'Athamas ?

– Oui, bonne Méropé, nous le connaissons bien.

– Nous ?

– Ton fils Ornytion et moi.

– Comment et où l'avez-vous rencontré ?

– Lors de notre sortie avec Poïphile. Non loin de Mégare, nous avons croisé sur la route une femme que Poïphile appela Ino. Elle courait en tenant par la main son fils et voulut à peine s'arrêter pour nous saluer.

Xartedon se redressa. Il essuya plusieurs fois son nez du revers de la main et sembla soudain frappé d'hébétude. Afin de relancer la narration trop vite interrompue, Sisyphe esquissa un mouvement que Méropé refréna. Soucieux de s'entretenir au plus vite avec son épouse, il manifesta de l'impatience et proposa de différer le récit. La reine inclina légèrement la tête en signe de réprobation, passa un bras maternel autour du cou de Xartedon et emmena le garçon vers ses appartements privés.

Dans sa chambre, elle pria son jeune hôte de s'asseoir et lui offrit du vin coupé d'eau. Xartedon hésita, regarda la reine avec des yeux où brillait de la reconnaissance et but une gorgée.

– C'est la première fois que je bois du vin.

– Tu es un homme, Xartedon, et les hommes ont droit au vin. L'apprécies-tu ?

Le jeune homme finit la coupe d'une lampée. Il sourit.

– Tu parlais d'Ino et de Mélicerte...

– Oui...

– Ils vous ont salués ?

– Oui... et Mélicerte a voulu rester parmi nous. Sa mère l'effrayait.

– Comment sais-tu cela ?

– Il s'écartait d'elle, s'éloignait dès qu'il pouvait, semblait en danger.

Xartedon demanda une autre coupe de vin. Méropé lui fit valoir que les hommes enivrés deviennent des bêtes sauvages et offrent aux dieux une pitoyable image des habitants raisonnables de la terre. Elle relança le dialogue.

– Ino et Mélicerte sont-ils restés parmi vous ?

– Oui, deux jours au moins. Mélicerte est devenu notre ami, à Ornytion et à moi. Quoique plus jeune, il compre-

346

nait tout et en savait souvent plus que nous sur des sujets aussi variés que les serpents, le feu, les intentions d'Arès, le dieu de la Guerre aimé des Thébains, les offrandes attendues par Hermès ou les dauphins. Comme Apollon, je me souviens qu'il aimait tout particulièrement ces animaux. Il nous expliqua comment ils peuvent servir de bateaux et porter sur leur dos plusieurs hommes.

— As-tu parlé avec Ino, sa mère ?

— Non, mais je l'ai entendue invoquer Zeus, le deuxième soir.

De nouveau Xartedon s'interrompit. Ses yeux perdus dans le vague témoignaient d'une angoisse réactivée par son récit. Sa relation des faits montrait à l'évidence combien l'avait marqué cet épisode. Mérope garda le silence et attendit patiemment qu'il reprenne. Comme il tardait à renouer les fils de son discours, elle lui proposa de poursuivre plus tard. Il reprit, pourtant.

— Ino, seule dans la nuit, s'adressa directement à Zeus. Elle lui reprocha de n'avoir pas tenu à l'écart de son drame Héra, la terrible épouse du maître des dieux.

— Quel drame ?

— Ino semblait privée de raison. Elle reprochait à Zeus, en hurlant, de leur avoir confié, à elle et à son mari, Athamas, l'éducation du petit Dionysos, au mépris d'Héra. Et maintenant, la vengeance de la déesse passait par la folie de l'ancien roi de Thèbes, devenu errant, et qui finit par tuer son propre enfant, Léarchos, en le jetant dans un chaudron bouillant ! Tu vois que tout cela est marque de délire !

— Et qu'arriva-t-il à Mélicerte ?

— Je ne le sais pas. Toujours le deuxième soir, nous étions allongés sur le sol, et il se reposait entre Ornytion et moi.

Il nous assura que sa mère avait résolu de le tuer en même temps qu'elle se suiciderait. Il aurait bien aimé s'enfuir, mais il désirait aussi sauver sa mère contre elle-même.

– Et après ?

– Nous ne l'avons plus revu... au matin, il avait disparu avec Ino. Quand je l'ai aperçu tout à l'heure, j'ai compris qu'Ino avait réussi à tuer son propre fils, tout comme son mari.

Xartedon se remit à pleurer. Méropé tâcha de l'apaiser, en vain. Les sanglots du garçon montraient une nature sensible et courageuse, car se laisser aller ainsi témoignait de sa confiance en la reine et en sa propre personne.

Méropé ouvrit la porte de la chambre. Devant elle se tenait Sisyphe. Elle l'invita à entrer. Il refusa.

– Tu as tout entendu ?

– Oui. Viens, il faut que je te parle.

Méropé jeta un regard maternel vers Xartedon qui s'était assis sur le bord du lit et lui promit de revenir d'ici peu. Elle emboîta le pas à Sisyphe et s'isola en sa compagnie dans son bureau.

– Ce pénible moment a secoué ce pauvre garçon.

– Méropé, la mort de Mélicerte m'inquiète bien au-delà des réactions de Xartedon.

– Tu songes à ton frère Athamas, et aux infortunes accumulées sur sa maison ?

– Non, cela m'indiffère. Dans sa vie se succèdent les forfaitures, les mensonges, les cruautés. Il a répudié Néphélé et attenté aux jours de ses propres enfants ! Et le voilà maintenant séparé d'Ino, sa redoutable acolyte qui a dû se venger sur Mélicerte et mettre fin à ses jours. Tout cela ne mérite pas ma considération.

– Je ne m'explique pas alors que tu aies pris soin de rapporter le corps du petit noyé sur tes épaules !

– Tu vas comprendre, Mérope. Mais avant tout, il me faut t'informer d'un événement d'une très grande importance.

Sisyphe marqua un temps d'arrêt. La reine, assise en face de lui, se cala contre le dossier de la chaise en chêne. Elle scruta le visage de son mari avec l'intuition d'un malheur.

– La mort de Mélicerte m'attriste, car ce garçon avait du courage et de la détermination, à en juger par les dires de Xartedon, mais là n'est pas l'essentiel. Je veux savoir à quand remonte cette mort, Mérope, c'est vital.

– Quel danger cours-tu donc ?

– Le plus grave de tous.

Ses grands yeux noirs rivés dans ceux de Sisyphe, Mérope n'osait plus respirer. Elle haussa insensiblement les sourcils en signe d'interrogation, et comme son mari ne répondait pas, elle insista.

– Le plus grave de tous ?

– Oui, hormis le déshonneur.

– Il s'agit de la mort, n'est-ce pas ?

– Oui ! J'ai ce matin peu avant le lever du jour lutté avec Thanatos...

– Thanatos ? Mais pourquoi donc ?

– Parce que Zeus en a décidé ainsi ! Laissons de côté les détails. Thanatos est resté en haut de la tour, neutralisé, anéanti pour un moment – mais pour un moment seulement, et tout est là, Mérope ! Il faut absolument savoir à quand remonte la mort de Mélicerte, comprends-tu ? Si Thanatos a pu s'emparer du pauvre garçon après notre combat, c'est qu'il a quitté la tour et qu'il me cherche, prêt à fondre sur sa proie. S'il est libre, je vais mourir d'un instant à l'autre. Si en revanche Mélicerte a disparu avant

349

que je n'emprisonne la Mort, je dispose d'encore un peu de temps pour m'organiser.

— Ta force, mon roi, devra-t-elle aussi vite s'incliner devant cet ennemi ?

— Je n'abaisse ni n'élève Thanatos au rang de mes ennemis, Mérope. C'est un compagnon quelque peu versatile de ma vie, et je me suis depuis longtemps acclimaté à sa présence, parfois discrète, souvent brutale. Trop d'hommes l'imaginent agissant dans l'ombre, aux ordres de Zeus ou de ce guerrier d'Arès, prêt à surgir à tout instant et heureux de détruire les plus petites entreprises comme les plus grandes réalisations. Comme ils se trompent ! Thanatos souffre, Mérope ! Il sait que sa présence signifie notre descente dans l'Hadès, et au moment où il pourrait jouir de notre désarroi, pétrir notre âme entre ses mains, son emprise définitive nous empêche de le reconnaître... À peine agit-il que nous ignorons d'où vient ce qui nous tue !

— Mais toi, tu l'as vu, tu as discuté avec lui...

— Je le crois bien, oui, parce qu'il voulait absolument se révéler à moi au lieu même de ma gloire, la tour de marbre, pour savourer, au moins une fois, la détresse d'un roi issu des dieux.

Mérope avait écouté Sisyphe avec une grande concentration. Curieusement, ses craintes initiales s'étaient peu à peu dissipées à mesure que son époux entrecoupait le déroulement des faits de commentaires personnels. Peut-être la voix seule de Sisyphe aurait-elle pu suffire à rassurer la reine, qui trouvait inexplicablement dans ses résonances motif à détente. Elle enchaîna, plus tranquillement :

— Que faire, maintenant ?

Sisyphe proposa un plan fort simple que Mérope refusa tout d'abord avec énergie, estimant qu'il attentait aux dieux. Par surcroît, si elle suivait les consignes de son royal époux, elle s'exposerait au mépris des Corinthiens, et, pis, à son propre dégoût. Elle regimbait au point que Sisyphe faillit renoncer à la convaincre. Il l'embrassa et s'apprêtait à lui dire adieu quand elle revira subitement, comme si elle réalisait soudain que seule cette solution s'imposait. Elle admit alors que la mise en œuvre du stratagème proposé présentait des chances de succès, et malgré le rôle ignoble qu'elle allait devoir jouer, elle s'y résolut.

Les deux complices se levèrent. Prenant sa femme par les épaules, Sisyphe la conduisit jusqu'à l'ouverture par laquelle se découvrait la beauté rayonnante de Corinthe. Mérope posa ses mains sur le rebord de la fenêtre et resta, courbée, à contempler la ville. Le corps de son mari pesa délicatement sur son bassin. Sa tunique remonta lentement, dégageant ses reins. Sous les yeux de la reine, le paysage se mit alors à tanguer, d'abord doucement, puis avec une frénésie délicieuse. Elle voyait les bateaux s'agiter, les toits des maisons osciller de haut en bas, le ciel fondre dans la mer, la mer s'élever dans les airs, des oiseaux en formation glisser de droite à gauche ou de gauche à droite – ou peut-être n'y en avait-il aucun... Le mouvement ralentit, s'interrompit presque, mais il reprit en saccades et sembla ne jamais alors devoir se conclure... Et puis l'horizon retrouva sa stabilité. Pendant ces quelques minutes d'oubli total de Thanatos et de ses œuvres en cours, Sisyphe avait parcouru des mains les cheveux, les seins, la taille de Mérope, jusqu'au moment où, libéré, il avait calé sa tête comme un enfant dans le cou de sa femme. Celle-ci lui caressa la nuque et se délivra doucement.

Avec un douloureux sourire, Mérope promit à Sisyphe de respecter ses prescriptions, et elle retourna dans sa chambre.

18.

Après le repas du soir, Ptolimein rejoignit son maître sur la terrasse dominant Corinthe, comme convenu.

L'architecte savait que Sisyphe lui parlerait de son projet, et il redoutait de devoir s'y consacrer au plus vite. L'âge, les efforts déployés pour construire la tour de marbre, des alertes de santé, une lassitude qui le gagnait jour après jour, tout concourait à diminuer insensiblement son ardeur. Il aspirait maintenant à la paix tranquille de ceux que leur office accompli contentent. Il n'entretenait cependant aucune illusion. À l'évidence, il lui faudrait reprendre ses calames et ses papyrus, tirer de nouveaux plans, sélectionner des ouvriers, former des aides, tracer des routes, ériger des monuments... Ces perspectives le fatiguaient déjà ! Et pourtant, au fond de lui résonnait une autre voix, celle de l'homme insatiable, à l'affût du moindre détail, soucieux de réussir les plus folles entreprises. Après tout, n'avait-il pas mené à bien la tour marmoréenne ? Dès le départ, elle se dressait pourtant dans sa tête comme un gigantesque stylet propre à écrire sur le ciel. Cet édifice à peine évoqué par Sisyphe, il était entré en lui tout naturellement et n'avait cessé de l'habiter qu'il ne soit achevé. Le reste, les

352

déboires initiaux, les difficultés du transport et des assemblages, les accidents inévitables, ce n'étaient que des péripéties disséminées sur le chemin qui menait au but. Combien de fois il avait souffert de ne pas rendre ses vues immédiatement palpables ! Que de fois il avait songé au résultat comme à une évidence, alors que le premier pas n'avait pas encore été franchi ! Un léger sourire naquit aux commissures des lèvres de Ptolimein. Sa lassitude lui parut finalement fausse. Si son maître lui commandait un ouvrage, il s'y adonnerait de toutes ses forces ! Sisyphe rompit le silence.

– Ptolimein ?

– Oui, seigneur...

– Ptolimein, il ne faut pas achever tout de suite la route isthmique.

L'architecte ne réagit pas, déçu. Il s'attendait à se lancer dans un nouveau labeur et voilà que son maître lui ordonnait d'interrompre les travaux en cours !

– Je veux simplement que tu la rendes plane, comme je te l'ai dit lorsque nous nous sommes croisés près de Corinthe, mais tu la feras paver plus tard.

Ptolimein ne comprenait toujours pas. Sisyphe posa sa main sur le bras de l'architecte et reprit :

– Quand tu m'as vu avec ce cadavre sur les épaules, je revenais du bord de mer. J'ai poussé ce matin dans la direction de Mégare jusqu'au tracé de cette route que tes ouvriers appellent je crois le diolcos. Et ce corps de noyé, c'était celui d'un de mes neveux, Mélicerte. Il pendait à un arbre, comme si un dieu l'avait désigné ainsi à mon attention. J'ai scruté la mer infinie pour y découvrir la raison de cette mort, en vain. Pouvais-je abandonner cet enfant aux rapaces et aux fourmis ? Un membre de ma

famille doit avoir de belles funérailles. Et après son enterrement, nous lui rendrons hommage par des Jeux. Telle est
l'idée qui m'est venue des dieux en franchissant l'isthme
avec Mélicerte.

Sisyphe retira sa main et continua sur un ton plus solennel.

– Oui, je veux en l'honneur de Mélicerte organiser des
joutes au cours desquelles se mesureront les plus talentueux
danseurs, les plus élégants joueurs de lyre, les meilleurs
archers, les coureurs les plus véloces et les plus assurés des
conducteurs de chars du Péloponnèse.

Ptolimein voulut parler mais Sisyphe l'en empêcha en
poursuivant son monologue.

– S'il garde les seuils, protège le commerce et la roublar-
dise, conduit des morts chez Hadès, Hermès n'assure-t-il
pas aussi le succès des compétitions ?

Cette fois, il s'agissait bien d'une question, et Ptolimein
se sentit obligé de réagir.

– Certes, seigneur...

– Tu te demandes pourquoi je parle de cela, n'est-ce
pas ?

Ptolimein confirma d'un signe de tête affirmatif.

– Parce que tu peux bien t'occuper de mes bâtiments et
organiser des Jeux !

Sisyphe avait ponctué cette phrase d'un rire bref et inhabituel. L'architecte hésita un instant, puis accepta le défi.

– Et je suppose, seigneur, que tu souhaites assister à ces
Jeux tout prochainement...

– Oui, mon ami, vite, et en tout cas si possible avant
ma mort !

Cette déclaration laconique intrigua le vieil homme, qui
se leva vivement.

– Il est trop tôt pour te recueillir ! Reprends donc ta place à mes côtés.

Malgré l'émotion qu'il venait de manifester, l'architecte ne put s'empêcher de sourire à ce trait d'esprit, dans lequel il retrouvait la marque d'Éolos, avec qui jadis il riait de bon cœur. Quand il se fut rassis, Sisyphe continua, imperturbable :

– Tout homme doit mourir, Ptolimein. L'important n'est pas de vivre, mais de construire sa vie avec noblesse. Au seuil de mon départ vers l'Hadès, je crois avoir élevé mon existence au rang d'un palais intérieur. Je n'affirme pas que j'ai réussi dans mes entreprises, mais j'ai entrepris... tout est si fragile...

Un silence suivit cette méditation. Ptolimein le brisa le plus doucement qu'il put.

– Puis-je te demander, seigneur, ce qui te fait penser ainsi à la mort ?

– C'est une longue histoire, Ptolimein. Je te la dirai une autre fois.

– Avant ton départ aux Enfers, seigneur ?

Cette fois, Sisyphe éclata d'un rire profond et puissant, dévastateur et si communicatif que celui de Ptolimein l'augmenta encore. Les deux hommes ne reprirent leur souffle qu'après une longue inspiration malaisée.

Quand le calme revint sur la terrasse, Sisyphe transmit ses derniers ordres :

– Et dès demain, fidèle Ptolimein, fais savoir dans tout le Péloponnèse que les Jeux se dérouleront au lendemain de la prochaine lune pleine, sur la voie isthmique.

Cela laissait à peine huit jours à l'architecte pour préparer la piste, organiser les épreuves, lancer les défis et adresser les invitations. Autant dire qu'il se heurterait à l'impossible. Il négocia et dans un premier temps gagna trois jours. C'était insuffisant. Il parvint à arracher un délai de trois jours supplémentaires.

– Ne réclame pas davantage, Ptolimein. Peut-être est-ce même là déjà trop !

Cette fois, l'architecte comprit qu'il n'obtiendrait rien de plus. Il salua Sisyphe et alla se coucher avec la certitude qu'il dormirait peu, à cause de ce nouveau poids glissé dans son cerveau. Mais de toute façon, Hypnos le désertait de plus en plus souvent, et le vieil homme en profitait pour travailler.

À la demande de son maître, Poïphile avait observé attentivement le cadavre de Mélicerte. Il garantit que non seulement la mort du jeune homme était antérieure au lever du soleil, mais il certifia qu'elle avait dû même intervenir dans la soirée précédente. Interrogé sur son assurance, le pâtre répondit que les hommes et les animaux se ressemblaient en tout, y compris dans la mort. Plusieurs de ses bêtes s'étaient noyées lors des derniers débordements de l'Asopos, et il pouvait en palpant une peau déterminer à peu de chose près le moment exact d'un décès.

Rassuré, Sisyphe ordonna le lendemain matin qu'on procède à l'enterrement. Le corps de Mélicerte fut déposé dans un cercueil de bois peint en bleu et en blanc. Il reposait sur le côté, les genoux repliés comme un dormeur. Ornytion avait placé dans ses bras son poignard à fine lame de bronze, celui que Mélicerte avait convoité lors de leur rencontre. Autour du corps étaient répartis des vases remplis d'olives, de miel, de seigle et de fromages de chèvre. Le défunt était adossé à une petite urne de vin, bouchée à la cire. On conserva le cercueil ouvert tout le temps de la procession, afin que les Corinthiens puissent y ajouter des cadeaux, des fleurs, des objets accompagnant le mort au cours de sa descente dans l'Hadès.

Le cortège traversa Corinthe, devant le peuple incrédule et convaincu que Mélicerte ressusciterait, comme le garçon sauvé la veille à la dernière extrémité. Une foule grandissante escorta le neveu du roi vers sa sépulture. Des serviteurs avaient préparé la fosse en creusant le calcaire au pied d'une colline plongeant dans la mer. Un autel de pierre avait été dressé, sur lequel on sacrifia un mouton dont les chairs brûlées vinrent rejoindre les autres offrandes à l'intérieur du cercueil. Celui-ci fut refermé, cloué, enfoncé dans sa cavité, recouvert d'herbes odorantes et surmonté d'un tumulus.

La cérémonie se termina par une brève déclaration de Sisyphe, devant tous les seigneurs de Corinthe, une partie de leurs suites et de nombreux Corinthiens libres.

– Vous tous qui assistez au départ vers l'Hadès de Mélicerte, apprenez que des Jeux funèbres honoreront la mémoire de mon neveu et se tiendront ici, sur la route de Mégare, au milieu de l'isthme. Que chacun se prépare.

Le retour vers Corinthe se fit de manière désordonnée. Les uns couraient déjà pour rejoindre leur maison, peut-être pour s'exercer, d'autres devisaient en marchant, certains restèrent sur place pour se recueillir, mais tous parlaient de ces Jeux qu'une inconnue dénomma « Jeux Isthmiques ». L'expression gagna rapidement les esprits, et Sisyphe lui-même la reprit à son compte.

Hormis les dispositions religieuses, qui ne dépendaient en rien de lui, Ptolimein délégua largement ses pouvoirs d'organisateur des Jeux. Plusieurs coursiers partirent pour informer des prochaines célébrations les villes importantes du Péloponnèse, Mycènes, Tirynthe, Argos, Pylos, Élida,

Trézène. Des recruteurs sélectionnèrent dans Corinthe même les futurs prétendants aux récompenses. À l'exception des courses de chars, où les Corinthiens ne brilleraient probablement pas, les autres disciplines pouvaient peut-être désigner parmi eux des vainqueurs. Le temps manquait pour s'entraîner, mais les compétiteurs déclarés ou désignés obtinrent le droit de délaisser leur travail pour se consacrer à leurs exercices préparatoires. Plusieurs athlètes demandèrent à profiter des pentes de l'Acrocorinthe pour parfaire leur forme, mais Sisyphe refusa catégoriquement qu'on enfreigne la règle en vigueur. Il en irait de la vie du transgresseur. Aussi les coureurs corinthiens utilisèrent-ils les collines avoisinantes et le chemin du bord de mer pour tester leur résistance et leur vitesse. Les conducteurs de chars, quant à eux, durent attendre que le diolcos fût dégagé de ses pierres et des différents instruments qui l'encombraient encore pour éprouver leur matériel, accoutumer les chevaux, expérimenter des manœuvres, essayer des tactiques dont chacun espérait qu'elles viendraient à bout des redoutables Mycéniens et autres Argiens. La possibilité d'étrenner la voie isthmique présentait un avantage indéniable, mais cela suffirait-il ? Beaucoup en doutaient. Les archers, en revanche, constituaient avec un des joueurs de lyre la plus sérieuse chance corinthienne, et le peuple comme les seigneurs encourageaient les champions en leur promettant de belles récompenses, au-delà des honneurs glanés sur le champ.

À mesure qu'approchait la date fatidique, la tension montait dans Corinthe. Le regroupement des bêtes destinées aux sacrifices créait d'incessantes allées et venues des bergers et des pâtres, tandis que les préparatifs religieux s'accéléraient, orchestrés par des prêtresses du palais. On apprit que Salmonée, le frère du roi, viendrait spécialement pour participer à la course de chars. On se souvenait encore des effets produits par ses boucliers de bronze lors de sa dernière visite, à l'occasion du mariage d'Anticleia, la fille d'Autolycos. Pylos et Tirynthe enverraient des archers connus pour leur excellence, tandis que la puissante Mycènes, la ville aux deux lionnes de pierre gardant la porte d'accès principal au palais, fit savoir qu'elle serait représentée dans tous les domaines.

Durant cette période, Sisyphe parut aux siens fort préoccupé. Il souriait comme avant aux facéties de ses fils, mais il ne parvenait pas à dissimuler une crispation quasi permanente. Mérope savait à quoi s'en tenir, mais le reste de son entourage attribuait cet état tantôt à de la fatigue, tantôt à la déception de n'avoir pas sauvé Mélicerte ou encore à une agitation intérieure dont la cause demeurait inconnue – ou connue des seuls dieux. À deux reprises, Glaucos questionna son père sur les raisons de l'interdiction faite aux Corinthiens d'aller admirer la tour de l'Acrocorinthe. Sisyphe le tança et le pria instamment de ne plus revenir à la charge. Ornytion et Thersandros s'obligèrent à respecter le besoin d'isolement du roi, et même Halmos n'attirait plus l'attention par ses pleurs subits ou ses sourires immenses.

Chaque soir, Sisyphe songeait à Thanatos. Il se demandait quand l'envoyé de Zeus reconquerrait sa liberté, à partir de quel moment lui-même l'apprendrait et comment. Il ne craignait pas d'affronter cet adversaire une fois déjà dominé, mais il aurait aimé connaître l'heure du nouveau duel. Il dormait peu et quand cela lui arrivait, il redoutait de braver Hypnos et son cortège d'affidés. Et puis, comment reconnaître celui des jumeaux qui s'adresserait à lui ? À l'évidence, Thanatos userait d'un subterfuge et jouerait de finesse pour le prendre dans ses rets. Il lui suffirait de s'avancer masqué, de se faire passer pour son frère, par exemple, et à la faveur du trouble qu'il occasionnerait, d'agir à sa guise et au moment propice.

Sisyphe savait que tout relâchement de son esprit risquerait de l'exposer aux assauts sournois de Thanatos, dès lors que ce dernier aurait franchi le seuil de la tour. Aussi tâchait-il de demeurer en éveil des nuits entières, et pendant ces longues heures il forgeait ses armes intérieures. Quand l'adversaire passerait à l'attaque, il feindrait de subir, se laisserait soumettre pour mieux se ressaisir par la suite et reprendre le dessus. Et surtout, le plan mis au point avec Méropé ne manquerait pas de fonctionner. Cela ne lui permettait cependant pas de relâcher son attention, car il s'interrogeait sur la manière dont il parviendrait à retrouver sa conscience quand Thanatos aurait opéré. Cela le conduisait à d'interminables réflexions dans l'exploration desquelles l'absence de tout interlocuteur lui faisait cruellement défaut. Le seul qui aurait pu lui offrir ce dialogue était Ptolimein, mais d'une part il fallait le laisser dormir, et d'autre part il ne souhaitait pas mettre en cause l'équilibre fragile de sa santé en l'inquiétant outre mesure. Finalement, Sisyphe s'épuisait et sa mine blafarde frappait chaque jour davantage ceux qui le croisaient ou avaient affaire à lui.

L'annonce de la venue de Salmonée provoqua un sentiment équivoque chez le roi de Corinthe. Il pensait depuis longtemps que les dieux, à commencer par Zeus lui-même, finiraient par obtenir de ce frère paiement de ses insultes répétées. En même temps, il reconnaissait son incontestable talent de conducteur de char, et comme tous les Corinthiens, il ne doutait guère de sa victoire finale lors des tout prochains Jeux. Cela dit, une défaite devant le peuple assemblé le long de la voie isthmique rabattrait sa superbe, et Sisyphe imagina le plaisir qu'il éprouverait si ce frère succombait, malgré la honte relative dont sa lignée pâtirait.

Ptolimein avec une énergie redoublée dirigeait jour après jour les travaux d'aplanissement de la voie. L'aménagement des abords de la piste exigea un grand nombre de bras, distraits des ouvrages en cours sur l'Acrocorinthe – de toute façon momentanément inaccessible –, et d'interminables journées de labeur. Les équipes se relayaient pour dégager les pierres et transporter le sable en bordure de la route. Savamment distribués tout le long du parcours, les remblais formés constitueraient des gradins presque idéaux. La population pourrait s'y adosser pour acclamer ses favoris, les encourager de la voix et du geste, les soutenir dans leurs efforts. Un arc de cercle naturel, creusé par la mer au flanc d'une carrière en pente douce, ferait office de théâtre réservé aux joueurs de lyre et aux danseurs. On l'utiliserait aussi pour y rendre hommage aux vainqueurs des différentes épreuves. Quant aux archers, ils se mesureraient sur la plage, où se dressaient peu à peu des cibles de paille en forme de boucliers.

Les seigneurs prenant part au concours de chars logèrent au palais. Ils arrivèrent pour la plupart peu de temps avant l'inauguration des Jeux. Salmonée rejoignit ses concurrents l'avant-veille de la première course. Sisyphe l'accueillit du mieux qu'il put, c'est-à-dire sans effusion mais avec le minimum de chaleur dû à son rang. Deux seigneurs venus de Mycènes obtinrent du roi de partager la même chambre, contrairement aux usages. De nombreux écuyers secondant leurs maîtres durent camper aux abords du palais, sous la

protection de la garde royale et par délégation exceptionnelle de l'intendance palatiale.

Corinthe résonnait à longueur du jour et parfois de la
nuit de défis lancés entre compétiteurs, de déclarations
péremptoires affirmant la supériorité incontestable d'un
athlète supposé inaccessible, de paris parfois insensés. Un
riche marchand corinthien du nom de Belléros promit de
verser plusieurs jarres d'huile à celui qui vaincrait Salmonée. Un autre, dénommé Mésios, s'engagea devant témoins
à traverser le golfe de Corinthe à la nage si son champion
triomphait. Quant aux cinq potiers les plus habiles de la
cité, ils décidèrent de remettre au coureur le plus rapide
une coupe recouverte d'or qu'ils élaboreraient de concert.

Enfin le grand jour arriva. La population se transporta
sur les lieux des compétitions, et il avait fallu tirer au sort
les hommes chargés de garder militairement la ville et le
palais. Sisyphe s'installa sur un siège apporté tout spécialement et calé en haut d'un tertre dominant l'essentiel de
la piste sur laquelle coureurs et chars s'élanceraient bientôt.
De cette petite éminence, il embrassait la totalité du parcours, réduit à la moitié de la route isthmique en construction, soit un peu plus de trente stades. Les concurrents
passeraient tout juste devant lui avant de franchir la ligne
désignant le vainqueur. Sa famille, des seigneurs trop âgés
pour prendre part aux courses, des serviteurs rapprochés
de sa suite l'entouraient. Des envoyés des cités représentées
se tenaient non loin et gardaient leurs cadeaux près d'eux.

Une longue procession de tuniques blanches défila en
chantant. C'étaient pour l'essentiel des prêtresses dévouées
à Apollon, parmi lesquelles se trouvaient aussi des prêtres
et leurs assistants. Derrière elles suivaient en bêlant ou en

meuglant les victimes propitiatoires, conduites avec adresse par des hommes aux visages inspirés.

Avant la première épreuve qui allait mettre aux prises les coureurs à pied, Sisyphe se leva et rappela au peuple assemblé la raison de ces Jeux.

– Hommes d'Argos, de Trézène, d'Elida, de Tirynthe, de Mycènes, de Pylos, et vous, Corinthiens, nous honorons aujourd'hui, en ces Jeux institués par moi, Sisyphe, roi de Corinthe, la personne de Mélicerte, fils d'Athamas et d'Ino, petit-fils par son père de mes parents, Éolos et Enarétè. En ce jour de lutte fraternelle, je vous demande de respecter la règle instituée. Un concurrent sera banni des Jeux s'il l'enfreint. Et la voici : vous avez tous les droits, hormis celui de tuer. Courez !

À ces mots, une douzaine d'hommes se jetèrent sur la piste sous les hurlements de la foule. Ils devaient parcourir deux fois la ligne droite divisée dans toute sa longueur en deux sections matérialisées par une ligne de pierres. Ils partirent dos à la mer et, dès le premier stade, deux hommes se détachèrent. L'un venait de Minoa, l'autre habitait Corinthe. Le Minoen semblait plus grêle, moins en jambes, mais sa grande foulée faisait merveille. Il mena vite la course, au grand dépit de l'assistance qui multipliait ses encouragements au Corinthien, lequel néanmoins perdait peu à peu du terrain. Quand les deux coureurs virèrent à l'extrémité de la ligne, ils distançaient tellement leurs opposants que trois d'entre eux, sous les huées, sortirent de la piste et abandonnèrent, exsangues. Le Minoen accentua son avance jusqu'à la moitié du parcours restant, et sans qu'on sût très bien pourquoi, il ralentit et s'arrêta. Victime sans doute d'une défaillance, il s'assit sur le bas-côté pour retrouver du souffle. Le Corinthien le passa sans lui jeter un regard. Mais ce vainqueur potentiel, dès lors en tête, ne mesura plus avec justesse le rythme qu'il devait conserver pour l'emporter. À un peu plus d'un stade de l'arrivée, malgré les vociférations de la foule, il semblait arrêté quand un Mycénien le doubla aisément, suivi de deux autres hommes issus de Pylos. Nonobstant sa déception, les spectateurs lui adressèrent leurs félicitations en lui jetant des fleurs. Les lauriers d'Apollon revinrent au Mycénien, épuisé sans doute, mais heureux de recevoir des mains mêmes du roi de Corinthe le premier hommage de ces Jeux.

Ce fut le moment que choisit Épicarme pour s'approcher de Sisyphe et demander la permission de lui parler. Le roi se pencha pour l'entendre et apprit de sa bouche que Tyro avait donné prématurément naissance à des jumeaux. Elle s'était arrangée pour qu'aucun des deux garçons ne survive, malgré les soins particuliers dont ils avaient fait l'objet. Certains affirmaient qu'elle les avait même étranglés de ses mains. Sisyphe incendia du regard le devin, dont la face se décomposa. Épicarme ne sut pas comment expliquer cet infanticide qui compromettait gravement les projets à l'origine de quoi il se trouvait. Quant à Sisyphe, il ne lui était possible ni de regretter la mort de ces deux enfants comme un père privé de progéniture, ni de déplorer la disparition des instruments de son désir meurtrier envers leur grand-père, Salmonée. Il ravala sa colère, serra les mâchoires, et tâcha de se concentrer à nouveau sur les Jeux. Épicarme disparut dans la foule.

Afin de permettre aux chars de se ranger pour la course suivante, des captifs en grand nombre dégagèrent la voie de son espèce de travée centrale. Les chevaux par paires s'ébrouaient, ruaient de temps à autre en effectuant des petits galops sous la conduite des écuyers. Les chars, peints en rouge, en vert, en blanc relevé de lisérés d'or, en jaune vif, resplendissaient sous la lumière d'un soleil pourtant légèrement voilé. Reconnaissable entre tous était celui de Salmonée. Noir bordé d'un rouge éclatant, il attirait le regard et forçait le respect, peut-être à cause de sa triste renommée. Beaucoup l'avaient vu jeter des éclairs et trembler comme le tonnerre sous la conduite de son aurige royal. La blancheur grisée des chevaux tranchait sur cet ensemble de couleurs vives. Seules les bêtes d'un seigneur d'Argos se mariaient parfaitement avec la clarté crayeuse de son appareil.

Les seigneurs empoignèrent leurs rênes et vinrent aligner au mieux leurs équipages devant Sisyphe, dos à la mer. Ce dernier regarda Salmonée. Son frère ne détourna pas les yeux, rivés sur la ligne d'horizon, à la différence des autres participants, qui guettaient un signal en provenance du roi. Un char recula, avança, tâcha de se remettre en place, et les chevaux s'impatientaient. Un seigneur de Tirynthe faillit basculer par-dessus sa rambarde en voulant retenir ses bêtes, surexcitées par l'attente. Les plastrons de cuir ou de bronze épousaient le rythme nerveux des animaux et se décalaient par va-et-vient dans une sorte de cisaillement irrégulier. Sisyphe libéra enfin les concurrents.

Rompu à la vitesse pure, Salmonée d'emblée mena la ruée. Il espérait atteindre en premier l'extrémité de la piste afin de virer en tête librement. L'opération était délicate, la largeur de la voie isthmique ne permettant guère d'imprécision. Effectuer le demi-tour en une seule fois constituerait un avantage décisif car toute manœuvre, surtout en plein encombrement, coûterait trop de temps, et presque sûrement la victoire.

Les spectateurs, pour la plupart éloignés du virage, ne

distinguèrent plus bientôt que le nuage de poussière soulevé par la cavalcade. Là-bas, sans doute, Salmonée en tête distançait irrémédiablement ses poursuivants. Il aurait fallu un œil d'aigle pour discerner sa cuirasse argentée au milieu du chaos.

Au moment où il en émergea d'un coup, seul, comme un héros déjà couronné, une apparition stupéfia le public. Au-dessus du roi d'Elida s'élevait une nuée sombre aux reflets violacés. Elle formait par intermittence une colonne tournoyante, qui semblait prendre appui sur le cimier d'argent. À mesure que Salmonée s'approchait de l'arrivée – qu'à l'évidence il franchirait bientôt en triomphateur –, la masse nuageuse s'épaissit encore.

À environ un stade de la consécration, au moment où le demi-dieu passait devant son frère, une terrible déflagration à plusieurs détentes résonna au-dessus de l'isthme, un éclair zébra l'espace et vint heurter le sommet de son casque. Une espèce de fouet embrasé enveloppa Salmonée, l'enflamma et le projeta au sol avec une violence inimaginable. Le corps frétilla un instant comme un poisson à l'agonie puis s'immobilisa d'un coup.

Le tout avait duré si peu de temps, et l'impression fut si forte que personne dans l'assistance n'avait même songé à intervenir. Les autres concurrents évitèrent de justesse la dépouille qui fumait encore. Désintéressé de la course, accordant désormais toute son attention au drame qui venait de se dérouler devant lui, le public déboula sur la piste et forma cercle autour du foudroyé.

Le corps ressemblait à un vague tronc d'arbre rabougri, dont quatre branches mères auraient été carbonisées. Les extrémités des membres, recroquevillées, faisaient croire à une posture grotesque de danseur. Un rictus atroce barrait son visage, comme si Salmonée en partance vers l'Hadès avait dû transformer son rire sardonique en grimace. Le grand Salmonée, celui qui se prétendait l'égal de Zeus, n'était plus qu'un tas de chairs noires desséchées.

Épicarme, le devin, perdu au milieu du peuple, toisa le meurtrier de son père avec une satisfaction qu'il n'osa pas révéler. Enfin il tenait sa propre vengeance. Il avait invoqué Zeus, et Zeus l'avait exaucé. Il savait avec quelle parcimonie le maître des dieux s'engageait. Il avait dû endurer souvent des offrandes acceptées, suivies d'actes inaccomplis. Et maintenant, là, gisait le brûleur d'hommes brûlé enfin lui-même. Autolycos, descendu comme les autres sur la voie isthmique, plia un genou et tenta de prendre la tête de son ami entre ses mains. Une fois déjà, Zeus avait frappé, mais Salmonée en avait réchappé. Cette fois, le visage méconnaissable resta figé, comme collé au sable dans lequel il imprimait sa forme. Alors, levant son regard vers les faces pétrifiées, Autolycos demanda aide pour transporter la dépouille de ce roi déchu. Personne n'osa esquisser un mouvement. Seul Sisyphe pouvait donner un ordre. On se tourna vers lui.

D'une pâleur extrême, il semblait ne rien voir de la scène. Avec difficulté, il se leva, bomba le torse, et comme un homme qui s'apprête à sauter dans la mer du haut d'un rocher, il s'avança. Un passage se forma naturellement. Le roi observa un instant le cadavre de son frère. Il éprouva une vague satisfaction et ses forces manquèrent pour réprimer le sourire qui naissait aux commissures de ses lèvres. Tyro avait donc assassiné pour rien ses deux rejetons ! Il ne verrait jamais ces jumeaux dont le meurtre avait marqué la destinée. Sisyphe contempla Salmonée comme on admire un ennemi vaincu, puis, à la surprise générale, il déclara sans s'attendrir, et sur un ton d'une extrême lassitude : « Que les épreuves se poursuivent ! »

Autolycos alors hurla :

– Maître de Corinthe, Salmonée pourrira-t-il sur place ? L'empêcheras-tu de gagner les Enfers en ne donnant pas l'ordre de l'ensevelir ? Ton frère ne mérite-t-il pas d'autre sépulture que le sable piétiné en tous sens ?

Sisyphe, sans daigner porter attention à la personne d'Autolycos, ordonna que les sujets de Salmonée l'emportent pour lui assurer en son palais un enterrement digne de son rang. Il recommanda qu'on rendît grâces à Zeus d'avoir puni cet homme sans lui infliger d'inutiles souffrances. À ces mots, plusieurs hommes déposèrent avec précaution leur souverain sur son char et prirent aussitôt la direction d'Elida.

Afin de se rendre au théâtre naturel, où se déroulerait le concours de danse, Sisyphe fendit la masse humaine agglutinée sur la piste, bruissante de commentaires et de chuchotements, dont certaines bribes parvenaient jusqu'à lui. Les boucliers de bronze traînés par le char de Salmonée... les torches projetées sur son passage... l'insultante splendeur... l'arrogance de cet imitateur de Zeus... Mais il accordait l'essentiel de son attention aux regards, qu'il scrutait un à un, car parmi eux se trouvait celui de Thanatos.

Puisque la mort était de retour, et qu'elle venait de frapper Salmonée, l'envoyé de Zeus attendait sûrement l'occasion de lui sauter à la gorge ! Derrière quelle apparence se cachait-il ? Pourquoi cet inconnu l'examinait-il avec une telle attention ? Quel était cet autre, dont les yeux baissés le sondaient pour ainsi dire par en dessous ? Et ces femmes, à qui le respect imposait de garder leurs distances, que dissimulaient-elles derrière leurs beaux corps ondoyants ?

Quelle figure Thanatos épouserait-il, ou emprunterait-il, ne fût-ce qu'un instant, pour mener à bien sa mission ?

Sisyphe crut tout à coup reconnaître le visage d'Anxièlos. L'homme lui ressemblait comme un frère. Ce seigneur, exécuté de sa main à la hache, n'errait-il pas depuis longtemps dans l'Hadès ? Il crut voir aussi l'ami de Salmonée, cet Erméthion à qui un serpent avait arraché la vie tout juste avant que le glaive ne lui tranche la tête.

La chaleur pesait sur le front de Sisyphe. Il étouffait presque. Des gouttes de sueur perlaient sur ses tempes. Ses genoux fléchissaient sur le chemin pourtant aplani. Thanatos ne lui inspirait aucunement de la peur, mais il ne voulait pas mourir, et l'ignorer. Il s'en voulait de n'avoir pas traité de ce point en haut de la tour, quand il tenait son destin au bout de sa langue. Descendre vers l'Hadès, cela relevait du lot commun, pourquoi s'en effrayer ? Mais traverser les Enfers dans l'inconscience du voyage, cela lui paraissait désolant. Puisqu'il fallait mourir, il voulait s'enfoncer dans ce monde-là sans perdre la mémoire de celui qu'il quitterait.

Suivi de près par Mérope, qui semblait une protection rapprochée du roi, Sisyphe atteignit le théâtre. Il avait marché avec une lenteur inhabituelle. Livide, il s'installa, entouré de seigneurs et autres notables. Le public aussi prit place, dans une bousculade sans agressivité pour obtenir la meilleure vue possible. Une fois calés, beaucoup dirigèrent vers le roi des regards inquiets. D'où lui venait ce teint cireux ? Se pouvait-il que la mort de ce frère peu aimé l'étreigne à ce point ?

L'enceinte regorgeait de monde quand les danseurs apparurent sur la scène. Après ce concours, la première journée des Jeux s'achèverait par des actions de grâces destinées à Zeus et à Apollon, des sacrifices animaliers, des processions, des chants de louange. Cette épreuve devait marquer une simple césure entre les honneurs dus aux héros et les hommages réservés aux dieux. Elle représenta en fait un des moments les plus tragiques de la jeune histoire de Corinthe.

Les lignes sinueuses et souples des danseurs charmaient le public. Quand leurs pieds touchaient le sol, une fine poussière s'en élevait, accompagnant les évolutions d'un agréable parfum terreux. Mais à côté de Sisyphe, Mérope comprit que Thanatos agissait. Elle cria. Le spectacle s'interrompit, et l'ensemble du peuple se tourna vers le roi.

Sisyphe esquissa un geste en direction des artistes, ou peut-être des collines avoisinantes. Il voulut parler, mais au lieu de sons clairs, des borborygmes insignifiants sortirent de sa bouche. Il se redressa, comme saisi par un bras puissant, porta une main à son cou. Il étouffait. Sur ordre de Mérope, un serviteur présenta une coupe d'eau. On la tendit jusqu'aux lèvres tremblantes du souverain, qui la refusèrent en la renversant. Désemparés, les seigneurs de sa suite se levèrent les uns après les autres, dans un vacarme grandissant fait de peurs, d'affolements et de transes. Quelqu'un hurla de laisser le roi respirer. Sisyphe, un poing crispé sur sa poitrine, inspira dans un râle douloureux, et s'affaissa.

Malgré l'espoir que la ruse de son mari parviendrait à le tirer des griffes de Thanatos, Mérope laissa éclater sa douleur. Lui-même consterné par la mort subite de son père, Glaucos soutint sa mère, dont le désespoir contaminait l'entourage royal.

Après la confusion provoquée par les hurlements et les sanglots, un lourd silence s'abattit sur le théâtre. Le roi de Corinthe avait cessé de vivre... Les Corinthiens et les habitants des autres cités venus tout spécialement pour les Jeux en demeuraient soudainement interdits.

Secondé par trois gardes, Glaucos souleva Sisyphe et l'allongea sur une litière de bois préparée en hâte, recouverte de paille. On transporta ainsi le souverain jusqu'à son palais, en un long cortège improvisé.

19.

Le corps de Sisyphe reposait maintenant sur un catafalque dans la cour d'honneur du palais, celle où s'accomplissaient les plus solennelles des cérémonies.

Méropé en personne avait revêtu le roi de ses plus beaux habits. Il portait un plastron de cuir fauve décoré d'ébène, une courte tunique pourpre, une ceinture de cuir noir et des sandales de la même couleur. Ses bras collaient son corps, et sa bague de cornaline ornait sa main gauche. Formant une garde d'honneur, huit hommes d'armes demeuraient à proximité.

Glaucos, son successeur naturel, demeurait debout au côté de son père. Il donna l'ordre permettant aux seigneurs, aux notables, aux ennemis peut-être et aux serviteurs proches de venir offrir leur dernier hommage au roi de Corinthe. Il fixait l'un après l'autre ceux qui se recueillaient devant Sisyphe, et tentait silencieusement de les remercier, sans se départir de sa fierté coutumière.

Le protocole de l'inhumation n'avait pas été arrêté. S'écartant quelque peu, Glaucos interrogea tout bas sa mère. Que désirait-elle exactement pour son époux ? Un enterrement immédiatement après les honneurs rendus au palais ? Une

crémation et une dispersion des cendres comme pour Enarétè, la mère de Sisyphe, cette grand-mère qu'il avait lui-
même à peine connue ? De toute façon, une journée entière
de sacrifices s'imposerait, et tous les Corinthiens obtiendraient le droit d'y assister, les captifs autant que les femmes.

Méropé hésita. Elle scrutait la foule piétinante et recueil-
lie. Si elle avait pu éviter de répondre, elle se serait réfugiée
définitivement dans le silence. Le secret que lui avait confié
Sisyphe lui pesait trop. Mais comment opposer une fin de
non-recevoir à son fils, en cette circonstance ? Celui-ci
insistait du regard. Méropé alors, sur le ton le plus détaché
possible, lâcha laconiquement : « Rien ! »

Sidéré, Glaucos ne sut quoi dire. D'abord incrédule, il
tenta de capter le regard de sa mère, qui le fuyait. Avec
une brutalité à peine contenue, il agrippa Méropé par le
coude et l'entraîna dans une pièce attenante à la cour. Là,
isolé, il se permit d'élever la voix.

– Que dis-tu, mère ? Rassure-moi, et précise ta pensée.

Méropé confirma sa réponse, mais cette fois d'un ton
résolu et en faisant face avec un triste courage à son fils.

– Rien ! Glaucos. Pas d'honneurs funèbres pour Sisyphe.

Bouillant de colère, Glaucos voulut pourtant se contenir
encore et tâcha de raisonner sa mère.

– Mais c'est impossible ! Le roi de Corinthe, ce grand
roi, ne peut pourrir exposé devant son peuple !

Tête basse, gorge serrée, Méropé d'une voix faible répéta
sa phrase, presque machinalement, comme si elle devait
l'emporter sur elle-même.

– Pas d'honneurs funèbres pour Sisyphe...

Glaucos ne se réfréna plus et explosa.

– Mon père sans sépulture ? Ô compagne méprisable,
indigne épouse, cruelle mère ! Devant le corps chaud de

ton maître, tu oses t'élever entre lui et Corinthe, entre lui et moi, entre lui et son peuple ! Que Zeus te punisse et venge le glorieux Sisyphe, qu'il jette sur toi l'opprobre et que ton infâme conduite te perde ! Que la vindicte seigneuriale ait raison de ta vie ! Et que le tribunal d'Hadès te condamne au Tartare.

Sa malédiction lancée, Glaucos sombra dans une crise de larmes. Méropé ne jugea pas utile de le consoler. Humiliée par l'invective subie, elle puisa paradoxalement dans l'emportement de son fils, et dans sa défaillance finale, un motif de détermination supplémentaire. Si le nouveau souverain de Corinthe se permettait de s'adresser ainsi à elle, lui qu'elle avait porté dans son ventre, et dont les terribles paroles venaient de raviver en elle des douleurs d'accouchement, qu'en serait-il des autres seigneurs, de ceux dont elle avait appris à se méfier des sourires et des bontés de façade ? Elle envisagea de disparaître et de confier à Glaucos le soin de régler le détail des obsèques, mais à cette lâcheté s'opposait son engagement à l'égard de Sisyphe.

Quelque peu calmé, Glaucos revint à la charge :

– Mère, tu es encore la reine de Corinthe, je te supplie de ne pas laisser mon père sans sépulture. On abandonne aux chiens, aux vautours et aux fourmis les vauriens, les meurtriers, les fuyards, les déserteurs, les êtres veules ou les esclaves, pas cet homme, grand parmi les rois. Ne pas honorer Sisyphe attirera la honte sur notre maison et sur toute sa lignée.

– Penses-tu à toi en parlant ainsi ?

– Comment ne pas songer à tous ceux qui t'entourent ? Comment ne pas imaginer que le Péloponnèse résonnera longtemps, peut-être pour toujours, de cette fin tragique et du mépris qu'elle aura inspiré à ses proches ? Et puis, mère, laisserons-nous l'âme de Sisyphe errer hors des Enfers, perdue à jamais ?

Ce dernier argument acheva d'affermir la résolution de Mérope. Elle ne pouvait révéler à quiconque le pacte conclu avec Sisyphe, pas plus à Glaucos qu'aux autres membres de sa famille, aux seigneurs et à tous les Corinthiens. Non seulement elle aurait couru le risque de provoquer la colère ou à tout le moins le scepticisme général, mais elle aurait par surcroît trompé la confiance de son mari. Qui accréditerait les paroles prononcées par celui-ci dans son bureau, juste avant qu'ils ne s'unissent : « Ne me rends pas d'honneurs funèbres ! Hadès ne pourra pas ainsi condamner mon âme. Et garde confiance en moi » ? Désobéir à Sisyphe, c'était risquer de faire échouer ce plan aux vertus de quoi lui-même croyait, et servir peut-être à Thanatos une victoire finale ! Son époux avait réclamé de la confiance, il fallait agir suivant leur accord, même si elle ne voyait pas comment la situation se rétablirait.

Mérope mesurait mieux maintenant l'ampleur de sa tâche. Garder Sisyphe auprès d'elle, sans sépulture, résister aux insultes, dont Glaucos lui avait offert déjà un avant-goût, s'opposer aux manigances de ceux qui rêveraient d'ensevelir le défunt pour prétendre aussitôt à sa succession, s'exposer aux questions de ses jeunes fils, à qui elle ne pourrait pas fournir de raisons valables, affronter aussi les regards de Ptolimein ou d'autres serviteurs fidèles, qui la haïraient de faire subir à leur maître le sort des traîtres, encourir enfin la colère des dieux, en obéissant à son époux et en transgressant la loi des morts... Mais pourquoi Sisyphe l'avait-il impliquée dans cette affaire ?

Glaucos reprit sa place à côté du corps majestueux et demeura droit comme un flambeau pour assister au défilé des hommages, ne laissant rien paraître de son exaspération. Beaucoup de Corinthiens pleuraient devant ce descendant de Prométhée, de Deucalion et de Hellèn, ce gisant dont ils n'avaient jamais imaginé la mort possible.

Du socle sur lequel il reposait, Sisyphe entendait tout et ne voyait rien. Il percevait le moindre des mouvements autour de lui et ne parvenait pas à esquisser le plus petit geste. Enfermé dans sa prison corporelle, il était comme une statue de pierre. L'immobilité de ses membres, la nuit dans quoi il plongeait contrastaient avec cette agitation extérieure, ces paroles, ces pleurs. « Notre roi est un enfant dans les bras de la mort », dit une femme, dont Sisyphe tâcha de découvrir l'identité. Il lui sembla reconnaître la voix de cette porteuse d'eau qu'il avait croisée, un jour, sur l'Acrocorinthe. Le simple « Oui » ponctuant cette phrase ne lui laissa aucun doute sur la présence de son médecin, Iométèle. Celui-ci ajouta, sans doute à destination d'un contrevenant : « Ne touchez pas au roi ! Que seuls vos yeux le caressent. » Quelque chose le frôla pourtant. On avait dû effleurer son front, ou peut-être sa joue. Cela provoqua chez lui une émotion étrange. La douceur de ces doigts lui rappela sa sœur Canacé. Elle passait ainsi une main maternelle sur sa tête quand ils étaient enfants. Depuis sa mort tragique, après l'inceste avec Macarée, il n'avait jamais retrouvé le parfum de cette peau. Et voilà qu'aujourd'hui, enfermé dans sa pesante enveloppe de chair, il en éprouvait presque l'arôme. Un nouveau rappel à l'ordre du médecin eut raison d'éventuels récalcitrants.

Sisyphe entendit la voix de Méropé. Elle était là, tout près de lui, et, de sa main, elle souleva la sienne. Elle la serra. Il aurait juré que ses membres n'existaient plus, or, au contact de sa femme, une sorte de déflagration intérieure se produisit. Il eut l'impression qu'elle le fouillait, triturait ses entrailles pour en extraire quelque substance vitale. Malgré sa dextérité, la main l'écorchait. Elle descendait à travers ses poumons, son ventre, son sexe, ses jambes. Soudain, elle lâcha prise. Le chaos qu'elle avait provoqué se dissipa. Au bord de l'épuisement, le cerveau embrumé, Sisyphe perçut encore les étapes d'une conversation, malgré l'éloignement volontaire auquel s'étaient astreints les deux interlocuteurs. Il s'agissait sans aucune erreur possible de Glaucos et de Mérope. On avait dû aussi interrompre le défilé devant son cadavre, ou bien il s'était terminé, et cela expliquait pourquoi sa femme et son fils conversaient sans se soucier d'intrus. Le roi tenta de saisir les propos que tenaient ces deux êtres aimés. Seuls des éclats de voix lui parvenaient, assourdis, où il était question d'arrangements funèbres. Ses narines lui révélaient de nombreux cadeaux mortuaires, aulx, huiles, olives, miels, vins, noix, galettes et même fromages. Ces présents devaient joncher le sol, et son cercueil lui-même en regorgeait sans doute. Si Mérope pensait à l'humecter d'eau, à éviter tout dessèchement, il parviendrait à vaincre encore une fois Thanatos.

Sisyphe éprouva une immense fatigue. Tous ses efforts pour reconquérir une mobilité, même faible, étaient restés vains. Claquemuré dans ce corps étroit et raide, son esprit faiblissait. Défilaient dans son cerveau, et comme devant lui, des scènes incongrues qui lui rappelaient vaguement des souvenirs. Un garçon plus grand que lui le poursuivait sans relâche. Son père imitait dans l'eau un serpent. Il abattait son premier sanglier. Les cendres de sa mère voletaient avant de s'enfoncer dans les profondeurs marines. Il grimpait à une corde et se brûlait les mains en se laissant glisser sur le sol. Du feu jaillissait d'un pain d'argile et

377

dessinait des volutes en forme de lettres inégales. Un puissant navire venait heurter son frêle esquif. Une espèce de dragon aux cent têtes aboyait après lui. Un arbre interminable s'enroulait autour de son cou. Du sperme arrosait Corinthe et finissait par la recouvrir entièrement. Une course de chars passait devant lui par éclairs. Un homme s'attaquait à Anticleia, mais il ne pouvait mettre un nom sur ce visage d'abord cramoisi, puis transformé en tête de mort.

Sans bouger, il sentit que quelque chose de lui s'enfonçait dans des profondeurs insondables. Sa chute vertigineuse s'accélérait à mesure qu'il croyait atteindre des abysses. Il descendait à l'évidence vers le royaume d'Hadès. Plus il dégringolait, moins il entendait les sons de la vie. Làhaut, ou là-bas, on continuait peut-être de parler, ou alors la nuit avait chassé tout le monde. Lui, il flottait dans un espace dont il s'efforçait de mémoriser certains détails, afin de se prouver à lui-même ultérieurement qu'il avait bien visité le royaume des morts, mais les images se superposaient trop vite et s'altéraient. Peut-être baignait-il dans le Léthé, ce fleuve dont les eaux font tout oublier ? Il se remémora pourtant les descriptions de Ptolimein, quand celui-ci découvrit les premières étapes des Enfers. Un canal interminable, des parois fluctuantes, des âmes diaphanes et impalpables, en suspension, des ombres à la dérive...

Rien de semblable ne se présentait à lui. Il avait le sentiment de vivre pleinement sa mort. Il ne dormait pas, il vivait, mais seule sa conscience demeurait en éveil. Pour se venger de son incarcération, Thanatos le séquestrait donc à son tour, mais dans la plus imprenable des forteresses, son propre corps ! Et la Mort s'amusait à brouiller ses repères en dédoublant ses sensations. Il était une âme sans chair, une substance privée de toute réalité matérielle. Sa volonté n'exerçait désormais plus aucune emprise sur ce qui lui semblait soudain fort éloigné, sa peau, ses muscles, ses poumons, son cœur, son sexe. De tout cela, il conservait une vague idée, mais tout se décomposait dans son esprit et il ne parvenait plus à s'en fournir une image unitaire. Ses organes se dispersaient. Il conservait la conscience de sa conscience, mais de rien d'autre. Ainsi les représailles dépassaient en rigueur la première offense ! D'ordinaire, la mort prive le vivant de la connaissance de sa mort. La cruauté suprême de Thanatos consistait donc à lui imposer cette double souffrance, être mort pour les autres, et vivant pour soi, sans pouvoir le prouver, ni à soi ni aux autres.

Le monde au sein duquel se trouvait Sisyphe ne ressemblait à rien et lui rappelait tout. Il aurait aimé fermer les yeux et s'assoupir, mais là-haut, ses paupières à l'évidence étaient closes... Et puis un combat farouche l'attendait. Il ne fallait pas mollir.

Dans les ténèbres où il pénétrait, immobile, il crut discerner de sombres masses, pareilles à des saules et à des peupliers noirs. Se trouvait-il déjà dans le Bosquet de Perséphone, véritable antichambre du royaume des ombres ? Avait-il foulé des parterres d'asphodèles sans même s'en rendre compte ? Cerbère, le chien monstrueux aux cinquante têtes, l'avait-il déjà laissé passer pour mieux lui couper toute retraite ? Comme il n'éprouvait aucune sensation de fraîcheur ou de tiédeur, où et comment avait-il franchi le Cocyte aux eaux glaciales, et le Phlégéton au cours brûlant ? Pourtant, il savait avec certitude qu'approchait le moment d'affronter Hadès.

Dans son enceinte corporelle pétrifiée, Sisyphe ignorait tout du temps, de l'alternance des jours et des nuits, des activités quotidiennes au palais. Il supposait qu'on avait placé son corps dans l'une des cours, à en juger par les paroles qu'il avait captées. Si le soleil s'était couché plusieurs fois depuis son terrible malaise en plein Jeux isthmiques, cela signifiait qu'aucune cérémonie n'avait encore eu lieu. Méropé lui avait dans ce cas obéi. Si, au contraire, son décès public remontait à quelques heures, ou à une journée, qu'adviendrait-il de lui ? Enterré, ou réduit en cendres, comment s'échapper des Enfers et retrouver Corinthe ?

Une voix parla doucement :

– Sisyphe, mon maître, mon roi, permets-moi, aujourd'hui, en ce moment d'inconsolable tristesse, de t'appeler aussi, à mon tour, « mon ami ». Tu dois déjà voguer sur le Styx, ou peut-être même jouir de la vie olympienne des âmes nobles, et moi, ton vieux serviteur, je suis là, devant toi, malheureux de vivre. Pourquoi les dieux exigent-ils tant d'un pauvre homme ? J'ai vu partir ton père, Éolos, et ta mère, Enarétè, et maintenant je dois subir ton absence ! Pourquoi me priver de ce qui me tient tant à cœur ? Pourquoi m'enlever ceux que je sers par amour ? Pardonne à ton serviteur, ô Sisyphe, d'évoquer sa peine et la souffrance dont ton décès l'accable. Je suis âgé. J'ai côtoyé la mort plusieurs fois. Je me prépare depuis longtemps à descendre dans l'Hadès, et voilà que mon roi m'y précède, lui, plus jeune, plus fort, plus sage que moi. Tu m'as élevé jusqu'à toi, seigneur, par tes sentiments, et je ne puis rien t'offrir de plus que mes pleurs. Les larmes d'un vieillard sont chargées de toute la lourdeur de sa vie, et celles que je verse aujourd'hui sur ton visage ressemblent au cadeau que tu me fis avec la source Pirèné. Elles ne sécheront plus. Mes yeux resteront humides, comme tes lèvres en ce moment, sur lesquelles je pose mes paupières pour qu'elles m'embrassent.

Sisyphe aurait voulu sourire, baiser l'homme penché au-dessus de lui, qui collait ainsi ses yeux à sa bouche, mais l'atrophie totale de sa volonté lui interdisait la moindre réaction. Cette voix chaude et la lenteur de l'élocution trahissaient Ptolimein. Combien Sisyphe aurait aimé lui répondre, le rassurer, lui promettre qu'il reprendrait bientôt ses activités !

– Pour les cérémonies funéraires, pas d'enterrement pour toi, seigneur, mais un feu magnifique, nourri de bois nobles, une incinération à la hauteur de ta majesté. Je tâcherai d'en convaincre Glaucos et Mérope.

Sisyphe à cet instant comprit mieux encore la perversité de Thanatos. Il ne lui suffisait pas de le transformer en statue, il lui fallait encore jouir de son impuissance ! Et il avait choisi son seul ami pour lui infliger cette peine épouvantable. Comment transmettre à Ptolimein un message, un indice, quelque chose par quoi il comprendrait que ce « feu magnifique » détruirait son maître et lui interdirait tout retour ? La voix de son fils aîné lui révéla que celui-ci avait rejoint l'architecte devant son cercueil.

– Mon père t'aimait, Ptolimein.

– Seigneur Glaucos, je l'aimais plus que ma vie. Pourquoi faut-il que les dieux nous privent de ce qui nous est cher au lieu de s'occuper d'abord de nous ? Eux, les immortels, ne peuvent comprendre notre sort. Savent-ils même ce que signifie le mot « mort » ?

– Perdre son père, Ptolimein, est dans l'ordre des choses, et je m'étais accoutumé à cette idée depuis longtemps, sur les instances de Sisyphe lui-même. Notre vie ne nous appartient pas, ce sont les dieux qui en décident, mais quand ils arrêtent leur décision, ne devons-nous pas nous en remettre avec confiance à nos proches pour s'assurer de notre voyage aux Enfers ?

– Bien sûr, Glaucos, mais ta question contient sa réponse, et je n'en saisis pas la raison.

– À toi, je peux confier la félonie de ma mère ! Méropé veut priver Sisyphe de sépulture et refuse obstinément tout hommage funèbre pour son époux.

– Que dis-tu là ?

– La pure vérité, Ptolimein.

– Voyons, mais c'est impossible !

– Je t'assure que si !

– C'est assurément un malentendu.

– Je ne le crois pas.

– Il faut la raisonner.

– Je l'ai tenté, sans succès. Sa détermination me rend plus insupportable encore sa perfidie. Avant d'agir, je voulais consulter la sagesse de ton âge, et ta grande connaissance de notre maison.

Sisyphe endurait péniblement ce dialogue dont il était l'objet, et auquel il assistait comme une ombre. Si seulement sa conscience avait pu commander à ses muscles ! Si seulement ses humeurs, caillées sans doute ou peut-être même évaporées pour partie, pouvaient à nouveau revivifier ses membres ! Si seulement il était parvenu à briser ce carcan d'organes atones !

Après réflexion, le vieil architecte reprit :

– Je parlerai à Méropé. Je la mettrai en garde contre les risques encourus, son bannissement possible de Corinthe, les dangers pour ses enfants et sa maison. Je la persuaderai, crois-moi, seigneur Glaucos.

Ptolimein avait dû rejoindre la reine, car de nouveau se

fit le silence. Glaucos restait peut-être là, pour ne pas laisser le corps seul, ou bien quelqu'un d'autre avait été désigné à cette fin.

La conscience de Sisyphe réclamait du repos. Trop longuement à l'écoute, son attention se relâchait. Le roi ne voulait pas succomber aux appels d'Hypnos, pour ne pas rater la plus petite éventualité de reviviscence. Thanatos le maintenait dans une dépendance presque totale, et sa captivité interdisait toute communication avec le monde extérieur. S'il voulait s'évader, il lui fallait donc ne pas sombrer dans l'inconscience. Mais ses efforts pour éviter cet état l'en avaient rapproché. Il eut le sentiment qu'il s'éteignait.

Des propos entrecoupés de pleurs plus ou moins bien contenus le réveillèrent. Ornytion et Thersandros lui caressaient le visage, embrassaient son front, parlaient à son cadavre comme s'ils s'adressaient à lui bien vivant. Ornytion s'exprimait en homme et tâchait d'expliquer à son jeune frère que leur père allait gagner le royaume des morts, et, dans les profondeurs de la terre, vivre une autre vie, détachée des contingences de la surface. Thersandros semblait ne pas entendre. Il s'entretenait tranquillement avec Sisyphe.

– J'ai joué avec les osselets de porc, hier, et j'ai réussi à les attraper d'une seule main pour la première fois. Tu sais, mon père, tu devrais couper les poils qui poussent sur tes joues, je ne veux pas me piquer en t'embrassant. Halmos m'a réveillé en criant. C'est de la faute d'Antropoïa. Tu devrais la punir ! Je ne veux plus qu'elle s'occupe de moi. Elle m'oblige à faire tout ce qui me déplaît... Suis-je obligé de manger du fromage de brebis ? Elle dit que c'est bon pour moi. Je n'aime pas ça. Je préfère les galettes de seigle. Toi aussi, tu aimes les galettes de seigle ! Je t'en ai apporté.

Je te les mets là, près de ta main, comme ça tu pourras facilement les prendre pour les manger si tu en as envie. J'ai vu un serpent l'autre jour. Il courait dans les herbes aux abords du palais. Je n'ai pas eu peur ! Il était très beau, avec des couleurs vives. Tu as déjà vu des serpents comme celui-là ? J'aimerais que tu m'emmènes avec toi pour en capturer. Ça ne doit pas être facile ! Il ne faut pas se faire piquer ! Je voudrais aussi que tu dises à Antropoïa de ne plus me faire porter des tuniques de lin, ça me gratte. Je préfère être nu. Antropoïa ne veut pas se dénuder devant moi, je ne sais pas pourquoi, j'ai déjà vu sans tunique les autres femmes du gynécée. Sous tes vêtements, tu es nu, toi aussi ?

Mérope interrompit le dialogue de son jeune fils avec son père, pour une raison qui échappa au roi. Les deux garçons durent probablement quitter la salle, où la reine demeura seule avec son époux. Elle lui caressa le front et humecta ses lèvres d'eau en y versant avec minutie le contenu d'une coupe en argent. Puis, elle s'agenouilla pour que sa tête se trouve à bonne hauteur, et, l'émotion la gagnant, elle posa une joue sur le thorax inerte de Sisyphe. Après un long moment de silence et de communion, elle parla doucement :

— Mon cher seigneur, si tu pouvais voir combien ta mort m'afflige ! Si tu savais à quel point ton départ pour l'Hadès rend ma vie pauvre et vaine ! Je t'ai promis de ne pas t'ensevelir ni te réduire en cendres, et je tiendrai parole... Je croyais cette tâche inhumaine et insurmontable. Tout de suite après ta mort, j'ai failli succomber devant les justes assauts de Glaucos et de mon chagrin... La lourdeur de ma promesse écrasait mes épaules et me transperçait le corps. Désormais, je suis ferme et résolue.

Zeus peut bien me précipiter dans le Tartare, me condamner aux pires supplices, je te resterai fidèle. Mais je t'en conjure, ne m'abandonne pas. Ils vont me chasser de Corinthe, ou me mettre à mort, et ils feront de toi ce que bon leur semblera. Que leur importe notre secret, dont ils ignorent tout, dont ils n'apprendront jamais rien, et que je ne peux pas leur dévoiler ! Je t'en supplie, Sisyphe, rassure-moi, aide-moi, sois avec moi cette fois encore...

La reine pleurait. Sisyphe aurait aimé en faire autant.

Après cet ultime rendez-vous, Méropé se retira et se prépara aux récriminations de tous ordres qu'il lui faudrait bientôt affronter. Sa position ne tarda pas à être connue au palais, et à Corinthe, où elle suscita une réprobation unanime. La cité bruissait déjà de condamnations envers la reine et de la nécessité de mettre un terme au scandale provoqué par son attitude, car bien qu'aucun signe de putréfaction ne soit apparu, le corps de Sisyphe ne manquerait pas de subir prochainement le sort des cadavres abandonnés. Il pourrirait dans cette cour où Méropé s'obstinait à le maintenir, exposé aux regards comme un vulgaire objet.

Les plus importants seigneurs de Corinthe se rendirent en armes au palais. Reconnu pour un esprit avisé, notamment depuis la campagne thébaine, Xénanthias dirigeait le groupe, formé d'une dizaine d'hommes. Les serviteurs palatiaux, en les accueillant, manifestèrent leur appui par des sourires entendus. Glaucos fit entrer les hôtes dans le mégaron où ils prirent place autour du trône laissé vacant. L'aîné des fils de Sisyphe se garda de l'occuper et s'assit près de Xénanthias. Celui-ci se releva et parla en premier :

– Seigneurs de Corinthe, notre roi est mort, et son épouse refuse de l'enterrer. Elle commet par là un crime à l'égard de Zeus et de son frère, Hadès. Il ne restera pas impuni.

Des grognements approbateurs ponctuèrent cette brève déclaration. Glaucos acquiesça, sans se rendre compte qu'il accordait ainsi à Xénanthias une incontestable primauté, bien difficile à contester par la suite. Un seigneur réclama la présence de la reine. On ne déciderait pas de son sort en son absence. Glaucos tenta de différer la convocation, afin de protéger sa mère contre un éventuel jugement hâtif, mais les appels successifs des seigneurs assemblés balayèrent sa faible opposition.

Des gardes armés allèrent chercher Méropé et la conduisirent au mégaron. À peine entrée, elle invectiva son fils :

– Te voilà complice, Glaucos, d'une rébellion contre ta mère ! Quel homme es-tu donc ?

Xénanthias l'interrompit avec une fermeté qui laissait tristement présager du verdict final :

– Et quelle mère es-tu toi-même, pour priver tes fils de l'honneur dû à leur père ?

Méropé fixa Xénanthias, et, furieuse, elle exprima sa colère sans ménagement :

– Vous-mêmes, qui vous permet de vous réunir ici ? De quel droit occupez-vous cette pièce, où Sisyphe, votre maître à tous, vous a faits ce que vous êtes ?

– Assez de paroles ! Une femme, fût-elle reine, ne commandera pas aux seigneurs de Corinthe. Sisyphe est mort, qu'on procède à son ensevelissement et que son successeur soit désigné !

– Ah ! Phakétas, tu prétends déjà régler cette question ! Tu ne songes qu'à cela, prendre la place de ton roi.

– Je te rappelle, Méropé, que Sisyphe n'est plus. Il gît dans un cercueil que tu laisses ouvert à tous vents ! Réveille-toi !

Xénanthias intervint de nouveau, sur un ton définitif :

– Méropé, pour la dernière fois, nous exigeons que tu ordonnes de rendre les honneurs funèbres à Sisyphe, sans quoi nous déciderons de ton bannissement de Corinthe. Que réponds-tu ?

Méropé regarda chacun des seigneurs avant de livrer sa réponse. Elle s'attarda en dernier sur Glaucos. Face à la détermination de sa mère, celui-ci finit par baisser les yeux. Alors la reine, altière, opposa son refus à Xénanthias de la façon la plus nette :

– C'est non !

– Fort bien ! Toi et tes enfants, vous quitterez Corinthe demain par la mer. Si Glaucos le souhaite, il pourra demeurer ici et participer à la désignation du futur souverain.

Un seigneur se leva et rejeta cette dernière proposition. Un autre ajouta que Glaucos devrait lui aussi partir, afin de couper court à toute contestation ultérieure. Le fils aîné de Sisyphe prit à son tour la parole et rappela qu'il devait hériter naturellement du titre de son père, assertion que repoussa Phakétas. Glaucos tenta de s'exprimer plus complètement, mais on ne lui en laissa pas le loisir. Xénanthias évita une amplification de la controverse et fixa l'urgence :

– Messeigneurs, ne nous disputons pas et réglons d'abord les funérailles de Sisyphe.

Cet appel eut pour effet de calmer tout le monde et le détail des obsèques occupa un moment les esprits. Méropé tâcha une dernière fois de s'opposer à cette décision, qui violait le pacte conclu secrètement avec son mari, mais déjà les gardes l'entraînaient vers ses appartements pour qu'elle se prépare à l'exil.

Xénanthias, Glaucos et les autres seigneurs se rendirent dans la cour où reposait le corps de Sisyphe. Là, autour du cercueil, ils se recueillirent en silence. Phakétas voulut prendre la parole. Il ne souhaitait pas particulièrement rendre hommage à Sisyphe, mais plutôt contester l'ascendant de Xénanthias, lequel finit par imposer sa loi. Ce dernier réussit, seul, à prononcer l'éloge du roi.

– Sisyphe, notre roi, seigneur d'Ephira et bâtisseur de Corinthe, fils d'Éolos et d'Enarétè, petit-fils d'Orseis et d'Hellèn, descendant de Deucalion, de Prométhée, de Japet et d'Ouranos, notre maître à tous, te voilà désormais prêt à rejoindre l'Hadès et à jouir de cette vie à laquelle nous aspirons tous, faite de douceur et de divertissements divins. Toi, mortel issu de dieux, nous te saluons au seuil de ta nouvelle demeure et nous nous inclinons devant ta gloire. Que Corinthe pour toujours en conserve le souvenir et y trouve motif à rayonner davantage encore ! Que ton successeur, choisi parmi tes plus proches, agisse dans ce sens ! Qu'il ne laisse pas impunis les crimes dont les Corinthiens pourraient se rendre coupables, fussent-ils commis par ses parents ! Que ton accès aux richesses infinies des profondeurs de la terre te permette de voyager longuement, et que ta tour de marbre, dont s'enorgueillit notre cité, soit un éternel repère pour les dieux et pour les hommes.

De ces propos, où s'entendait la soif de pouvoir plus que l'aménité, Sisyphe perçut un mélange cacophonique. Les sons lui parvenaient déformés, tordus, étrangement éclatés. Surnageaient des considérations mineures à quoi sa conscience refusait d'accorder crédit. Il ne ressentit aucune colère, simplement de la gêne. Il ne comprenait pas exactement ce qui se déroulait autour de lui, et il ne songea qu'à ramasser toutes ses forces pour s'extraire des ténèbres.

Avec Glaucos, dont le reste de pouvoir s'exerçait péniblement, Xénanthias mit au point les détails des funérailles. La grandeur de Sisyphe exigeait une cérémonie et des sacrifices à proportion. On s'accorda sur une hécatombe, mais on se disputait déjà sur l'origine des bêtes. La toute jeune autorité de Xénanthias parvint difficilement à imposer une répartition à la mesure des richesses de chacun.

Pendant ce temps, Méropé se préparait avec ses fils à quitter Corinthe. Eurymédé, l'épouse de Glaucos, désirant soutenir la reine dans son épreuve, la rejoignit dans ses appartements. Elle affronta sa froideur.

– Méropé, laisse-moi t'aider.

– L'aveuglement de ton mari, mon fils, ne te suffit donc pas, Eurymédé, tu veux ajouter à ma colère en te mêlant de mes affaires le jour de mon départ ?

– Pourquoi me détestes-tu ainsi ?

– Je ne te hais pas, Eurymédé, je méprise ton comportement.

– Que voulais-tu que je fasse ? En venant auprès de toi, je montre son tort à Glaucos.

– Il fallait agir avant, pas après.

– Que peut vraiment une femme ?

– Ne jamais renoncer ! Une femme n'est pas un animal, ni un objet. Elle est matrice, origine, créatrice. Elle règne sur le cœur de celui qui l'aime, et libre à elle de mériter louange ou reproche.

– Mais j'aime ton fils !

– Oui, tu aimes Glaucos, mais personne d'autre – hormis peut-être le joli fruit de vos amours, Hipponoos ! Ne cherche pas plus loin les racines de ton impuissance. Le fils aîné de Sisyphe ne vaut pas la moitié de son père, et tu portes ta responsabilité dans cette triste réalité.

– Si tu ne me pardonnes pas à moi sa conduite, épargne-lui, au moins, ton ressentiment.

– Au moins ? Dois-je te rendre compte de mes actes ? Ton mari, avec les autres seigneurs, me rejette hors de Corinthe. Moi, je vous chasse de ma vie.

– Sache pourtant, Méropé, que je ne t'en veux pas. Je te comprends, malgré la douleur que j'éprouve, et d'être liée aujourd'hui à Glaucos et de devoir renoncer à ton respect.

– Je t'estimerais plus si tu ne te désolidarisais pas de ton mari. Tu es sa femme. Ta place n'est pas auprès de moi, mais de lui.

Cette sentence acheva l'entretien. Eurymédé se retira, et Méropé finit de rassembler quelques effets pour un voyage dont elle ignorait la destination.

Quoique attachée au service palatial, Atropoïa fut autorisée à ne pas abandonner sa maîtresse et à l'accompagner pour s'occuper de ses fils. Or justement, elle se précipitait vers la reine pour lui apprendre une mauvaise nouvelle supplémentaire. Ornytion était introuvable. On avait cherché partout, fouillé le palais dans ses derniers recoins, sans effet.

Méropé crut tout d'abord que son deuxième fils se cachait avec succès, mais à la suite des explications fournies par plusieurs serviteurs, qui répondaient encore à ses questions, elle conclut qu'Ornytion avait quitté le palais pour n'avoir pas à le fuir. Instinctivement, elle ressentit de la fierté pour ce garçon. Lui ne se soumettait pas aux injonctions des nouveaux maîtres de Corinthe. Malgré son jeune âge, il se comportait comme un homine, un autre Sisyphe peut-être. Elle décida de partir sans lui, et dut pour cette raison braver les jugements des Corinthiens, horrifiés de découvrir en leur reine une sacrilège doublée d'une mère peu soucieuse de sa progéniture.

Peu de temps avant le départ, Ptolimein tenta une dernière fois de fléchir Méropé :

– Ma reine, plie ! Montre à tous les Corinthiens que la femme de Sisyphe ressemble à son époux défunt !

– Sisyphe a-t-il jamais plié, bon Ptolimein ?

– Majesté, je ne suis qu'un vieillard et je n'aspire qu'à retrouver mon maître dans l'Hadès, mais toi, tu es jeune encore, et tes enfants doivent vivre pour régner sur notre cité.

– On règne d'abord sur soi, Ptolimein, Sisyphe ne te l'a-t-il jamais enseigné ?

– À cette seule parole, majesté, je reconnais l'esprit de notre roi... et quoique je ne discerne pas ce qui te guide, je dois t'avouer que ta détermination m'ébranle... Peut-être une exigence d'un ordre supérieur te dicte-t-elle ta conduite ?

Méropé hésita. Elle jugea bon de ne pas préciser. Elle avait juré à Sisyphe de garder le secret de leur pacte, elle ne pouvait pas le confier, même au meilleur des architectes, que ces seules paroles auraient suffi à classer parmi les meilleurs des hommes.

Xénanthias persuada Khorsès, malgré sa fidélité à Sisyphe, d'escorter pour un temps le navire qu'emprunteraient la reine et sa petite suite, amputée d'Ornytion. Le commandant de la flotte corinthienne s'exécuta, désolé. De nombreux Corinthiens allaient assister au départ de la veuve et des enfants du roi, avec des sentiments où la peine le disputait à la réprobation et à la colère. N'était-elle pas un monstre, traître à la gloire de Sisyphe ?

Sur la berge, les seigneurs de Corinthe assemblés attendaient que l'équipage soit paré. Seul Glaucos, dissimulé au milieu des juges de sa mère, rongé déjà par le remords, baissait la tête.

20.

Emmuré dans sa citadelle intérieure, Sisyphe ressentait confusément l'alternance de sommeils fulgurants et de longues attentes. Quand on parlait à ses côtés, il écoutait du mieux qu'il pouvait. Si on se taisait, ou si personne ne se tenait à proximité, il tâchait de réunir ses pensées comme un malade au bord du gouffre, qui ne veut rien manquer de chacun de ses derniers instants.

Abandonné à lui-même, privé de son corps, le roi souffrait de n'éprouver aucune douleur physique. Il aurait aimé, à cet instant, ressentir une blessure, un doigt écorché, une hanche douloureuse, une oppression thoracique... Décollé pour ainsi dire de son enveloppe humaine, il flottait dans un entre-deux étrange, lui-même immergé dans un présent incertain. Il ne parvenait pas à retracer dans son esprit la succession des événements, empilés comme des pierres, sans lien apparent. Il s'enhardit pourtant jusqu'à se permettre d'apostropher Hadès par la pensée.

– Ô divin Hadès, toi le souverain de ce royaume auquel Zeus par Thanatos me destine, écoute un mortel entré dans la nuit avant l'heure. Je ne discuterai pas avec toi du juste moment de ma mort, ni des circonstances choisies pour me

393

l'infliger, car cela ne dépend plus de moi. J'ignore si un ambassadeur a délivré Thanatos de la tour de marbre – dont j'avais pourtant strictement interdit l'accès –, ou s'il a réussi par lui-même à quitter sa prison, mais il m'a inoculé une substance qui me paralyse et vaporise ma volonté. Mais toi, grand Hadès, supporteras-tu que l'âme d'un mortel issu des dieux soit perdue à jamais ? Devrai-je errer à travers les Enfers toute la durée de ma mort, parce que ma femme n'a pas jugé bon de me rendre les honneurs funèbres ? Me garderas-tu auprès de toi sans me permettre de retourner punir Mérope de son infamie ? Ton tribunal condamnera-t-il un prince de mon rang à l'outrage éternel ? Laisse-moi quitter ce lieu et châtier toutes les trahisons ! Ma vengeance accomplie, ô Hadès, je m'engage à redescendre devant toi.

À ce moment précis, un petit bruit claqua. C'était peut-être une arme tombée sur le sol, ou le choc de deux coupes de vin. Or, pour une raison inexplicable, quelque chose en Sisyphe vibra simultanément. Il voulut remuer la main, et, à sa grande stupeur, ses doigts bougèrent. Il palpa lentement une espèce de galette rugueuse. Il reconnut du seigle. Peu à peu, il sentit se reconstituer son corps comme un habit neuf. Il ne se trompait pas, il pouvait toucher des pieds l'extrémité du lit sur lequel on l'avait allongé. Des odeurs de victuailles l'envahirent. Sa bouche, pâteuse, lui parut obstruée par un objet dur et circulaire. Il le tâta des dents et de la langue, en évitant de l'avaler. Quelqu'un avait glissé là une obole destinée à Charon, pour la traversée de l'Achéron... Il la prit dans sa main et l'examina en ouvrant les yeux, qu'il avait gardés clos jusque-là. Il vit aussi le ciel uniformément bleu. Les parfums montant de Corinthe et l'air de la mer achevèrent de lui prouver qu'il revenait à la vie. Se tenant des deux mains aux parois de ce qu'il comprit être son cercueil, il se redressa, regarda autour de lui et n'aperçut que des hommes d'armes, à distance, le dos tourné, occupés à discuter entre eux.

Sisyphe esquissa un sourire en voyant les nourritures copieuses dont les Corinthiens l'avaient doté pour son voyage dans l'Hadès. La gorge desséchée, le ventre creux, il but abondamment et mangea goulûment une bonne partie de ces provisions, en prenant soin de ne pas attirer l'attention des gardes, dont il redoutait les premières réactions devant un ressuscité !

Le roi se glissa subrepticement à bas de son catafalque et se dissimula derrière le petit autel en pierre dédié à Hestia. Il en profita pour rendre hommage silencieusement à la déesse du foyer. Qu'elle protège sa progression au sein du palais et que personne ne soit alerté de sa disparition ! Le bannissement de Mérope avait attiré la majeure partie de la population corinthienne, et la rareté des serviteurs restés sur place favorisa son échappée. Il atteignit la partie nord du mur d'enceinte, dont il connaissait la faible hauteur. Il l'enjamba et se retrouva dans la garrigue, dont les saveurs safranées le ravirent. Il respira puissamment, parcourut quelques stades et s'assit. Adossé à une souche, face à Corinthe et à la mer, il ferma les yeux.

Il était bien vivant, et la vie sentait bon. Les vagues rappels de foins coupés, les parfums des genévriers mêlés à ceux des résineux qui l'entouraient, il lui semblait redécouvrir chaque essence et en goûter les subtilités pour la première fois. Les caresses du vent dans ses cheveux lui prouvèrent qu'il avait retrouvé toutes ses sensations. Quand il rouvrit les yeux, il s'imprégna des lignes tourmentées de la côte et des taches blanches de la mer moutonnante. De là où il se trouvait, il ne distinguait pas le port de Corinthe, où prenait effet le bannissement de sa femme. Il survola du regard l'horizon, et, tel un oiseau pressé par un impératif mystérieux, il vint le poser sur lui-même. Il sourit à la vue de ses vêtements d'apparat. Méropé, sans doute, l'avait ainsi vêtu pour paraître au tribunal d'Hadès ! Et maintenant, le dieu des morts l'avait laissé revenir parmi les siens, sans rien exiger d'autre qu'un retour aux Enfers, où de toute façon il lui faudrait bien séjourner en fin de compte !

À ses pieds, lourdement chargée d'une espèce de pelote faite de paille et de bouts de lin, une fourmi vint buter contre sa sandale. Elle examina les lieux, tâchant de tirer son fardeau du mieux qu'elle pouvait. Elle finit par le pousser, franchit avec lui la semelle, et, au moment où elle allait se reposer sur le méplat de la chaussure, la boulette retomba. La travailleuse lissa ses antennes avec application, comme pour se redonner des forces, et recommença. L'opération se répéta, une, deux, trois fois, mais à chacun des essais, le chargement dégringolait à nouveau la pente si difficilement gravie. L'insecte ne semblait pas se décourager, se nettoyait, et redescendait invariablement chercher son précieux trésor pour lui faire franchir ce gigantesque obstacle, sans jamais reconsidérer son itinéraire.

Sisyphe observa le manège un bon moment. La fourmi ressemblait à ces hommes qui vivent au hasard des circonstances, et qui ne les plient jamais à leur volonté. Ils vont, ils viennent, telles des vagues qui répètent indéfiniment, dans le fracas du ressac, la même plainte en mugissant. Peut-être l'insecte cherchait-il une route, lui par mégarde aventuré dans une contrée inhospitalière, Acrocorinthe à son échelle ? D'un doigt, Sisyphe essaya de diriger la petite bête, mais ne réussit qu'à l'affoler. Il décida de se rendre en haut de la tour.

En peu de temps, il atteignit le plateau déserté depuis l'interdiction qui le frappait. À la base de l'édifice, la porte ballait au gré des rafales de vent. Il monta rapidement l'escalier qu'avait dû emprunter Thanatos pour s'enfuir. Parvenu au sommet, il vint s'appuyer sur le parapet. Il s'apprêtait à contempler sa ville quand il nota une agitation inhabituelle dans le port. On eût dit que la cité tout entière s'était massée sur la rive. Malgré ses efforts, Sisyphe ne distingua rien d'autre qu'un ensemble compact dont aucun détail, à cette distance, ne se détachait. L'intuition lui commanda de rejoindre ce peuple réuni en son absence pour une raison qui lui échappait.

Sur le chemin, il entrevit un jeune homme qui, caché derrière un pin, surveillait les mouvements dont le port de Léchaion était le théâtre. Il ne tarda pas à reconnaître Ornytion. Il n'osa pas s'approcher par surprise, de peur de l'effrayer. Après un instant d'hésitation, il l'appela, le plus doucement qu'il put. Ornytion se retourna, un couteau à la main. Son fils resta pétrifié quand il réalisa que son père se tenait devant lui, à si peu de distance.

Sisyphe lui fit signe des mains de ne pas crier. Ornytion en aurait été d'ailleurs bien incapable. Il regardait son père avec une sidération qui laissa rapidement place à de la joie. Il se précipita dans ses bras en riant. Tapotant avec affection les épaules de son fils, Sisyphe le rassura sans chercher à expliquer l'inexplicable.

– C'est bien moi, Ornytion, tu ne rêves pas, et je suis heureux de te serrer contre moi. Mais que fais-tu ici, seul, caché, armé ?

L'émotion première du jeune homme laissa place à une grande excitation.

– Mon père, il faut agir vite, de toute urgence.

– Que se passe-t-il ?

L'index pointé vers le Léchaion, Ornytion tâcha d'exposer brièvement la situation.

– À ta mort – enfin lorsque nous crûmes à ton départ pour l'Hadès –, mon frère Glaucos a demandé à notre mère quels honneurs funèbres devaient t'être rendus. À la stupéfaction générale, elle dénia tout hommage. On tenta de la fléchir, elle resta inflexible. Et Glaucos et Ptolimein et Xénanthias échouèrent.

– Que vient faire ici Xénanthias ?

– Il a pris la tête des seigneurs et les a réunis au palais pour prononcer notre bannissement.

– Que dis-tu ?

– La vérité, mon père. Glaucos était présent quand notre mère fut condamnée. Moi, je me suis enfui pour ne pas me soumettre à cette injustice. En ce moment, avec Halmos et Thersandros, Méropé vogue peut-être déjà vers une destination connue des seuls dieux...

– Viens avec moi.

Sisyphe et Ornytion dévalèrent le sentier qui menait presque directement au Léchaion, pour peu qu'on ne le suive pas jusqu'au bout et qu'on file tout droit en coupant à travers les deux dernières collines.

Parvenus à une portée de flèche du port grouillant de monde, et d'accord sur une mise en scène, ils se séparèrent. Sisyphe se dissimula derrière les restes d'un navire abandonné sur la plage tandis qu'Ornytion s'avançait bravement vers la foule.

Quand le jeune homme se fraya un premier passage, la surprise figea les présents et une rumeur gagna rapidement le quai depuis lequel Méropé avec sa suite s'apprêtait à embarquer. Mais au lieu de se jeter dans les bras grands ouverts de sa mère, Ornytion, s'arrêtant net, fit face à Xénanthias et aux autres seigneurs.

– Seigneurs, ce bannissement est votre honte.

Des rires fusèrent. Glaucos intervint, avant tout pour protéger son frère dont il sentait la sécurité menacée.

– Ornytion, il n'est plus temps de t'opposer...

– Honte sur toi aussi, mon frère. À son retour, tu devras te justifier devant Sisyphe.

À ces mots, Xénanthias interpella Méropé.

– Avec la mort de son père, ton fils a perdu la raison. Il délire. Vois comme il est enflammé ! Emmène-le avec toi, et prions Zeus de ne pas le rendre violent.

Ornytion tira son poignard, et, la pointe orientée vers le thorax de Xénanthias, il reprit de plus belle :

– Je n'ai pas peur de toi, Xénanthias, ni de tes amis empressés derrière toi pour succéder à mon père. Sisyphe va revenir. Il vit.

Méropé intervint.

– Ornytion, je suis fière de toi et de ta façon d'affirmer la noblesse de ton âme. Ton père aussi serait heureux de te voir nous défendre, mais considère les forces adverses et les tiennes propres. Tu ne sortiras pas vainqueur de cet assaut. Renonce à mourir sous mes yeux, et rejoins-nous.

– Ma mère, un homme seul peut vaincre parfois une armée tout entière, et nous sommes deux. Sisyphe...

Sur l'ordre de Xénanthias, deux hommes se saisirent d'Ornytion, lui arrachèrent son poignard et l'obligèrent à monter sur le bateau, sous les rires et les quolibets.

Tout à coup, une autre rumeur parcourut le peuple, et bientôt un garde se précipita aux pieds de Xénanthias.

– Seigneur, seigneur...

L'homme haletait, cherchait ses mots, semblait écrasé sous le poids d'une révélation qui bloquait son souffle.

– Eh bien parle, mais parle donc !

– Seigneur... le roi... Sisyphe...

– Vas-tu te décider ?

– Il... il n'est plus dans son cercueil...

– Es-tu fou ?

– Je le gardais, seigneur, au palais, avec sept autres camarades...

– Bel office ! Ne me dis pas que vous avez laissé un cadavre s'échapper !

Coupant court au récit, un brouhaha s'éleva. Il ne cessa de s'amplifier jusqu'à devenir une espèce de cri de stupeur. Des hommes s'agenouillaient, d'autres s'enfuyaient, d'autres encore restaient pétrifiés sur place. La foule se déchira, et, à proximité du groupe de seigneurs formant écran devant le navire prêt à appareiller, une forme imposante se dressa.

Sisyphe en personne se tenait comme une statue devant les Corinthiens hébétés. Il les toisait. Dans certains regards se lisait l'admiration ou la reconnaissance ; dans d'autres, la consternation ou la peur. Le visage du revenant restait impénétrable. Le roi goûtait pourtant ce retour comme on déguste un vin délicat. Il ne se réjouissait pas de l'ahurissement qu'il provoquait, mais il savourait cette reprise de contact avec le monde réel, si différent de celui dont il venait de s'extirper. Là-bas, au royaume des ombres, les âmes parlaient en l'absence des corps. Ici, c'était presque le contraire !

Malgré leur inertie, temporaire à l'évidence, les Corinthiens allaient se réveiller. Mérope prit l'initiative. Elle sauta sur le quai en tenant par la main Thersandros et marcha résolument vers son époux. Elle s'arrêta devant lui et sourit. Leur fils, lui, se pressa contre les jambes de son père. Ce dernier lui caressa les cheveux.

— Noble Sisyphe, comme ta venue me rend heureuse !

— Que faisais-tu sur ce navire, Méropé, avec nos enfants ?

— Demande-le à Xénanthias, il saura mieux que moi répondre.

Avant de s'adresser à ce seigneur et au groupe formé autour de lui, au sein duquel se trouvait encore Glaucos, Sisyphe embrassa longuement sa femme et son jeune fils. Quand il vit que son père allait parler, Ornytion vint à ses côtés, comme un guerrier fier d'avoir préparé la victoire de son chef.

— Je t'écoute, Xénanthias.

Le seigneur qui peu de temps auparavant faisait figure de successeur incontesté parut tout à coup un nain confronté à un dieu. Il s'inclina respectueusement, et, d'une voix manifestement embarrassée, il s'expliqua :

— Seigneur Sisyphe, ta mort nous a privés de notre noble roi au milieu des jeux Isthmiques. Une profonde tristesse nous a tous accablés. Devant ta dépouille mortelle, nous avons défilé comme des orphelins. Pour ta descente dans l'Hadès, la reine t'avait revêtu de tes plus beaux habits. Nous pleurions notre souverain comme des enfants abandonnés, mais nous devions accepter la décision des dieux... Glaucos, ton fils aîné, m'apprit que, suivant le vœu de Méropé, tu serais privé d'honneurs funèbres. Et la reine persista dans son refus, malgré tous les efforts déployés pour la convaincre de changer d'avis. Elle ne voulait rien entendre. Comment à notre place aurais-tu agi, seigneur ?

— Il n'est pas question de moi pour l'instant, mais de toi. Poursuis.

Xénanthias obtempéra.

– Révoltés de ne pouvoir te rendre les hommages mortuaires, avec l'assentiment de Glaucos, nous avons condamné Méropé à l'exil... Veuille bien considérer, seigneur, que nous ne voulions pas punir la reine mais accomplir notre devoir envers toi. Nous pensions bien faire... Nous ignorions que le tribunal d'Hadès te relaxerait... Jamais nous n'aurions imaginé que tu reviendrais parmi nous, seigneur, et que tu étais immortel. Désormais, ton caractère divin s'impose à nous tous.

À ces mots, Xénanthias s'agenouilla, imité par tous les présents, à l'exception des membres de la famille royale. Parmi eux, Glaucos ne savait quelle attitude adopter. Il s'avança, et, devant son père toujours impassible, il plia un genou avec l'espoir d'une main tendue pour le relever. Le roi ne broncha pas et, se retournant vers le peuple toujours interdit, flanqué d'Ornytion, il prononça son premier discours de revenant.

– Corinthiens, devant vous est votre roi, rescapé du royaume d'Hadès, mais bien vivant, comme chacun ici. Regardez-moi, touchez-moi si vous voulez, Hypnos ne vous abuse pas !

Après cette apostrophe, Sisyphe marqua un temps d'arrêt. Les seigneurs et la populace écoutaient d'une même oreille, tendue. Assuré de son effet, il poursuivit :

– Je suis Sisyphe, non une ombre, et je reviens parmi vous non pour vous adresser des reproches, mais pour vous rappeler à votre obéissance envers moi. Je viens d'apprendre, de la bouche même de Xénanthias, le forfait dont on accuse Méropé. Il a cependant parlé en juge plus qu'en seigneur. C'est à moi de juger, non à lui, et il devra devant moi se justifier de ses actes. Vous étiez réunis pour assister au bannissement de votre reine. Quittez cette grève, retournez à vos travaux. Et puisque j'ai vaincu la mort, j'ordonne qu'un grand sacrifice soit accompli en l'honneur d'Hadès, frère de Zeus. Que tous ici contribuent à le remercier de sa clémence envers moi.

Une immense et longue acclamation salua ces mots. Elle sembla ne devoir jamais s'éteindre.

Suivi des siens, Sisyphe se dirigea vers le palais, après avoir ordonné que Xénanthias et les seigneurs vinssent le lendemain pour l'examen de leur cas.

Quand il entra dans le palais, les serviteurs et les artisans qui étaient restés sur place crurent à une apparition. Ils se prosternèrent devant cet immortel dont l'aspect rappelait tant celui de leur maître disparu. Sisyphe ne les contredit pas et se retira dans ses appartements avec Méropé, tandis qu'Ornytion tâchait d'expliquer à tous les raisons du retour de son père. Le couple royal resta enfermé jusqu'au repas du soir.

— Sisyphe, mon cher époux, pourquoi n'avoir pas fait état de notre pacte, devant les Corinthiens assemblés, en présence des seigneurs qui m'avaient condamnée ?

— Méropé, laisse-moi d'abord m'incliner devant ton courage et ta fidélité. Sans toi, je n'aurais jamais trompé Hadès et ses affidés. Sans toi, j'aurais plongé dans les ténèbres du Tartare, à quoi me destinaient mes juges divins. Sans toi, mon âme déjà flotterait avec les ombres des morts, au milieu de ce peuple frappé d'impuissance.

Sisyphe embrassa fiévreusement sa femme avant de poursuivre.

— Notre pacte était nécessaire, Méropé, et nous devons le conserver secret, même si aux yeux de Corinthe, tu as enfreint la loi suprême en privant mon âme de repos.

Dévoiler notre accord risquait de provoquer le terrible courroux d'Hadès. Avec lui aussi j'ai conclu un traité...

– Pour plaire au peuple, devras-tu me punir de t'avoir obéi ?

– Nous ne sommes pas seulement des êtres humains, Méropé, mais des souverains issus d'immortels. Comment expliquer à la populace ton geste, qui contrevient à la règle divine ? Comment lui faire admettre, après coup, que tu as suivi mes propres instructions pour qu'à deux nous trompions la Mort ? Comment la persuader de ton héroïsme quand elle te croit coupable d'un grand crime ? Il est plus facile d'endormir la vigilance de Thanatos et de se jouer d'Hadès que d'affronter la colère du peuple, Méropé. Réfléchis ! Je meurs. Tu me dénies les honneurs funèbres. On te bannit. Je reviens. Aux yeux du peuple et des seigneurs qui ignorent tout de notre pacte, il me faut justifier la place que tu conserves auprès de moi sans perdre la confiance et le respect des Corinthiens.

– Te faudrait-il me rejeter pour accomplir ton destin ?

– Non, Méropé, je cherche la solution qui ne te condamne point et ne nous perde pas. En quittant l'Hadès, j'y pensais déjà. Demain, aux seigneurs convoqués, je fournirai une explication.

– Laquelle ?

– La meilleure de toutes, et aussi la moins plausible, je te le concède : la vérité !

– Toute nue ?

– Non, embellie, parée de ses plus beaux atours par mes soins.

Sisyphe souhaita que Ptolimein se joigne à la famille pour le repas du soir. Le vieil homme avait refusé d'assister au départ de la reine et de ses enfants, préférant travailler dans sa chambre. Il apprit le retour de son maître par un serviteur qui avait aperçu celui-ci traverser le palais et avait cru à une manifestation divine. Il allait répétant que Zeus avait épousé la forme de Sisyphe et s'amusait à effrayer ceux qui l'avaient connu. Ptolimein eut beau le raisonner, l'autre n'en démordait pas. L'architecte estima que l'homme avait perdu l'esprit, et continua de se livrer à ses occupations. Quand le même serviteur, un peu plus tard, vint l'avertir que le Zeus déguisé souhaitait sa présence au mégaron pour le dîner, Ptolimein ne le contredit pas et l'accompagna sans commentaire, mais dès qu'il vit effectivement son maître, en chair et en os, il resta pantois au seuil de la grande pièce.

Devant lui se tenaient bien Sisyphe et Mérope, souriants, entourés de leurs enfants, à l'exception de Glaucos. Le roi s'avança, craignant peut-être que l'émotion provoquée par sa présence ne soit trop forte pour Ptolimein. Il lui prit les mains et le fit asseoir. L'architecte restait muet, le visage illuminé par la joie autant que traversé par la surprise.

– Eh bien mon bon Ptolimein, comment vas-tu ?

Le vieil homme regarda la reine, peut-être pour obtenir d'elle confirmation qu'il ne rêvait pas, et tâcha de surmonter son trouble.

– Moi ? mais... bien, seigneur... et toi ?

– Fort bien également. J'ai faim !

Avec déférence et précaution, comme si le roi n'était qu'une forme taillée en stéatite, les serviteurs déposèrent devant lui des raisins secs, des fromages et des galettes de seigle.

– Tout cela ressemble aux nourritures qui accompagnent les morts dans leur voyage vers les Enfers !

Sisyphe éclata de rire, mais les serviteurs reculèrent avec

effroi, tandis que Ptolimein examinait son maître avec une attention qu'il s'efforçait de dissimuler.

– Eh bien, Ptolimein ! Tu ne ris pas ?

– Si, seigneur, si, si, je ris...

– Si tu voyais ta tête ! Cesse de te poser des questions et mange de bonne bouche.

La tablée fit honneur aux plats et la conversation, initialement retenue, se débrida. Ornytion déclencha l'avalanche de questions que chacun brûlait de poser à Sisyphe :

– As-tu rencontré Hadès ? L'as-tu vu ? Que t'a-t-il dit ?

– Mon cher fils, à chacune de tes interrogations, voici les réponses : peut-être, non, rien !

De nouveau Sisyphe éclata de rire, comme s'il ne parvenait pas à contenir sa joie d'être vivant. Devant la moue déçue d'Ornytion, il développa :

– Quand on quitte l'univers des mortels, on entre dans le royaume d'Hadès, quoi qu'on veuille ! Mais vois-tu mon cher fils, je ne sais toujours pas quelle contrée j'ai visitée. Cela ne ressemblait à rien de connu. Des ténèbres, des voix humaines, des parfums, des senteurs en tout point identiques à ceux que nous aimons tant ici, à Corinthe. Non, je n'ai pas vu Hadès en personne...

– Il avait sans doute revêtu son fameux masque pour se rendre invisible !

– Oui, Thersandros, sans doute. Il est resté invisible, et silencieux. Pas un mot, pas un geste, pas un signe pour manifester sa présence ! Hadès règne bien sur le royaume des ombres, ombre lui-même...

Méropé voulut en savoir davantage sur les conditions dans lesquelles son époux avait franchi les étapes de son incroyable périple.

– Je ne conserve aucun souvenir du premier pas. Ce dut

être pendant ce moment que mon corps et mon âme se séparèrent. Dans les ténèbres où je flottais – ce verbe correspond exactement à ce que j'ai alors ressenti –, j'éprouvais des sensations étranges. À une incapacité physique totale correspondait une grande acuité perceptive. Mais cette impression ne connut aucune évolution, ni dans le sens d'un renforcement ni dans celui d'une atténuation. J'étais chez Hadès, dans l'Hadès, sans aucun doute, avec l'impossibilité de recoller à toute apparence humaine. J'entendais quelque part, en un lieu indéfini, les voix aimées, les vôtres, et celles aussi de tous ceux qui, je l'imagine, défilaient devant ma dépouille, mais je ne pouvais pas communiquer avec elles, par aucun de mes organes, dont je ne sentais plus la présence.

– Moi, quand tu étais mort, je suis venu te parler d'Atropoïa...

– Je sais, Thersandros...

– Maintenant que tu as cessé d'être mort, la puniras-tu ? Elle m'oblige à manger ce que je n'aime pas et à porter du lin qui me gratte.

– Nous verrons, Thersandros.

Sisyphe s'adressa à Ptolimein en évoquant ses adieux amicaux, mais aussi son désir de l'incinérer.

– J'ai enduré une souffrance extrême, mon vieil ami, quand devant mon cercueil tu m'as confié ton souhait de m'accorder les plus hauts honneurs mortuaires, sans savoir que tes paroles traversaient mon enveloppe de chair et venaient blesser mon âme.

– Moi qui voulais ton bien, seigneur !

– Seul Thanatos est responsable, Ptolimein, car il tenait en toi une arme redoutable, capable de m'anéantir. Heureusement, Méropé ne se laissa pas fléchir, et, pour une fois, tes échafaudages se sont effondrés !

Ptolimein esquissa un sourire, tandis que Sisyphe riait une nouvelle fois sans retenue. L'architecte, timidement, relança la conversation.

– Puis-je te demander, seigneur, quel dieu a choisi d'accorder à Mérope le triste privilège de s'exposer au mépris des Corinthiens ?

Sisyphe hésita. Il jeta un regard à sa femme, et baissa les yeux. En lui s'opposaient le secret du pacte conclu et le désir de satisfaire la curiosité de son vieil ami. Il était simple de répondre : « J'ai demandé à Mérope de ne me consacrer aucun honneur funèbre afin, par ce subterfuge, d'interdire à mon âme de rejoindre les Enfers et de paraître au tribunal d'Hadès. Ainsi, le dieu des morts ne pourrait pas me garder auprès de lui, ou m'envoyer aux confins du Tartare, et il me renverrait sur terre, avec mission de châtier ma femme de son infidélité », mais il ne s'y résolut pas. Non qu'il craignît la vérité, mais il pensait que le mensonge serait plus véridique. Il releva la tête et fixa Ptolimein pour lui répondre.

– Je l'ignore. Les dieux ont dû batailler pour imposer cette issue.

Sisyphe savait pertinemment que cet argument ne tromperait pas un homme aussi avisé que Ptolimein, mais il savait aussi que ce dernier accepterait cette solution, sinon par égard pour son maître, du moins par souci de ne pas l'embarrasser devant les siens. De fait, le vieillard acquiesça. Et personne n'osa questionner Sisyphe sur ses intentions concernant le sort de Mérope. Ornytion signala qu'il avait vu le devin s'enfuir à toutes jambes en direction de Mégare quand on avait ramené le corps de son père au palais. Sisyphe en souriant se demanda si Épicarme, craignant pour sa vie, avait prévu les rebondissements ultérieurs ! Thersandros, trop jeune encore pour mesurer les effets de

ses sorties, interrogea son père sur un sujet qu'on s'était
gardé jusqu'alors d'aborder :

– Pourquoi Glaucos n'est-il pas avec nous ce soir ?

Cette simple apostrophe jeta un trouble momentané.
Ptolimein sollicita l'autorisation de se retirer. Sisyphe
apprécia cette délicatesse mais lui ordonna de rester, tout
en se levant.

– Glaucos a cru bien faire. Son comportement ne doit
pas vous conduire à le condamner. Je l'entendrai demain.

– Mais, seigneur mon père, il n'a pas défendu notre mère
et nous a lâchement abandonnés aux seigneurs dirigés par
Xénanthias.

– Ton jeune âge, Ornytion, t'inspire un jugement hâtif.
La seule culpabilité de Glaucos est de n'avoir pas imposé,
comme nouveau souverain de Corinthe, des funérailles fastueuses à son défunt père. Par ce manquement, il partage
avec Méropé la responsabilité de mon retour. T'en plain-
dras-tu, Ornytion ?

Le jeune homme ne savait plus quoi penser. Il dévia de
sujet :

– Et Xénanthias ?

– Son cas est plus simple à régler... mais je n'en dirai pas
plus aujourd'hui.

En même temps que le roi, tous se levèrent. Sisyphe pria
Ptolimein de le rejoindre sur la terrasse, où il désirait,
soi-disant, l'entretenir d'un point de détail architectural.

Une fois seuls, les deux hommes s'allongèrent sur des
chaises longues. Ptolimein connaissait trop son maître pour
briser le premier cet instant de méditation en commun, au
cours duquel Sisyphe d'ordinaire prenait le recul nécessaire
aux grandes décisions. Effectivement, le roi se mit à réfléchir à voix haute.

– Glaucos est un faible. Qu'il s'incline devant sa mère peut à la rigueur se comprendre, mais qu'il abandonne le pouvoir à un seigneur d'une autre maison et qu'il mette en péril sa famille, voilà qui me révolte ! Et pourtant, je dois en partie mon retour à sa faiblesse... je dis « en partie », car après le bannissement des miens, Xénanthias et Glaucos auraient procédé à mon enterrement, mettant fin à tous mes espoirs de reviviscence. Ornytion, en revanche, n'a rien accepté. Sa résistance, d'abord inutile et vaine, a finalement triomphé... mais de quoi ? Ah ! Ptolimein, je ne suis pas certain qu'Hadès nous ait rendu un grand service en m'autorisant à regagner le monde humain...

L'architecte écoutait respectueusement, sans se leurrer sur les questions posées par Sisyphe. Elles ne s'adressaient pas à lui, même si sa présence en favorisait la venue. Il ne ponctua d'aucun commentaire le monologue de Sisyphe et s'attendait à sa reprise.

– Chez Hadès, je ne parvenais pas à faire quoi que ce soit, alors que le monde d'en haut continuait de m'envoyer ses messages. Cette impuissance, Ptolimein, est celle des âmes retirées dans ces abîmes insondables. Les captifs, les hommes sans volonté, les esclaves ressemblent à ces êtres privés de consistance... ils connaissent déjà les Enfers ici, sur terre, et ils devront les endurer à nouveau après leur mort ! Tristes destins ! Je les plains de doubler leur douleur, incapables de peser sur les choses durant leur vie, et dépossédés de leur force après leur disparition. Oui, je les plains de ne rien pouvoir changer ici, ni ailleurs ! Et j'aurais envie de m'apitoyer sur moi-même, si je devais renoncer à exercer mon emprise sur le monde. Vois-tu, Ptolimein, il faut agir quand il fait encore jour.

21.

Le lendemain matin, Xénanthias et Glaucos en tête, les seigneurs de Corinthe arrivèrent au palais très tôt. Sisyphe les attendait au mégaron. Comme il était coutumier dans les occasions importantes, ils prirent place tout autour de la pièce, de façon que chacun pût être vu de face par le roi. Celui-ci les considéra, les uns après les autres, sans laisser transparaître le moindre sentiment. Quand il s'arrêta sur Glaucos, ce dernier baissa les yeux, puis, se reprenant, il fixa son père avec l'espoir de discerner sur le visage paternel un peu de magnanimité. Les hommes réunis sentaient peser sur eux de la condescendance. Xénanthias se crut libre de parler. À peine avait-il prononcé un mot qu'il fut brutalement interrompu par Sisyphe :

– Xénanthias, tu es ici en mon palais, non chez toi, et la couronne de Corinthe ne repose pas encore sur ta tête. Tu répondras si je t'interroge.

Cet homme, que tous avaient reconnu pour leur chef en l'absence de Sisyphe, parut se décomposer à vue d'œil. Sa lèvre inférieure trembla, comme si des injures avaient été bloquées à son seuil, contenues par une volonté somme toute bien avisée.

Sisyphe se leva, imposant d'un signe de la main à ses hôtes de rester assis. Il s'exprima calmement, mais avec l'autorité supplémentaire d'un mortel arraché à la mort. Sa déclaration fut brève, articulée en phrases courtes et fortes :

— Seigneurs de Corinthe, oubliez vos disputes. Ma mort n'était que temporaire. Je ne vous garde pas rancune de votre empressement à me remplacer. Que chacun retourne à ses affaires, et que notre cité ne pâtisse pas de cet épisode !

Le discours avait duré si peu que pantois, les seigneurs assemblés ne surent comment réagir. Se lever ? Intervenir ? Attendre ? Sisyphe avait rejoint pour un temps le royaume des ombres, et il en revenait comme si de rien n'était ! En son absence, Méropé l'avait renié, encouru le bannissement, exposé son corps aux injures du temps et il se contentait de quelques mots d'admonestation comme on blâme des enfants ! Phakétas ne put réprimer un mouvement d'humeur. Sisyphe le décela.

— Eh bien, Phakétas ? Crache ton venin si cela te soulage !

L'homme se dressa d'un bond, fulminant, quand un seigneur placé à sa gauche, d'une main assurée retint son bras pour modérer son ardeur. Cela n'empêcha pas Phakétas d'apostropher Sisyphe, peut-être moins agressivement qu'il ne l'escomptait initialement mais avec son arrogance habituelle.

— Seigneur, ton retour parmi nous est un bienfait des dieux, et nous leur en savons gré. Mais laisseras-tu impuni le crime de Méropé ?

— Phakétas, ta fougue est celle d'un cheval emballé ! Tu te précipites sur les mots comme sur un ennemi. Tu devrais savoir que la parole exige d'autres qualités que la fureur et l'emportement. Tu évoques le crime de Mérope, mais à quoi le rapportes-tu ? Certes, elle a refusé d'honorer un

412

mort, mais ne suis-je pas ici, aujourd'hui, pour témoigner de son discernement ?

– Mais... seigneur, cela va contre toutes nos lois.

– Alors cette règle-là n'était pas bonne.

Xénanthias obtint le droit d'intervenir.

– Comment distinguer entre les règles, seigneur, s'il faut attendre leurs effets pour juger de leur justesse ?

– Ta sagesse, Xénanthias, mériterait de mieux te servir dans les moments difficiles, car les mots chez toi l'emportent et de loin sur les actes. Tu as raison sur ce point. Mais en la matière, il vaut mieux s'en remettre au roi – et je suis votre roi.

– Est-il désormais autorisé de laisser les morts pourrir ?

Ces propos de Phakétas irritèrent Sisyphe. Celui-ci agrippa le seigneur par le col de sa tunique, et face contre face, il cria :

– Touche-moi, Phakétas ! Palpe-moi ! Lequel de mes membres souffre de putréfaction ? Tâte-moi, n'aie pas peur, allez !

Tout en parlant, Sisyphe obligeait d'un bras d'airain Phakétas à vérifier l'exactitude de ses dires. L'autre ressemblait à un pantin.

– Eh bien, Phakétas, dans quel état me trouves-tu ?

Le seigneur tardant à répondre, manifestement dominé par une colère incapable de s'exprimer, Sisyphe insista en hurlant.

– La mort n'a pas eu de prise sur toi, seigneur.

Sisyphe consentit alors à relâcher sa proie, qu'il repoussa loin de lui. Quand Phakétas se fut rassis, Xénanthias reprit la parole.

– Seigneur, nous nous inclinons devant ton désir de ne pas châtier Méropé.

– Il ne s'agit pas de mon désir, Xénanthias. Méropé a
contrevenu aux règles instituées par les dieux, mais elle
a permis ainsi à son roi de ne pas demeurer derrière les
verrous des Enfers. Sans sa transgression, mon corps aurait
été enterré ou brûlé, mon âme délivrée à jamais de son
enveloppe et reçue chez Hadès. Songez que votre reine a
surpassé chacun d'entre vous en jugement ! Vous devriez
la remercier, au lieu de la mettre en cause ! En refusant
d'appliquer la loi, ne m'a-t-elle pas sauvé la vie ? Si elle
avait obéi à vos injonctions, où serais-je à cette heure ?
Transformé en pierre pour avoir peut-être croisé le regard
de Gorgone ou pourquoi pas déjà empoisonné par les eaux
du Styx ? Grâce à elle, me voilà parmi vous, réchappé du
royaume des morts et bien vivant. Cela vous déçoit peut-
être ! Peut-être en voulez-vous à Méropé aussi pour cela ?

Une houle de dénégations parcourut l'assistance. Sisyphe, assuré d'avoir convaincu son auditoire, reprit.

– Je garde Méropé pour femme et reine. Je remercie
Hadès d'avoir consenti à mon retour. Quant à vous, si je
déplore vos décisions, je n'entends pas vous les reprocher
toujours. J'augmente à partir d'aujourd'hui les tributs en
or de chacun. Mes scribes informeront vos maisons des
nouveaux taux.

Tous comprirent que l'entrevue se terminait là. Les seigneurs se retirèrent en saluant leur souverain les uns après
les autres. Sisyphe alors interpella son fils.

– Glaucos, j'ai à te parler.

Les deux hommes restèrent un long moment face à face.
Le regard du fils ne soutenait pas celui du père.

– Regarde-moi !

Malgré l'injonction paternelle, Glaucos ne parvenait pas
à se hisser à la hauteur de celui qui, devant lui, se tenait

majestueusement. Chaque fois que ses yeux croisaient ceux de Sisyphe, il ressentait l'équivalent d'une brûlure ou avait l'impression de recevoir des coups d'épée à travers la poitrine. Sisyphe répéta son ordre d'une voix tonitruante.

— Qui veut commander, Glaucos, doit savoir obéir. Je ne te blâme pas d'avoir succombé à l'ascendant de Xénanthias, car bien d'autres auraient failli devant un homme aussi agile en paroles, mais, une fois vaincu, de n'avoir pas déserté le camp du vainqueur.

Tranquillisé par des mots empreints d'une indulgence inattendue, quoiqu'elles fussent dures, Glaucos retrouva ses esprits.

— Il n'y avait ni vainqueur ni vaincu, mais deux partis. L'un t'offensait, l'autre désirait te célébrer. L'honneur interdisait d'appartenir au premier...

— Et quel sentiment justifie ta présence dans le second ?

— Je l'ignore, père, je ne puis te répondre...

— Moi, je vais te le dire : au lieu de t'imposer aux circonstances, tu les as laissées te dominer. Un homme, Glaucos, lutte pour diriger sa vie et pour éviter la soumission aux événements.

— Il y a cependant des choses qui ne dépendent pas de nous...

— Nous ne parlons ici que de celles qui relèvent de nous ! Ne pouvais-tu pas, toi tout seul, choisir la solidarité avec ta mère et tes frères ? Quel rôle ta volonté joua-t-elle dans cette affaire ? Quand Xénanthias prit le pouvoir, qui d'autre que toi-même te dicta ta conduite ?

— Père, tu accentues mes remords en m'accusant.

— Je n'instruis pas ton procès, Glaucos, je parle au seigneur qui devra régner un jour sur Corinthe. Si tu accueilles mes paroles comme des reproches, tu t'égares. Si tu les entends comme un appel, tu les méditeras, tu les laisseras vivre en toi et tu leur donneras effet le moment venu. Un roi défend sa maison, sa cité, sa gloire, son peuple, et s'oppose aux menées de ses ennemis, qu'ils viennent de l'extérieur ou de l'intérieur.

– Que ferai-je désormais ?

– Rien de plus ou de moins qu'avant. Je suis ton père, mais aussi ton souverain. Je t'ai dit ton fait, cela suffit. Retrouve-toi, et reconstruis ta puissance, si tu le peux.

Glaucos sortit du mégaron derrière Sisyphe. La journée commençait à peine. Après le bouleversement que Corinthe venait de vivre, la vie reprenait son cours. Les serviteurs et les artisans avaient déjà rejoint leurs offices, et le palais résonnait de son agitation coutumière, enclumes frappées, entrechoquements de bronzes, hennissements de chevaux, bêlements ou meuglements de bétails, interpellations, craquements sourds et autres grincements d'ustensiles.

Sisyphe, seul, parcourut le palais et ses dépendances, non seulement pour montrer à tous qu'il était bien vivant, mais aussi pour inspecter personnellement les lieux et les hommes. Il s'arrêta devant un de ces forgerons itinérants que le palais attirait pour des commandes ou des réparations d'armes. Originaire de l'île de Chypre, l'homme raffinait des mattes de cuivre noir avec de la poudre de charbon de bois et actionnait régulièrement un gros soufflet en peau de vache. De la sueur coulait de sa tignasse noire et tombait sur ses paupières, qu'il essuyait par moments d'un brusque revers de la main. Dans le fourneau bas chauffé à l'extrême, l'artisan versa de l'étain pour obtenir un pain de bronze. Sisyphe admira ce travail, sans doute d'un peu trop près. Une main le repoussa brutalement. Déséquilibré, le roi faillit tomber à la renverse, ne se redressant que de justesse.

Tout en continuant de fouiller le fond du fourneau pour achever le mélange en cours, le forgeron fondeur s'excusa à voix forte.

– Pardonne-moi, seigneur maître, mais la moindre poussière échappée d'un évent aurait pu te défigurer ou te tuer.

Sisyphe sourit et remercia l'homme en le comparant à Héphaïstos, ce dieu si puissant que Zeus lui-même l'avait dépêché dans le Caucase pour forger les chaînes de son aïeul, Prométhée. Il reprit sa déambulation en songeant que la mort, décidément, s'occupait trop de lui.

Longeant plusieurs ateliers, il s'arrêtait de temps à autre pour contempler un geste ou une façon de manipuler un outil. Les serviteurs et les ouvriers l'observaient en coin, ignorants des raisons de cette espèce de revue. Un potier, dont les produits séchaient par terre au soleil – bols profonds à deux anses, mélangeoirs aux flancs à peine galbés, récipients tubulaires munis de longs pieds –, tendit au roi une belle coupe qu'il venait d'achever, se courbant jusqu'au sol au moment de la lui remettre. Sisyphe la prit d'une main et en jugea la forme au toucher. L'objet semblait une réplique parfaite de celui qui avait été placé dans le cercueil du souverain au moment de son décès.

– Je te félicite pour ton travail et pour ton art.

L'homme attendit pour parler la permission de son maître, qui continuait d'admirer cette offrande inattendue. Un geste accorda l'autorisation.

– Mon seigneur et maître, aucun salaire, aucun présent, aucun bienfait ne peut l'emporter sur ce compliment. C'est la deuxième fois que je te fais le même cadeau en peu de temps.

– Je t'en remercie. Sache pourtant que cette coupe me servira mieux encore que la première !

Sisyphe s'éloigna en riant, tandis que le potier ne le quittait pas des yeux, renforcé dans l'idée que le souverain appartenait au monde inaccessible et mystérieux des mortels immortels.

Des magasins occupés par les bouilleurs d'onguents, transformés pour partie en laboratoires, se dégageaient des parfums de souchet, de rose et d'iris. Dans des jarres où de l'huile d'olive additionnée de sel formait un excipient, pendaient ici des tiges de safran, là du jonc odorant, dans une troisième du cinnamome importé probablement de Phénicie. Les senteurs embaumaient l'air. Sisyphe les respira comme un enfant qui redécouvre une saveur délicieuse pour la nième fois. Il s'en imprégnait sans cacher son plaisir. Il interrogea les artisans sur leurs mélanges. Il s'agissait de parfums commandés par le temple pour servir aux prêtresses. Il sourit à cette réponse, et souligna que ces odeurs pourraient servir aussi à certains hommes.

Sous les regards étonnés de ceux auxquels il venait de s'adresser, Sisyphe alors se dirigea vers un angle du mur d'enceinte, contre quoi il s'adossa en s'asseyant sur une grosse pierre. Il envisagea les alentours. Des magasins, des ateliers, des murs prolongés par des toits en terrasse, le soleil écrasant, la poussière voletant sous les pas des hommes et des femmes affairés, des oliviers noueux à l'ombre desquels se réfugiaient des chiens accablés de chaleur... L'aridité le frappa une fois de plus. La végétation basse luttait pour s'imposer sur les collines ingrates d'arrière-plan. Il songea que cette terre exigeait de la force de caractère, de l'endurance, de la ténacité, une terrible ténacité.

Si Glaucos avait flanché, pouvait-il vraiment lui en vouloir ? Certes, il préférait le comportement d'Ornytion, mais celui-ci était trop jeune encore pour devenir son successeur, et il lui fallait convaincre les Corinthiens qu'ils tenaient en son fils aîné, sinon le meilleur parti, du moins le continuateur possible de son œuvre. Les Xénanthias et autres Phakétas ne l'effrayaient pas outre mesure. Il suffirait d'acheter leur fidélité ! Il estima cependant ne pas devoir trop attendre pour imposer sa volonté. Les dieux pouvaient agir à tout moment. Hadès lui en voudrait-il de ne pas retourner dans son antre ? Qu'allait d   c ourdir à nouveau Thanatos ?

Plusieurs jours passèrent, pendant lesquels on vit Sisyphe flâner à travers les cours du palais ou dans Corinthe, accompagné de Méropé, pour bien ancrer dans les esprits la reconnaissance paradoxale qui lui était due. Il observait la vie palatiale et les mouvements de la cité avec une égale humeur. Il semblait plus serein que naguère, comme si sa « mort » avait opéré une transformation profonde de son être. On connaissait le roi pour ses sautes d'humeur, ses regards impénétrables et cette hauteur naturelle qui interdisait de l'aborder comme un autre homme. Il ne se départait pas de cette attitude, mais quelque chose en lui avait changé. C'était imperceptible, quoique réel. Ptolimein, sans doute, parvint à capter des manifestations de ce mouvement intérieur, mais il ne s'en ouvrit jamais à quiconque. Un incroyable accident fournit pourtant l'occasion aux Corinthiens de constater combien leur prince avait encore progressé dans la maîtrise de soi. Hipponoos en fut le révélateur involontaire.

Alors qu'il s'apprêtait à s'échapper aux devoirs de sa charge pour une journée de promenade, Sisyphe entendit les appels de son petit-fils. Ce dernier courait vers son royal grand-père avec une gaieté qui n'était pas sans rappeler celle d'Ipsos. Le jeune garçon se plaisait d'ailleurs à imiter

le chien en communiquant à son corps des ondulations
rapides, semblables à celles qui parcouraient naguère l'animal. Sisyphe en riant accueillit Hipponoos les bras ouverts.

– Que veux-tu, grand jeune homme ?

– Partir avec toi.

– Partir ? Mais je ne m'en vais pas !

– Mon grand-père ne quitte-t-il pas le palais ?

– Si, mais pour quelques heures seulement. Je serai de
retour pour le repas du soir.

– Emmène-moi !

– Est-ce un ordre, Hipponoos ?

– Un garçon comme moi peut-il commander au roi ?

– Non... mais je t'y autorise !

Tenu par la main, fier d'accompagner ce colosse dont
l'ombre tenait déjà lieu de protection, Hipponoos en marchant jetait alternativement des regards vers son héros et
autour de lui, avec l'espoir que des témoins assistaient à la
scène. Avant de sortir du palais, Sisyphe héla un serviteur
et lui enjoignit de prévenir le gynécée de l'absence de son
petit-fils, qu'il entraîna ensuite sur le chemin de l'Acrocorinthe.

Les rayons du soleil semblaient rebondir sur les pierres
et les potelets que les ouvriers avaient utilisés pour transporter les blocs de marbre. Sur la pente où avaient été
dressés les couloirs pour permettre le glissement des matériaux, l'herbe repoussait déjà, marque indiscutable de l'omniprésence de Gaïa, mère originelle de toutes les créatures.

Gardant judicieusement leurs distances, des corbeaux
s'envolaient de loin en loin. Hipponoos aurait bien aimé
en approcher un. Sisyphe lui recommanda de renoncer,
sauf à s'épuiser.

– Et pourquoi cela ?

– Parce que tu portes sur toi l'arc et les flèches que je t'ai offerts, et ils pressentent le danger.

Malgré l'avertissement de son grand-père, Hipponoos tenta plusieurs fois de tromper la vigilance de ces oiseaux noirs dont la science ne semblait pas connaître de limites. Il obtenait de Sisyphe la permission de se dissimuler derrière un rocher ou un buisson, et, retenant son souffle, il attendait que les corbeaux daignent se présenter. Mais bien vite, lassé de ce fatigant espoir, Hipponoos se relevait subitement et accélérait le pas vers les corvidés qui s'envolaient en criaillant comme pour le narguer. Le jeu recommença plusieurs fois et finit par blaser le jeune garçon, qui traita bientôt par le mépris toutes ces cibles fugitives.

Parvenus au pied de la tour, Sisyphe prévint son petit-fils qu'ils pénétraient dans un lieu magique, d'où l'on pouvait admirer le Péloponnèse. Sur la terrasse, il ne précisa pas qu'en ce même endroit il avait vaincu momentanément Thanatos, par souci de n'avoir pas à expliquer de quelle espèce de corbeau il s'agissait...

Les yeux d'Hipponoos s'emplissaient des immensités qui s'étalaient devant lui. Il n'avait jamais imaginé un monde si étendu. Pour les enfants et pour les femmes, sortir du palais constituait un événement exceptionnel. Lors du mariage d'Anticleia, il n'avait même pas obtenu l'autorisation de se joindre au restant de la famille et avait dû demeurer au gynécée. Sa dernière sortie remontait aux hommages rendus à la fontaine Pirèné. Aujourd'hui, il découvrait que la mer et la terre s'épousaient comme deux tissus dont une main experte aurait presque effacé la couture. Observées depuis l'enceinte du palais, les collines entourant Corinthe lui paraissaient gigantesques, infranchissables. Du haut de la tour, elles reprenaient une taille

normale. Elles conservaient leur majesté, mais elles cessaient de l'impressionner. Il se sentit soudain plus grand et
plus fort. Une main lourde et affectueuse vint se poser sur
son épaule.

– Respecte cette terre, Hipponoos, et travaille chaque
jour à sa prospérité...

Le jeune garçon jeta un regard admiratif à son grand-
père et acquiesça en hochant la tête.

– Quand tu deviendras roi de Corinthe, souviens-toi de
ces moments avec moi, et n'oublie jamais qu'un pays ressemble à celui qui le gouverne. Mais sache aussi que le
premier des royaumes sur lequel tu devras régner s'appelle...
Hipponoos !

Sisyphe ignorait le destin de ses propos, mais il ne doutait pas que ses paroles un jour remonteraient à la surface
de cet esprit vif et tenace.

Le couple redescendit, traversa la citadelle et emprunta
un sentier qui le mena vers l'une de ces collines qu'Hipponoos avait repérées. De nouveau des corbeaux excitèrent
la curiosité du garçon, mais il semblait guéri de son impatience. Après le premier mamelon, deux autres éminences
surgirent, et, une fois parvenus au sommet de la première,
Sisyphe obliqua vers la mer. Quand ils atteignirent le rivage,
ils décidèrent de se baigner. Ne sachant pas nager, Hipponoos s'agrippa des deux mains à la taille de son grand-père
et se laissa traîner comme une sirène.

Après cette baignade improvisée, pendant laquelle Hipponoos avait collé son jeune corps nu à celui de son grand-
père, et éprouvé la sensation de galoper sur un cheval ailé,
les deux compagnons reprirent leur marche en devisant.
Alors qu'ils s'approchaient de Corinthe survint le drame.

Un de ces corbeaux agaçants se tenait droit devant eux.

Seule sa tête dépassait du sol. Il devait être posté sur une dune, peut-être à l'affût d'une proie. L'animal ne bougeait pas et à l'évidence les observait de ses yeux brillants. Cela surprit Sisyphe, qui s'arrêta. Hipponoos, regagné par l'enthousiasme que ses récents déboires avaient tempéré, courba le dos et avança en tâchant de ne plus peser sur le sol. Il marchait comme un félin dont la patte, une fois levée, hésite à toucher terre, pour éviter le moindre bruit. Quand il fut à une distance jugée satisfaisante, il se retourna en souriant vers son grand-père et obtint de lui un signe de tête approbateur. Alors le chasseur, son arc en main, fléchit lentement un genou, se cala, tira une flèche de son carquois en corne et la décocha d'une main sûre qui étonna Sisyphe. Le projectile alla directement se planter dans la tête de l'animal, qui cria d'une façon étonnamment humaine avant de basculer en arrière et de disparaître.

Hipponoos se releva en hurlant victoire, et se précipita pour s'emparer du trophée. Quand Sisyphe vit son petit-fils pétrifié à la hauteur de son gibier, il accourut. Le spectacle le glaça. Un homme gisait sur le sable rougi par le sang. Il portait une espèce de masque de cuir noir imitant à merveille la tête d'un corbeau. La flèche était entrée par l'œil gauche et avait traversé la tête de part en part. Ses deux petits ailerons, brisés par le choc, pendaient à la hauteur de la nuque. Un dernier soubresaut agita les membres inférieurs du corps, et le malheureux cessa définitivement de vivre.

Sisyphe pressa Hipponoos contre lui et s'arrangea pour lui faire détourner les yeux de l'horrible spectacle. Mais que faisait donc en ce lieu un homme déguisé en corbeau ? La réponse vint d'une femme qui se jeta essoufflée sur le cadavre de celui qu'elle appela « mon Belléros ». Quand elle réussit à imposer une pause à ses sanglots, elle expliqua comment son mari avait eu cette idée pour plaire à son fils. Ce dernier voulait absolument approcher un corbeau, et il n'avait trouvé que cet artifice pour le satisfaire. Il avait commandé à grands frais ce beau masque à un habile artisan. Il l'avait essayé, perfectionné. Il s'entraînait à imiter le comportement caractéristique de son modèle quand la flèche lui apporta la mort... Elle retomba en pleurs, suivie cette fois par Hipponoos.

Accompagné de son petit-fils et de la veuve, Sisyphe entra dans Corinthe en portant la dépouille de Belléros. À sa grande surprise, un Corinthien parut se réjouir et propagea la nouvelle que le « tyran » était mort d'une flèche lancée par le petit-fils du roi. La réputation de Belléros n'était pas arrivée jusqu'aux oreilles du souverain, et celui-ci comprit que la victime n'était pas aimée. Il savait pourtant que cela ne sauverait pas Hipponoos. La femme de Belléros avait vu la scène et ne mentirait pas. Elle raconterait tout, et malgré les sentiments qu'inspirait son mari, un crime avait été commis et méritait punition.

Sisyphe prit les devants. Il écarta l'idée que sa puissance étoufferait l'affaire et décréta deux jours de réflexion. Sur le chemin du palais, il tenta, en vain, de consoler Hipponoos, non du meurtre involontaire dont il venait de se rendre coupable, mais de la punition qu'il devrait certainement lui infliger, au nom de la justice corinthienne à quoi il entendait ne pas déroger.

Au palais, avertis du tragique accident, Glaucos et Eurymédé essayèrent à leur tour de réconforter leur fils, également sans succès. Sisyphe convoqua son aîné dans son bureau pour examiner avec lui la situation.

– Quel est ton avis, Glaucos ?

– Toi-même affirmes qu'Hipponoos ne pouvait pas deviner qu'un être humain se dissimulait derrière l'apparence d'un corbeau.

— Cela ne change hélas rien au fait.

— Si, tout ! Mon fils a cru prendre un oiseau pour cible, non un riche marchand au despotisme connu de tout Corinthe. Comment pouvait-il supposer un instant qu'il tirait sur un homme ?

— Glaucos, ne fuis pas la réalité. Je dois juger des actes, non des intentions.

— Pourtant, elles méritent examen, elles aussi !

— Oui, mais le peuple ne les voit pas.

— Que décideras-tu ?

— J'aime de tout mon cœur Hipponoos, et je ne veux pas l'exposer à la vindicte populaire, même si Belléros était haï. Tu voulais quitter Corinthe, Glaucos, t'en souviens-tu ?

— Oui, et j'y ai renoncé ici même, noble père, après une émouvante conversation. À l'époque, tu t'apprêtais à retenir Hipponoos en gage !

— Je le referais, mais aujourd'hui, je dois me séparer de mon petit-fils... Pour le protéger, je veux que ses parents l'emmènent loin de Corinthe.

— Tu nous bannis ?

— Appelle cela comme tu voudras.

Quand les Corinthiens apprirent que le jeune meurtrier allait quitter la cité, sur l'ordre même de Sisyphe, ils rendirent hommage à la sagesse de leur souverain, dont l'amour pour Hipponoos était presque déjà devenu légendaire. Que l'homicide ait été perpétré par un membre de la famille royale, tout juste sorti de l'enfance, ne modifia guère le sentiment populaire. Cet acte méritait sans conteste l'éloignement, et certains pensèrent même que tout autre aurait pu subir une peine bien plus lourde. Quitter les lieux, en compagnie de ses parents, ne justifiait pas qu'on s'apitoie exagérément sur la peine infligée.

On ne sut jamais qui le premier dans Corinthe surnomma Hipponoos Bellérophon, « le tueur de Belléros ». Toujours est-il que le peuple adopta immédiatement ce nouveau patronyme, peut-être par dérision, plus probablement pour souligner qu'un garçon courageux avait eu raison d'un marchand tyrannique. Cette appellation gagna même le palais, où, après son exil, on le dénomma toujours ainsi, même en présence de Sisyphe, dont la douleur aurait préféré plus d'égards.

22.

La proscription de son petit-fils, dont il avait été lui-même l'artisan, ne sembla pas assombrir Sisyphe, du moins en apparence. À Mérope, il confia que cet épisode le touchait pourtant plus que tout, car il avait discerné dans le caractère du petit homme les ferments d'un grand personnage. Son amour pour les chevaux, sa dextérité malgré son jeune âge à les maîtriser, sa volonté d'airain, sa force naissante l'avaient persuadé que cette âme était celle d'un héros. Il aurait aimé le faire bénéficier d'une éducation à la hauteur de ses propres espérances. Au lieu de cela, il devait le laisser partir avec ses parents, qui ne mesuraient sûrement pas la qualité de leur trésor. Mérope lui remontra que Bellérophon avait seulement fui sur ordre et qu'il aurait bien encore l'occasion de se rappeler au souvenir de son grand-père. Volontairement, elle changea de sujet et fit part à Sisyphe d'une nouvelle arrivée tout juste la veille, à peu près à l'heure où Glaucos et Eurymédé s'embarquaient pour emmener Bellérophon loin de Corinthe.

– Un messager d'Autolycos est venu hier nous annoncer qu'il était grand-père depuis peu.

– Pourquoi me dire cela au moment où je perds mon seul petit-fils ?
– Mais parce que c'est la vérité !
– Ne pouvait-elle attendre ?
– Je peux t'en parler plus tard si tu préfères.
– Non, puisque tu as commencé, continue.
– Il s'agit du fils d'Anticleia et de Laërte.
– Je m'en doute !
– Désires-tu connaître son nom ?
– Il s'appelle Odysseus.

Stupéfaite, Mérope scruta le visage de Sisyphe. Celui-ci ne laissait rien paraître de l'émotion qui pourtant l'envahissait. Ce fils-là était donc né !

– Comment le sais-tu ?
– Sa mère m'en avait averti.
– Quand ?
– Depuis le début de sa grossesse. Un devin lui avait prédit que ce serait un garçon. Interrogée par moi, c'est ce qu'elle me répondit. S'appelle-t-il bien ainsi ?
– Oui, Odysseus est son nom.
– Comment est-il ?
– On le dit beau, fort, et déjà vif.
– Je lui souhaite aussi d'être rusé, de savoir employer son esprit en renfort de ses muscles et de surmonter les obstacles que la vie saura lui réserver.
– Que de bontés pour un enfant de la lignée d'un homme qui te vola ton bétail, et que tu as confondu le jour même des noces de sa fille !
– Cet être dont Zeus vient de faire cadeau à Anticleia n'est pas responsable des actes d'Autolycos. Ce jour-là, Mérope, elle m'a paru bien supérieure à son propre géniteur. Sa grâce et la noblesse de son regard m'ont convaincu

qu'elle valait mieux que la maison dont elle était issue. Et même, pour ne rien te cacher, j'aurais aimé qu'elle soit la fille que jamais les dieux ne nous ont accordée.

Méropé n'insista pas. Les deux époux se séparèrent et ne se retrouvèrent que pour le repas de midi, après lequel Sisyphe convoqua une réunion de ses architectes, sous l'autorité de Ptolimein. Il annonça que l'interruption des premiers jeux Isthmiques ne devait pas mettre un terme à cette grande cérémonie en l'honneur de Mélicerte, et qu'il voulait tout au contraire en instituer la régularité. Il exigea que le diolcos fût aménagé en conséquence et qu'on construisît un temple à proximité de l'emplacement où lui-même avait succombé aux attaques de Thanatos. Dorénavant, insista-t-il, les plus glorieux des coureurs et des lutteurs du Péloponnèse viendraient se mesurer à Corinthe, en ce lieu de culte et de compétition. Il congédia ensuite tout le monde, à l'exception de Ptolimein. Il prit l'architecte par le bras et l'entraîna dans l'une des cours du palais où ils seraient tranquilles pour discuter.

À l'instant précis où Sisyphe allait entretenir son ami d'un nouveau projet, une espèce de ronflement se fit entendre. Un chien aboya, mais le bruit s'éteignit aussi soudainement qu'il avait surgi dans le calme absolu de ce début d'après-midi. Les deux hommes n'accordèrent pas une attention particulière à cet incident, jusqu'à ce qu'il se reproduise. Le même grondement recommença, mais cette fois plus prononcé, plus long aussi. Plusieurs chiens hurlèrent à la mort, sur des tons différents et sinistres. Ptolimein se leva, tandis que Sisyphe regardait autour de lui avec l'espoir d'identifier l'origine de ce déchirement profond qui semblait provenir de partout et de nulle part. Une fois encore le bruit cessa. Mais à peine s'amortissait-il qu'il reprit. Le sol commença de bouger, d'abord en hésitant, puis avec des trépidations qui s'amplifiaient. Devant les deux hommes, un petit autel de pierre s'affaissa. Ptolimein cria.

— Poséidon, seigneur, Poséidon fait trembler la terre. Sauvons-nous !

Le sol vibrait maintenant avec nervosité. Des moellons se détachaient, des poutres tombaient, des serviteurs vociféraient, d'autres, comme hypnotisés, attendaient de disparaître dans l'antre de Gaïa. Des bœufs affolés bousculaient des étalages et piétinaient aussi bien des captives que des bergers. Et puis, d'un coup, tout s'arrêta.

Cela ne mit pas fin à la panique, mais la terre se calmait. Sisyphe et Ptolimein se précipitèrent vers les pièces où résidaient Ornytion, Thersandros et Halmos, en ordonnant à tous de les suivre avec les femmes attachées à leur service. Mérope rejoignit son mari et l'architecte pour fuir avec eux l'enceinte du palais.

Plusieurs artisans gisaient dans leurs ateliers défoncés ou sous leurs échoppes effondrées. Un forgeron était mort ébouillanté par son chaudron. Un parfumeur, recouvert d'une substance inconnue dont il testait les propriétés, s'était soudainement enflammé, le feu gagnant le petit bâtiment où il stockait ses plantes précieuses. Deux charpentiers moururent instantanément, heurtés par une solive en chêne massif dont des témoins assurèrent qu'elle avait volé comme une paille, entraînant la chute de l'armature d'un magasin en construction.

Les dégâts restaient cependant limités. Si Poséidon daignait renoncer à poursuivre ses projets, la vie pourrait reprendre normalement, et le relèvement des toitures sur les bâtisses endommagées s'effectuer vite.

Le palais fut bientôt en ébullition. On courait dans un sens pour porter secours aux blessés, dans un autre pour éviter que des pièces de bois ou de grosses pierres en équilibre encore instable n'augmentent le nombre des victimes.

Sisyphe voulut savoir ce qu'il en était de Corinthe, mais la terre recommença de trembler. Cette fois, les éléments se déchaînaient. Un vacarme assourdissant couvrit toutes les voix, toutes les plaintes, tous les hurlements.

En hâte, tous ceux qui pouvaient encore se déplacer sortirent du palais pour rejoindre le bord de mer afin de se mettre à l'abri des objets de toute sorte que la colère de Poséidon projetait avec une force incommensurable. Des bancs de bois, des coupes et des jarres, des sièges semblaient jaillir du néant pour venir se planter dans la garrigue elle-même battue par un vent furieux.

Sur le chemin de Corinthe, la foule en débandade avançait comme une troupe ivre. Elle croyait s'échapper, mais la terre se fendillait sous ses pas comme du verre, et la panique ajoutait à la terreur. À l'arrière, certains disparurent dans des crevasses qui s'ouvraient comme des bouches de géants prêts à tout engloutir. Des arbres s'écroulaient sur leur base et basculaient, tantôt vers l'extérieur de la route, tantôt en son milieu, annulant tout espoir de fuite ou de refuge.

Atropoïa tenait Halmos dans ses bras, tandis que Mérope tâchait de rester au contact de ses deux fils qui couraient aussi vite que possible. Sisyphe avait perdu Ptolimein de vue – peut-être déjà mort écrasé par quelque projectile –, et il essayait de contrôler sa famille en écartant les bras, tel un titan cherchant à protéger les siens. Mais le flot humain désorienté balayait tout sur son passage. Pire qu'un troupeau de bœufs emballés, les fuyards dévalaient le chemin sans souci d'autrui, qu'il fût roi ou fils de roi.

Dans Corinthe, la cohue ne le cédait en rien à celle du palais. Des maisons détruites et fumantes, des corps déchirés, des chevaux éventrés, des enfants comme incrustés dans le sol, des hommes et des femmes coincés entre des blocs de pierre ou des traverses de bois, hurlant, appelant à l'aide, pleurant de douleur et de désarroi.

Au milieu de la multitude désemparée, Sisyphe se tourna vers l'Acrocorinthe. Dans l'affolement général, il n'avait même pas encore pensé à la tour. Par miracle, elle s'élevait toujours au-dessus de la belle colline et sa majesté triomphait du désastre. Peut-être avait-elle été touchée, détériorée, atteinte par la fureur des éléments, mais elle tenait bon. Il semblait d'ailleurs que le séisme se terminait.

Alors qu'il se demandait où se trouvaient maintenant les siens, Sisyphe, comme ses compagnons d'infortune rassemblés pêle-mêle aux abords de Corinthe, sentit venir une autre secousse. Il eut le sentiment qu'elle parcourait sa propre colonne vertébrale avant de s'emparer du sol. Il s'adossa malgré le danger à un mur déjà fissuré, et ne quitta plus la tour des yeux. Il comprit que Poséidon ne renoncerait pas, qu'Hadès réclamait son dû, que Zeus prêtait main-forte à ses deux terribles frères.

Là-haut, sur l'Acrocorinthe, la flèche de marbre donnait l'impression de résister. Et puis, avec une soudaineté folle, elle oscilla, vacilla, et s'effondra d'un coup. Une épaisse et longue colonne de poussière la remplaça. L'espace alentour blanchit jusqu'à ce que les vents dispersent le nuage aux éclats marmoréens. Tout était fini.

Une paix mortuaire s'abattit sur Corinthe. Le peuple encore sous le choc attendait d'autres secousses, qui ne vinrent pas. Les uns après les autres, les Corinthiens valides se réveillaient d'un cauchemar, se relevaient lentement, se tâtaient pour se prouver à eux-mêmes qu'ils étaient bien vivants, avant de découvrir de quels membres de leur famille ou de leur clan ils venaient d'être amputés.

Sisyphe parcourut la cité désolée à la recherche des siens. Il ne rencontra qu'éboulis et décombres. Beaucoup de maisons tenaient encore debout, mais elles menaçaient de s'écrouler au moindre souffle de vent. Les habitants avaient fui et, revenant peu à peu chez eux, soulevaient comme lui qui une poutre, qui un reste de statue, qui un pan de cloison pour découvrir, peut-être, un objet familier ou un être cher. Bredouille, il pensa que ses fils et sa femme se trouvaient entre la ville et le palais, morts ou blottis les uns contre les autres dans le fond d'une quelconque grotte. Il emprunta la route que le cataclysme venait de déchiqueter. Une partie du revêtement éclaté avait été engloutie par endroits et des crevasses retenaient prisonniers des agonisants, les uns réclamant de l'eau, les autres suppliant qu'on les achève.

Le roi scrutait la surface et les profondeurs béantes quand il entendit son nom. Apparemment indemne, Ornytion l'appelait, depuis un groupe opaque vers lequel Sisyphe se dirigea prestement. Obstruant la vue, plusieurs de ses serviteurs formaient un cercle autour d'une masse allongée par terre. Ils s'écartèrent à son arrivée, dévoilant Méropé. Elle gisait la tête écrasée par une grosse pierre qui lui avait brisé le cou. La mort avait dû être instantanée. Thersandros pleurait. Dans les bras d'Atropoïa, Halmos dormait. Sisyphe apprit de la nourrice que Méropé avait protégé le bébé de son corps quand la pierre assassine avait jailli d'on ne savait où. Il caressa la nuque enfoncée de sa

433

femme et ferma ses beaux yeux. Invitant Atropoïa à le suivre avec Halmos, il enveloppa ses deux autres fils de ses bras et les emmena sans rien dire au palais, où il fit aussi transporter Mérope.

Bien qu'une grande partie des bâtiments soit restée debout, on aurait dit qu'un ouragan avait ravagé les magasins, jeté à bas les statues, perforé certains murs, couché les plantes et les fleurs, abattu les animaux. Même si peu à peu des serviteurs et des artisans reprenaient leur office, la vie semblait avoir déserté le lieu. Des cadavres jonchaient le sol de certaines cours, sans doute parce que les malheureux avaient dû chercher refuge en un endroit mal protégé ou dangereux. La désolation régnait.

Sisyphe demanda si quelqu'un avait vu Ptolimein. On ne put lui répondre. L'architecte avait quitté le palais au moment du désastre, mais depuis cette fuite en compagnie du roi lui-même, personne ne l'avait aperçu.

Après vérification de l'état de la chambre royale, que le séisme avait épargnée, le corps de Mérope fut déposé sur son lit. Sisyphe ordonna qu'on la revêtît de ses plus beaux habits pour la cérémonie funèbre qu'il lui réservait. Bientôt parée d'une tunique pourpre, d'une ceinture d'or, le front ceint d'une couronne d'ivoire, la reine fut prête pour descendre vers l'Hadès. Resté seul auprès de la compagne de sa vie, Sisyphe plia les genoux et posa doucement sa tête sur la belle poitrine.

– Chère Mérope, chère femme tant aimée, te voilà aujourd'hui d'où hier je me suis extirpé. Mais tu ne reviendras pas, toi qui sus me préserver si bien des convoitises de Thanatos. Moi, désormais, je ne peux que te pleurer. Poséidon ne te visait pas, et je ne sais quel dieu a joué avec ton existence. Qu'Hadès t'accueille avec les honneurs dus à ton rang, mais surtout avec la bienveillance que ta bonté mérite. Que ton âme flotte aux Enfers sans jamais endurer de peines, et que ton amour envers nous continue de se nourrir du nôtre pour toi.

Dans sa nouvelle solitude, Sisyphe pleura longuement. Ses larmes ne ressemblaient pas à des sanglots incontrôlables, mais à des baisers mouillés. Il souleva une main de sa femme, contre laquelle il mit sa joue, et il resta ainsi, comme un enfant qui attend une dernière caresse avant de s'endormir.

Cette nuit-là, il ne trouva pas le sommeil. Devant ses yeux défilaient, mélangés, brouillés, superposés, le visage serein de sa femme et l'image de sa tour pulvérisée. S'y associait l'idée de la disparition de Ptolimein, à laquelle il ne se résolvait pas. Presque machinalement, il se dirigea vers la chambre du vieil homme, non par nostalgie, mais par souci d'y capter la force de son ami. Au seuil de la pièce, il hésita. Il eut le pressentiment d'une présence. Il entra. Ptolimein était assis par terre, le dos contre le mur, la tête dans les mains, et souriait.

— Ptolimein ?

— Oui, seigneur, je suis vivant, et tu es le premier homme que je vois depuis l'horreur que nous venons de vivre.

— On te cherche partout !

— Tu m'as trouvé ici, seigneur !

— Je te croyais englouti dans les profondeurs de Gaïa...

— J'ai failli connaître ce sort. Quand nous avons abandonné le palais au milieu de la tourmente, tu marchais trop vite, seigneur, je n'arrivais pas à suivre. Mon âge ne me permettait pas d'aider ceux qui réclamaient assistance. Tu t'occupais, justement, des tiens, et je n'avais rien d'autre à sauvegarder que ma vie. Ce n'était pas grand-chose. J'ai décidé de mourir dans ma chambre, où sont mes plans, mes projets, mes dessins, mes rêves. Je suis donc revenu à contre-courant, manquant plusieurs fois d'être piétiné par les masses en folie qui broyaient tout sur leur passage. Dans le palais, je me retrouvai seul avec les morts, auxquels je ressemblais déjà tant. Je me dirigeai ici, où tu me vois, pour attendre que Thanatos me conduise chez son maître... mais les dieux ne veulent décidément pas de moi, seigneur ! La terre a tremblé plusieurs fois, les murs vibraient comme un pieu martelé par un maillet. Il pleuvait de la poussière, je croyais que tout allait voler en éclats... et je suis toujours là !

Sisyphe aida l'architecte à se relever, et le serra dans ses bras.

— L'impénétrable Zeus me réconforte de ta présence inattendue au moment où il me prive de Méropé...

— La reine...

— Oui, Ptolimein, fauchée par une pierre qui m'était sans doute destinée.

— Mais pourquoi, seigneur, une telle rage ?

— J'ai résisté aux dieux, mon ami ! Je dois aujourd'hui affronter leur châtiment.

— Est-ce donc une insulte que de vivre ?

— Je l'ignore, Ptolimein... Cela dépend de ce qu'on fait de sa vie... Les immortels tempêtent contre moi, détruisent tout, bouleversent mes plans, me poursuivent de leur vengeance, et n'ont de cesse que je ne sois rendu à leur merci... Ils croient m'anéantir en détruisant mes ouvrages, et en brisant mon cœur... Comme ils se trompent ! Et puis, cher Ptolimein, ne dois-je pas m'estimer heureux que la Mort ait épargné mes enfants et n'ait pas ajouté ton nom à mon lot de souffrances ?

Le surlendemain, après que des sacrifices eurent été rendus, l'enterrement de Méropé donna lieu à une cérémonie simple. Conformément aux anciennes traditions, Sisyphe avait tenu que soit édifié un tholos, belle sépulture voûtée construite en pierres ajustées les unes aux autres, au jugé. Des dizaines d'ouvriers s'y attelèrent, auxquels deux petites journées suffirent. Le corps fut disposé dans un cercueil garni d'offrandes, lui-même orienté d'est en ouest, afin de faciliter son voyage vers la contrée des Bienheureux. Tous les seigneurs et les notables survivants participèrent au rite, avant même de pouvoir accomplir leurs devoirs envers leurs propres morts.

Les funérailles de Méropé redonnèrent paradoxalement vie au palais. On s'y activait de nouveau avec empressement pour nettoyer les détritus, ravaler des façades, rétablir des autels, renforcer des chambranles, réparer des linteaux, affermir des murs, stabiliser des pavements.

Dès qu'il le put, Sisyphe alla constater les dégâts sur l'Acrocorinthe, en compagnie de Ptolimein et d'Ornytion. Ce dernier ne quittait plus son père, d'autant que la double absence de sa mère, définitive, et de son frère aîné, peut-être temporaire, accentuait son sens des responsabilités.

La colline n'était pas éventrée, mais meurtrie. Il fallut traverser des zones entièrement dévastées, d'autres où s'accumulaient dans le plus grand désordre des objets disparates projetés là par la colère de Poséidon, auges brisées, poignards, lances, fragments de roues, bols, plastrons déchirés. Les deux couloirs tapissés de bois qui avaient servi à monter les blocs de marbre disparaissaient sous un enchevêtrement de racines mises à nu et d'arbustes dispersés. Une grande partie des rondins avait dévalé la pente et la plupart d'entre eux s'entassaient en contrebas.

Sur place, l'amoncellement de pierres, de marbres fracassés, de blocs encore intacts, de madriers éclatés ou d'épieux tordus laissait peu de doute sur la force du cataclysme. Ne restaient du monument principal et des édifices avoisinants que des pourtours édentés. Plusieurs sections du mur d'enceinte, en revanche, n'avaient pas été abîmées. Elles ceignaient maintenant un espace que les poussières de marbre recouvraient d'une épaisse poudre blanche. Quelques bâtiments inachevés avant le sinistre conservaient étrangement leur aspect initial, transformés instantanément d'ébauches en ruines.

Ptolimein soulevait de temps à autre un objet, ou un bout de matériau méconnaissable, pour tenter d'en apprécier la forme ou l'usage. Il les laissait retomber avec dépit. Ornytion l'imitait. Sisyphe, lui, inspectait du regard le désastre sans dire un mot. Il se dirigea vers un coin du mur, en parfait état, et s'y appuya pour observer Corinthe. De là où il se trouvait, il n'était guère possible d'imaginer l'ampleur exacte du ravage. La ville se tenait encore à peu près debout, même si ses nombreuses dégradations ne pouvaient échapper à un œil averti.

Tandis que Ptolimein demeurait un peu à l'écart, Ornytion vint aux côtés de son père. L'accablement laissait peu à peu chez le jeune homme place à la révolte. Il rompit le silence qui pesait alors sur l'Acrocorinthe.

– Qu'allons-nous faire, maintenant ?

Sisyphe sourit affectueusement. Lui, ne paraissait pas affecté outre mesure par les destructions qu'il venait de constater. Il les enregistrait, semblait-il, avec philosophie. Il jeta un regard à l'architecte, où le vieil homme crut saisir de la complicité, puis il resta un moment tête baissée, comme absent. Quand il se redressa, il dévisagea paternellement son fils. La rébellion à peine contenue dans ce visage aux grands yeux noirs augmentait encore sa beauté.

– Vois l'œuvre de Zeus, Ornytion ! Ma tour n'est plus, la citadelle disparaît sous les décombres, Corinthe fume encore d'effroi, ta mère vogue dans l'Hadès, j'ai dû moi-même chasser d'ici mon petit-fils, et Poséidon a englouti bon nombre de mes serviteurs...

Le roi marqua une pause, peut-être pour méditer un instant sur son destin, et, d'un coup traversé par une ardeur nouvelle, il sembla chercher l'Olympe des yeux. Son attitude changea du tout au tout. On eût dit qu'il allait monter à l'assaut de cette montagne intouchable. Le regard injecté d'une lumière brûlante, il interpella directement le roi des dieux.

– Ô divin Zeus, crois-tu me décourager en sapant mes efforts ? Penses-tu me vaincre en faisant violence à mes espoirs ? Tu me défies, tu me prives de ma femme bien-aimée, tu provoques le chaos dans ma ville, tu réduis à poussière mes plus beaux édifices, tu démontres ta toute-puissance, mais sais-tu seulement ce qu'est un homme ? As-tu jamais sondé en profondeur le cœur des mortels ? Imagines-tu un instant de quoi nous sommes capables ? Non ! car tu es trop sûr de toi pour cela ! Tu trônes sur le monde et tu te soucies bien peu de pénétrer le secret de notre âme ! Oui, tu m'as bien entendu : le secret de notre âme ! Ah, si tu le percevais, ne fût-ce qu'à peine, combien alors tu nous jalouserais ! Tu quitterais tes hauteurs et tu viendrais mendier auprès de nous un peu de cette force qui t'échappe ! Oui, malgré ta gloire, il te manque cet infime détail qui fait de nous des êtres à part, supérieurs à toutes les créatures qui peuplent ton royaume. Tu as beau m'écouter avec la conviction de ma vanité, je ne te fournirai pas la satisfaction de me décourager. Dussent ma ville et mon pays être réduits en cendres, je reste Sisyphe, roi de Corinthe, et tu ne pourras rien contre mon destin, car je le forge moi-même. Ton subordonné, Thanatos, a tenté de mettre un terme à ma vie ; ton frère, Hadès, a dû me laisser repartir de son triste palais ; réussiras-tu où ils ont échoué ? Je ne t'en laisserai pas le plaisir ! Tu peux détruire dix fois, vingt fois, cent fois, mille fois et plus encore mes ouvrages, je les rebâtirai chaque fois, obstinément ! Jamais tu ne pourras clamer : Sisyphe est vaincu ! Et puisque tu tiens à me châtier, crains que mon châtiment ne soit aussi le tien !

Emporté par son invective, Sisyphe avait conclu en pointant son index en direction du ciel, et il resta un moment ainsi, après qu'un grand silence fut retombé sur l'Acrocorinthe.

Le souffle suspendu, Ornytion et Ptolimein, demeurés immobiles comme des pierres pendant cette harangue imprévue, s'attendaient maintenant à un déchaînement des cieux, une manifestation de la colère divine, un événement qui témoignât du drame qu'à l'évidence déclencheraient ces propos terribles.

Rien ne se produisit. Au contraire, le calme régnait, pesant, sur la colline et sur les décombres de la citadelle.

Malgré sa crainte de ranimer la flamme rageuse de son père, Ornytion apostropha l'homme qui venait de braver Zeus. Il s'exprima d'une voix peu assurée, comme s'il était redevenu un enfant.

– Sisyphe.. mon père... tu as parlé du secret de notre âme... quel est ce mystère méconnu même du plus grand parmi tous les dieux ?

Le roi parut ne pas entendre la question de son fils. À son tour, il était comme prostré, le visage défait, le regard perdu. Ptolimein sentit la folie passer sur le front de son maître. Était-ce le moyen employé par Zeus pour se venger de l'affront subi quelques instants plus tôt, par surcroît en présence de deux témoins ? Faudrait-il revenir dans Corinthe avec un souverain déchu, l'esprit cassé, la parole éteinte ? L'architecte, interloqué, communiqua son inquiétude à Ornytion. Le vieillard et le jeune homme observaient Sisyphe dans l'attente d'une réaction. Elle arriva enfin, naturelle, comme si de rien n'était.

– Tu veux connaître le secret des mortels, Ornytion ? Il tient en un verbe : accomplir ! Les dieux se prélassent éternellement dans des contrées qu'épargne la peine. Nous, nous œuvrons chaque jour, nous transformons le monde, nous le façonnons à notre image. Ah, mon cher fils, rien n'est plus important pour nous que l'action, le mouvement, la sublime création qui nous procure la plus extrême des jouissances, comparable seulement à celles de l'amour... Cela reste inaccessible aux dieux. Et veux-tu savoir pourquoi ? Parce qu'ils ignorent tout de la mort. Leur éternité les garantit contre la corruption et ils peuvent différer leurs entreprises indéfiniment, sans redouter l'échec. Bienheureux de leur sort, pourquoi chercheraient-ils à l'améliorer ? Le temps pour eux ne pèse pas, c'est un nectar auquel ils s'abandonnent sans réserve. Ils ne se soucient pas d'agir, puisqu'ils disposent d'une durée sans limites. Tandis que nous tous, Ornytion, toi, Ptolimein, moi et tous les êtres que Gaïa daigne porter sur ses épaules, nous, les mortels, le temps nous étrangle et nous rappelle que la Mort guette, prête à fondre sur nous comme un félin à tout instant ! Nous ne pouvons pas nous soustraire à sa terrible pression. Nous devons agir tant qu'il fait jour ! Ah ! Ornytion, si les dieux mesuraient combien cet aiguillon nous éperonne et nous impose le combat quotidien... S'ils se préoccupaient de disséquer notre âme, ils y découvriraient peut-être ce profond secret qui nous interdit de jamais renoncer...

Comme il disait ces mots, presque à voix basse, pour ne pas attirer l'attention des dieux, Sisyphe avisa un imposant bloc de pierre enfoncé dans le sol et qui, à l'évidence détaché de la tour au moment du désastre, avait dû rouler jusque-là pour s'y figer. Au prix d'un effort considérable, un homme aurait pu mouvoir ce rocher qui résumait à lui seul l'immense tâche à accomplir, mais pendant combien de temps, et jusqu'où ?

Sisyphe le caressa d'une main comme on apprécie l'encolure d'un cheval, et, le sourire aux lèvres, avec cette sorte de jubilation intérieure qui le traversait quand il se préparait à de grandes choses, il répondit enfin à la première question de son fils, sur le ton calme et ferme d'un homme prêt à défier l'univers.

– Tu demandais quoi faire, Ornytion ? Mais... tout recommencer ! Inlassablement. Roc après roc. Autant de fois que nécessaire. Et même après la mort...

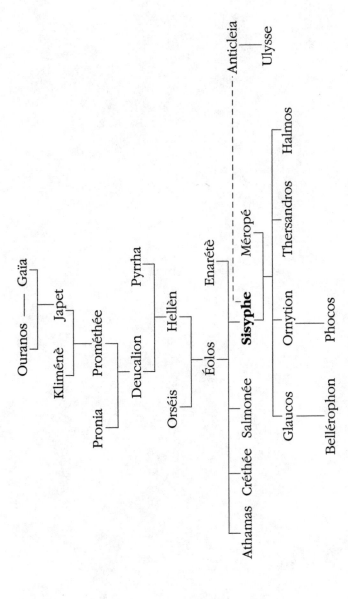

GÉNÉALOGIE DE SISYPHE